Los juegos del hambre

RBA MOLINO

SUZANNE COLLINS

LOS JUEGOS DEL HAMBRE

Traducción de
Pilar Ramírez Tello

RBA

Título original: *The Hunger Games.*
Autor: Suzanne Collins.

Avda. Diagonal, 189 08018 Barcelona.
rbalibros.com

Adaptación de la cubierta: Compañía.
Imagen de la cubierta: Sinsajo con diseño original de Tim O'Brien.
Adaptado por Scholastic UK.

Primera edición: mayo de 2009.
Undécima edición: febrero de 2012.
Decimocuarta edición en este formato: enero de 2013.
Vigesimosegunda edición: septiembre de 2013.

RBA MOLINO
REF: MONL069
ISBN: 978-84-2720-212-2

Para James Proimos

Primera parte

LOS TRIBUTOS

1

Cuando me despierto, el otro lado de la cama está frío. Estiro los dedos buscando el calor de Prim, pero no encuentro más que la basta funda de lona del colchón. Seguro que ha tenido pesadillas y se ha metido en la cama de nuestra madre; claro que sí, porque es el día de la cosecha.

Me apoyo en un codo y me levanto un poco; en el dormitorio entra algo de luz, así que puedo verlas. Mi hermana pequeña, Prim, acurrucada a su lado, protegida por el cuerpo de mi madre, las dos con las mejillas pegadas. Mi madre parece más joven cuando duerme; agotada, aunque no tan machacada. La cara de Prim es tan fresca como una gota de agua, tan encantadora como la prímula que le da nombre. Mi madre también fue muy guapa hace tiempo, o eso me han dicho.

Sentado sobre las rodillas de Prim, para protegerla, está el gato más feo del mundo: hocico aplastado, media oreja arrancada y ojos del color de un calabacín podrido. Prim le puso *Buttercup* porque, según ella, su pelaje amarillo embarrado tenía el mismo tono de aquella flor, el ranúnculo. El gato me odia o, al menos, no confía en mí. Aunque han pasado ya algunos años, creo que todavía recuerda que intenté ahogarlo en un cubo cuando Prim lo trajo a casa; era un gatito escuálido, con la tripa hinchada por las lombrices y lleno de pulgas. Lo último que yo necesitaba era otra boca que alimentar, pero mi hermana me suplicó mucho, e incluso lloró para que le dejase quedárselo. Al final la cosa salió bien: mi madre le libró de los parásitos, y ahora es un cazador de ratones nato; a veces, hasta caza alguna rata. Como de vez en cuando le echo las entrañas de las presas, ha dejado de bufarme.

Entrañas y nada de bufidos: no habrá más cariño que ese entre nosotros.

Me bajo de la cama y me pongo las botas de cazar; la piel fina y suave se ha adaptado a mis pies. Me pongo también los pantalones y una camisa, meto mi larga trenza oscura en una gorra y tomo la bolsa que utilizo para guardar todo lo que recojo. En la mesa, bajo un cuenco de madera que sirve para protegerlo de ratas y gatos hambrientos, encuentro un perfecto quesito de cabra envuelto en hojas de albahaca. Es un regalo de Prim para el día de la cosecha; cuando salgo me lo meto con cuidado en el bolsillo.

Nuestra parte del Distrito 12, a la que solemos llamar la Veta, está siempre llena a estas horas de mineros del carbón que se dirigen al turno de mañana. Hombres y mujeres de hombros caídos y nudillos hinchados, muchos de los cuales ya ni siquiera intentan limpiarse el polvo de carbón de las uñas rotas y las arrugas de sus rostros hundidos. Sin embargo, hoy las calles manchadas de carboncillo están vacías y las contraventanas de las achaparradas casas grises permanecen cerradas. La cosecha no empieza hasta las dos, así que todos prefieren dormir hasta entonces... si pueden.

Nuestra casa está casi al final de la Veta, solo tengo que dejar atrás unas cuantas puertas para llegar al campo desastrado al que llaman la Pradera. Lo que separa la Pradera de los bosques y, de hecho, lo que rodea todo el Distrito 12, es una alta alambrada metálica rematada con bucles de alambre de espino. En teoría, se supone que está electrificada las veinticuatro horas para disuadir a los depredadores que viven en los bosques y antes recorrían nuestras calles (jaurías de perros salvajes, pumas solitarios y osos). En realidad, como, con suerte, solo tenemos dos o tres horas de electricidad por la noche, no suele ser peligroso tocarla. Aun así, siempre me tomo un instante para escuchar con atención, por si oigo el zumbido que indica que la valla está cargada. En este momento está tan silenciosa como una piedra. Me escondo detrás de un grupo de arbustos, me tumbo boca abajo y me arrastro por debajo de la tira de sesenta centímetros que lleva suelta varios años. La alambrada tiene otros puntos débiles, pero este está tan cerca de casa que casi siempre entro en el bosque por aquí.

En cuanto estoy entre los árboles, recupero un arco y un carcaj de flechas que tenía escondidos en un tronco hueco. Esté o no electrificada, la alambrada ha conseguido mantener a los devoradores de hombres fuera del Distrito 12. Dentro de los bosques, los animales deambulan a sus anchas y existen otros peligros, como las serpientes venenosas, los animales rabiosos y la falta de senderos que seguir. Pero también hay comida, si sabes cómo encontrarla. Mi padre lo sabía y me había enseñado unas cuantas cosas antes de volar en pedazos en la explosión de una mina. No quedó nada de él que pudiéramos enterrar. Yo tenía once años; cinco años después, muchas noches me sigo despertando gritándole que corra.

Aunque entrar en los bosques es ilegal y la caza furtiva tiene el peor de los castigos, habría más gente que se arriesgaría si tuviera armas. El problema es que hay pocos lo bastante valientes para aventurarse armados con un cuchillo. Mi arco es una rareza que fabricó mi padre, junto con otros similares que guardo bien escondidos en el bosque, envueltos con cuidado en fundas impermeables. Mi padre podría haber ganado bastante dinero vendiéndolos, pero, de haberlo descubierto los funcionarios del Gobierno, lo habrían ejecutado en público por incitar a la rebelión. Casi todos los agentes de la paz hacen la vista gorda con los pocos que cazamos, ya que están tan necesitados de carne fresca como los demás. De hecho, están entre nuestros mejores clientes. Sin embargo, nunca permitirían que alguien armase a la Veta.

En otoño, unas cuantas almas valientes se internan en los bosques para recoger manzanas, aunque sin perder de vista la Pradera, siempre lo bastante cerca para volver corriendo a la seguridad del Distrito 12 si surgen problemas.

—El Distrito 12, donde puedes morirte de hambre sin poner en peligro tu seguridad —murmuro; después miro a mi alrededor rápidamente porque, incluso aquí, en medio de ninguna parte, me preocupa que alguien me escuche.

Cuando era más joven, mataba a mi madre del susto con las cosas que decía sobre el Distrito 12 y la gente que gobierna nuestro país, Panem, desde esa lejana ciudad llamada el Capitolio. Al final comprendí que aquello solo podía causarnos más problemas, así que aprendí a morderme la lengua y ponerme una máscara de indiferencia para que nadie pudiese averiguar lo que estaba pensando. Trabajo en silencio en clase; hago comentarios educados y superficiales en el mercado público; y me limito a las conversaciones comerciales en el Quemador, que es el mercado negro donde gano casi todo mi dinero. Incluso en casa, donde soy menos simpática, evito entrar en temas espinosos, como la cosecha, los racionamientos de comida o los Juegos del Hambre. Quizá a Prim se le ocurriera repetir mis palabras y ¿qué sería de nosotras entonces?

En los bosques me espera la única persona con la que puedo ser yo misma: Gale. Noto que se me relajan los músculos de la cara, que se me acelera el paso mientras subo por las colinas hasta nuestro lugar de encuentro, un saliente rocoso con vistas al valle. Un matorral de arbustos de bayas lo protege de ojos curiosos. Verlo allí, esperándome, me hace sonreír; nunca sonrío, salvo en los bosques.

—Hola, Catnip —me saluda Gale.

En realidad me llamo Katniss, como la flor acuática a la que llaman saeta, pero, cuando se lo dije por primera vez, mi voz no era más que un susurro, así que creyó que le decía Catnip, la menta de gato. Después, cuando un lince loco empezó a seguirme por los bosques en busca de sobras, se convirtió en mi nombre oficial. Al final tuve que matar al lince porque asustaba a las presas, aunque era tan buena compañía que casi me dio pena. Por otro lado, me pagaron bien por su piel.

—Mira lo que he cazado.

Gale sostiene en alto una hogaza de pan con una flecha clavada en el centro, y yo me río. Es pan de verdad, de panadería, y no las barras planas y densas que hacemos con nuestras raciones de cereales. Lo cojo, saco la flecha y me llevo el agujero de la corteza a la nariz para aspirar una fragancia que me hace la boca agua. El pan bueno como este es para ocasiones especiales.

—Ummm, todavía está caliente —digo. Debe de haber ido a la panadería al despuntar el alba para cambiarlo por otra cosa—. ¿Qué te ha costado?

—Solo una ardilla. Creo que el anciano estaba un poco sentimental esta mañana. Hasta me deseó buena suerte.

—Bueno, todos nos sentimos un poco más unidos hoy, ¿no? —comento, sin molestarme en poner los ojos en blanco—. Prim nos ha dejado un queso —digo, sacándolo.

—Gracias, Prim —exclama Gale, alegrándose con el regalo—. Nos daremos un verdadero festín. —De repente, se pone a imitar el acento del Capitolio y los ademanes de Effie Trinket, la mujer optimista hasta la demencia que viene una vez al año para leer los nombres de la cosecha—. ¡Casi se me olvida! ¡Felices Juegos del Hambre! —Recoge unas cuantas moras de los arbustos que nos rodean—. Y que la suerte... —empieza, lanzándome una mora. La cojo con la boca y rompo la delicada piel con los dientes; la dulce acidez del fruto me estalla en la lengua.

—¡... esté siempre, siempre de vuestra parte! —concluyo, con el mismo brío.

Tenemos que bromear sobre el tema, porque la alternativa es morirse de miedo. Además, el acento del Capitolio es tan afectado que casi todo suena gracioso con él.

Observo a Gale sacar el cuchillo y cortar el pan; podría ser mi hermano: pelo negro liso, piel aceitunada, incluso tenemos los mismos ojos grises. Pero no somos familia, al menos, no cercana. Casi todos los que trabajan en las minas tienen un aspecto similar, como nosotros.

Por eso mi madre y Prim, con su cabello rubio y sus ojos azules, siempre parecen fuera de lugar; porque lo están. Mis abuelos maternos formaban parte de la pequeña clase de comerciantes que sirve a los funcionarios, los agentes de la paz y algún que otro cliente de la Veta. Tenían una botica en la parte más elegante del Distrito 12; como casi nadie puede permitirse pagar un médico, los boticarios son nuestros sanadores. Mi padre conoció a mi madre gracias a que, cuando iba de caza, a veces recogía hierbas medicinales y se las vendía a la botica para que fabricaran sus remedios. Mi madre tuvo que enamorarse de verdad para abandonar su hogar y meterse en la Veta. Es lo que intento recordar cuando solo veo en ella a una mujer que se quedó sentada, vacía e inaccesible mientras sus hijas se convertían en piel y huesos. Intento perdonarla por mi padre, pero, para ser sincera, no soy de las que perdonan.

Gale unta el suave queso de cabra en las rebanadas de pan y coloca con cuidado una hoja de albahaca en cada una, mientras yo recojo bayas de los arbustos. Nos acomodamos en un rincón de las rocas en el que nadie puede vernos, aunque tenemos una vista muy clara del valle, que está rebosante de vida estival: verduras por recoger, raíces por escarbar y peces irisados a la luz del sol. El día tiene un aspecto glorioso, de cielo azul y brisa fresca; la comida es estupenda, el pan caliente absorbe el queso y las bayas nos estallan en la boca. Todo sería perfecto si realmente fuese un día de fiesta, si este día libre consistiese en vagar por las montañas con Gale para cazar la cena de esta noche. Sin embargo, tendremos que estar en la plaza a las dos en punto para el sorteo de los nombres.

—¿Sabes qué? Podríamos hacerlo —dijo Gale en voz baja.

—¿El qué?

—Dejar el distrito, huir y vivir en el bosque. Tú y yo podríamos hacerlo. —No sé cómo responder, la idea es demasiado absurda—. Si no tuviésemos tantos niños —añadió él rápidamente.

No son nuestros niños, claro, pero para el caso es lo mismo. Los dos hermanos pequeños de Gale y su hermana, y Prim. Nuestras madres también podrían entrar en el lote, porque ¿cómo iban a sobrevivir sin nosotros? ¿Quién alimentaría esas bocas que siempre piden más? Aunque los dos cazamos todos los días, alguna vez tenemos que cambiar las presas por manteca de cerdo, cordones de zapatos o lana, así que hay noches en las que nos vamos a la cama con los estómagos vacíos.

—No quiero tener hijos —digo.

—Puede que yo sí, si no viviese aquí.

—Pero vives aquí —le recuerdo, irritada.

—Olvídalo.

La conversación no va bien. ¿Irnos? ¿Cómo iba a dejar a Prim, que es la única persona en el mundo a la que estoy segura de querer? Y Gale está completamente dedicado a su familia. Si no podemos irnos, ¿por qué molestarnos en hablar de eso? Y, aunque lo hiciéramos..., aunque lo hiciéramos..., ¿de dónde ha salido lo de tener hijos? Entre Gale y yo nunca ha habido nada romántico. Cuando nos conocimos, yo era una niña flacucha de doce años y, aunque él solo era dos años mayor, ya parecía un hombre. Nos llevó mucho tiempo hacernos amigos, dejar de regatear en cada intercambio y empezar a ayudarnos mutuamente.

Además, si quiere hijos, Gale no tendrá problemas para encontrar esposa: es guapo, lo bastante fuerte como para trabajar en las minas y capaz de cazar. Por la forma en que las chicas susurran cuando pasa a su lado en el colegio, está claro que lo desean. Me pongo celosa, pero no por lo que la gente pensaría, sino porque no es fácil encontrar buenos compañeros de caza.

—¿Qué quieres hacer? —le pregunto, ya que podemos cazar, pescar o recolectar.

—Vamos a pescar en el lago. Así dejamos las cañas puestas mientras recolectamos en el bosque. Cogeremos algo bueno para la cena.

La cena. Después de la cosecha, se supone que todos tienen que celebrarlo, y mucha gente lo hace, aliviada al saber que sus hijos se han salvado un año más. Sin embargo, al menos dos familias cerrarán las contraventanas y las puertas, e intentarán averiguar cómo sobrevivir a las dolorosas semanas que se avecinan.

Nos va bien; los depredadores no nos hacen caso, porque hoy hay presas más fáciles y sabrosas. A última hora de la mañana tenemos una docena de peces, una bolsa de verduras y, lo mejor de todo, un buen montón de fresas. Descubrí el fresal hace unos años y a Gale se le ocurrió la idea de rodearlo de redes para evitar que se acercasen los animales.

De camino a casa pasamos por el Quemador, el mercado negro que funciona en un almacén abandonado en el que antes se guardaba carbón. Cuando descubrieron un sistema más eficaz que transportaba el carbón directamente de las minas a los trenes, el Quemador fue quedándose con el espacio. Casi todos los negocios están cerrados a estas horas en un día de cosecha, aunque el mercado negro sigue bastante concurrido. Cambiamos fácilmente seis de los peces por pan bueno y los otros dos por sal. Sae la Grasienta, la anciana huesuda que vende cuencos de sopa caliente preparada en un enorme hervidor, nos compra la mitad de las verduras a cambio de un par de trozos de parafina. Puede que nos hubiese ido mejor en otro sitio, pero nos esforzamos por mantener una buena relación con Sae, ya que es la única que siempre está dispuesta a comprar carne de perro salvaje. A pesar de que no los cazamos a propósito, si nos atacan y matamos un par, bueno, la carne es la carne. «Una vez dentro de la sopa, puedo decir que es ternera», dice Sae la Grasienta, guiñando un ojo. En la Veta, nadie le haría ascos a una buena pata de perro salvaje, pero los agentes de la paz que van al Quemador pueden permitirse ser un poquito más exigentes.

Una vez terminados nuestros negocios en el mercado, vamos a la puerta de atrás de la casa del alcalde para vender la mitad de las fresas, porque sabemos que le gustan especialmente y puede permitirse el precio. La hija del alcalde, Madge, nos abre la puerta; está en mi clase del colegio. Podría pensarse que, por ser la hija del alcalde, es una esnob, pero no, solo es reservada, igual que yo. Como ninguna de las dos tiene un grupo de amigos, parece que casi siempre acabamos juntas en clase. Durante la comida, en las reuniones, cuando se hacen grupos para las actividades deportivas... Apenas hablamos, lo que nos va bien a las dos.

Hoy ha cambiado su soso uniforme del colegio por un caro vestido blanco, y lleva el pelo rubio recogido con un lazo rosa; la ropa de la cosecha.

—Bonito vestido —dice Gale.

Madge lo mira fijamente, mientras intenta averiguar si se trata de un cumplido de verdad o de una ironía. En realidad, el vestido es bonito, aunque nunca lo habría llevado un día normal. Aprieta los labios y sonríe.

—Bueno, tengo que estar guapa por si acabo en el Capitolio, ¿no?

Ahora es Gale el que está desconcertado: ¿lo dice en serio o está tomándole el pelo? Yo creo que es lo segundo.

—Tú no irás al Capitolio —responde Gale con frialdad. Sus ojos se posan en el pequeño adorno circular que lleva en el vestido; es de oro puro, de bella factura; serviría para dar de comer a una familia entera durante varios meses—. ¿Cuántas inscripciones puedes tener? ¿Cinco? Yo ya tenía seis con solo doce años.

—No es culpa suya —intervengo.

—No, no es culpa de nadie. Las cosas son como son —apostilla Gale.

—Buena suerte, Katniss —dice Madge, con rostro inexpresivo, poniéndome el dinero de las fresas en la mano.

—Lo mismo digo —respondo, y se cierra la puerta.

Caminamos en silencio hacia la Veta. No me gusta que Gale la haya tomado con Madge, pero tiene razón, por supuesto: el sistema de la cosecha es injusto y los pobres se llevan la peor parte. Te conviertes en elegible para la cosecha cuando cumples los doce años; ese año, tu nombre entra una vez en el sorteo.

A los trece, dos veces; y así hasta que llegas a los dieciocho, el último año de elegibilidad, y tu nombre entra en la urna siete veces. El sistema incluye a todos los ciudadanos de los doce distritos de Panem.

Sin embargo, hay gato encerrado. Digamos que eres pobre y te estás muriendo de hambre, como nos pasaba a nosotras. Tienes la posibilidad de añadir tu nombre más veces a cambio de teselas; cada tesela vale por un exiguo suministro anual de cereales y aceite para una persona. También puedes hacer ese intercambio por cada miembro de tu familia, motivo por el que, cuando yo tenía doce años, mi nombre entró cuatro veces en el sorteo. Una porque era lo mínimo, y tres veces más por las teselas para conseguir cereales y aceite para Prim, mi madre y yo. De hecho, he tenido que hacer lo mismo todos los años, y las inscripciones en el sorteo son acumulativas. Por eso, ahora, a los dieciséis años, mi nombre entrará veinte veces en el sorteo de la cosecha. Gale, que tiene dieciocho y lleva siete años ayudando o alimentando él solo a una familia de cinco, tendrá cuarenta y dos papeletas.

No cuesta entender por qué se enciende con Madge, que nunca ha corrido el peligro de necesitar una tesela. Las probabilidades de que el nombre de la chica salga elegido son muy reducidas si se comparan con las de los que vivimos en la Veta. No es imposible, pero sí poco probable y, aunque las reglas las estableció el Capitolio y no los distritos ni, sin duda, la familia de Madge, es difícil no sentir resentimiento hacia los que no tienen que pedir teselas.

Gale es consciente de que su rabia no debería ir contra Madge.

Algunas veces, cuando estamos en lo más profundo del bosque, lo he oído despotricar contra las teselas, diciendo que no son más que otro instrumento para fomentar la miseria en nuestro distrito, una forma de sembrar el odio entre los trabajadores hambrientos de la Veta y los que no suelen tener problemas de comida, y, así, asegurarse de que nunca confiemos los unos en los otros. «Al Capitolio le viene bien que estemos divididos», me diría, si no hubiese nadie más que yo escuchándolo, si no fuese día de cosecha, si una chica con un alfiler de oro y sin teselas no hubiese hecho lo que seguramente ella consideraba un comentario inofensivo.

Mientras caminamos, lo miro a la cara, todavía ardiendo debajo de su expresión glacial; su ira me parece inútil, aunque no se lo digo. No es que no esté de acuerdo con él, porque lo estoy, pero ¿de qué sirve despotricar contra el Capitolio en medio del bosque? No cambia nada, no hace que la situación sea más justa y no nos llena el estómago. De hecho, asusta a las posibles presas. Sin embargo, lo dejo gritar; mejor hacerlo en el bosque que en el distrito.

Gale y yo nos dividimos el botín, lo que nos deja con dos peces, un par de hogazas de buen pan, verduras, un puñado de fresas, sal, parafina y algo de dinero para cada uno.

—Nos vemos en la plaza —le digo.

—Ponte algo bonito —me responde, sin humor.

En casa, encuentro a mi madre y a mi hermana preparadas para salir. Mi madre lleva un vestido elegante de sus días de boticaria y Prim viste mi primer traje de cosecha: una falda y una blusa con volantes. A ella le queda un poco grande, pero mi madre se lo ha sujetado con alfileres; aun así, la blusa se le sale de la falda por la parte de atrás.

Me espera una bañera llena de agua caliente. Me restriego para quitarme la tierra y el sudor de los bosques, e incluso me lavo el pelo. Veo, sorprendida, que mi madre me ha sacado uno de sus encantadores vestidos, una suave cosita azul con zapatos a juego.

—¿Estás segura? —le pregunto, porque intento evitar seguir rechazando su ayuda.

Antes estaba tan enfadada con ella que no le dejaba hacer nada por mí. Sin embargo, se trata de algo especial, porque le da mucho valor a la ropa de su pasado.

—Claro que sí, y también me gustaría recogerte el pelo —me responde. Le dejo secármelo, trenzarlo y colocármelo sobre la cabeza. Apenas me reconozco en el espejo agrietado que tenemos apoyado en la pared.

—Estás muy guapa —dice Prim, en un susurro.

—Y no me parezco en nada a mí —respondo.

La abrazo, porque sé que las horas que nos esperan serán terribles para ella. Es su primera cosecha, aunque está lo más segura posible, ya que su nombre solo ha entrado una vez en la urna; no le he dejado pedir ninguna tesela. Sin embargo, está preocupada por mí, le preocupa que ocurra lo inimaginable.

Protejo a Prim de todas las formas que me es posible, pero nada puedo hacer contra la cosecha. La angustia que noto en el pecho siempre que mi hermana sufre amenaza con asomar a la superficie. Me doy cuenta de que se le ha salido de nuevo la blusa por detrás y me obligo a mantener la calma.

—Arréglate la cola, patito —le digo, poniéndole de nuevo la blusa en su sitio.

—Cuac —responde Prim, soltando una risita.

—Eso lo serás tú —añado, riéndome también; ella es la única que puede hacerme reír así—. Vamos, a comer —digo, dándole un besito rápido en la cabeza.

Decidimos dejar para la comida el pescado y las verduras, que ya se están cocinando en un estofado, y guardamos las fresas y el pan para la noche, diciéndonos que así será algo especial; de modo que bebemos la leche de la cabra de Prim, *Lady*, y nos comemos el pan basto que hacemos con el cereal de la tesela, aunque, de todos modos, nadie tiene mucho apetito.

A la una en punto nos dirigimos a la plaza. La asistencia es obligatoria, a no ser que estés a las puertas de la muerte. Esta noche los funcionarios recorrerán las casas para comprobarlo. Si alguien ha mentido, lo meterán en la cárcel.

Es una verdadera pena que la ceremonia de la cosecha se celebre en la plaza, uno de los pocos lugares agradables del Distrito 12. La plaza está rodeada de tiendas y, en los días de mercado, sobre todo si hace buen tiempo, parece que es fiesta. Sin embargo, hoy, a pesar de los banderines de colores que cuelgan de los edificios, se respira un ambiente de tristeza. Las cámaras de televisión, encaramadas como águilas ratoneras en los tejados, solo sirven para acentuar la sensación.

La gente entra en silencio y ficha; la cosecha también es la oportunidad perfecta para que el Capitolio lleve la cuenta de la población. Conducen a los chicos de entre doce y dieciocho años a las áreas delimitadas con cuerdas y divididas por edades, con los mayores delante y los jóvenes, como Prim, detrás. Los familiares se ponen en fila alrededor del perímetro, todos cogidos con fuerza de la mano. También hay otros, los que no tienen a nadie que perder o ya no les importa, que se cuelan entre la multitud para apostar por quiénes serán los dos chicos elegidos. Se apuesta por la edad que tendrán, por si serán de la Veta o comerciantes, o por si se derrumbarán y se echarán a llorar. La mayoría se niega a hacer tratos con los mafiosos, salvo con mucha precaución; esas mismas personas suelen ser informadores, y ¿quién no ha infringido la ley alguna vez? Podrían pegarme un tiro todos los días por dedicarme a la caza furtiva, pero los apetitos de los que están al mando me protegen; no todos pueden decir lo mismo.

En cualquier caso, Gale y yo estamos de acuerdo en que, si pudiéramos escoger entre morir de hambre y morir de un tiro en la cabeza, la bala sería mucho más rápida.

La plaza se va llenando, y se vuelve más claustrofóbica conforme llega la gente. A pesar de su tamaño, no es lo bastante grande para dar cabida a toda la población del Distrito 12, que es de unos ocho mil habitantes. Los que llegan los últimos tienen que quedarse en las calles adyacentes, desde donde podrán ver el acontecimiento en las pantallas, ya que el Estado lo televisa en directo.

Me encuentro de pie, en un grupo de chicos de dieciséis años de la Veta. Intercambiamos tensos saludos con la cabeza y centramos nuestra atención en el escenario provisional que han construido delante del Edificio de Justicia. Allí hay tres sillas, un podio y dos grandes urnas redondas de cristal, una para los chicos y otra para las chicas. Me quedo mirando los trozos de papel de la bola de las chicas: veinte de ellos tienen escrito con sumo cuidado el nombre de Katniss Everdeen.

Dos de las tres sillas están ocupadas por el alcalde Undersee (el padre de Madge, un hombre alto de calva incipiente) y Effie Trinket, la acompañante del Distrito 12, recién llegada del Capitolio, con su aterradora sonrisa blanca, el pelo rosáceo y un traje verde primavera. Los dos murmuran entre sí y miran con preocupación el asiento vacío.

Justo cuando el reloj da las dos, el alcalde sube al podio y empieza a leer. Es la misma historia de todos los años, en la que habla de la creación de Panem, el país que se levantó de las cenizas de un lugar antes llamado Norteamérica. Enumera la lista de desastres, las sequías, las tormentas, los incendios, los mares que subieron y se tragaron gran parte de la tierra, y la brutal guerra por hacerse con los pocos recursos que quedaron. El resultado fue Panem, un reluciente Capitolio rodeado por trece distritos, que llevó la paz y la prosperidad a sus ciudadanos. Entonces llegaron los Días Oscuros, la rebelión de los distritos contra el Capitolio. Derrotaron a doce de ellos y aniquilaron al decimotercero. El Tratado de la Traición nos dio unas nuevas leyes para garantizar la paz y, como recordatorio anual de que los Días Oscuros no deben volver a repetirse, nos dio también los Juegos del Hambre.

Las reglas de los Juegos del Hambre son sencillas: en castigo por la rebelión, cada uno de los doce distritos debe entregar a un chico y una chica, llamados tributos, para que participen. Los veinticuatro tributos se encierran en una enorme arena al aire libre en la que puede haber cualquier cosa, desde un desierto abrasador hasta un páramo helado. Una vez dentro, los competidores tienen que luchar a muerte durante un periodo de varias semanas; el que quede vivo, gana.

Coger a los chicos de nuestros distritos y obligarlos a matarse entre ellos mientras los demás observamos; así nos recuerda el Capitolio que estamos completamente a su merced, y que tendríamos muy pocas posibilidades de sobrevivir a otra rebelión. Da igual las palabras que utilicen, porque el verdadero mensaje queda claro: «Mirad cómo nos llevamos a vuestros hijos y los sacrificamos sin que podáis hacer nada al respecto. Si levantáis un solo dedo, os destrozaremos a todos, igual que hicimos con el Distrito 13».

Para que resulte humillante además de una tortura, el Capitolio exige que tratemos los Juegos del Hambre como una festividad, un acontecimiento deportivo en el que los distritos compiten entre sí. Al último tributo vivo se le recompensa con una vida fácil, y su distrito recibe premios, sobre todo comida. El Capitolio regala cereales y aceite al distrito ganador durante todo el año, e incluso algunos manjares como azúcar, mientras el resto de nosotros luchamos por no morir de hambre.

—Es el momento de arrepentirse, y también de dar gracias —recita el alcalde.

Después lee la lista de los habitantes del Distrito 12 que han ganado en anteriores ediciones. En setenta y cuatro años hemos tenido exactamente dos, y solo uno sigue vivo: Haymitch Abernathy, un barrigón de mediana edad que, en estos momentos, aparece berreando algo ininteligible, se tambalea en el escenario y se deja caer sobre la tercera silla. Está borracho, y mucho. La multitud responde con su aplauso protocolario, pero el hombre está aturdido e intenta darle un gran abrazo a Effie Trinket, que apenas consigue zafarse.

El alcalde parece angustiado. Como todo se televisa en directo, ahora mismo el Distrito 12 es el hazmerreír de Panem, y él lo sabe. Intenta devolver rápidamente la atención a la cosecha presentando a Effie Trinket.

La mujer, tan alegre y vivaracha como siempre, sube a trote ligero al podio y saluda con su habitual:

—¡Felices Juegos del Hambre! ¡Y que la suerte esté siempre, siempre de vuestra parte!

Seguro que su pelo rosa es una peluca, porque tiene los rizos algo torcidos después de su encuentro con Haymitch. Empieza a hablar sobre el honor que supone estar allí, aunque todos saben lo mucho que desea una promoción a un distrito mejor, con ganadores de verdad, en vez de borrachos que te acosan delante de todo el país.

Localizo a Gale entre la multitud, y él me devuelve la mirada con la sombra de una sonrisa en los labios. Para ser una cosecha, al menos estaba resultando un poquito divertida. Pero, de repente, empiezo a pensar en Gale y en las cuarenta y dos veces que aparece su nombre en esa gran bola de cristal, y en cómo la suerte no está siempre de su parte, sobre todo comparado con muchos de los chicos. Y quizá él esté pensando lo mismo sobre mí, porque se pone serio y aparta la vista.

«No te preocupes, hay mil papeletas», desearía poder decirle.

Ha llegado el momento del sorteo. Effie Trinket dice lo de siempre, «¡las damas primero!», y se acerca a la urna de cristal con los nombres de las chicas. Mete la mano hasta el fondo y saca un trozo de papel. La multitud contiene el aliento, se podría oír un alfiler caer, y yo empiezo a sentir náuseas y a desear desesperadamente que no sea yo, que no sea yo, que no sea yo.

Effie Trinket vuelve al podio, alisa el trozo de papel y lee el nombre con voz clara; y no soy yo.

Es Primrose Everdeen.

2

Una vez estaba escondida en la rama de un árbol, esperando inmóvil a que apareciese una presa, cuando me quedé dormida y caí al suelo de espaldas desde una altura de tres metros. Fue como si el impacto me dejase sin una chispa de aire en los pulmones, y allí me quedé, luchando por inspirar, por espirar, por lo que fuera.

Así me siento ahora. Intento recordar cómo respirar, no puedo hablar y estoy completamente aturdida, mientras el nombre me rebota en las paredes del cráneo. Alguien me coge del brazo, un chico de la Veta, y creo que quizá haya empezado a caerme y él me haya sujetado.

Tiene que haber un error, esto no puede estar pasando. ¡Prim solo tenía un boleto entre miles! Sus posibilidades de salir elegida eran tan remotas que ni siquiera me había molestado en preocuparme por ella. ¿Acaso no había hecho todo lo posible? ¿No había cogido yo las teselas y le había impedido hacer lo mismo? Una sola papeleta, una entre miles. La suerte estaba de su parte, del todo, pero no había servido de nada.

En algún punto lejano, oigo a la multitud murmurar con tristeza, como hace siempre que sale elegido un chico de doce años; a nadie le parece justo. Entonces la veo, con la cara pálida, dando pasitos hacia el escenario, pasando a mi lado, y veo que la blusa se le ha vuelto a salir de la falda por detrás. Es ese detalle, la blusa que forma una colita de pato, lo que me hace volver a la realidad.

—¡Prim! —El grito estrangulado me sale de la garganta y los músculos vuelven a reaccionar—. ¡Prim!

No me hace falta apartar a la gente, porque los otros chicos me abren paso de inmediato y crean un pasillo directo al escenario. Llego a ella justo cuando está a punto de subir los escalones y la empujo detrás de mí.

—¡Me presento voluntaria! —grito, con voz ahogada—. ¡Me presento voluntaria como tributo!

En el escenario se produce una pequeña conmoción. El Distrito 12 no envía voluntarios desde hace décadas, y el protocolo está un poco oxidado. La regla es que, cuando se saca el nombre de un tributo de la bola, otro chico en edad elegible, si se trata de un chico, u otra chica, si se trata de una chica, puede ofrecerse a ocupar su lugar. En algunos distritos en los que ganar la cosecha se considera un gran honor y la gente está deseando arriesgar la vida, presentarse voluntario es complicado. Sin embargo, en el Distrito 12, donde la palabra tributo y la palabra cadáver son prácticamente sinónimas, los voluntarios han desaparecido casi por completo.

—¡Espléndido! —exclama Effie Trinket—. Pero creo que queda el pequeño detalle de presentar a la ganadora de la cosecha y después pedir voluntarios, y, si aparece uno, entonces... —deja la frase en el aire, insegura.

—¿Qué más da? —interviene el alcalde. Está mirándome con expresión de dolor. Aunque, en realidad, no me conoce, hay un pequeño punto de contacto: soy la chica que le lleva las fresas; la chica con la que puede que su hija haya hablado alguna que otra vez; la chica que, hace cinco años, abrazada a su madre y a su hermana pequeña, recibió de sus manos la medalla al valor. Una medalla por su padre, vaporizado en las minas. ¿Se acordará?—. ¿Qué más da? —repite, en tono brusco—. Deja que suba.

Prim está gritando como una histérica detrás de mí, me rodea con sus delgados bracitos como si fuese un torno.

—¡No, Katniss! ¡No! ¡No puedes ir!

—Prim, suéltame —digo con dureza, porque la situación me altera y no quiero llorar. Cuando emitan la repetición de la cosecha esta noche, todos tomarán nota de mis lágrimas y me marcarán como un objetivo fácil. Una enclenque. No les daré esa satisfacción—. ¡Suéltame!

Noto que alguien tira de ella por detrás, así que me vuelvo y veo a Gale, que levanta a Prim del suelo, mientras ella forcejea en el aire.

—Arriba, Catnip —me dice, intentando que no le falle la voz; después se lleva a Prim con mi madre. Yo me armo de valor y subo los escalones.

—¡Bueno, bravo! —exclama Effie Trinket, llena de entusiasmo—. ¡Este es el espíritu de los Juegos! —Está encantada de ver por fin un poco de acción en su distrito—. ¿Cómo te llamas?

—Katniss Everdeen —respondo, después de tragar saliva.

—Me apuesto los calcetines a que era tu hermana. No querías que te robase la gloria, ¿verdad? ¡Vamos a darle un gran aplauso a nuestro último tributo! —canturrea Effie Trinket.

La gente del Distrito 12 siempre podrá sentirse orgullosa de su reacción: nadie aplaude, ni siquiera los que llevan las papeletas de las apuestas, a los que ya no les importa nada. Seguramente es porque me conocen del Quemador o porque conocían a mi padre, o porque han hablado con Prim y a ella es inevitable quererla. Así que, en vez de un aplauso de reconocimiento, me quedo donde estoy, sin moverme, mientras ellos expresan su desacuerdo de la forma más valiente que saben: el silencio. Un silencio que significa que no estamos de acuerdo, que no lo aprobamos, que todo esto está mal.

Entonces pasa algo inesperado; al menos, yo no lo espero, porque no creo que el Distrito 12 sea un lugar que se preocupe por mí. Sin embargo, algo ha cambiado desde que subí al escenario para ocupar el lugar de Prim, y ahora parece que me he convertido en alguien amado. Primero una persona, después otra y, al final, casi todos los que se encuentran en la multitud se llevan los tres dedos centrales de la mano izquierda a los labios y después me señalan con ellos. Es un gesto antiguo (y rara vez usado) de nuestro distrito que a veces se ve en los funerales; es un gesto de dar gracias, de admiración, de despedida a un ser querido.

Ahora sí corro el peligro de llorar, pero, por suerte, Haymitch escoge este preciso momento para acercarse dando traspiés por el escenario y felicitarme.

—¡Miradla, miradla bien! —brama, pasándome un brazo sobre los hombros. Tiene una fuerza sorprendente para estar tan hecho pedazos—. ¡Me gusta! —El aliento le huele a licor y hace bastante tiempo que no se baña—. Mucho... —No le sale la palabra durante un rato—. ¡Coraje! —exclama, triunfal—. ¡Más que vosotros! —Me suelta y se dirige a la parte delantera del escenario—. ¡Más que vosotros! —grita, señalando directamente a la cámara.

¿Se refiere a la audiencia o está tan borracho que es capaz de meterse con el Capitolio? Nunca lo sabré, porque, justo cuando abre la boca para seguir, Haymitch se cae del escenario y pierde la conciencia.

Es un asco de hombre, pero me siento agradecida porque, con todas las cámaras fijas en él, tengo el tiempo suficiente para dejar escapar el ruidito ahogado que me bloquea la garganta y recuperarme. Pongo las manos detrás de la espalda y miro hacia delante. Veo las colinas que escalé esta mañana con Gale y, por un momento, añoro algo..., la idea de irnos del distrito..., de vivir en los bosques. Sin embargo sé que hice lo correcto al no huir, porque ¿quién si no se habría presentado voluntario en lugar de Prim?

A Haymitch se lo llevan en una camilla y Effie Trinket intenta volver a poner el espectáculo en marcha.

—¡Qué día tan emocionante! —exclama, mientras manosea su peluca para ponerla en su sitio, ya que se ha torcido notablemente hacia la derecha—. ¡Pero todavía queda más emoción! ¡Ha llegado el momento de elegir a nuestro tributo masculino! —Con la clara intención de contener la precaria situación de su pelo, avanza hacia la bola de los chicos con una mano en la cabeza; después coge la primera papeleta que se encuentra, vuelve rápidamente al podio y yo ni siquiera tengo tiempo para desear que no lea el nombre de Gale—. Peeta Mellark.

¡Peeta Mellark!

«Oh, no —pienso—. Él no».

Porque reconozco su nombre, aunque nunca he hablado directamente con él. Peeta Mellark.

No, sin duda hoy la suerte no está de mi parte.

Lo observo avanzar hacia el escenario; altura media, fornido, cabello rubio ceniza que le cae en ondas sobre la frente. En la cara se le nota la conmoción del momento, se ve que lucha por guardarse sus emociones, pero en sus ojos azules constato la alarma que tan a menudo encuentro en mis presas. De todos modos, sube con paso firme al escenario y ocupa su lugar.

Effie Trinket pide voluntarios; nadie da un paso adelante. Sé que tiene dos hermanos mayores, los he visto en la panadería, aunque seguramente a uno se le haya pasado la edad para ofrecerse voluntario, y el otro no lo hará. Es lo normal. El amor fraternal tiene sus límites para casi todo el mundo en el día de la cosecha. Lo que he hecho yo es algo radical.

El alcalde empieza a leer el largo y aburrido Tratado de la Traición, como hace todos los años en este momento (es obligatorio), pero no escucho ni una palabra.

«¿Por qué él?», pienso. Después intento convencerme de que no importa, de que Peeta Mellark y yo no somos amigos, ni siquiera somos vecinos y nunca hablamos. Nuestra única interacción real sucedió hace muchos años, y seguro que él ya la ha olvidado; sin embargo, yo no, y sé que nunca lo haré.

Fue durante la peor época posible. Mi padre había muerto en

un accidente minero hacía tres meses, en el enero más frío que se recordaba. Ya había pasado el entumecimiento causado por la pérdida, y el dolor me atacaba de repente, hacía que me doblase y que los sollozos me estremeciesen. «¿Dónde estás? —gritaba una voz en mi interior—. ¿Adónde has ido?» Por supuesto, nunca recibí respuesta.

El distrito nos había concedido una pequeña suma de dinero como compensación por su muerte, lo bastante para un mes de luto, después del cual mi madre habría tenido que conseguir un trabajo. El problema fue que no lo hizo. Se limitaba a quedarse sentada en una silla o, lo más habitual, acurrucada debajo de las mantas de la cama, con la mirada perdida. De vez en cuando se movía, se levantaba como si la empujase alguna urgencia, para después quedarse de nuevo inmóvil. No le afectaban las súplicas constantes de Prim.

Yo estaba aterrada. Aunque ahora supongo que mi madre se había encerrado en una especie de oscuro mundo de tristeza, en aquel momento solo sabía que había perdido a un padre y a una madre. A los once años, con una hermana de siete, me convertí en la cabeza de familia; no había alternativa. Compraba comida en el mercado, la cocinaba como podía, e intentaba que Prim y yo estuviésemos presentables porque, si se hacía público que mi madre ya no podía cuidarnos, nos habrían enviado al orfanato de la comunidad. Había crecido viendo a aquellos chicos en el colegio: la tristeza, las marcas de bofetadas en la cara, la desesperación que les hundía los hombros. No podía dejar que le pasara a Prim, a la dulce y diminuta Prim, que lloraba cuando yo lloraba sin tan siquiera saber la razón, que cepillaba y trenzaba el cabello de mi madre antes de irnos al colegio, que seguía limpiando el espejo de afeitarse de mi padre todas las noches porque odiaba la capa de polvo de carbón que siempre cubría la Veta. El orfanato la habría aplastado como a un gusano, así que mantuve en secreto nuestras dificultades.

Al final, el dinero voló y empezamos a morirnos de hambre poco a poco. No hay otra forma de describirlo. No dejaba de decirme que todo iría bien si podía aguantar hasta mayo, solo hasta el 8 de mayo, porque entonces cumpliría doce años, y podría pedir las teselas y conseguir aquella valiosa cantidad de cereales y aceite que serviría para alimentarnos. El problema era que quedaban varias semanas y cabía la posibilidad de que no llegáramos vivas.

Morirse de hambre no era algo infrecuente en el Distrito 12. ¿Quién no ha visto a las víctimas? Ancianos que no pueden trabajar; niños de una familia con demasiadas bocas que alimentar; los heridos en las minas. Todos se arrastran por las calles y, un día, te encuentras con uno de ellos sentado en el suelo con la espalda apoyada en la pared o tirado en la Pradera, u oyes gemidos en una casa y los agentes de la paz acuden a llevarse el cadáver. El hambre nunca es la causa oficial de la muerte: siempre se trata de pulmonía, congelación o neumonía, pero eso no engaña a nadie.

La tarde de mi encuentro con Peeta Mellark, la lluvia caía en implacables mantas de agua helada. Había estado en la ciudad intentando cambiar algunas ropas viejas de bebé de Prim en el mercado público, sin mucho éxito. Aunque había ido varias veces al Quemador con mi padre, me asustaba demasiado aventurarme sola en aquel lugar duro y mugriento. La lluvia había empapado la chaqueta de cazador de mi padre que llevaba puesta, y yo estaba muerta de frío. Llevábamos tres días comiendo agua hervida con algunas hojas de menta seca que había encontrado en el fondo de un armario; cuando cerró el mercado, temblaba tanto que se me cayó la ropa de bebé en un charco lleno de barro, pero no la recogí porque temía que, si me agachaba, no podría volver a levantarme. Además, nadie quería la ropa.

No podía volver a casa; allí estaban mi madre, con sus ojos sin vida, y mi hermana pequeña, con sus mejillas huecas y sus labios cuarteados. No podía entrar sin esperanza alguna en aquella habitación llena de humo por culpa de las ramas húmedas que había cogido al borde del bosque cuando se nos acabó el carbón para la chimenea.

Me encontré dando tumbos por una calle embarrada, detrás de las tiendas que servían a la gente más acomodada de la ciudad. Los comerciantes vivían sobre sus negocios, así que, básicamente, estaba en sus patios. Recuerdo las siluetas de los arriates sin plantar que esperaban al verano, de las cabras en un establo, de un perro empapado atado a un poste, hundido y derrotado en el lodo.

En el Distrito 12 están prohibidos todos los tipos de robo, que se castigan con la muerte. A pesar de eso, se me pasó por la cabeza que quizás encontrara algo en los cubos de basura, ya que para esos había vía libre. Puede que un hueso en la carnicería o verduras podridas en la verdulería, algo que nadie salvo mi desesperada familia estuviese dispuesto a comer. Por desgracia, acababan de vaciar los cubos.

Cuando pasé junto a la panadería, el olor a pan recién hecho era tan intenso que me mareé. Los hornos estaban en la parte de atrás y de la puerta abierta de la cocina surgía un resplandor dorado. Me quedé allí, hipnotizada por el calor y el exquisito olor, hasta que la lluvia interfirió y me metió sus dedos helados por la espalda, obligándome a volver a la realidad. Levanté la tapa del cubo de basura de la panadería, y lo encontré completa e inhumanamente vacío.

De repente, alguien empezó a gritarme y, al levantar la cabeza, vi a la mujer del panadero diciéndome que me largara, que si quería que llamase a los agentes de la paz y que estaba harta de que los mocosos de la Veta escarbaran en su basura. Las palabras eran feas y yo no tenía defensa. Mientras ponía con cuidado la tapa en su sitio y retrocedía, lo vi: un chico de pelo rubio asomándose por detrás de su madre. Lo había visto en el colegio, estaba en mi curso, aunque no sabía su nombre. Se juntaba con los chicos de la ciudad, así que ¿cómo iba a saberlo? Su madre entró en la panadería, gruñendo, pero él tuvo que haber estado observando cómo me alejaba por detrás de la pocilga en la que tenían su cerdo y cómo me apoyaba en el otro lado de un viejo manzano. Por fin me daba cuenta de que no tenía nada que llevar a casa. Me cedieron las rodillas y me dejé caer por el tronco del árbol hasta dar con las raíces. Era demasiado, estaba demasiado enferma, débil y cansada, muy cansada.

«Que llamen a los agentes de la paz y nos lleven al orfanato —pensé—. O, mejor todavía, que me muera aquí mismo, bajo la lluvia».

Oí un estrépito en la panadería, los gritos de la mujer de nuevo y el sonido de un golpe, y me pregunté vagamente qué estaría pasando. Unos pies se arrastraban por el lodo hacia mí y pensé: «Es ella, ha venido a echarme con un palo».

Pero no era ella, era el chico, y en los brazos llevaba dos enormes panes que debían de haberse caído al fuego, porque la corteza estaba ennegrecida.

Su madre le chillaba: «¡Dáselo al cerdo, crío estúpido! ¿Por qué no? ¡Ninguna persona decente va a comprarme el pan quemado!».

El chico empezó a arrancar las partes quemadas y a tirarlas al comedero; entonces sonó la campanilla de la puerta de la tienda y su madre desapareció en el interior, para atender al cliente.

El chico ni siquiera me miró, aunque yo sí lo miraba a él, por el pan y por el verdugón rojo que le habían dejado en la mejilla. ¿Con qué lo habría golpeado su madre? Mis padres nunca nos pegaban, ni siquiera podía imaginármelo. El chico le echó un vistazo a la panadería, como para comprobar si había moros en la costa, y después, de nuevo atento al cerdo, tiró uno de los panes en mi dirección. El segundo lo siguió poco después y, acto seguido, el muchacho volvió a la panadería arrastrando los pies y cerró la puerta con fuerza.

Me quedé mirando el pan sin poder creérmelo. Eran panes buenos, perfectos en realidad, salvo por las zonas quemadas. ¿Quería que me los llevase yo? Seguro, porque los tenía a mis pies. Antes de que nadie pudiese ver lo que había pasado, me metí los panes debajo de la camisa, me tapé bien con la chaqueta de cazador y me alejé corriendo. Aunque el calor del pan me quemaba la piel, los agarré con más fuerza, aferrándome a la vida.

Cuando llegué a casa, las hogazas se habían enfriado un poco, pero por dentro seguían calentitas. Las solté en la mesa y las manos de Prim se apresuraron a coger un trozo; sin embargo, la hice sentarse, obligué a mi madre a unirse a nosotras en la mesa y serví unas tazas de té caliente. Raspé la parte quemada del pan y lo corté en rebanadas. Nos comimos uno entero, rebanada a rebanada; era un pan bueno y sustancioso, con pasas y nueces.

Puse mi ropa a secar junto a la chimenea, me metí en la cama y disfruté de una noche sin sueños. Hasta el día siguiente no se me ocurrió la posibilidad de que el chico quemara el pan a propósito. Quizá hubiera soltado las hogazas en las llamas, sabiendo que lo castigarían, para poder dármelas. Sin embargo, lo descarté, seguro que se trataba de un accidente. ¿Por qué iba a hacerlo? Ni siquiera me conocía. En cualquier caso, el simple gesto de tirarme el pan fue un acto de enorme amabilidad con el que se habría ganado una paliza de haber sido descubierto. No podía explicarme sus motivos.

Comimos pan para desayunar y fuimos al colegio. Fue como si la primavera hubiese llegado de la noche a la mañana: el aire era dulce y cálido, y había nubes esponjosas. En clase, pasé junto al chico por el pasillo, y vi que se le había hinchado la mejilla y tenía el ojo morado. Estaba con sus amigos y no me hizo caso, pero cuando recogí a Prim para volver a casa por la tarde, lo descubrí mirándome desde el otro lado del patio. Nuestras miradas se cruzaron durante un segundo; después, él volvió la cabeza. Yo bajé la vista, avergonzada, y entonces lo vi: el primer diente de león del año. Se me encendió una bombilla en la cabeza, pensé en las horas pasadas en los bosques con mi padre y supe cómo íbamos a sobrevivir.

Hasta el día de hoy, no he sido capaz de romper la conexión entre este chico, Peeta Mellark, el pan que me dio esperanza y el diente de león que me recordó que no estaba condenada. Más de una vez me he vuelto en el pasillo del colegio y me he encontrado con sus ojos clavados en mí, aunque él siempre aparta la vista rápidamente. Siento como si le debiese algo, y odio deberle cosas a la gente. Quizá debería haberle dado las gracias en algún momento, porque así me sentiría menos confusa. Lo pensé un par de veces, pero nunca parecía ser el momento oportuno, y ya nunca lo será, porque nos van a lanzar a un campo de batalla en el que tendremos que luchar a muerte. ¿Cómo voy a darle las gracias allí? La verdad es que no sonaría sincero, teniendo en cuenta que estaré intentando cortarle el cuello.

El alcalde termina de leer el lúgubre Tratado de la Traición, y nos indica a Peeta y a mí que nos demos la mano. La suya es consistente y cálida, igual que aquellas hogazas de pan. Me mira a los ojos y me aprieta la mano, como para darme ánimos, aunque quizá no sea más que un espasmo nervioso.

Nos volvemos para mirar a la multitud, mientras suena el himno de Panem.

«En fin —pienso—. Hay veinticuatro chicos, sería mala suerte que tuviese que matarlo yo».

Aunque, últimamente, no hay quien se fíe de la suerte.

3

En cuanto acaba el himno, nos ponen bajo custodia. No quiero decir que nos esposen ni nada de eso, pero un grupo de agentes de la paz nos acompaña hasta la puerta principal del Edificio de Justicia. Quizás algún tributo intentase escapar en el pasado, aunque yo nunca lo he visto.

Una vez dentro, me conducen a una sala y me dejan sola. Es el sitio más lujoso en el que he estado, tiene gruesas alfombras de pelo, y sofá y sillones de terciopelo. Sé que es terciopelo porque mi madre tiene un vestido con un cuello de esa cosa. Cuando me siento en el sofá, no puedo evitar acariciar la tela una y otra vez; me ayuda a calmarme mientras intento prepararme para la hora que me espera. Ese es el tiempo que se les concede a los tributos para despedirse de sus seres queridos. No puedo dejarme llevar y salir de esta habitación con los ojos hinchados y la nariz roja; no me puedo permitir llorar, porque habrá más cámaras en la estación de tren.

Mi hermana y mi madre entran primero. Extiendo los brazos hacia Prim, y ella se sube a mi regazo y me rodea el cuello con los suyos, apoyando la cabeza en mi hombro, como hacía cuando era un bebé. Mi madre se sienta a mi lado y nos abraza a las dos. No hablamos durante unos minutos, pero después empiezo a decirles las cosas que tienen que recordar hacer, ya que yo no estaré para ayudarlas.

Prim no debe coger ninguna tesela. Pueden salir adelante, si tienen cuidado, vendiendo la leche y el queso de la cabra, y siguiendo con la pequeña botica que lleva mi madre para la gente de la Veta. Gale le conseguirá las hierbas que ella no pueda cultivar, aunque tiene que describírselas con precisión, porque él no las conoce como yo. También les llevará carne de caza (él y yo habíamos hecho un pacto al respecto hace cosa de un año) y seguramente no les pedirá nada a cambio. Sin embargo, deben agradecérselo con algún tipo de canje, como leche o medicinas.

No me molesto en sugerirle a Prim que aprenda a cazar; intenté enseñarla un par de veces y fue un desastre. El bosque la aterra y, siempre que yo le daba a una presa, ella se ponía llorosa y decía que podíamos curarla si llegábamos a tiempo a casa. Por otro lado, le va bien con la cabra, así que me concentro en eso.

Cuando termino con las instrucciones sobre el combustible, el comercio y terminar el colegio, me vuelvo hacia mi madre y la cojo con fuerza de la mano.

—Escúchame, ¿me estás escuchando? —Ella asiente, asustada por mi intensidad. Tiene que saber lo que le espera—. No puedes volver a irte.

—Lo sé —me responde ella, clavando los ojos en el suelo—. Lo sé, no lo haré. No pude evitar lo que...

—Bueno, pues esta vez tendrás que evitarlo. No puedes desconectarte y dejar sola a Prim, porque yo no estaré para manteneros con vida. Da igual lo que pase, da igual lo que veas en pantalla. ¡Tienes que prometerme que seguirás luchando!

He levantado tanto la voz que estoy gritando; estoy soltando toda la rabia y el miedo que sentí cuando ella me abandonó.

—Estaba enferma —dice mi madre, soltándose; también se ha enfadado—. Podría haberme curado yo misma de haber tenido las medicinas que tengo ahora.

La parte de haber estado enferma es cierta; después he visto cómo despertaba a personas que sufrían aquella tristeza paralizante. Quizá sea una enfermedad, pero no nos la podemos permitir.

—Pues tómalas... ¡y cuida de ella! —le ordeno.

—Todo saldrá bien, Katniss —dice Prim, cogiéndome la cara—. Pero tú también tienes que cuidarte; eres rápida y valiente, quizá puedas ganar.

No puedo ganar; en el fondo, Prim debe de saberlo. La competición está mucho más allá de mis habilidades. Hay chicos de distritos más ricos, donde ganar es un gran honor, que llevan entrenándose toda la vida para esto. Chicos que son dos o tres veces más grandes que yo; chicas que conocen veinte formas diferentes de matarte con un cuchillo. Sí, también habrá gente como yo, chavales a los que quitarse de en medio antes de que empiece la diversión de verdad.

—Quizá —respondo, porque no puedo decirle a mi madre que luche si yo ya me he rendido. Además, no es propio de mí entregarme sin presentar batalla, aunque los obstáculos parezcan insuperables—. Y seremos tan ricas como Haymitch.

—Me da igual que seamos ricas. Solo quiero que vuelvas a

casa. Lo intentarás, ¿verdad? ¿Lo intentarás de verdad de la buena? —me pregunta Prim.

—De verdad de la buena, te lo juro —le digo, y sé que tendré que hacerlo, por ella.

Después aparece el agente de la paz para decirnos que se ha acabado el tiempo, nos abrazamos tan fuerte que duele y lo único que se me ocurre es:

—Os quiero, os quiero a las dos.

Ellas me dicen lo mismo, el agente les ordena que se marchen y cierra la puerta. Escondo la cabeza en uno de los cojines de terciopelo, como si eso pudiese protegerme de todo lo que está pasando.

Alguien más entra en la habitación y, cuando miro, me sorprende ver al panadero, el padre de Peeta Mellark. No puedo creerme que haya venido a visitarme; al fin y al cabo, pronto estaré intentando matar a su hijo. Pero nos conocemos un poco, y él conoce incluso mejor a Prim, porque, cuando mi hermana vende sus quesos en el Quemador, siempre le guarda dos al panadero y él le da una generosa cantidad de pan a cambio. Es mucho más amable que la bruja de su mujer, así que esperamos a que ella no esté. Seguro que él nunca le habría pegado a su hijo por el pan quemado como lo hizo ella. En cualquier caso, ¿por qué ha venido a verme?

El panadero se sienta, incómodo, en el borde de una de las lujosas sillas. Es un hombre grande, ancho de hombros, con cicatrices de las quemaduras sufridas en el horno a lo largo de los años. Es probable que acabe de despedirse de su hijo.

Saca un paquete envuelto en papel blanco del bolsillo de la

chaqueta y me lo ofrece. Lo abro y encuentro galletas, un lujo que nosotras nunca podemos permitirnos.

—Gracias —respondo. El panadero no es un hombre muy hablador, en el mejor de los casos, y hoy no tiene absolutamente nada que decirme—. He comido un poco de su pan esta mañana. Mi amigo Gale le dio una ardilla a cambio. —Él asiente, como si recordase la ardilla—. No ha hecho usted un buen trato.

Se encoge de hombros, como si no le importase nada.

No se me ocurre qué más decir, así que guardamos silencio hasta que lo llama un agente de la paz. Él se levanta y tose para aclararse la garganta.

—No perderé de vista a la pequeña. Me aseguraré de que coma.

Siento que al oírlo desaparece parte de la presión que me oprime el pecho. La gente trata conmigo, pero a ella le tienen verdadero cariño. Quizás haya cariño suficiente para mantenerla con vida.

Mi siguiente visita también resulta inesperada: Madge viene directa hacia mí. No está llorosa, ni evita hablar del tema, sino que me sorprende con el tono urgente de su voz.

—Te dejan llevar una cosa de tu distrito en la arena, algo que te recuerde a casa. ¿Querrías llevar esto?

Me ofrece la insignia circular de oro que antes le adornaba el vestido. Aunque no le había prestado mucha atención hasta el momento, veo que es un pajarito en pleno vuelo.

—¿Tu insignia? —le pregunto.

Llevar un símbolo de mi distrito es lo que menos me preocupa en estos momentos.

—Toma, te lo pondré en el vestido, ¿vale? —No espera a mi respuesta, se inclina y me lo pone—. Katniss, prométeme que lo llevarás en la arena, ¿vale?

—Sí.

Galletas, una insignia... Hoy me están dando todo tipo de regalos. Madge me da otro más: un beso en la mejilla. Después se va y me quedo pensando que quizá, al fin y al cabo, sí fuera mi amiga.

En último lugar aparece Gale y, aunque puede que no haya nada romántico entre nosotros, cuando abre los brazos no dudo en lanzarme a ellos. Su cuerpo me resulta familiar: la forma en que se mueve, el olor a humo del bosque, incluso los latidos de su corazón, que ya había escuchado en los momentos de silencio de la caza. Sin embargo, es la primera vez que de verdad lo siento, delgado y musculoso, junto al mío.

—Escucha —me dice—, no te resultará difícil conseguir un cuchillo, pero tienes que hacerte con un arco. Es tu mejor opción.

—No siempre los tienen —respondo, pensando en el año en que solo había unas horribles mazas con pinchos con las que los tributos tenían que matarse a golpes.

—Pues fabrica uno. Hasta un arco endeble es mejor que no tener arco.

He intentado copiar los arcos de mi padre con malos resultados, porque no es tan fácil. Incluso él tenía que desechar su trabajo algunas veces.

—Ni siquiera sé si habrá madera —digo.

Otro año los soltaron en un paraje en el que solo había cantos rodados, arena y arbustos esqueléticos; para mí fueron unos de los peores juegos. Muchos competidores sufrieron mordeduras de serpientes venenosas o se volvieron locos de sed.

—Casi siempre hay madera desde aquel año en que la mitad murió de frío —me responde Gale—. No resultaba muy entretenido.

Es cierto, nos pasamos unos juegos enteros viendo cómo los jugadores morían congelados por la noche. Apenas aparecían, porque se limitaban a hacerse un ovillo y no tenían madera para hogueras, ni antorchas, ni nada. El Capitolio consideró muy decepcionante observar todas aquellas muertes silenciosas y sin sangre, así que, desde entonces, suele haber madera para hacer fuego.

—Sí, es verdad.

—Katniss, es como cazar, y eres la mejor cazadora que conozco.

—No es como cazar, Gale, están armados. Y piensan.

—Igual que tú, y tú tienes más práctica, práctica de verdad. Sabes cómo matar.

—Pero no personas.

—¿De verdad hay tanta diferencia? —pregunta Gale, en tono triste.

Lo más horrible es que, si consigo olvidar que son personas, será exactamente igual.

Los agentes de la paz vuelven demasiado pronto y Gale les pide más tiempo, pero se lo llevan y empiezo a asustarme.

—¡No dejes que mueran de hambre! —grito, aferrándome a su mano.

—¡No lo permitiré! ¡Sabes que no lo permitiré! Katniss, recuerda que te... —dice, y nos separan y cierran la puerta, y nunca sabré qué es lo que quiere que recuerde.

La estación de tren está cerca del Edificio de Justicia, aunque nunca antes había viajado en coche y casi nunca en carro. En la Veta nos desplazamos a pie.

He hecho bien en no llorar, porque la estación está a rebosar de periodistas con cámaras apuntándome a la cara, como insectos. Pero tengo mucha experiencia en no demostrar mis sentimientos, y eso es lo que hago. Me veo de reojo en la pantalla de televisión de la pared, en la que están retransmitiendo mi llegada en directo, y me alegra comprobar que parezco casi aburrida.

Por otro lado, no cabe duda de que Peeta Mellark ha estado llorando y, curiosamente, no intenta esconderlo. Me pregunto al instante si será su estrategia en los juegos: parecer débil y asustado para que los demás crean que no es competencia y después dar la sorpresa luchando. A una chica del Distrito 7, Johanna Mason, le funcionó muy bien hace unos años. Parecía una idiota llorica y cobarde por la que nadie se preocupó hasta que solo quedaba un puñado de concursantes. Al final resultó ser una asesina despiadada; una estrategia muy inteligente, pero extraña para Peeta Mellark, porque es el hijo de un panadero. Siempre ha tenido comida de sobra y bandejas de pan que mover de un lado a otro, por lo que es ancho de espaldas y fuerte. Harían falta muchos lloriqueos para convencer a alguien de que lo pasase por alto.

Tenemos que quedarnos unos minutos en la puerta del tren, mientras las cámaras engullen nuestras imágenes; después nos dejan entrar al vagón y las puertas se cierran piadosamente detrás de nosotros. El tren empieza a moverse de inmediato.

Al principio, la velocidad me deja sin aliento. Obviamente, nunca había estado en un tren, ya que está prohibido viajar de un distrito a otro, salvo que se trate de tareas aprobadas por el Estado. En nuestro caso se limita básicamente al transporte de carbón, aunque no estamos en un tren de mercancías normal, sino en uno de los modelos de alta velocidad del Capitolio, que alcanza una media de cuatrocientos kilómetros por hora. Nuestro viaje nos llevará menos de un día.

En el colegio nos dicen que el Capitolio se construyó en un lugar que antes se llamaba las Rocosas. El Distrito 12 estaba en una región conocida como los Apalaches; incluso entonces, hace cientos de años, ya extraían carbón de la zona. Por eso nuestros mineros tienen que trabajar a tanta profundidad.

Por algún motivo, en el colegio todo acaba reduciéndose al carbón. Además de comprensión lectora y matemáticas básicas, casi toda la formación tiene que ver con eso, salvo por la clase semanal de historia de Panem. Se trata principalmente de tonterías sobre lo que le debemos al Capitolio, aunque sé que tiene que haber mucho más de lo que nos cuentan, una explicación real de lo que pasó durante la rebelión. Sin embargo, no pienso mucho en ello; sea cual sea la verdad, no veo cómo me va a ayudar a poner comida en la mesa.

El tren de los tributos es aún más elegante que la habitación del Edificio de Justicia. Cada uno tenemos nuestro propio alojamiento, compuesto por un dormitorio, un vestidor y un baño privado con agua corriente caliente y fría. En casa no tenemos agua caliente, a no ser que la hirvamos.

Hay cajones llenos de ropa bonita, y Effie Trinket me dice

que haga lo que quiera, que me ponga lo que quiera, que todo está a mi disposición. Mi única obligación es estar lista para la cena en una hora. Me quito el vestido azul de mi madre y me doy una ducha caliente, cosa que nunca había hecho antes. Es como estar bajo una lluvia de verano, solo que menos fría. Me pongo una camisa y unos pantalones de color verde oscuro.

En el último segundo me acuerdo de la pequeña insignia de oro de Madge y le echo un buen vistazo por primera vez: es como si alguien hubiese creado un pajarito dorado y después lo hubiese rodeado con un anillo. El pájaro solo está unido al anillo por la punta de las alas. De repente, lo reconozco: es un sinsajo.

Son unos pájaros curiosos, además de una especie de bofetón en la cara para el Capitolio. Durante la rebelión, el Capitolio creó una serie de animales modificados genéticamente y los utilizó como armas; el término común para denominarlos era mutaciones, o mutos, para abreviar. Uno de ellos era un pájaro especial llamado charlajo que tenía la habilidad de memorizar y repetir conversaciones humanas completas. Eran unas aves mensajeras, todas ellas machos, que se soltaron en las regiones en las que se escondían los enemigos del Capitolio. Los pájaros recogían las palabras y volvían a sus bases para que las grabaran. Los distritos tardaron un tiempo en darse cuenta de lo que pasaba, de cómo estaban transmitiendo sus conversaciones privadas, pero, cuando lo hicieron, como es natural, los rebeldes lo utilizaron para contarle al Capitolio miles de mentiras, así que el truco se volvió en su contra. Por esa razón cerraron las bases y abandonaron los pájaros para que muriesen en los bosques.

Sin embargo, no murieron, sino que se aparearon con los sinsontes hembra y crearon una nueva especie que podía replicar tanto los silbidos de los pájaros como las melodías humanas. A pesar de perder la capacidad de articular palabras, podían seguir imitando una amplia gama de sonidos vocales humanos, desde el agudo gorjeo de un niño a los tonos graves de un hombre. Además, podían recrear canciones; no solo unas notas, sino canciones enteras de múltiples versos, siempre que tuvieras la paciencia necesaria para cantárselas y siempre que a ellos les gustase tu voz.

Mi padre sentía un cariño especial por los sinsajos. Cuando íbamos de caza, silbaba o cantaba canciones complicadas y, después de una educada pausa, ellos siempre las repetían. No trataban con el mismo respeto a todo el mundo, pero siempre que mi padre cantaba, todos los pájaros de la zona callaban y escuchaban. Lo hacían porque su voz era muy bonita, alta, clara y tan llena de vida que te daban ganas de reír y llorar a la vez. No fui capaz de seguir con la costumbre después de su muerte. En cualquier caso, este pajarito tiene algo que me consuela; es como llevar una parte de mi padre conmigo, protegiéndome. Me lo prendo a la camisa y, con la tela verde oscuro de fondo, casi puedo imaginarme al sinsajo volando entre los árboles.

Effie Trinket viene a recogerme para la cena, y la sigo por un estrecho y agitado pasillo hasta llegar a un comedor con paredes de madera pulida. Hay una mesa en la que todos los platos son muy frágiles, y Peeta Mellark está sentado esperándonos, con una silla vacía a su lado.

—¿Dónde está Haymitch? —pregunta Effie, en tono alegre.

—La última vez que lo vi me dijo que iba a echarse una siesta —responde Peeta.

—Bueno, ha sido un día agotador —comenta ella, y creo que se siente aliviada por la ausencia de Haymitch. ¿Quién puede culparla?

La cena sigue su curso: una espesa sopa de zanahorias, ensalada verde, chuletas de cordero y puré de patatas, queso y fruta, y una tarta de chocolate. Effie Trinket se pasa toda la comida recordándonos que tenemos que dejar espacio, porque quedan más cosas, pero yo me atiborro, porque nunca había visto una comida así, tan buena y abundante, y porque probablemente lo mejor que puedo hacer hasta que empiecen los juegos es ganar unos cuantos kilos.

—Por lo menos tenéis buenos modales —dice Effie, mientras terminamos el segundo plato—. La pareja del año pasado se lo comía todo con las manos, como un par de salvajes. Consiguieron revolverme las tripas.

La pareja del año pasado eran dos chicos de la Veta que nunca en su vida habían tenido suficiente para comer. Seguro que, cuando tuvieron toda aquella comida delante, los buenos modales en la mesa fueron la menor de sus preocupaciones. Peeta es hijo de panadero; mi madre nos enseñó a Prim y a mí a comer con educación, así que, sí, sé manejar el cuchillo y el tenedor, pero me asquea tanto el comentario que me esfuerzo por comerme el resto de la comida con los dedos. Después me limpio las manos en el mantel, lo que hace que Effie apriete los labios con fuerza.

Una vez terminada la comida, tengo que esforzarme por no vomitarla y veo que Peeta también está un poco verde. Nuestros estómagos no están acostumbrados a unos alimentos tan lujosos.

Sin embargo, si soy capaz de aguantar el mejunje de carne de ratón, entrañas de cerdo y corteza de árbol de Sae la Grasienta (su especialidad de invierno), estoy dispuesta a aguantar esto.

Vamos a otro compartimento para ver el resumen de las cosechas de todo Panem. Intentan ir celebrándolas a lo largo del día, de modo que alguien pueda verlas todas en directo, aunque solo la gente del Capitolio podría hacerlo, ya que ellos son los únicos que no tienen que ir a las cosechas.

Vemos las demás ceremonias una a una, los nombres, los que se ofrecen voluntarios y los que no, que abundan más. Examinamos las caras de los chicos contra los que competiremos y me quedo con algunas: un chico monstruoso que se apresura a presentarse voluntario en el Distrito 2; una chica de brillante cabello rojo y cara astuta en el Distrito 5; un chico cojo en el Distrito 10; y, lo más inquietante, una chica de doce años en el Distrito 11. Tiene piel y ojos oscuros, pero, aparte de eso, me recuerda a Prim tanto en tamaño como en comportamiento. Sin embargo, cuando sube al escenario y piden voluntarios, solo se oye el viento que silba entre los decrépitos edificios que la rodean; nadie está dispuesto a ocupar su lugar.

Por último, aparece el Distrito 12: el momento de la elección de Prim y yo corriendo a presentarme voluntaria. Se nota perfectamente la desesperación en mi voz cuando pongo a Prim detrás de mí, como si temiera que no me oyesen y se la llevaran. Sin embargo, está claro que me oyen. Veo a Gale quitándomela de encima y a mí misma subiendo al escenario. Los comentaristas no saben bien qué decir sobre la actitud del público, su negativa a aplaudir y el saludo silencioso. Uno dice que el Distrito 12 siempre ha estado un poco subdesarrollado, pero que las costumbres locales pueden resultar encantadoras. Como si estuviese ensayado, Haymitch se cae y todos dejan escapar un gruñido cómico. Después sacan el nombre de Peeta y él ocupa su lugar en silencio, nos damos la mano, ponen otra vez el himno y termina el programa.

Effie Trinket está disgustada por el estado de su peluca.

—Vuestro mentor tiene mucho que aprender sobre la presentación y el comportamiento en la televisión.

—Estaba borracho —responde Peeta, riéndose de forma inesperada—. Se emborracha todos los años.

—Todos los días —añado, sin poder reprimir una sonrisita.

Effie hace que parezca como si Haymitch tuviese malos modales que pudieran corregirse con unos cuantos consejos suyos.

—Sí, qué raro que os parezca tan divertido a los dos. Ya sabéis que vuestro mentor es el contacto con el mundo exterior en estos juegos, el que os aconsejará, os conseguirá patrocinadores y organizará la entrega de cualquier regalo. ¡Haymitch puede suponeros la diferencia entre la vida y la muerte!

En ese preciso momento, Haymitch entra tambaleándose en el compartimento.

—¿Me he perdido la cena? —pregunta, arrastrando las palabras. Después vomita en la cara alfombra y se cae encima de la porquería.

—¡Seguid riéndoos! —exclama Effie Trinket; acto seguido se levanta de un salto, rodea el charco de vómito subida a sus zapatos puntiagudos y sale de la habitación.

4

Durante unos instantes, Peeta y yo asimilamos la escena de nuestro mentor intentando levantarse del charco de porquería resbaladiza que ha soltado su estómago. El hedor a vómito y alcohol puro hace que se me revuelvan las tripas. Nos miramos; está claro que Haymitch no es gran cosa, pero Effie Trinket tiene razón en algo: una vez en la arena, solo lo tendremos a él. Como si llegáramos a algún tipo de acuerdo silencioso, Peeta y yo lo cogemos por los brazos y lo ayudamos a levantarse.

—¿He tropezado? —pregunta Haymitch—. Huele mal.

Se limpia la nariz con la mano y se mancha la cara de vómito.

—Vamos a llevarte a tu cuarto para limpiarte un poco —dice Peeta.

Lo llevamos de vuelta a su compartimento medio a empujones, medio a rastras. Como no podemos dejarlo sobre la colcha bordada, lo metemos en la bañera y encendemos la ducha; él apenas se entera.

—No pasa nada —me dice Peeta—. Ya me encargo yo.

No puedo evitar sentirme un poco agradecida, ya que lo que menos me apetece en el mundo es desnudar a Haymitch, limpiarle la porquería del pelo del pecho y meterlo en la cama. Seguramente, mi compañero intenta causarle buena impresión, ser su favorito cuando empiecen los juegos. Sin embargo, a juzgar por el estado en el que está, Haymitch no se acordará de nada mañana.

—Vale, puedo enviar a una de las personas del Capitolio a ayudarte —le digo, porque hay varias en el tren. Cocinan para nosotros, nos sirven y nos vigilan; cuidarnos es su trabajo.

—No, no las quiero.

Asiento y vuelvo a mi cuarto. Entiendo cómo se siente Peeta, yo tampoco puedo soportar a la gente del Capitolio, pero hacer que se encarguen de Haymitch podría ser una pequeña venganza, así que medito sobre la razón que lo lleva a insistir en ocuparse de él, así, de repente. «Es porque está siendo amable. Igual que cuando me regaló el pan», pienso.

La idea hace que me pare en seco: un Peeta Mellark amable es mucho más peligroso que uno desagradable. La gente amable consigue abrirse paso hasta mí y quedárseme dentro, y no puedo dejar que Peeta lo haga, no en el sitio al que vamos. Decido que, desde este momento, debo tener el menor contacto posible con el hijo del panadero.

Cuando llego a mi habitación, el tren se detiene en un andén para repostar. Abro rápidamente la ventana, tiro las galletas que me regaló el padre de Peeta y cierro el cristal de golpe. Se acabó, no quiero nada más de ninguno de los dos.

Por desgracia, el paquete de galletas cae al suelo y se abre sobre un grupo de dientes de león que hay junto a las vías. Solo lo veo un instante, porque el tren sale de nuevo, pero me basta con eso; es suficiente para recordarme aquel otro diente de león que vi en el patio del colegio hace algunos años...

Justo cuando aparté la mirada del rostro amoratado de Peeta Mellark me encontré con el diente de león y supe que no todo estaba perdido. Lo arranqué con cuidado y me apresuré a volver a casa, cogí un cubo y a mi hermana de la mano, y me dirigí a la Pradera; y sí, estaba llena de aquellas semillas de cabeza dorada. Después de recogerlas, rebuscamos por el borde interior de la valla a lo largo de un kilómetro y medio, más o menos, hasta que llenamos el cubo de hojas, tallos y flores de diente de león. Aquella noche nos atiborramos de ensalada y el resto del pan de la panadería.

—¿Qué más? —me preguntó Prim—. ¿Qué más comida podemos encontrar?

—De todo tipo —le prometí—. Solo tengo que acordarme.

Mi madre tenía un libro que se había llevado de la botica de sus padres; las hojas estaban hechas de pergamino viejo y tenían dibujos a tinta de plantas, junto a los cuales habían escrito en pulcras letras mayúsculas sus nombres, dónde recogerlas, cuándo florecían y sus usos médicos. Sin embargo, mi padre añadió otras entradas al libro, plantas comestibles, no curativas: dientes de león, ombús, cebollas silvestres y pinos. Prim y yo nos pasamos el resto de la noche estudiando detenidamente aquellas páginas.

Al día siguiente no teníamos clases. Durante un rato me quedé en el borde de la Pradera, pero, finalmente, conseguí reunir el valor necesario para meterme por debajo de la alambrada. Era la primera vez que estaba allí sola, sin las armas de mi padre para protegerme, aunque recuperé el pequeño arco y las flechas que había escondido en un árbol hueco. No me adentré ni veinte metros en los bosques y la mayor parte del tiempo la pasé subida a las ramas de un viejo roble, con la esperanza de que se acercara una presa. Después de varias horas, tuve la buena suerte de matar un conejo. Lo había hecho antes, con la ayuda de mi padre; pero era la primera vez que lo hacía sola.

Llevábamos varios meses sin comer carne, así que la imagen del conejo pareció despertar algo dentro de mi madre. Se levantó, despellejó el animal, e hizo un estofado con la carne y parte de las verduras que Prim había recogido. Después se quedó como desconcertada y regresó a la cama, pero, una vez listo el estofado, la obligamos a comerse un cuenco.

Los bosques se convirtieron en nuestra salvación, y cada día me adentraba más en sus brazos. A pesar de que al principio fue algo lento, estaba decidida a alimentarnos; robaba huevos de los nidos, pescaba peces con una red, a veces lograba disparar a una ardilla o un conejo para el estofado y recogía las distintas plantas que surgían bajo mis pies. Las plantas son peligrosas; aunque hay muchas comestibles, si das un paso en falso estás muerta. Las comparaba varias veces con los dibujos de mi padre antes de comerlas, y eso nos mantuvo vivas.

Ante cualquier indicio de peligro, ya fuese un aullido lejano o una rama rota de forma inexplicable, salía corriendo hacia la alambrada. Después empecé a arriesgarme a subir a los árboles para escapar de los perros salvajes, que no tardaban en aburrirse y seguían su camino. Los osos y los gatos vivían más adentro; quizá no les gustaban la peste y el hollín de nuestro distrito.

El 18 de mayo fui al Edificio de Justicia, firmé para pedir mi tesela y me llevé a casa el primer lote de cereales y aceite en el carro de juguete de Prim. Los días 8 de cada mes tenía derecho a hacer lo mismo, pero, claro, no podía dejar de cazar y recolectar. El cereal no bastaba para vivir y había otras cosas que comprar: jabón, leche e hilo. Lo que no fuese absolutamente necesario consumir, lo llevaba al Quemador. Me daba miedo entrar allí sin mi padre al lado; sin embargo, la gente lo respetaba y me aceptaba por él. Al fin y al cabo, una presa era una presa, la derribase quien la derribase. También vendía en las puertas de atrás de los clientes más ricos de la ciudad, intentando recordar lo que mi padre me había dicho y aprendiendo unos cuantos trucos nuevos. La carnicera me compraba los conejos, pero no las ardillas; al panadero le gustaban las ardillas, pero solo las aceptaba si no estaba por allí su mujer; al jefe de los agentes de la paz le encantaba el pavo silvestre y el alcalde sentía pasión por las fresas.

A finales del verano, estaba lavándome en un estanque cuando me fijé en las plantas que me rodeaban: altas con hojas como flechas, y flores con tres pétalos blancos. Me arrodillé en el agua, metí los dedos en el suave lodo y saqué un puñado de raíces. Eran tubérculos pequeños y azulados que no parecían gran cosa, pero que, al hervirlos o asarlos, resultaban tan buenos como las patatas.

—Katniss, la saeta de agua —dije en voz alta.

Era la planta por la que me pusieron ese nombre; recordé a mi padre decir, en broma: «Mientras puedas encontrarte, no te morirás de hambre».

Me pasé varias horas agitando el lecho del estanque con los dedos de los pies y un palo, recogiendo los tubérculos que flotaban hasta la superficie. Aquella noche nos dimos un banquete de pescado y raíces de saeta hasta que, por primera vez en meses, las tres nos llenamos.

Poco a poco, mi madre volvió con nosotras. Empezó a limpiar, cocinar y poner en conserva para el invierno algunos de los alimentos que yo llevaba. La gente pagaba en especie o con dinero por sus remedios medicinales y, un día, la oí cantar.

Prim estaba encantada de tenerla de vuelta, mientras que yo seguía observándola, esperando que desapareciese otra vez; no confiaba en ella. Además, un lugar pequeño y retorcido de mi interior la odiaba por su debilidad, por su negligencia, por los meses que nos había hecho pasar. Mi hermana la perdonó y yo me alejé de ella, había levantado un muro para protegerme de necesitarla y nada volvería a ser lo mismo entre nosotras.

Y ahora voy a morir sin haberlo arreglado. Pienso en cómo le he gritado hoy en el Edificio de Justicia, aunque también le dije que la quería. A lo mejor ambas cosas se compensan.

Me quedo mirando por la ventana del tren un rato, deseando poder abrirla de nuevo, pero sin saber qué pasaría si lo hiciera a tanta velocidad. A lo lejos veo las luces de otro distrito. ¿El 7? ¿El 10? No lo sé. Pienso en los habitantes dentro de sus casas, preparándose para acostarse. Me imagino mi casa, con las persianas bien cerradas. ¿Qué estarán haciendo mi madre y Prim? ¿Habrán sido capaces de cenar el guiso de pescado y las fresas? ¿O estará todo intacto en los platos? ¿Habrán visto el resumen de los acontecimientos del día en el viejo televisor que tenemos en la mesa pegada a la pared? Seguro que han llorado más. ¿Estará resistiendo mi madre, estará siendo fuerte por Prim? ¿O habrá empezado a marcharse, a descargar el peso del mundo sobre los frágiles hombros de mi hermana?

Sin duda, esta noche dormirán juntas. Me consuela que el viejo zarrapastroso de *Buttercup* se haya colocado en la cama para proteger a Prim. Si llora, él se abrirá paso hasta sus brazos y se acurrucará allí hasta que se calme y se quede dormida. Cómo me alegro de no haberlo ahogado.

Pensar en mi casa me mata de soledad. Ha sido un día interminable. ¿Cómo es posible que Gale y yo estuviéramos recogiendo moras esta misma mañana? Es como si hubiese pasado en otra vida, como un largo sueño que se va deteriorando hasta convertirse en pesadilla. Si consigo dormirme, quizá me despierte en el Distrito 12, el lugar al que pertenezco.

Seguro que hay muchos camisones en la cómoda, pero me quito la camisa y los pantalones, y me acuesto en ropa interior. Las sábanas son de una tela suave y sedosa, con un edredón grueso y esponjoso que me calienta de inmediato.

Si voy a llorar, será mejor que lo haga ahora; por la mañana podré arreglar el estropicio que me hagan las lágrimas en la cara. Sin embargo, no lo consigo, estoy demasiado cansada o entumecida para llorar, solo quiero estar en otra parte; así que dejo que el tren me meza hasta sumergirme en el olvido.

Está entrando luz gris a través de las cortinas cuando me despiertan unos golpecitos. Oigo la voz de Effie Trinket llamándome para que me levante.

—¡Arriba, arriba, arriba! ¡Va a ser un día muy, muy, muy importante!

Durante un instante intento imaginarme cómo será el interior de la cabeza de esta mujer. ¿Qué pensamientos llenan las horas en que está despierta? ¿Qué sueños tiene por las noches? No tengo ni idea.

Me vuelvo a poner el traje verde porque no está muy sucio, solo algo arrugado por haberse pasado la noche en el suelo. Recorro con los dedos el círculo que rodea al pequeño sinsajo de oro y pienso en los bosques, en mi padre, y en mi madre y Prim levantándose, teniendo que enfrentarse al día. He dormido sin deshacer las intrincadas trenzas con las que me peinó mi madre para la cosecha; como todavía tienen buen aspecto, me dejo el pelo como está. Da igual: no podemos estar lejos del Capitolio y, cuando lleguemos a la ciudad, mi estilista decidirá el aspecto que voy a tener en las ceremonias de inauguración de esta noche. Solo espero que no crea que la desnudez es el último grito en moda.

Cuando entro en el vagón comedor, Effie Trinket se acerca a mí con una taza de café solo; está murmurando obscenidades entre dientes. Haymitch se está riendo disimuladamente, con la cara hinchada y roja de los abusos del día anterior. Peeta tiene un panecillo en la mano y parece algo avergonzado.

—¡Siéntate! ¡Siéntate! —exclama Haymitch, haciendo señas con la mano.

En cuanto lo hago, me sirven una enorme bandeja de comida: huevos, jamón y montañas de patatas fritas. Hay un frutero metido en hielo, para que la fruta se mantenga fresca, y tengo delante una cesta de panecillos que habrían servido para alimentar a toda mi familia durante una semana. También hay un elegante vaso con zumo de naranja; bueno, creo que es zumo de naranja. Solo he probado las naranjas una vez, en Año Nuevo, porque mi padre compró una como regalo especial. Una taza de café; mi madre adora el café, aunque casi nunca podemos permitírnoslo, pero a mí me parece aguado y amargo. Al lado hay una taza con algo de color marrón intenso que nunca había visto antes.

—Lo llaman chocolate caliente —me dice Peeta—. Está bueno.

Pruebo un trago del líquido caliente, dulce y cremoso, y me recorre un escalofrío. Aunque el resto de la comida me llama, no le hago caso hasta que termino la taza. Después me atiborro de todo lo que puedo, procurando no pasarme con los alimentos más grasos. Mi madre me dijo una vez que siempre comía como si no fuera a volver a ver la comida, y yo le respondí: «No la volveré a ver si no la traigo yo». Eso le cerró la boca.

Cuando siento que el estómago me va a estallar, me echo hacia atrás y observo a mis compañeros de desayuno. Peeta sigue comiendo, troceando los panecillos para mojarlos en el chocolate caliente. Haymitch no le ha prestado mucha atención a su bandeja, pero está tragándose un vaso de zumo rojo que no deja de mezclar con un líquido transparente que saca de una botella. A juzgar por el olor, es algún tipo de alcohol. No conozco a Haymitch, aunque lo he visto a menudo en el Quemador, tirando puñados de dinero sobre el mostrador de la mujer que vende licor blanco. Estará diciendo incoherencias cuando lleguemos al Capitolio.

Me doy cuenta de que detesto a este hombre; no es de extrañar que los tributos del Distrito 12 no tengan ni una oportunidad. No es solo que estemos mal alimentados y nos falte entrenamiento, porque algunos de nuestros participantes eran lo bastante fuertes como para intentarlo, pero rara vez conseguimos patrocinadores, y él tiene gran parte de la culpa. La gente rica que apoya a los tributos (ya sea porque apuesten por ellos o simplemente por tener derecho a presumir de haber escogido al ganador) espera tratar con alguien más elegante que Haymitch.

—Entonces, ¿se supone que nos vas a aconsejar? —le pregunto.

—¿Quieres un consejo? Sigue viva —responde Haymitch, y se echa a reír.

Miro a Peeta antes de recordar que no quiero tener nada que ver con él, y me sorprende encontrarme con una expresión muy dura, cuando normalmente parece tan afable.

—Muy gracioso —dice. De repente, le pega un bofetón al vaso que Haymitch tiene en la mano, y el cristal se hace añicos en el suelo y desparrama el líquido rojo sangre hacia el fondo del vagón—. Pero no para nosotros.

Haymitch lo piensa un momento y le da un puñetazo a Peeta en la mandíbula, tirándolo de la silla. Cuando se vuelve para coger el alcohol, clavo mi cuchillo en la mesa, entre su mano y la botella; casi le corto los dedos. Me preparo para rechazar un golpe que no llega; el hombre se echa hacia atrás y nos mira de reojo.

—Bueno, ¿qué tenemos aquí? ¿De verdad me han tocado un par de luchadores este año?

Peeta se levanta del suelo y coge un puñado de hielo de debajo del frutero. Empieza a llevárselo a la marca roja de la mandíbula.

—No —lo detiene Haymitch—. Deja que salga el moratón. La audiencia pensará que te has peleado con otro tributo antes incluso de llegar a la arena.

—Va contra las reglas.

—Solo si te pillan. Ese moratón dirá que has luchado y no te han cogido; mucho mejor. —Después se vuelve hacia mí—. ¿Puedes hacer algo con ese cuchillo, aparte de clavarlo en la mesa?

Mis armas son el arco y la flecha, aunque también he pasado bastante tiempo lanzando cuchillos. A veces, si hiero a un animal con el arco, es mejor clavarle también un cuchillo antes de acercarse. Me doy cuenta de que, si quiero ganarme la atención de Haymitch, este es el momento adecuado para impresionarlo. Arranco el cuchillo de la mesa, lo cojo por la hoja y lo lanzo a la pared de enfrente; la verdad es que esperaba clavarlo con fuerza, pero se queda metido en el hueco entre dos paneles de madera, lo que me hace parecer mucho mejor de lo que soy.

—Venid aquí los dos —nos pide Haymitch, señalando con la cabeza al centro de la habitación. Obedecemos, y él da vueltas a nuestro alrededor, tocándonos como si fuésemos animales, comprobando nuestros músculos y examinándonos las caras—. Bueno, no está todo perdido. Parecéis en forma y, cuando os cojan los estilistas, seréis bastante atractivos. —Peeta y yo no lo ponemos en duda, porque, aunque los Juegos del Hambre no son un concurso de belleza, los tributos con mejor aspecto siempre parecen conseguir más patrocinadores—. Vale, haré un trato con vosotros: si no interferís con mi bebida, prometo estar lo suficientemente sobrio para ayudaros, siempre que hagáis todo lo que os diga.

No es un gran trato, pero sí un paso gigantesco con respecto a lo ocurrido hace diez minutos, cuando no teníamos guía alguna.

—Vale —responde Peeta.

—Pues ayúdanos. Cuando lleguemos a la arena, ¿cuál es la mejor estrategia en la Cornucopia para alguien...?

—Cada cosa a su tiempo. Dentro de unos minutos llegaremos a la estación y estaréis en manos de los estilistas. No os va a gustar lo que os hagan, pero, sea lo que sea, no os resistáis.

—Pero... —empiezo a protestar.

—No hay peros que valgan, no os resistáis —dice Haymitch.

Después coge la botella de la mesa y sale del vagón. Cuando se cierra la puerta, el vagón se queda a oscuras; aunque todavía hay algunas luces dentro, es como si se hiciese de noche en el exterior. Me doy cuenta de que debemos de estar en el túnel que atraviesa las montañas y lleva hasta el Capitolio. Las montañas forman una barrera natural entre la ciudad y los distritos orientales. Es casi imposible entrar por aquí, salvo a través de los túneles. Esta ventaja geográfica fue un factor decisivo para la derrota de los distritos en la guerra que me ha convertido en tributo. Como los rebeldes tenían que escalar las montañas, eran blancos fáciles para las fuerzas aéreas del Capitolio.

Peeta Mellark y yo guardamos silencio mientras el tren sigue su camino. El túnel dura y dura, nos separa del cielo, y se me encoge el corazón. Odio estar encerrada en piedra, me recuerda a las minas y a mi padre, atrapado, incapaz de llegar hasta la luz del sol, enterrado para siempre en la oscuridad.

El tren por fin empieza a frenar y una luz brillante inunda el compartimento. No podemos evitarlo, los dos salimos corriendo hacia la ventanilla para ver algo que solo hemos visto en televisión: el Capitolio, la ciudad que dirige Panem. Las cámaras no mienten sobre su grandeza; si acaso, no logran capturar el esplendor de los edificios relucientes que proyectan un arco iris de colores en el aire, de los brillantes coches que corren por las amplias calles pavimentadas, de la gente vestida y peinada de forma extraña, con la cara pintada y aspecto de no haberse perdido nunca una comida. Todos los colores parecen artificiales: los rosas son demasiado intensos; los verdes, demasiado brillantes, y los amarillos dañan los ojos, como los caramelos con forma de discos planos que nunca podemos permitirnos en la tienda de dulces del Distrito 12.

La gente empieza a señalarnos con entusiasmo al reconocer el tren de tributos que entra en la ciudad. Me aparto de la ventanilla, asqueada por su emoción, sabiendo que están deseando vernos morir. Sin embargo, Peeta se mantiene en su sitio, e incluso empieza a saludar y sonreír a la multitud, que lo mira con la boca abierta. Solo deja de hacerlo cuando el tren se mete en la estación y nos tapa la vista.

Se da cuenta de que lo miro y se encoge de hombros.

—¿Quién sabe? Puede que uno de ellos sea rico.

Lo había juzgado mal. Empiezo a pensar en sus acciones desde que comenzó la cosecha: el amistoso apretón de manos, su padre regalándome galletas y prometiendo cuidar de Prim... ¿Sería idea de Peeta? Sus lágrimas en la estación, presentarse voluntario para lavar a Haymitch y después retarlo esta mañana al descubrir que, por lo visto, hacerse el bueno no servía de nada.

Y aquí está ahora, saludando por la ventanilla, intentando ganarse al público.

Las piezas todavía no han encajado del todo, pero siento que se forma un plan, que no ha aceptado su muerte. Ya está luchando por seguir vivo, lo que significa, además, que el bueno de Peeta Mellark, el chico que me dio el pan, está luchando por matarme.

5

¡Ras! Aprieto los dientes mientras Venia, una mujer de pelo color turquesa y tatuajes dorados sobre las cejas, me arranca una tira de tela de la pierna, llevándose con ella el pelo que había debajo.

—¡Lo siento! —canturrea con su estúpido acento del Capitolio—. ¡Es que tienes mucho pelo!

¿Por qué habla esta gente con un tono tan agudo? ¿Por qué apenas abren la boca para hablar? ¿Por qué acaban todas las frases con la misma entonación que se usa para preguntar? Vocales extrañas, palabras recortadas y un siseo cada vez que pronuncian la letra ese... Por eso a todo el mundo se le pega su acento, claro.

Venia intenta demostrar su comprensión.

—Pero tengo buenas noticias: este es el último. ¿Lista?

Me agarro a los bordes de la mesa en la que estoy sentada y asiento con la cabeza. Ella arranca de un doloroso tirón la última zona de pelo de mi pierna izquierda.

Llevo más de tres horas en el Centro de Renovación y todavía no conozco a mi estilista. Al parecer, no está interesado en verme hasta que Venia y los demás miembros de mi equipo de preparación no se hayan ocupado de algunos problemas obvios, lo que incluye restregarme el cuerpo con una espuma arenosa que no solo me ha quitado la suciedad, sino también unas tres capas de piel, darle uniformidad a mis uñas y, sobre todo, librarse de mi vello corporal. Piernas, brazos, torso, axilas y parte de mis cejas se han quedado sin un solo pelo, así que parezco un pájaro desplumado, listo para asar. No me gusta, tengo la piel irritada, me pica y la siento muy vulnerable. Sin embargo, he cumplido mi parte del trato que hicimos con Haymitch y no he puesto ni una objeción.

—Lo estás haciendo muy bien —dice un tipo que se llama Flavius. Agita sus tirabuzones naranjas y me aplica una capa de pintalabios morado—. Si hay algo que no aguantamos es a los lloricas. ¡Embadurnadla!

Venia y Octavia, una mujer regordeta con todo el cuerpo teñido de verde guisante claro, me dan un masaje con una loción que primero pica y después me calma la piel. Acto seguido me levantan de la mesa y me quitan la fina bata que me han permitido vestir de vez en cuando. Me quedo aquí, completamente desnuda, mientras los tres me rodean y utilizan las pinzas para eliminar hasta el último rastro de pelo. Sé que debería sentir vergüenza, pero me parecen tan poco humanos que es como si tuviese a un trío de extraños pájaros de colores picoteando el suelo alrededor de mis pies.

Los tres dan un paso atrás y admiran su trabajo.

—¡Excelente! ¡Ya casi pareces un ser humano! —exclama Flavius, y todos se ríen.

—Gracias —respondo con dulzura, obligándome a sonreír para demostrarles lo agradecida que estoy—. En el Distrito 12 no tenemos muchas razones para arreglarnos.

—Claro que no, ¡pobre criatura! —dice Octavia, juntando las manos, consternada. Creo que me los he ganado con mi respuesta.

—Pero no te preocupes —añade Venia—. Cuando Cinna acabe contigo, ¡vas a estar absolutamente divina!

—¡Te lo prometemos! ¿Sabes? Ahora que nos hemos librado de tanto pelo y porquería, ¡no estás tan horrible, ni mucho menos! —afirma Flavius, para animarme—. ¡Vamos a llamar a Cinna!

Salen disparados del cuarto. Los miembros del equipo de preparación son tan bobos que me resulta difícil odiarlos. Sin embargo, curiosamente, sé que son sinceros en su intento por ayudarme.

Miro las paredes y el suelo, todo tan frío y blanco, y resisto el impulso de recuperar la bata. Sé que este Cinna, mi estilista, hará que me la quite en cuanto llegue, así que me llevo las manos al cabello, la única zona que mi equipo tenía órdenes de respetar. Me acaricio las trenzas de seda que mi madre ha colocado tan bien. Mi madre; me he dejado su vestido azul y sus zapatos en el suelo del vagón, no se me ocurrió recogerlos ni intentar aferrarme a algo suyo, de casa. Ahora me arrepiento.

La puerta se abre y entra un joven que debe de ser Cinna. Me sorprende lo normal que parece; casi todos los estilistas a los que entrevistan en la tele están tan teñidos, pintados y alterados quirúrgicamente que resultan grotescos, pero Cinna lleva el pelo corto y, en apariencia, de su color castaño natural. Viste camisa y pantalones negros sencillos, y la única concesión a las modificaciones de aspecto parece ser un delineador de ojos dorado aplicado con generosidad. Resalta las motas doradas de sus ojos verdes y, a pesar del asco que me producen el Capitolio y sus horrendas modas, no puedo evitar pensar que lo hace muy atractivo.

—Hola, Katniss. Soy Cinna, tu estilista —dice en voz baja, aunque casi sin la afectación típica del Capitolio.

—Hola —respondo, con precaución.

—Dame un momento, ¿vale? —me pide. Camina a mi alrededor y observa mi cuerpo desnudo, sin tocarme, pero tomando nota de cada centímetro. Resisto el impulso de cruzar los brazos sobre el pecho—. ¿Quién te ha peinado?

—Mi madre.

—Es precioso. Mucha clase, la verdad, en un equilibrio casi perfecto con tu perfil. Tiene dedos hábiles.

Esperaba a alguien extravagante, alguien mayor que intentara desesperadamente parecer joven, alguien que me viera como un trozo de carne que había que preparar para una bandeja. Cinna no es nada de eso.

—Eres nuevo, ¿verdad? No creo haberte visto antes —le digo.

La mayoría de los estilistas me resultan familiares, son constantes en el siempre cambiante grupo de los tributos. Algunos llevan en esto toda mi vida.

—Sí, es mi primer año en los juegos.

—Así que te han dado el Distrito 12 —comento, porque los recién llegados suelen quedarse con nosotros, el distrito menos deseable.

—Lo pedí expresamente —responde, sin dar más explicaciones—. ¿Por qué no te pones la bata y charlamos un rato?

Me pongo la bata y lo sigo hasta un salón en el que hay dos sofás rojos con una mesita baja en medio. Tres paredes están vacías y la cuarta es entera de cristal, de modo que puede verse la ciudad. Por la luz, debe de ser mediodía, aunque el cielo soleado se ha cubierto de nubes. Cinna me invita a sentarme en uno de los sofás y se sienta enfrente de mí; después pulsa un botón que hay en el lateral de la mesa y la parte de arriba se abre para dejar salir un segundo tablero con nuestra comida: pollo y gajos de naranja cocinados en una salsa de nata sobre un lecho de granos blancos perlados, guisantes y cebollas diminutos, y panecillos en forma de flor; de postre hay un pudin de color miel.

Intento imaginarme preparando esta misma comida en casa. Los pollos son demasiado caros, pero podría apañarme con un pavo silvestre. Necesitaría matar un segundo pavo para cambiarlo por naranjas. La leche de cabra tendría que servir de sustituta de la nata. Podemos cultivar guisantes en el huerto y tendría que conseguir cebollas silvestres en el bosque. No reconozco el cereal, porque nuestras raciones de las teselas se convierten en una fea papilla marrón cuando las cocinas. Para conseguir los panecillos lujosos tendría que hacer otro trueque con el panadero, quizás a cambio de dos o tres ardillas. En cuanto al pudin, ni siquiera se me ocurre qué llevará dentro. Harían falta varios días de caza y recolección para hacer esta comida y, aun así, no llegaría a la altura de la versión del Capitolio.

Me pregunto cómo será vivir en un mundo en el que la comida aparece con solo presionar un botón. ¿A qué dedicaría las horas que paso recorriendo los bosques en busca de sustento si fuese tan fácil conseguirlo? ¿Qué hacen todo el día estos habitantes del

Capitolio, además de decorarse el cuerpo y esperar al siguiente cargamento de tributos para divertirse viéndolos morir?

Levanto la mirada y veo los ojos de Cinna clavados en los míos.

—Esto debe de parecerte despreciable. —¿Me lo ha visto en la cara o, de algún modo, me ha leído el pensamiento? Sin embargo, tiene razón: toda esta gente asquerosa me resulta despreciable—. Da igual —dice Cinna—. Bueno, Katniss, hablemos de tu traje para la ceremonia de inauguración. Mi compañera, Portia, es la estilista del otro tributo de tu distrito, Peeta, y estamos pensando en vestiros a juego. Como sabes, es costumbre que los trajes reflejen el espíritu de cada distrito.

Se supone que en la ceremonia inaugural tienes que llevar algo referente a la principal industria de tu distrito. Distrito 11, agricultura; Distrito 4, pesca; Distrito 3, fábricas. Eso significa que, al venir del Distrito 12, Peeta y yo llevaremos algún tipo de atuendo minero. Como el ancho mono de los mineros no resulta especialmente atractivo, nuestros tributos suelen acabar con trajes con poca tela y cascos con focos. Un año los sacaron completamente desnudos y cubiertos de polvo negro, como si fuese polvo de carbón. Los trajes siempre son horrendos y no ayudan a ganarse el favor del público, así que me preparo para lo peor.

—Entonces, ¿será un disfraz de minero? —pregunto, esperando que no sea indecente.

—No del todo. Verás, Portia y yo creemos que el tema del minero está muy trillado. Nadie se acordará de vosotros si lleváis eso, y los dos pensamos que nuestro trabajo consiste en hacer que los tributos del Distrito 12 sean inolvidables.

«Está claro que me toca ir desnuda», pienso.

—Así que, en vez de centrarnos en la minería en sí, vamos a centrarnos en el carbón.

«Desnuda y cubierta de polvo negro», pienso otra vez.

—Y ¿qué se hace con el carbón? Se quema —dice Cinna—. No te da miedo el fuego, ¿verdad, Katniss? —Ve mi expresión y sonríe.

Unas cuantas horas después, estoy vestida con lo que puede ser el vestido más sensacional o el más mortífero de la ceremonia de inauguración. Llevo una sencilla malla negra de cuerpo entero que me cubre del cuello a los tobillos, con unas botas de cuero brillante y cordones que me llegan hasta las rodillas. Sin embargo, lo que define el traje es la capa que ondea al viento, con franjas naranjas, amarillas y rojas, y el tocado a juego. Cinna pretende prenderles fuego justo antes de que nuestro carro recorra las calles.

—No es fuego de verdad, por supuesto, solo un fuego sintético que Portia y yo hemos inventado. Estarás completamente a salvo —me asegura, pero no me acaba de convencer; es posible que acabe convertida en barbacoa humana cuando lleguemos al centro de la ciudad.

Apenas llevo maquillaje, solo unos toquecitos de iluminador. Me han cepillado el pelo y me lo han recogido en una sola trenza, que es como suelo llevarlo.

—Quiero que el público te reconozca cuando estés en la arena —dice Cinna en tono soñador—: Katniss, la chica en llamas.

Se me pasa por la cabeza que la conducta tranquila y normal de Cinna puede estar ocultando a un loco de remate.

A pesar de la revelación de esta mañana sobre el carácter de Peeta, me alivia verlo aparecer vestido con un traje idéntico. Como es hijo de panadero y tal, debe de estar acostumbrado al fuego. Su estilista, Portia, y el resto de su equipo lo acompañan, y todos están de los nervios por la sensación que vamos a causar. Todos salvo Cinna, que acepta las felicitaciones como si estuviera algo cansado.

Nos llevan al nivel inferior del Centro de Renovación, que es, básicamente, un establo gigantesco. La ceremonia inaugural va a empezar y están subiendo a las parejas de tributos en unos carros tirados por grupos de cuatro caballos. Los nuestros son negro carbón, unos animales tan bien entrenados que ni siquiera necesitan un jinete que los guíe. Cinna y Portia nos conducen a nuestro carro y nos arreglan con cuidado la postura del cuerpo y la caída de las capas antes de apartarse para comentar algo entre ellos.

—¿Qué piensas? —le susurro a Peeta—. Del fuego, quiero decir.

—Te arrancaré la capa si tú me arrancas la mía —me responde, entre dientes.

—Trato hecho. —Quizá si logramos quitárnoslas lo bastante deprisa evitemos las peores quemaduras. Lo malo es que nos soltarán en el campo de batalla estemos como estemos—. Sé que le prometí a Haymitch que haría todo lo que nos dijeran, pero creo que no tuvo en cuenta este detalle.

—Por cierto, ¿dónde está? ¿No se supone que tiene que protegernos de este tipo de cosas?

—Con todo ese alcohol dentro, no creo que sea buena idea tenerlo cerca cuando ardamos.

De repente, los dos nos echamos a reír. Supongo que estamos tan nerviosos por los juegos y, más aún, tan aterrados por la posibilidad de acabar convertidos en antorchas humanas, que no actuamos de forma racional.

Empieza la música de apertura. No cuesta oírla, la ponen a todo volumen por las avenidas del Capitolio. Unas puertas correderas enormes se abren a las calles llenas de gente. El desfile dura unos veinte minutos y termina en el Círculo de la Ciudad, donde nos recibirán, tocarán el himno y nos escoltarán hasta el Centro de Entrenamiento, que será nuestro hogar/prisión hasta que empiecen los juegos.

Los tributos del Distrito 1 van en un carro tirado por caballos blancos como la nieve. Están muy guapos, rociados de pintura plateada y vestidos con elegantes túnicas cubiertas de piedras preciosas; el Distrito 1 fabrica artículos de lujo para el Capitolio. Oímos el rugido del público; siempre son los favoritos.

El Distrito 2 se coloca detrás de ellos. En pocos minutos nos encontramos acercándonos a la puerta y veo que, entre el cielo nublado y que empieza a anochecer, la luz se ha vuelto gris. Los tributos del Distrito 11 acaban de salir cuando Cinna aparece con una antorcha encendida.

—Allá vamos —dice, y, antes de poder reaccionar, prende fuego a nuestras capas. Ahogo un grito, esperando que llegue el calor, pero solo noto un cosquilleo. Cinna se coloca delante de nosotros, prende fuego a los tocados y deja escapar un suspiro de alivio—. Funciona. —Después me levanta la barbilla con cariño—. Recuerda, la cabeza alta. Sonríe. ¡Te van a adorar!

Cinna se baja del carro de un salto y tiene una última idea.

Nos grita algo que no oigo por culpa de la música, así que vuelve a gritar y gesticula.

—¿Qué dice? —le pregunto a Peeta. Por primera vez, lo miro y me doy cuenta de que, iluminado por las llamas falsas, está resplandeciente, y que yo también debo de estarlo.

—Creo que ha dicho que nos cojamos de la mano —responde.

Me coge la mano derecha con su izquierda, y los dos miramos a Cinna para confirmarlo. Él asiente y da su aprobación levantando el pulgar; es lo último que veo antes de entrar en la ciudad.

La alarma inicial de la muchedumbre al vernos aparecer se transforma rápidamente en vítores y gritos de «¡Distrito 12!». Todos se vuelven para mirarnos, apartando su atención de los otros tres carros que tenemos delante. Al principio me quedo helada, pero después nos veo en una enorme pantalla de televisión y nuestro aspecto me deja sin aliento. Con la escasa luz del crepúsculo, el fuego nos ilumina las caras, es como si nuestras capas dejaran un rastro de llamas detrás. Cinna hizo bien al reducir el maquillaje al mínimo: los dos estamos más atractivos y, además, se nos reconoce perfectamente.

«Recuerda, la cabeza alta. Sonríe. ¡Te van a adorar!»

Oigo las palabras del estilista en mi cabeza, así que levanto más la barbilla, esbozo mi mejor sonrisa y saludo con la mano que tengo libre. Me alegra estar agarrada a Peeta para guardar el equilibrio, porque él es fuerte, sólido como una roca. Conforme gano confianza, llego a lanzar algún que otro beso a los espectadores; la gente del Capitolio se ha vuelto loca, nos baña en flores, grita nuestros nombres, nuestros nombres propios, ya que se han molestado en buscarlos en el programa.

La música alta, los vítores y la admiración me corren por las venas, y no puedo evitar emocionarme. Cinna me ha dado una gran ventaja, nadie me olvidará. Ni mi aspecto, ni mi nombre: Katniss, la chica en llamas.

Por primera vez siento una chispa de esperanza. ¡Tiene que haber algún patrocinador dispuesto a escogerme! Y con un poco de ayuda extra, alguna comida, el arma adecuada... ¿Por qué voy a dar los juegos por perdidos?

Alguien me tira una rosa roja y yo la cojo, la huelo con delicadeza y lanzo un beso en dirección a quien me la haya tirado. Cientos de manos intentan capturar mi beso, como si fuese algo real y tangible.

—¡Katniss! ¡Katniss! —Los oigo gritar mi nombre por todas partes. Todos quieren mis besos.

Hasta que entramos en el Círculo de la Ciudad no me doy cuenta de que debo de haber estado cortándole la circulación de la mano a Peeta, tan fuerte se la tenía cogida. Miro nuestros dedos entrelazados y aflojo un poco, pero él me vuelve a coger con fuerza.

—No, no me sueltes —dice, y la luz del fuego se refleja en sus ojos azules—. Por favor, puede que me caiga de esta cosa.

—Vale.

Así que seguimos cogidos, aunque no puedo evitar sentirme extraña por la forma en que Cinna nos ha unido. La verdad es que no es justo presentarnos como un equipo y después tirarnos en la arena para que nos matemos el uno al otro.

Los doce carros llenan el circuito del Círculo de la Ciudad. Todas las ventanas de los edificios que rodean el círculo están abarrotadas de los ciudadanos más prestigiosos del Capitolio. Nuestros caballos nos llevan justo hasta la mansión del presidente Snow, y allí nos paramos. La música termina con unas notas dramáticas.

El presidente, un hombre bajo y delgado con el cabello blanco como el papel, nos da la bienvenida oficial desde el balcón que tenemos encima. Lo tradicional es enfocar las caras de todos los tributos durante el discurso, pero en la pantalla veo que Peeta y yo salimos más de lo que nos corresponde. Con forme oscurece, más difícil es apartar los ojos de nuestro centelleante atuendo. Aunque cuando suena el himno nacional hacen un esfuerzo por enfocar a cada pareja de tributos, la cámara se mantiene fija en el carro del Distrito 12, que recorre el círculo una última vez antes de desaparecer en el Centro de Entrenamiento.

En cuanto se cierran las puertas, nos rodean los equipos de preparación, que farfullan piropos apenas inteligibles. Miro a mi alrededor y veo que muchos de los otros tributos nos miran con odio, lo que confirma mis sospechas de que los hemos eclipsado a todos, literalmente. Después aparecen Cinna y Portia, que nos ayudan a bajar del carro, y nos quitan con cuidado las capas y los tocados en llamas. Portia los apaga con una especie de bote con atomizador.

De repente me doy cuenta de que sigo pegada a Peeta y me obligo a abrir los dedos, agarrotados. Los dos nos masajeamos las manos.

—Gracias por sostenerme. No me sentía muy bien ahí arriba —dice Peeta.

—No lo parecía. Te juro que ni me he dado cuenta.

—Seguro que no le han prestado atención a nadie más que a ti. Deberías llevar llamas más a menudo, te sientan bien.

Después me ofrece una sonrisa de una dulzura tan genuina, con el toque justo de timidez, que hace que me sienta muy cerca de él.

Sin embargo, una alarma se me enciende en la cabeza: «No seas tan estúpida: Peeta planea matarte —me recuerdo—. Quiere que te confíes para convertirte en una presa fácil. Cuanto más te guste, más mortífero será».

Pero, como yo también sé jugar, me pongo de puntillas y le doy un beso en la mejilla, justo en el moratón.

6

El Centro de Entrenamiento tiene una torre diseñada exclusivamente para los tributos y sus equipos. Este será nuestro hogar hasta que empiecen los juegos. Cada distrito tiene una planta entera, solo hay que subir a un ascensor y pulsar el botón correspondiente al número del tuyo. Fácil de recordar.

He subido un par de veces en el ascensor del Edificio de Justicia del Distrito 12, una para recibir la medalla por la muerte de mi padre, y ayer, para despedirme por última vez de mi familia y amigos. Sin embargo, aquel era una cosa oscura y ruidosa que se movía como un caracol y olía a leche agria. Las paredes de este ascensor están hechas de cristal, así que puedes ver a la gente de la planta de abajo convertirse en hormigas conforme sales disparada hacia arriba. Es emocionante y me siento tentada de preguntarle a Effie Trinket si podemos volver a subir, pero, por algún motivo, creo que sonaría infantil.

Al parecer, las tareas de Effie no concluyen en la estación, sino que Haymitch y ella nos supervisarán hasta que lleguemos al mismísimo campo de batalla. En cierto modo, es una ventaja, porque, al menos, se puede contar con ella para que nos lleve de un lado a otro a tiempo, mientras que no hemos visto a Haymitch desde que cerramos nuestro trato en el tren. Seguro que está inconsciente en alguna parte. Por otro lado, es como si Effie estuviese en una nube; es la primera vez que el equipo al que acompaña causa sensación en la ceremonia inaugural. Alaba no solo nuestros trajes, sino también nuestra conducta y, según lo cuenta, ella conoce a todas las personas importantes del Capitolio y ha estado hablando bien de nosotros todo el día, intentando conseguir patrocinadores.

—Pero he sido muy misteriosa —dice, con los ojos entrecerrados—, porque, claro, Haymitch no se ha molestado en contarme su estrategia. Sin embargo, he hecho todo lo posible con lo que tenía: que Katniss se había sacrificado por su hermana y que los dos habéis luchado con éxito por superar la barbarie de vuestro distrito. —¿Barbarie? Es irónico que lo diga una mujer que ayuda a prepararnos para una matanza. ¿Y en qué basa nuestro éxito? ¿En que sabemos comportarnos en la mesa?—. Por supuesto, todos tienen sus reservas, porque sois del distrito minero. Así que les he dicho, y ha sido muy astuto por mi parte: «Bueno, si se ejerce la suficiente presión sobre el carbón, ¡se convierte en una perla!».

Effie esboza una sonrisa tan resplandeciente que no tengo más remedio que alabar con entusiasmo su astucia, aunque se equivoque.

El carbón no se convierte en perla, pues las perlas crecen en el interior de los moluscos. Seguramente quería decir que el carbón se convierte en diamante, aunque tampoco es cierto. He oído que en el Distrito 1 hay una máquina que puede convertir en diamante el grafito, pero nosotros no extraemos grafito, eso era parte del trabajo del Distrito 13, hasta que lo destruyeron.

Me pregunto si lo sabrán las personas con las que nos ha estado promocionando; a lo mejor tampoco les importa.

—Por desgracia, no puedo cerrar tratos con los patrocinadores. Solo lo puede hacer Haymitch —sigue diciendo ella, en tono lúgubre—. Pero no os preocupéis, lo llevaré a las negociaciones a punta de pistola, si es necesario.

Aunque tenga muchos defectos, hay que admirar la determinación de esta mujer.

Mi alojamiento es más grande que nuestra casa en la Veta; es lujoso, como el vagón del tren, y tiene tantos artilugios automáticos que seguro que no me da tiempo a pulsar todos los botones. Solo en la ducha hay un cuadro con más de cien opciones para controlar la temperatura del agua, la presión, los jabones, los champús, los aceites y las esponjas de masaje. Cuando sales, pisas una alfombrilla que se activa para secarte el cuerpo con aire. En vez de luchar con los enredos del pelo húmedo, coloco la mano en una caja que envía una corriente eléctrica a mi cuero cabelludo, de modo que tengo el cabello desenredado, peinado y seco casi al instante. Me cae por la espalda como una cortina lustrosa.

Programo el armario para que elija un traje a mi gusto. Las ventanas amplían y reducen partes de la ciudad, siguiendo mis órdenes. Si susurras el tipo de comida que quieres de un menú gigantesco en una especie de micrófono, la comida aparece calentita en menos de un minuto. Recorro la habitación comiendo hígado de oca y pan esponjoso hasta que llaman a la puerta. Es Effie, para decirme que es la hora de cenar.

Bien, estoy muerta de hambre.

Cuando entramos en el comedor, Peeta, Cinna y Portia están de pie al lado de un balcón desde el que se ve el Capitolio. Me alegra ver a los estilistas, sobre todo después de oír que Haymitch se unirá a nosotros. Una comida presidida por Effie y Haymitch está abocada al desastre. Además, en realidad el objetivo de la cena no es comer, sino planear nuestras estrategias, y Cinna y Portia ya han demostrado lo valiosos que son.

Un hombre silencioso vestido con una túnica blanca nos ofrece unas copas de vino. Se me ocurre rechazarlo, pero nunca lo he probado, salvo el fluido casero que utiliza mi madre para la tos, y ¿cuándo podré volver a probarlo? Le doy un trago al líquido ácido y seco, y pienso para mis adentros que podría mejorarse con unas cucharaditas de miel.

Haymitch aparece justo cuando están sirviendo la cena. Parece que él también ha pasado por un estilista, porque está limpio, arreglado y más sobrio que nunca, al menos desde que lo conozco. No rechaza el vino, pero, cuando empieza la sopa, me doy cuenta de que es la primera vez que lo veo comer. Quizá sea de verdad capaz de controlarse lo bastante para ayudarnos.

Cinna y Portia parecen ejercer un efecto civilizador sobre Haymitch y Effie. Al menos, se dirigen el uno al otro con educación, y los dos elogian sin parar el acto de inauguración de nuestros estilistas. Mientras parlotean, me concentro en la comida: sopa de champiñones, verduras amargas con tomates del tamaño de guisantes, ternera asada cortada en rodajas tan finas como papel, fideos en salsa verde y queso que se derrite en la lengua con uvas negras dulces. Los sirvientes, chicos jóvenes vestidos con túnicas blancas como el que nos trajo el vino, se mueven sin decir nada de un lado a otro, procurando que los platos y copas estén siempre llenos.

Cuando llevo la mitad del vaso de vino, la cabeza me empieza a dar vueltas, así que me paso al agua. No me gusta esta sensación y espero que pase pronto; es un misterio cómo Haymitch puede estar así todo el rato.

Intento concentrarme en la conversación, que trata sobre los trajes para las entrevistas, cuando una chica coloca una tarta de aspecto increíble sobre la mesa y la enciende con habilidad. La tarta se ilumina y las llamas parpadean en los bordes durante un rato hasta que por fin se apaga. Tengo un momento de duda.

—¿Qué la hace arder? ¿Es alcohol? —pregunto, mirando a la chica—. Es lo último que... ¡Oh! ¡Yo te conozco!

No era capaz de ponerle nombre ni de ubicar el rostro de la chica, pero estoy segura: pelo rojo oscuro, rasgos llamativos, piel de porcelana blanca. Sin embargo, mientras lo digo, noto que las entrañas se me encogen de ansiedad y culpa al verla, y, aunque no puedo acordarme, sé que existe un mal recuerdo asociado con ella. La expresión de terror que le pasa por la cara solo sirve para confundirme e incomodarme más. Sacude la cabeza para negarlo rápidamente y se aleja a toda prisa de la mesa.

Cuando miro a mis acompañantes, los cuatro adultos me observan como halcones.

—No seas ridícula, Katniss. ¿Cómo vas a conocer a un avox? —me suelta Effie—. Es absurdo.

—¿Qué es un avox? —pregunto, como si fuera estúpida.

—Alguien que ha cometido un delito; les cortan la lengua

para que no puedan hablar —contesta Haymitch—. Seguramente será una traidora. No es probable que la conozcas.

—Y, aunque la conocieras, se supone que no hay que hablar con ellos a no ser que desees darles una orden —dice Effie—. Por supuesto que no la conoces.

Sin embargo, la conozco y, cuando Haymitch pronuncia la palabra traidora, recuerdo de qué, aunque no puedo admitirlo, porque todos se me echarían encima.

—No, supongo que no, es que... —balbuceo, y el vino no me ayuda.

—Delly Cartwright —salta Peeta, chasqueando los dedos—. Eso es, a mí también me resultaba familiar y no sabía por qué. Entonces me he dado cuenta de que es clavada a Delly.

Delly Cartwright es una chica regordeta de cara mustia y pelo amarillento que se parece a nuestra sirvienta tanto como un escarabajo a una mariposa. También es probable que sea la persona más simpática del planeta: sonríe sin parar a todo el mundo en el colegio, incluso a mí. Nunca he visto sonreír a la chica del pelo rojo, pero recojo con gratitud la sugerencia de Peeta.

—Claro, eso era. Debe de ser por el pelo —digo.

—Y también algo en los ojos —añade Peeta.

—Oh, bueno, si es solo eso —dice Cinna, y la mesa vuelve a relajarse—. Y sí, la tarta tiene alcohol, aunque ya se ha quemado todo. La pedí especialmente en honor de vuestro fogoso debut.

Nos comemos la tarta y pasamos a un salón para ver la repetición de la ceremonia inaugural que están echando por la tele. Hay otras parejas que causan buena impresión, pero ninguna está a nuestra altura. Hasta nuestro equipo deja escapar una exclamación cuando nos ve salir del Centro de Renovación.

—¿De quién fue la idea de cogeros de la mano? —pregunta Haymitch.

—De Cinna —responde Portia.

—El toque justo de rebeldía. Muy bonito.

¿Rebeldía? Me paro a pensarlo un momento y lo entiendo cuando me acuerdo de las otras parejas, distantes y tensas, sin tocarse ni prestarse atención, como si su compañero no existiese, como si los juegos ya hubiesen empezado. Al presentarnos no como adversarios, sino como amigos, hemos destacado tanto como nuestros trajes en llamas.

—Mañana por la mañana es la primera sesión de entrenamiento. Reuníos conmigo para el desayuno y os contaré cómo quiero que os comportéis —nos dice Haymitch a Peeta y a mí—. Ahora id a dormir un poco mientras los mayores hablamos.

Peeta y yo recorremos juntos el pasillo hasta nuestras habitaciones. Cuando llegamos a mi puerta, se apoya en el marco, no para impedir que entre, sino para captar mi atención.

—Conque Delly Cartwright. Qué casualidad encontrarnos aquí con su gemela.

Me está pidiendo una explicación y siento la tentación de dársela. Los dos sabemos que me ha encubierto, así que vuelvo a estar en deuda con él. Si le cuento la verdad sobre la chica, quizá estemos en paz. ¿Qué daño puede hacerme? Aunque repita por ahí la historia, no podría hacerme mucho daño, porque solo era algo que vi hace tiempo. Además, él había mentido tanto como yo al decir lo de Delly Cartwright.

Me doy cuenta de que quiero hablar con alguien sobre la muchacha, con alguien que pueda ayudarme a averiguar su historia. Gale habría sido mi primera elección, pero no es probable que vuelva a verlo. Intento decidir si contárselo a Peeta le daría alguna ventaja sobre mí, aunque no veo cómo. Quizá compartir una confidencia lo haga creer que lo considero un amigo.

Además, la idea de la chica con la lengua cortada me asusta, me ha recordado por qué estoy aquí. No es para lucir modelitos sorprendentes y comer manjares, sino para morir de forma sangrienta mientras la audiencia anima al asesino.

¿Se lo cuento o no se lo cuento? Todavía tengo el cerebro embotado por culpa del vino, así que miro al pasillo vacío, como si la decisión estuviese allí mismo.

Peeta nota mi vacilación.

—¿Has estado ya en el tejado? —Niego con la cabeza—. Cinna me lo enseñó. Desde allí se ve casi toda la ciudad, aunque el viento hace bastante ruido.

Traduzco su comentario como: «Allí nadie nos oirá hablar». La verdad es que yo también tengo la sensación de estar bajo vigilancia.

—¿Podemos subir sin más?

—Claro, vamos —responde Peeta.

Lo sigo escaleras arriba hasta el tejado. Hay una salita con techo abovedado con una puerta que da al exterior. Cuando salimos al frío aire nocturno, la vista me quita el aliento: el Capitolio brilla como un enorme campo lleno de luciérnagas. La electricidad del Distrito 12 viene y va; lo habitual es que solo tengamos unas cuantas horas al día. Es normal que por las noches nos iluminemos con velas, y solo puedes contar con ella cuando televisan los juegos o algún mensaje importante del Gobierno, que hemos de ver por obligación. Sin embargo, aquí no tienen escasez nunca.

Peeta y yo caminamos hasta el borde del tejado, y yo inclino la cabeza para observar la calle, que está llena de gente. Se oyen los coches, algún grito de vez en cuando y un extraño tintineo metálico. En el Distrito 12 estaríamos ya todos pensando en acostarnos.

—Le pregunté a Cinna por qué nos dejaban subir, si no les preocupaba que algunos tributos decidieran saltar por el borde —me dice Peeta.

—¿Y qué te respondió?

—Que no se puede. —Alarga la mano hacia el borde, que parece vacío; se oye un chasquido y la aparta muy deprisa—. Es algún tipo de campo eléctrico que te empuja hacia el tejado.

—Siempre preocupados por nuestra seguridad —digo. Aunque Cinna le haya enseñado a Peeta el tejado, me pregunto si podemos estar aquí a estas horas, solos. Nunca he visto a los tributos en el tejado del Centro de Entrenamiento, pero eso no quiere decir que no nos estén grabando—. ¿Crees que nos observan?

—Quizá. Ven a ver el jardín.

Al otro lado de la cúpula han construido un jardín con lechos de flores y macetas con árboles. De las ramas cuelgan cientos de carillones, que son los culpables del tintineo. Aquí, en el jardín, en esta noche de viento, bastan para ahogar la conversación de dos personas que no quieren ser oídas. Peeta me mira con expectación y yo finjo que examino una flor.

—Un día estábamos cazando en el bosque, escondidos, esperando que apareciese una presa —susurro.

—¿Tu padre y tú?

—No, con mi amigo Gale. De repente, todos los pájaros dejaron de cantar a la vez, todos salvo uno, que parecía estar cantando una advertencia. Entonces la vimos. Estoy segura de que era la misma chica. Un chico iba con ella, y los dos llevaban la ropa hecha jirones. Tenían ojeras por la falta de sueño y corrían como si sus vidas dependieran de ello.

Durante un instante guardo silencio, mientras recuerdo cómo nos paralizó la imagen de aquella extraña pareja, obviamente de fuera del Distrito 12, huyendo a través del bosque. Más tarde nos preguntamos si los podríamos haber ayudado a escapar, y quizá sí, quizá hubiésemos podido esconderlos de habernos dado prisa. Nos pillaron por sorpresa, sí, pero éramos cazadores, sabíamos cómo se comportan los animales en peligro; supimos que la pareja tenía problemas en cuanto la vimos, y nos limitamos a mirar.

—El aerodeslizador surgió de la nada —sigo contándole a Peeta—. Es decir, el cielo estaba vacío y, un instante después, ya no lo estaba. No hacía ningún ruido, pero ellos lo vieron. Soltaron una red sobre la chica y la subieron a toda prisa, tan deprisa como el ascensor. Al chico lo atravesaron con una especie de lanza atada a un cable y lo subieron también. Estoy segura de que estaba muerto. Oímos a la chica gritar una vez, creo que el nombre del chico. Después desapareció el aerodeslizador, se esfumó en el aire, y los pájaros volvieron a cantar, como si no hubiese pasado nada.

—¿Te vieron?

—No lo sé, estábamos bajo un saliente rocoso —respondo, aunque sí lo sé: hubo un momento, después de la advertencia del pájaro pero antes de que llegase el aerodeslizador, en que la chica nos vio. Me miró a los ojos y me pidió ayuda, y Gale y yo no respondimos.

—Estás temblando —dice Peeta.

El viento y la historia me han robado el calor del cuerpo. El grito de la chica..., ¿habría sido el último?

Peeta se quita la chaqueta y me la echa sobre los hombros. Empiezo a retroceder, pero al final lo dejo, decidiendo por un segundo aceptar tanto su chaqueta como su amabilidad. Una amiga haría eso, ¿verdad?

—¿Eran de aquí? —pregunta, mientras me abrocha un botón del cuello. Asiento. Los dos tenían el aire del Capitolio, tanto el chico como la chica—. ¿Adónde crees que iban?

—Eso no lo sé —respondo. El Distrito 12 es el final de la línea, más allá solo hay territorio salvaje. Sin contar las ruinas del Distrito 13, que todavía arden por culpa de las bombas tóxicas. De vez en cuando las sacan por televisión para que no olvidemos—. Ni tampoco por qué se irían de aquí.

Haymitch ha dicho que los avox son traidores, pero ¿traidores a qué? Solo pueden ser traidores al Capitolio, pero aquí tenían de todo. No había razón para rebelarse.

—Yo me iría —suelta Peeta. Después mira a su alrededor, nervioso, porque lo había dicho lo bastante alto para que lo oyeran, a pesar de los carillones—. Me iría a casa ahora mismo, si me dejaran, aunque hay que reconocer que la comida es estupenda.

Me ha vuelto a encubrir: si alguien lo escuchase, no serían más que las palabras de un tributo asustado, no de alguien dándole vueltas a la incuestionable bondad del Capitolio.

—Hace frío, será mejor que nos vayamos —dice. Dentro de la cúpula se está calentito y hay luz. Sigue hablando en tono casual—. Tu amigo, Gale, ¿es el que se llevó a tu hermana en la cosecha?

—Sí. ¿Lo conoces?

—La verdad es que no, aunque oigo mucho a las chicas hablar de él. Creía que era tu primo o algo así, porque os parecéis.

—No, no somos parientes.

—¿Fue a decirte adiós? —me pregunta, después de asentir con la cabeza, hermético.

—Sí —respondo, observándolo con atención—, y también tu padre. Me llevó galletas.

Peeta levanta las cejas, como si no lo supiese, pero, después de verlo mentir con tanta facilidad, no le doy mucha importancia.

—¿En serio? Bueno, tu hermana y tú le caéis bien. Creo que le habría gustado tener una hija, en vez de una casa llena de chicos. —La idea de que hayan hablado de mí durante la comida, junto al fuego de la panadería o de pasada en la casa de Peeta hace que me sobresalte. Seguramente sería cuando su madre no estaba en el cuarto—. Conocía a tu madre cuando eran pequeños.

Otra sorpresa, aunque probablemente cierta.

—Ah, sí, ella creció en la ciudad —respondo, porque no me parece educado decir que nunca ha mencionado al panadero, salvo para elogiar su pan. Hemos llegado a mi puerta, así que le devuelvo la chaqueta—. Nos vemos por la mañana.

—Hasta mañana —responde, y se aleja por el pasillo.

Cuando abro la puerta, la chica del pelo rojo está recogiendo mi malla de cuerpo entero y las botas del suelo, donde yo las había dejado antes de la ducha. Quiero disculparme por si la había metido en líos antes, hasta que recuerdo que no debo hablar con ella, a no ser que tenga que darle una orden.

—Oh, lo siento —digo—. Se suponía que tenía que devolvérselo a Cinna. Lo siento. ¿Se lo puedes llevar?

Ella evita mirarme a los ojos, asiente brevemente y se va.

Estoy a punto de decirle que siento mucho lo de la cena, pero sé que mis disculpas son más profundas, que estoy avergonzada por no haber intentado ayudarla en el bosque, por dejar que el Capitolio matase al chico y la mutilase a ella sin mover ni un dedo para evitarlo.

Como si hubiese estado viendo los juegos por la tele.

Me quito los zapatos y me meto bajo las sábanas sin quitarme la ropa. No he dejado de temblar. Quizá la chica no se acuerde de mí, aunque sé que me engaño: no se te olvida la cara de la persona que era tu última esperanza. Me tapo la cabeza, como si eso me protegiese de la muchacha pelirroja que no puede hablar. Sin embargo, puedo sentir sus ojos clavados en mí, atravesando muros, puertas y ropa de cama.

Me pregunto si disfrutará viéndome morir.

7

Mi noche se llena de sueños inquietantes. La cara de la chica pelirroja se entremezcla con imágenes sangrientas de los anteriores Juegos del Hambre, con mi madre retraída e inalcanzable, y con Prim escuálida y aterrorizada. Me despierto gritándole a mi padre que corra, justo antes de que la mina estalle en un millón de mortíferas chispas de luz.

El alba empieza a entrar por las ventanas, y el Capitolio tiene un aire brumoso y encantado. Me duele la cabeza y me parece que me he mordido el interior de la mejilla por la noche; lo compruebo con la lengua y noto el sabor a sangre.

Salgo de la cama poco a poco y me meto en la ducha, donde pulso botones al azar en el panel de control y termino dando saltitos para soportar los chorros alternos de agua helada y agua abrasadora que me atacan. Después me cae una avalancha de espuma con olor a limón que al final tengo que rasparme del cuerpo con un cepillo de cerdas duras. En fin, al menos me ha puesto la circulación en marcha.

Después de secarme e hidratarme con crema, encuentro un traje que me han dejado delante del armario: pantalones negros ajustados, una túnica de manga larga color burdeos y zapatos de cuero. Me recojo el pelo en una trenza. Es la primera vez, desde la mañana de la cosecha, que me parezco a mí misma: nada de peinados y ropa elegantes, nada de capas en llamas, solo yo, con el aspecto que tendría si fuera al bosque. Eso me calma.

Haymitch no nos había dado una hora exacta para desayunar y nadie me había llamado, pero tengo tanta hambre que me dirijo al comedor esperando encontrar comida. Lo que encuentro no me decepciona: aunque la mesa principal está vacía, en una larga mesa de un lateral hay al menos veinte platos. Un joven, un avox, espera instrucciones junto al banquete. Cuando le pregunto si puedo servirme yo misma, asiente. Me preparo un plato con huevos, salchichas, pasteles cubiertos de confitura de naranja y rodajas de melón morado claro. Mientras me atiborro, observo la salida del sol sobre el Capitolio. Me sirvo un segundo plato de cereales calientes cubiertos de estofado de ternera. Finalmente, lleno uno de los platos con panecillos y me siento en la mesa, donde me dedico a cortarlos en trocitos y mojarlos en el chocolate caliente, como había hecho Peeta en el tren.

Empiezo a pensar en mi madre y Prim; ya estarán levantadas. Mi madre preparará el desayuno de gachas y Prim ordeñará su cabra antes de irse al colegio. Hace tan solo dos mañanas, yo estaba en casa. ¿Dos? Sí, solo dos. Ahora la casa me parece vacía, incluso desde tan lejos. ¿Qué dijeron anoche sobre mi fogoso debut en los juegos? ¿Les dio esperanzas o se asustaron más al ver la realidad de aquellos veinticuatro tributos juntos, sabiendo que solo uno podría sobrevivir?

Haymitch y Peeta entran en el comedor y me dan los buenos días, para después pasar a llenarse los platos. Me irrita que Peeta lleve exactamente la misma ropa que yo; tengo que comentarle algo a Cinna, porque este juego de los gemelos nos va a estallar en la cara cuando empiece la competición; seguro que lo saben. Entonces recuerdo que Haymitch me dijo que hiciera todo lo que me ordenasen los estilistas. De haber sido otra persona y no Cinna, habría sentido la tentación de no hacerle caso, pero después del triunfo de anoche no tengo mucho que criticar.

El entrenamiento me pone nerviosa. Hay tres días para que todos los tributos practiquen juntos. La última tarde tendremos la oportunidad de actuar en privado delante de los Vigilantes de los juegos. La idea de encontrarme cara a cara con los demás tributos me revuelve las tripas; empiezo a darle vueltas al panecillo que acabo de coger de la cesta, pero se me ha quitado el apetito.

Después de comerse varios platos de estofado, Haymitch suspira, satisfecho, saca una petaca del bolsillo, le da un buen trago y apoya los codos en la mesa.

—Bueno, vayamos al asunto: el entrenamiento. En primer lugar, si queréis, podéis entrenaros por separado. Decididlo ahora.

—¿Por qué íbamos a querer hacerlo por separado? —pregunto.

—Supón que tienes una habilidad secreta que no quieres que conozcan los demás.

—No tengo ninguna —dice Peeta, en respuesta a mi mirada—. Y ya sé cuál es la tuya, ¿no? Me he comido más de una de tus ardillas.

No se me había ocurrido que Peeta probase las ardillas que yo cazaba; siempre me había imaginado que el panadero las freía en secreto para comérselas él. No por glotonería, sino porque las familias de la ciudad suelen comer la carne de la carnicera, que es más cara: ternera, pollo y caballo.

—Puedes entrenarnos juntos —le digo a Haymitch. Peeta asiente.

—De acuerdo, pues dadme alguna idea de lo que sabéis hacer.

—Yo no sé hacer nada —responde Peeta—, a no ser que cuente el saber hacer pan.

—Lo siento, pero no cuenta. Katniss, ya sé que eres buena con el cuchillo.

—La verdad es que no, pero sé cazar. Con arco y flechas.

—¿Y se te da bien? —pregunta Haymitch. Tengo que pensármelo. Llevo cuatro años encargándome de poner comida en la mesa, lo que no es moco de pavo. No soy tan buena como mi padre, pero él tenía más práctica. Apunto mejor que Gale, pero yo tengo más práctica; él es un genio de las trampas.

—No se me da mal —respondo.

—Es excelente —dice Peeta—. Mi padre le compra las ardillas y siempre comenta que la flecha nunca agujerea el cuerpo, siempre le da en un ojo. Igual con los conejos que le vende a la carnicera, y hasta es capaz de cazar ciervos.

Esta evaluación de mis habilidades me pilla completamente desprevenida. En primer lugar, el hecho de que se haya dado cuenta, y, en segundo, que me esté halagando así.

—¿Qué haces? —le pregunto, suspicaz.

—¿Y qué haces tú? Si quieres que Haymitch te ayude, tiene que saber de lo que eres capaz. No te subestimes.

—¿Y tú qué? —pregunto, a la defensiva; por algún motivo, su comentario me sienta mal—. Te he visto en el mercado, puedes levantar sacos de harina de cuarenta y cinco kilos. Díselo. Sí que sabes hacer algo.

—Sí, y seguro que la arena estará llena de sacos de harina para que se los lance a la gente. No es como que a uno se le dé bien manejar armas, ya lo sabes.

—Se le da bien la lucha libre —le digo a Haymitch—. Quedó el segundo en la competición del colegio del año pasado, por detrás de su hermano.

—¿Y de qué sirve eso? ¿Cuántas veces has visto matar a alguien así? —pregunta Peeta, disgustado.

—Siempre está el combate cuerpo a cuerpo. Solo necesitas hacerte con un cuchillo y, al menos, tendrás una oportunidad. Si me atrapan, ¡estoy muerta!

Noto que empiezo a subir el tono.

—¡Pero no lo harán! Estarás viviendo en lo alto de un árbol, alimentándote de ardillas crudas y disparando flechas a la gente. ¿Sabes qué me dijo mi madre cuando vino a despedirse, como si quisiera darme ánimos? Me dijo que quizá el Distrito 12 tuviese por fin un ganador este año. Entonces me di cuenta de que no se refería a mí. ¡Se refería a ti! —estalla Peeta.

—Vamos, se refería a ti —digo, quitándole importancia con un gesto de la mano.

—Dijo: «Esa chica sí que es una superviviente». Esa chica.

Eso me detiene en seco. ¿De verdad le dijo su madre eso sobre mí? ¿Me valoraba más que a su hijo? Veo el dolor en los ojos de Peeta y sé que no me miente.

De repente, me encuentro detrás de la panadería, y siento la tripa vacía y el frío de la lluvia bajándome por la espalda; cuando vuelvo a hablar, parece que tengo once años:

—Pero solo porque alguien me ayudó.

Los ojos de Peeta se clavan en el panecillo que tengo en la mano, y yo sé que también recuerda aquel día. Sin embargo, se encoge de hombros.

—La gente te ayudará en la arena. Estarán deseando patrocinarte.

—Igual que a ti.

—No lo entiende —dice Peeta, dirigiéndose a Haymitch y poniendo los ojos en blanco—. No entiende el efecto que ejerce en los demás.

Acaricia los nudos de la madera de la mesa y se niega a mirarme.

¿Qué narices quiere decir? ¿Que la gente me ayuda? ¡Cuando me moría de hambre no me ayudó nadie! Nadie salvo él. Las cosas cambiaron una vez tuve algo con lo que comerciar; soy buena negociando..., ¿o no? ¿Qué efecto ejerzo en la gente? ¿Creen que soy débil y necesitada? ¿Está insinuando que consigo buenos tratos porque le doy pena a la gente? Intento analizar si es cierto. Quizás algunos de los comerciantes fuesen algo generosos en los trueques, pero siempre lo había atribuido a su larga relación con mi padre. Además, mis presas son de primera calidad. ¡No le doy pena a nadie!

Miro con rabia el panecillo, segura de que lo ha dicho para insultarme.

Al cabo de un minuto, Haymitch interviene.

—Bueno, de acuerdo. Bien, bien, bien. Katniss, no podemos garantizar que encuentres arcos y flechas en la arena, pero, durante tu sesión privada con los Vigilantes, enséñales lo que sabes hacer. Hasta entonces, mantente lejos de los arcos. ¿Se te dan bien las trampas?

—Sé unas cuantas básicas —mascullo.

—Eso puede ser importante para la comida —dice Haymitch—. Y, Peeta, ella tiene razón: no subestimes el valor de la fuerza en el campo de batalla. A menudo la fuerza física le da la ventaja definitiva a un jugador. En el Centro de Entrenamiento tendrán pesas, pero no les muestres a los demás tributos lo que eres capaz de levantar. El plan será igual para los dos: id a los entrenamientos en grupo; pasad algún tiempo aprendiendo algo que no sepáis; tirad lanzas, utilizad mazas o aprended a hacer buenos nudos. Sin embargo, guardaos lo que mejor se os dé para las sesiones privadas. ¿Está claro? —Peeta y yo asentimos—. Una última cosa. En público, quiero que estéis juntos en todo momento. —Los dos empezamos a protestar, y Haymitch golpea la mesa con la palma de la mano—. ¡En todo momento! ¡Fin de la discusión! ¡Acordasteis hacer lo que yo dijera! Estaréis juntos y seréis amables el uno con el otro. Ahora, salid de aquí. Reuníos con Effie en el ascensor a las diez para el entrenamiento.

Me muerdo el labio y vuelvo de mal humor a mi habitación, asegurándome de que Peeta pueda oír que cierro de un portazo. Me siento en la cama, odiando a Haymitch, odiando a Peeta, odiándome a mí misma por mencionar aquel día lejano bajo la lluvia.

¡Menuda broma! ¡Peeta y yo fingiendo ser amigos! Ensalzamos las habilidades del otro, insistimos en que no se subestime... Debe de ser una broma, porque en algún momento tendremos que abandonar la farsa y aceptar que somos adversarios a muerte. Estaría dispuesta a hacerlo ahora mismo, si no fuese por la estúpida orden de Haymitch, que nos obliga a permanecer juntos durante el entrenamiento. Supongo que es culpa mía por decirle que no tenía por qué entrenarnos por separado. Sin embargo, eso no quiere decir que quiera hacerlo todo con Peeta, quien, por cierto, está claro que tampoco quiere tenerme de compañera.

Oigo en mi cabeza la voz de Peeta: «No entiende el efecto que ejerce en los demás». Lo decía para menospreciarme, ¿no? Aunque una diminuta parte de mí se pregunta si no sería un piropo, si no querría decir que tengo algún tipo de atractivo. Es raro que me haya prestado tanta atención, como, por ejemplo, con lo de la caza. Y, al parecer, yo tampoco era tan ajena a él como creía: la harina, la lucha libre... Le he seguido la pista al chico del pan.

Son casi las diez. Me cepillo los dientes y me peino de nuevo. Los nervios por encontrarme con los demás tributos bloquean temporalmente el enfado, aunque ahora noto que aumenta mi ansiedad. Cuando me reúno con Effie y Peeta en el ascensor, noto que me estoy mordiendo las uñas y paro de inmediato.

Las salas de entrenamiento están bajo el nivel del suelo de nuestro edificio. El trayecto en ascensor es de menos de un minuto, y después las puertas se abren para dejarnos ver un gimnasio lleno de armas y pistas de obstáculos. Todavía no son las diez, pero somos los últimos en llegar. Los otros tributos están reunidos en un círculo muy tenso, con un trozo de tela prendido a la camisa en el que se puede leer el número de su distrito. Mientras alguien me pone el número doce en la espalda, hago una evaluación rápida: Peeta y yo somos la única pareja que va vestida de la misma forma.

En cuanto nos unimos al círculo, la entrenadora jefe, una mujer alta y atlética llamada Atala, da un paso adelante y nos empieza a explicar el horario de entrenamiento. En cada puesto habrá un experto en la habilidad en cuestión, y nosotros podremos ir de una zona a otra como queramos, según las instrucciones de nuestros mentores. Algunos puestos enseñan tácticas de supervivencia y otros técnicas de lucha. Está prohibido realizar ejercicios de combate con otro tributo. Tenemos ayudantes a mano si queremos practicar con un compañero.

Cuando Atala empieza a leer la lista de habilidades, no puedo evitar fijarme en los demás chicos. Es la primera vez que estamos reunidos en tierra firme y con ropa normal. Se me cae el alma a los pies: casi todos los chicos, y al menos la mitad de las chicas, son más grandes que yo, aunque muchos han pasado hambre. Se les nota en los huesos, en la piel, en la mirada vacía. Puede que yo sea más bajita de nacimiento, pero, en general, el ingenio de mi familia me da una ventaja en la arena. Me pongo derecha y sé que, aunque esté delgada, soy fuerte; la carne y las plantas del bosque, junto con el ejercicio necesario para conseguirlas, me han proporcionado un cuerpo más sano que los que veo a mi alrededor.

Las excepciones son los chicos de los distritos más ricos, los voluntarios, a los que alimentan y entrenan toda la vida para este momento. Los tributos del 1, 2 y 4 suelen tener ese aspecto. En teoría, va contra las reglas entrenar a los tributos antes de llegar al Capitolio, cosa que sucede todos los años. En el Distrito 12 los llamamos tributos profesionales o solo profesionales, y casi siempre son los que ganan.

La ligera ventaja que tenía al entrar en el Centro de Entrenamiento, mi fogoso debut de anoche, parece desvanecerse ante mis competidores. Los otros tributos nos tenían celos, pero no porque fuésemos asombrosos, sino porque lo eran nuestros estilistas. Ahora no veo nada más que desprecio en las caras de los tributos profesionales. Cualquiera de ellos pesa de veinte a cuarenta kilos más que yo, y proyectan arrogancia y brutalidad. Cuando Atala nos deja marchar, van directos a las armas de aspecto más mortífero del gimnasio y las manejan con soltura.

Estoy pensando que es una suerte que se me dé bien correr, cuando Peeta me da un codazo y yo pego un bote. Sigue a mi lado, como nos ha dicho Haymitch.

—¿Por dónde te gustaría empezar? —me pregunta, serio.

Echo un vistazo a los tributos profesionales, que presumen de su habilidad en un claro intento de intimidar a los demás. Después a los otros, los desnutridos y los incompetentes, que reciben sus primeras clases de cuchillo o hacha sin dejar de temblar.

—¿Y si atamos unos cuantos nudos?

—Buena idea —contesta Peeta.

Nos acercamos a un puesto vacío. El entrenador parece encantado de tener alumnos; da la impresión de que la clase de hacer nudos no está teniendo mucho éxito. Cuando ve que sé algo sobre trampas, nos enseña una sencilla y magnífica que dejaría a un competidor humano colgado de un árbol por la pierna. Nos concentramos en ella durante una hora hasta que los dos dominamos la técnica y pasamos al puesto de camuflaje. Peeta parece disfrutar de verdad con él y se dedica a mezclar lodo, arcilla y jugos de bayas sobre su pálida piel, y a trenzar disfraces con vides y hojas. El entrenador que dirige el puesto está entusiasmado con su trabajo.

—Yo hago los pasteles —me confiesa Peeta.

—¿Los pasteles? —pregunto, porque estaba ocupada observando al chico del Distrito 2, que acababa de atravesar el corazón de un muñeco con una lanza a trece metros de distancia—. ¿Qué pasteles?

—En casa. Los glaseados, para la panadería.

Se refiere a los que tienen en exposición en los escaparates de la tienda: pasteles elegantes con flores y cosas bonitas pintadas en el glaseado. Son para cumpleaños y Año Nuevo. Cuando estamos en la plaza, Prim siempre me arrastra hasta allí para admirarlos, aunque nunca hemos podido permitirnos uno. Sin embargo, en el Distrito 12 hay poca belleza, así que no puedo negarle ese gusto.

Empiezo a mirar con un ojo más crítico el diseño del brazo de Peeta: el dibujo, que alterna luz y sombras, recuerda a la luz del sol atravesando las hojas de los bosques. Me pregunto cómo lo sabe, porque dudo que haya cruzado alguna vez la alambrada. ¿Lo habrá sacado con tan solo mirar el viejo y esquelético manzano que tiene en su patio? No sé por qué, pero todo esto (su habilidad, los pasteles inaccesibles, las alabanzas del experto en camuflaje) me molesta.

—Es encantador, aunque no sé si podrás glasear a alguien hasta la muerte.

—No te lo creas tanto. Nunca se sabe qué te puedes encontrar en el campo de batalla. ¿Y si es una tarta gigante...? —empieza a decir Peeta.

—¿Y si seguimos? —lo interrumpo.

Los tres días siguientes nos dedicamos a visitar con mucha tranquilidad los puestos. Aprendemos algunas cosas útiles, desde hacer fuego hasta tirar cuchillos, pasando por fabricar refugios. A pesar de la orden de Haymitch de parecer mediocres, Peeta sobresale en el combate cuerpo a cuerpo y yo arraso sin despeinarme en la prueba de plantas comestibles. Eso sí, nos mantenemos bien lejos de los arcos y las pesas, porque queremos reservarlo para las sesiones privadas.

Los Vigilantes aparecen nada más comenzar el primer día. Son unos veinte hombres y mujeres vestidos con túnicas de color morado intenso. Se sientan en las gradas que rodean el gimnasio, a veces dan vueltas para observarnos y tomar notas, y otras veces comen del interminable banquete que han preparado para ellos, sin hacernos caso. Sin embargo, parecen no quitarnos los ojos de encima a los tributos del Distrito 12. A veces levanto la cabeza y veo a uno de ellos mirándome. También hablan con los entrenadores durante nuestras comidas y los vemos a todos reunidos cuando volvemos.

Tomamos el desayuno y la cena en nuestra planta, pero a mediodía comemos los veinticuatro en el comedor del gimnasio. Colocan la comida en carros alrededor de la sala y cada uno se sirve lo que quiere. Los tributos profesionales tienden a reunirse en torno a una mesa, haciendo mucho ruido, como si desearan demostrar su superioridad, que no tienen miedo de nadie y que a los demás nos consideran insignificantes. Casi todos los demás tributos se sientan solos, como ovejas perdidas. Nadie nos dice nada; Peeta y yo comemos juntos, y, como Haymitch no deja de insistir en ello, intentamos mantener una conversación amistosa durante las comidas.

No es fácil encontrar un tema: hablar de casa resulta doloroso; hablar del presente es insoportable. Un día Peeta vacía nuestra cesta del pan y comenta que han procurado incluir panes de todos los distritos, además del refinado pan del Capitolio. La barra con forma de pez y teñida de verde con algas es del Distrito 4; el rollo con forma de media luna y semillas, del Distrito 11. Por algún motivo, aunque estén hechos de lo mismo, me parecen mucho más apetitosos que las feas galletas fritas que solemos tomar en casa.

—Y eso es todo —dice Peeta, volviendo a meter el pan en la cesta.

—Tú sí que sabes.

—Solo de pan. Vale, ríete como si hubiese dicho algo gracioso. —Los dos dejamos escapar una carcajada más o menos convincente y no hacemos caso de las miradas que nos dirigen los demás—. De acuerdo, seguiré sonriendo amablemente mientras hablas tú —dice Peeta.

La orden de Haymitch de que parezcamos amigos nos está desgastando a los dos, porque, desde que di el portazo, se ha levantado una barrera entre nosotros. En fin, tenemos que obedecer.

—¿Te he contado ya que una vez me persiguió un oso?

—No, pero suena fascinante.

Intento poner cara de interés mientras recuerdo el suceso, una historia real, en la que reté como una idiota a un oso negro por el derecho a quedarme con una colmena. Peeta se ríe y me hace preguntas en el momento preciso; esto se le da mucho mejor que a mí.

El segundo día, mientras estamos intentando el tiro de lanza, me susurra:

—Creo que tenemos una sombra.

Lanzo y veo que no se me da demasiado mal, siempre que no esté muy lejos; entonces localizo a la niña del Distrito 11 detrás de nosotros, observándonos. Es la de doce años, la que me recordaba tanto a Prim por su estatura. De cerca aparenta solo diez; sus ojos son oscuros y brillantes, su piel es de un marrón sedoso y está ligeramente de puntillas, con los brazos extendidos junto a los costados, como si estuviese lista para salir volando ante cualquier sonido. Es imposible mirarla y no pensar en un pájaro.

Cojo otra lanza mientras Peeta tira.

—Creo que se llama Rue —me dice en voz baja.

Me muerdo el labio. Rue, la armaga, una pequeña flor amarilla que crece en la Pradera. Rue..., Prim... Ninguna pasa de los treinta kilos, ni empapadas de agua.

—¿Qué podemos hacer? —le pregunto, en un tono más duro de lo que pretendo.

—Nada, solo hablar.

Ahora que sé que está aquí, me resulta difícil no hacer caso de la niña. Se acerca con sigilo y se une a nosotros en distintos puestos; como a mí, se le dan bien las plantas, trepa con habilidad y tiene buena puntería. Acierta siempre con la honda, aunque ¿de qué sirve una honda contra un chico de cien kilos con una espada?

De vuelta en la planta del Distrito 12, Haymitch y Effie nos acribillan a preguntas durante el desayuno y la cena sobre todo lo ocurrido a lo largo del día: qué hemos hecho, quién nos ha observado, cómo son los demás tributos. Cinna y Portia no están por aquí, así que no hay nadie que aporte algo de cordura a las comidas; tampoco es que Haymitch y Effie sigan peleándose, sino todo lo contrario: parecen haber hecho piña y estar decididos a prepararnos como sea. Están llenos de interminables instrucciones sobre qué deberíamos hacer y qué no durante los entrenamientos. Peeta tiene más paciencia; yo estoy harta y me vuelvo maleducada.

Cuando por fin escapo a la cama la segunda noche, Peeta masculla:

—Alguien debería darle una copa a Haymitch.

Dejo escapar un ruido que está a medio camino entre un bufido y una carcajada, pero después me contengo. Intentar saber cuándo somos supuestamente amigos y cuándo no me está volviendo loca. Al menos en la arena estará claro lo que hay.

—No, no finjamos si no hay nadie delante.

—Vale, Katniss —responde él, con cansancio.

Después de eso solo hablamos delante de los demás.

El tercer día de entrenamiento empiezan a llamarnos a la hora de la comida para nuestras sesiones privadas con los Vigilantes. Distrito a distrito, primero el chico y luego la chica. Como siempre, el Distrito 12 se queda para el final, así que esperamos en el comedor, sin saber bien qué hacer. Nadie regresa después de la sesión. Conforme se vacía la sala, la presión por parecer amigos se aligera y, cuando por fin llaman a Rue, nos quedamos solos. Permanecemos sentados, en silencio, hasta que llaman a Peeta y él se levanta.

—Recuerda lo que dijo Haymitch sobre tirar las pesas —dice mi boca sin pedirme permiso.

—Gracias, lo haré. Y tú... dispara bien.

Asiento con la cabeza; no sé por qué he dicho nada, aunque, si pierdo, me gustaría que Peeta ganase. Sería mejor para nuestro distrito, mejor para Prim y mi madre.

Después de quince minutos, me llaman. Me aliso el pelo, enderezo los hombros y entro en el gimnasio. Al instante, sé que tengo problemas, porque los Vigilantes llevan demasiado tiempo aquí dentro y ya han visto otras veintitrés demostraciones. Además, casi todos han bebido demasiado vino y quieren irse a casa de una vez.

No puedo hacer más que seguir con el plan: me dirijo al puesto de tiro con arco. ¡Ah, las armas! ¡Llevo días deseando ponerles las manos encima! Arcos hechos de madera, plástico, metal y materiales que ni siquiera sé nombrar. Flechas con plumas cortadas en líneas perfectamente uniformes. Escojo un arco, lo tenso y me echo al hombro el carcaj de flechas a juego. Hay un campo de tiro que me parece demasiado limitado, dianas estándar y siluetas humanas. Me dirijo al centro del gimnasio y escojo el primer objetivo: el muñeco de las prácticas de cuchillo. Sin embargo, cuando empiezo a tirar de la flecha, sé que algo va mal: la cuerda está más tensa que la de los arcos de casa y la flecha es más rígida. Me quedo a cinco centímetros de darle al muñeco y pierdo la poca atención que me había ganado. Durante un instante me siento humillada, pero después vuelvo a la diana, y disparo una y otra vez hasta que me acostumbro a las armas nuevas.

De vuelta al centro del gimnasio, me pongo en la posición inicial y le doy al muñeco justo en el corazón. Después corto la cuerda que sostiene el saco de arena para boxear. Sin detenerme, ruedo por el suelo, me levanto apoyada en una rodilla y disparo una flecha a una de las luces colgantes del alto techo del gimnasio, provocando una lluvia de chispas.

Ha sido una exhibición excelente. Me vuelvo hacia los Vigilantes y veo que algunos me dan su aprobación, pero que la mayoría sigue concentrada en un cerdo asado que acaba de llegar a la mesa.

De repente, me pongo furiosa, me quema la sangre el que, con mi vida en juego, ni siquiera tengan la decencia de prestarme atención, que me eclipse un cerdo muerto. Empieza a latirme el corazón muy deprisa, me arde la cara y, sin pensar, saco una flecha del carcaj y la envío directamente a la mesa de los Vigilantes. Oigo gritos de alarma y veo que la gente retrocede, pasmada; la flecha da en la manzana que tiene el cerdo en la boca y la clava en la pared que hay detrás. Todos me miran, incrédulos.

—Gracias por su tiempo —digo; después hago una breve reverencia y me dirijo a la salida sin esperar a que me den permiso.

8

De camino al ascensor, me coloco el arco en un hombro y el carcaj en el otro. Después aparto a los avox boquiabiertos que protegen los ascensores y le doy al botón número doce con el puño. Las puertas se cierran y salgo disparada hacia arriba. Consigo llegar a mi planta antes de que las lágrimas empiecen a bajarme por las mejillas. Oigo que los demás me llaman desde el salón, pero salgo corriendo por el vestíbulo hasta llegar a mi cuarto, cierro con pestillo y me tiro en la cama. Ahí es cuando empiezo a llorar de verdad.

¡Lo he hecho! ¡Lo he echado todo a perder! Cualquier rastro de oportunidad que tuviera se desvaneció al disparar esa flecha a los Vigilantes. ¿Qué me harán ahora? ¿Detenerme? ¿Ejecutarme? ¿Cortarme la lengua y convertirme en un avox para que pueda servir a los futuros tributos de Panem? ¿En qué estaba pensando? Por supuesto, no estaba pensando, disparé a la manzana por la rabia que me daba que no me hiciesen caso. No intentaba matarlos. ¡De haberlo intentado, ya estarían muertos!

Bueno, ¿qué más da? De todos modos, no iba a ganar los juegos, así que ¿qué importa lo que me hagan? Lo que de verdad me asusta es lo que puedan hacerles a mi madre y a Prim, lo que pueda sufrir mi familia por culpa de mi imprudencia. ¿Les quitarán lo poco que tienen o enviarán a mi madre a la cárcel y a Prim al orfanato? ¿Las matarán? No las matarán, ¿verdad? ¿Por qué no? ¿Qué más les da a ellos?

Tendría que haberme quedado para disculparme, o para reírme, como si hubiese sido una broma, quizás eso los habría vuelto más indulgentes. Sin embargo, en vez de eso, voy y salgo de allí corriendo de la forma más irrespetuosa posible.

Haymitch y Effie están llamando a la puerta; les grito que se vayan y, al cabo de un rato, lo hacen. Tardo al menos una hora en llorar todo lo que puedo; después me quedo hecha un ovillo en la cama, acariciando las sábanas de seda, viendo cómo se pone el sol sobre la artificial silueta de caramelo del Capitolio.

Al principio creo que vendrán a detenerme de un momento a otro, pero, conforme pasa el tiempo y la cosa parece menos probable, me calmo. Siguen necesitando a los dos tributos del Distrito 12, ¿no? Si los Vigilantes quieren castigarme, pueden hacerlo en público, esperar a que esté en la arena y así lanzarme animales salvajes hambrientos. Se asegurarán de que no tenga arco y flechas para defenderme.

Sin embargo, antes me darán una puntuación tan baja que nadie en su sano juicio querrá patrocinarme. Eso es lo que pasará esta noche. Como los telespectadores no pueden ver el entrenamiento, los Vigilantes anuncian la clasificación de cada jugador, lo que le da a la audiencia un punto de partida para las apuestas que continuarán durante todos los juegos. El número, una cifra entre uno y doce, donde el uno es rematadamente malo y el doce inalcanzablemente bueno, representa lo prometedor que es el tributo. La nota no garantiza quién ganará, no es más que una indicación del potencial que ha demostrado el tributo en el entrenamiento. Debido a las variables del campo de batalla real, los tributos con puntuación más alta suelen caer casi de inmediato y, hace unos años, el chico que ganó los juegos solo recibió un tres. En cualquier caso, la clasificación puede ayudar o perjudicar a un tributo en la búsqueda de patrocinadores. Yo esperaba que mis habilidades con el arco me dieran un seis o un siete, aunque no tenga mucha fuerza física, pero ahora estoy segura de que tendré la nota más baja de los veinticuatro. Si nadie me patrocina, mis posibilidades de seguir viva se reducirán casi a cero.

Cuando Effie llama a la puerta para la cena, decido que será mejor ir. Esta noche televisarán el resultado de las puntuaciones y no puedo esconderme para siempre. Voy al servicio y me lavo la cara, aunque sigue roja y moteada.

Todos me esperan a la mesa, incluso Cinna y Portia; ojalá no hubiesen aparecido los estilistas porque, por algún motivo, no me gusta la idea de decepcionarlos. Es como si hubiese tirado a la basura sin pensarlo el gran trabajo que hicieron en la ceremonia inaugural. Evito mirar a los demás a los ojos mientras me tomo a cucharaditas la sopa de pescado; está salada, como mis lágrimas.

Los adultos empiezan a chismorrear sobre el tiempo y yo dejo que Peeta me mire a los ojos. Él arquea las cejas, como si preguntara: «¿Qué ha pasado?». Me limito a sacudir la cabeza rápidamente. Después, cuando llega el segundo plato, oigo decir a Haymitch:

—Vale, basta de cháchara. ¿Lo habéis hecho muy mal hoy?

—Creo que da igual —responde Peeta—. Cuando aparecí, nadie se molestó en mirarme; estaban cantando una canción de borrachos, creo. Así que me dediqué a lanzar algunos objetos pesados hasta que me dijeron que podía irme.

Eso me hace sentir mejor; Peeta no ha atacado a los Vigilantes, pero al menos a él también lo provocaron.

—¿Y tú, preciosa? —me pregunta Haymitch.

Por algún motivo, oír que me llama preciosa me molesta lo suficiente para ser capaz de hablar.

—Les lancé una flecha.

—¿Que qué? —exclama Effie, y el horror que se refleja en su voz confirma mis peores temores. Todos dejan de comer.

—Les lancé una flecha. Bueno, no a ellos, en realidad, sino hacia ellos. Fue como dice Peeta: no me hacían caso mientras disparaba y... perdí la cabeza, ¡así que apunté a la manzana que tenía en la boca su estúpido cerdo asado! —exclamo, desafiante.

—¿Y qué dijeron? —pregunta Cinna, con cautela.

—Nada. Bueno, no lo sé, me fui después de eso.

—¿Sin que te diesen permiso? —pregunta Effie, pasmada.

—Me lo di yo misma —respondo.

Recuerdo que le prometí a Prim hacer todo lo posible por ganar, y me siento como si me hubiesen tirado encima una tonelada de carbón.

—En fin, ya está hecho —concluye Haymitch, untándose con mantequilla un panecillo.

—¿Crees que me detendrán? —pregunto.

—Lo dudo. A estas alturas sería un problema sustituirte.

—¿Y mi familia? ¿Los castigarán?

—No creo. No tendría mucho sentido. Tendrían que desvelar lo sucedido en el Centro de Entrenamiento para que tuviese algún efecto en la población, la gente tendría que saber lo que hiciste; pero no pueden, porque es secreto, así que sería un esfuerzo inútil. Lo más probable es que te hagan la vida imposible en la arena.

—Bueno, eso ya nos lo han prometido de todos modos —dice Peeta.

—Cierto —corrobora Haymitch, y me doy cuenta de que ha pasado lo imposible: están intentando animarme. Haymitch coge una chuleta de cerdo con los dedos, lo que hace que Effie frunza el ceño, y la moja en el vino. Después arranca un trozo de carne y empieza a reírse—. ¿Qué cara pusieron?

—De pasmados —respondo, empezando a sonreír—. Aterrados. Eeeh..., ridículos, al menos algunos. —Una imagen me viene a la cabeza—. Un hombre tropezó al retroceder de espaldas y se cayó en una ponchera.

Haymitch se ríe a carcajadas y todos lo imitamos, excepto Effie, aunque está reprimiendo una sonrisa.

—Bueno, les está bien empleado. Su trabajo es prestaros atención, y que seas del Distrito 12 no es excusa para no hacerte caso —afirma. Después mira a su alrededor, como si hubiese dicho algo escandaloso—. Lo siento, pero es lo que pienso —repite, sin dirigirse a nadie en concreto.

—Me darán una mala puntuación —comento.

—La puntuación solo importa si es muy buena. Nadie presta mucha atención a las malas o mediocres. Por lo que ellos saben, podrías estar escondiendo tus habilidades para tener mala nota adrede. Hay quien usa esa estrategia —explica Portia.

—Espero que interpreten así el cuatro que me van a dar —dice Peeta—. Como mucho. De verdad, ¿hay algo menos impresionante que ver cómo alguien levanta una bola pesada y la lanza a doscientos metros? Estuve a punto de dejarme caer una en el pie.

Sonrío y me doy cuenta del hambre que tengo. Corto un trozo de cerdo, lo mojo en el puré de patatas y empiezo a comer. No pasa nada, mi familia está a salvo y, si están a salvo, no hay ningún problema.

Después de cenar nos sentamos en el salón para ver cómo anuncian las puntuaciones en televisión. Primero enseñan una foto del tributo, y a continuación ponen su nota debajo. Los tributos profesionales, como es natural, entran en el rango de ocho a diez. La mayor parte de los demás jugadores se gana un cinco. Me sorprende ver que Rue consigue un siete; no sé qué les enseñaría a los jueces, pero es tan diminuta que ha tenido que ser algo impresionante.

El Distrito 12 sale el último, como siempre. Peeta saca un ocho, así que, al menos, un par de Vigilantes lo estaban mirando. Me clavo las uñas en las palmas de las manos cuando aparece mi cara, esperando lo peor. Entonces sale el número once en la pantalla.

¡Once!

Effie Trinket deja escapar un chillido, y todos me dan palmadas en la espalda, gritan y me felicitan, aunque a mí no me parece real.

—Tiene que haber un error. ¿Cómo..., cómo ha podido pasar? —le pregunto a Haymitch.

—Supongo que les gustó tu genio. Tienen que montar un espectáculo, y necesitan algunos jugadores con carácter.

—Katniss, la chica en llamas —dice Cinna, y me abraza—. Oh, ya verás el vestido para tu entrevista.

—¿Más llamas?

—Más o menos —responde, travieso.

Peeta y yo nos felicitamos. Otro momento incómodo. Los dos lo hemos hecho bien, pero ¿qué significa eso para el otro? Escapo a mi cuarto lo antes posible y me entierro debajo de las mantas. La tensión del día, sobre todo el llanto, me ha hecho polvo. Me quedo dormida, como si me hubiesen indultado, aliviada y con el número once todavía grabado en la cabeza.

Al amanecer me quedo un rato tumbada en la cama observando cómo sale el sol; hace un día precioso. Es domingo, día de descanso en casa. Me pregunto si Gale estará ya en el bosque. Normalmente dedicamos todo el domingo a proveernos de existencias para la semana: nos levantamos temprano, cazamos y recolectamos, y después hacemos trueques en el Quemador. Pienso en Gale sin mí. Los dos cazamos bien, pero somos mejores en pareja, sobre todo si intentamos cazar presas grandes. Sin embargo, también nos da una ventaja con las cosas más pequeñas, porque está bien tener un compañero para compartir la carga, para hacer que incluso la ardua tarea de llenar la despensa de mi familia resultase divertido.

Llevaba seis meses peleando sola cuando me encontré por primera vez con Gale en el bosque. Fue un domingo de octubre, y el aire frío olía a cosas moribundas. Me había pasado la mañana compitiendo con las ardillas por las nueces, y la tarde, un poco más cálida, chapoteando por los estanques poco profundos para recoger saetas. La única carne que había cazado era una ardilla que prácticamente se había tropezado conmigo en su búsqueda de bellotas, pero los animales seguirían por allí cuando la nieve enterrase mis otras fuentes de alimentación. Como me había adentrado en el bosque más de lo normal, corría de vuelta a casa arrastrando mis sacos de arpillera cuando me encontré con un conejo muerto; estaba colgado por el cuello de un cable fino, treinta centímetros por encima de mi cabeza. Había otro unos trece metros más allá. Reconocí las trampas de lazo, porque mi padre las usaba: la presa cae en ellas y sale disparada por el aire, lo que la pone fuera del alcance de otros animales hambrientos. Yo llevaba todo el verano intentando usar trampas, aunque sin éxito, así que no pude evitar soltar mis sacos para examinarla. Acababa de tocar el cable del que colgaba uno de los conejos cuando oí una voz.

—Eso es peligroso.

Retrocedí de un salto y apareció Gale; había estado escondido detrás de un árbol, y seguramente me llevaba observando desde el principio. Solo tenía catorce años, pero ya rozaba el metro ochenta y para mí era todo un adulto. Lo había visto por la Veta y en el colegio, y en otra ocasión más, ya que él había perdido a su padre en la misma explosión que había matado al mío. En enero, yo estaba junto a él cuando le dieron la medalla al valor en el Edificio de Justicia, otro hermano mayor sin padre. Recordaba a sus dos hermanos pequeños, agarrados a su madre, una mujer cuya barriga hinchada dejaba claro que le faltaban pocos días para dar a luz.

—¿Cómo te llamas? —me preguntó, acercándose para sacar el conejo de la trampa. Tenía otros tres colgados del cinturón.

—Katniss —respondí, con una voz apenas audible.

—Bueno, Catnip, robar está castigado con la muerte, ¿no lo habías oído?

—Katniss —repetí, en voz más alta—. Y no estaba robando, solo quería echarle un vistazo a tu trampa. Las mías nunca cogen nada.

—Entonces, ¿de dónde has sacado la ardilla? —me preguntó, frunciendo el ceño, poco convencido.

—La maté con el arco —respondí, descolgándomelo del hombro.

Seguía usando la versión pequeña que me había hecho mi padre, aunque practicaba con el grande siempre que podía. Esperaba poder abatir presas más grandes cuando llegara la primavera.

—¿Puedo verlo? —preguntó Gale, con la mirada fija en el arco.

—Sí, pero recuerda que robar está castigado con la muerte —le dije, pasándoselo.

Fue la primera vez que lo vi sonreír; la sonrisa convertía al chico amenazador en alguien a quien te gustaría conocer, aunque tuvieron que pasar varios meses para que volviese a sonreír de nuevo.

Entonces hablamos sobre la caza, le dije que podía conseguirle un arco si me daba algo a cambio; no comida, sino conocimientos. Quería poner mis propias trampas y atrapar a varios conejos gordos en un solo día, y él contestó que podíamos arreglarlo. Con el paso de las estaciones empezamos a compartir a regañadientes lo que sabíamos: nuestras armas, los lugares secretos que estaban llenos de ciruelas o pavos silvestres. Él me enseñó a poner trampas y a pescar; yo le enseñé qué plantas se podían comer y, al final, le di uno de mis preciados arcos. Hasta que un día, sin que ninguno de los dos dijera nada, nos convertimos en un equipo: nos repartíamos el trabajo y el botín, y nos asegurábamos de que ambas familias tuviesen comida.

Gale me dio la seguridad que me faltaba desde la muerte de mi padre. Su compañía sustituyó a las largas horas solitarias en el bosque. Mejoré mucho como cazadora, porque ya no tenía que estar siempre mirando atrás; él me guardaba las espaldas. Sin embargo, se convirtió en mucho más que un compañero de caza, se convirtió en mi confidente, en alguien con quien compartir pensamientos que nunca podría expresar dentro de los confines de la alambrada. A cambio, él me confió los suyos. Había momentos en el bosque, con Gale, en los que era realmente... feliz.

Digo que es mi amigo, aunque, en el último año, parece una palabra demasiado suave para explicar lo que Gale significa para mí. Noto una punzada en el pecho; ojalá estuviera conmigo... Aunque, claro, no me gustaría, no quiero que esté en la arena, donde acabaría muerto en unos días. Pero..., pero lo echo de menos, y odio estar tan sola. ¿Me echará de menos? Seguro que sí.

Pienso en el once que apareció anoche debajo de mi nombre. Sé lo que me habría dicho él: «Bueno, todavía se puede mejorar». Después sonreiría y yo le devolvería la sonrisa sin dudarlo.

No puedo evitar comparar lo que tengo con Gale con lo que finjo tener con Peeta. Nunca cuestiono los motivos de Gale, mientras que con Peeta es todo lo contrario. En realidad, no es justo compararlos, porque Gale y yo nos unimos para sobrevivir, mientras que Peeta y yo sabemos que la supervivencia del otro significaría la muerte. ¿Cómo se puede pasar eso por alto?

Effie llama a la puerta para recordarme que me espera otro «¡día muy, muy, muy importante!». Mañana por la noche nos entrevistará la televisión, así que supongo que todo el equipo estará liado preparándonos para el acontecimiento.

Me levanto, me doy una ducha rápida prestando más atención a los botones que toco y bajo al comedor. Peeta, Effie y Haymitch están inclinados sobre la mesa, hablando en voz baja, lo que me parece extraño, pero el hambre vence a la curiosidad y me lleno el plato antes de unirme a ellos.

Hoy el estofado está hecho con tiernos trozos de cordero y ciruelas pasas, perfecto sobre un lecho de arroz salvaje. Llevo ya horadada media montaña de comida cuando me doy cuenta de que no habla nadie. Le doy un buen trago al zumo de naranja y me limpio la boca.

—Bueno, ¿qué está pasando? Hoy nos prepararéis para las entrevistas, ¿no?

—Sí —respondió Haymitch.

—No tenéis que esperar a que acabe. Puedo escuchar y comer a la vez.

—Bueno, ha habido un cambio de planes con respecto al enfoque.

—¿Cuál?

No estoy segura de cuál es nuestro enfoque; la última estrategia que recuerdo es intentar parecer mediocres delante de los demás tributos.

—Peeta nos ha pedido que lo entrenemos por separado —responde Haymitch, encogiéndose de hombros.

9

Traición. Es lo primero que siento aunque resulte ridículo, porque, para que haya traición, debe haber primero confianza, y entre Peeta y yo la confianza nunca ha formado parte del acuerdo. Somos tributos. Sin embargo, el chico que se arriesgó a recibir una paliza por darme pan, el que me ayudó a no caerme del carro, el que me encubrió con el asunto de la chica avox, el que insistió en que Haymitch conociera mis habilidades como cazadora... ¿Acaso parte de mí no podía evitar confiar en él?

Por otro lado, me alivia dejar de fingir que somos amigos. Es obvio que se ha cortado cualquier débil vínculo que hayamos sentido tontamente, y ya era hora, porque los juegos empiezan dentro de dos días y la confianza no sería más que una debilidad. No sé qué habrá propiciado la decisión de Peeta (aunque sospecho que tiene que ver con que lo aventajase en el entrenamiento), pero me alegro. Quizá por fin haya aceptado el hecho de que, cuanto antes reconozcamos abiertamente que somos enemigos, mejor.

—Bien, ¿cuál es el horario?

—Cada uno tendrá cuatro horas con Effie para la presentación, y cuatro conmigo para el contenido —responde Haymitch—. Tú empiezas con Effie, Katniss.

Aunque al principio ni me imagino por qué necesita Effie cuatro horas para enseñarme algo, acabo aprovechando hasta el último minuto. Vamos a mi cuarto, me pone un vestido largo y tacones altos (no los que llevaré en la entrevista de verdad), y me explica cómo debo andar. Los zapatos son lo peor: nunca he llevado tacones y no me acostumbro a ir dando tumbos sobre la punta de los pies. Sin embargo, Effie corre por ahí con ellos las veinticuatro horas del día, y decido que, si ella es capaz de hacerlo, yo también. El vestido me supone otro problema; no deja de enredárseme en los zapatos, así que, por supuesto, me lo subo, momento en el cual Effie cae sobre mí como un halcón para darme en la mano y gritar:

—¡No lo subas por encima del tobillo!

Cuando por fin domino los pies, todavía me queda la forma de sentarme, la postura (al parecer, tengo tendencia a agachar la cabeza), el contacto visual, los gestos de las manos y las sonrisas. Sonreír ya no consiste en sonreír sin más. Effie me obliga a ensayar cien frases banales que empiezan con una sonrisa, se dicen sonriendo o terminan con una sonrisa. A la hora de la comida tengo un tic nervioso en los músculos de las mejillas, de tanto estirarlos.

—Bueno, he hecho lo que he podido —dice Effie, suspirando—. Recuerda una cosa, Katniss: tienes que conseguir gustarle al público.

—¿Crees que no le gustaré?

—No, si los miras con esa cara todo el tiempo. ¿Por qué no te lo reservas para la arena? Es mejor que imagines que estás entre amigos.

—¡Están apostando cuánto tiempo duraré viva! —estallo—. ¡No son mis amigos!

—¡Pues fíngelo! —exclama Effie. Después recupera la compostura y esboza una sonrisa de oreja a oreja—. ¿Ves? Así. Te sonrío aunque me estés exasperando.

—Sí, muy convincente. Voy a comer.

Me quito los tacones de un par de patadas y salgo hecha una furia hacia el comedor, subiéndome el vestido hasta los muslos.

Peeta y Haymitch parecen estar de buen humor, así que imagino que la sesión de contenido será mejor que los sufrimientos de la mañana. No podría estar más equivocada. Después de la comida, Haymitch me lleva al salón, me pide que me siente en el sofá y me mira con el ceño fruncido durante un rato.

—¿Qué? —pregunto finalmente.

—Intento averiguar qué hacer contigo, cómo te vamos a presentar. ¿Vas a ser encantadora? ¿Altiva? ¿Feroz? Por ahora brillas como una estrella: te presentaste voluntaria para salvar a tu hermana, Cinna te hizo inolvidable y obtuviste la máxima puntuación. La gente siente curiosidad, pero nadie sabe cómo eres. La impresión que causes mañana decidirá lo que puedo conseguirte con los patrocinadores.

Como llevo toda la vida viendo entrevistas con los tributos, sé que hay algo de verdad en lo que dice. Si le gustas a la audiencia, ya sea porque les resultas cómico, brutal o excéntrico, te ganas su favor.

—¿Cuál es el enfoque de Peeta? ¿O no puedo preguntarlo?

—Intentará ser simpático. Sabe cómo reírse de sí mismo, le

sale de forma natural. Por otro lado, cuando abres la boca pareces malhumorada y hostil.

—¡No es verdad!

—Por favor. No sé de dónde sacaste a esa chica alegre que saludaba a la gente desde el carro de fuego, pero no la he visto desde entonces.

—Con la de razones que me has dado para estar alegre...

—No tienes que agradarme a mí, yo no te voy a patrocinar. Finge que soy tu público, encandílame.

—¡Vale! —gruño.

Haymitch adopta el papel del entrevistador y yo intento responder a sus preguntas de forma adorable, pero no puedo, estoy demasiado enfadada con él por lo que ha dicho e incluso por tener que responder a las preguntas. Solo puedo pensar en lo injusto que es todo, en lo injustos que son los Juegos del Hambre. ¿Por qué voy dando saltitos de un lado a otro como un perro amaestrado que intenta agradar a la gente a la que odia? Cuanto más dura la entrevista, más sale a relucir mi furia, hasta que empiezo a escupirle las respuestas, literalmente.

—Vale, ya basta —me dice—. Tenemos que encontrar otro enfoque. No solo eres hostil, sino que tampoco sé nada sobre ti. Te he hecho cincuenta preguntas y sigo sin hacerme una idea de cómo son tu vida, tu familia y las cosas que te importan. Quieren conocerte, Katniss.

—¡Es que no quiero que me conozcan! ¡Ya me están quitando el futuro! ¡No pueden llevarse también lo que me importaba en el pasado!

—¡Pues miente! ¡Invéntate algo!

—No se me da bien mentir.

—Pues aprende deprisa. Tienes tanto encanto como una babosa muerta. —Ay, eso duele. Hasta Haymitch tiene que haberse dado cuenta de que se ha pasado, porque suaviza un poco el tono—. Tengo una idea: intenta actuar con humildad.

—Humildad.

—Que no te puedes creer que una niña del Distrito 12 haya podido hacerlo tan bien, que todo esto es más de lo que nunca te hubieras imaginado. Habla de la ropa de Cinna, de lo simpática que es la gente, de cómo te asombra esta ciudad. Si no quieres hablar de ti, al menos halágalos. Sigue diciéndolo una y otra vez, habla con entusiasmo.

Las horas siguientes son una tortura. Al instante queda claro que no puedo hablar con entusiasmo. Intentamos que me haga la chulita, pero no tengo la arrogancia necesaria. Al parecer, soy demasiado «vulnerable» para apostar por la ferocidad. No soy ingeniosa, ni divertida, ni sexy, ni misteriosa.

Cuando terminamos la sesión, no soy nadie. Haymitch ha empezado a beber más o menos por la parte ingeniosa y ahora tiene un tono desagradable.

—Me rindo, preciosa. Limítate a responder las preguntas e intenta que el público no vea lo mucho que lo desprecias.

Ceno en mi cuarto. Pido una cantidad escandalosa de manjares y como hasta ponerme mala; después desahogo mi rabia contra Haymitch, los Juegos del Hambre y todos los seres vivos del Capitolio lanzando platos contra las paredes de la habitación. Cuando entra en el cuarto la chica del pelo rojo para abrirme la cama, el estropicio hace que abra mucho los ojos.

—¡Déjalo como está! —le chillo—. ¡Déjalo como está!

A ella también la odio. Odio sus ojos rencorosos que me llaman cobarde, monstruo, marioneta del Capitolio, tanto entonces como ahora. Seguro que para ella se está haciendo justicia; al menos mi muerte ayudará a pagar por la vida del chico del bosque.

Sin embargo, en vez de salir corriendo, la chica cierra la puerta y entra en el servicio, de donde sale con un trapo húmedo; después me limpia la cara y la sangre que me ha hecho en las manos un plato roto. ¿Por qué lo hace? ¿Por qué la dejo?

—Tendría que haber intentado salvarte —susurro.

Ella sacude la cabeza. ¿Quiere decir que hicimos bien en no acercarnos? ¿Que me ha perdonado?

—No, estuvo mal —insisto.

Ella se da un golpecito en los labios con los dedos y después me toca con ellos el pecho. Creo que significa que yo también habría acabado siendo un avox, como ella. Seguramente está en lo cierto: avox o muerta.

Me paso la hora siguiente ayudándola a limpiar el cuarto. Una vez tirada toda la basura por la tolva y limpiada la comida del suelo, me abre la cama, me meto dentro como si tuviera cinco años y dejo que me arrope. Después se va; me gustaría que se quedase hasta que me duerma, que estuviese aquí cuando me despierte. Quiero la protección de esta chica, aunque ella no tuvo la mía.

Por la mañana no aparece ella, sino el equipo de preparación. Mis clases con Effie y Haymitch han terminado, este día le pertenece a Cinna, mi última esperanza. Quizá pueda darme un aspecto tan maravilloso que nadie preste atención a lo que salga de mi boca.

El equipo trabaja conmigo hasta bien entrada la tarde, convirtiendo mi piel en satén reluciente, trazándome dibujos en los brazos, pintando llamas en mis veinte perfectas uñas. Después, Venia empieza a trabajarme el pelo; trenza varios mechones rojos en un recogido que parte de mi oreja izquierda, me rodea la cabeza y cae convertido en una sola trenza por mi hombro derecho. Me borran la cara con una capa de maquillaje pálido y vuelven a dibujarme las facciones: enormes ojos oscuros, labios rojos carnosos, pestañas que despiden rayitos de luz cuando parpadeo. Por último, me cubren todo el cuerpo de un polvo dorado que me hace relucir.

Entonces entra Cinna con lo que, supongo, será mi vestido, pero no lo veo, porque está cubierto.

—Cierra los ojos —me ordena.

Primero noto el forro sedoso y después el peso. Debe de pesar unos dieciocho kilos. Me agarro a la mano de Octavia y me pongo los zapatos a ciegas, aliviada al comprobar que son al menos cinco centímetros más bajos que los que Effie utilizó para las prácticas. Ajustan un par de cosas y toquetean el traje; todos guardan silencio.

—¿Puedo abrir los ojos? —pregunto.

—Sí —responde Cinna—, ábrelos.

La criatura que tengo frente a mí, en el espejo de cuerpo entero, ha llegado de otro mundo, un mundo en el que la piel brilla, los ojos deslumbran y, al parecer, hacen la ropa con piedras preciosas, porque mi vestido, oh, mi vestido está completamente cubierto de gemas que reflejan la luz, piedras rojas, amarillas y blancas con trocitos azules que acentúan las puntas del dibujo de las llamas. El más leve movimiento hace que parezcan envolverme unas lenguas de fuego.

No soy guapa. No soy bella. Resplandezco como el sol.

Todos se limitan a mirarme durante un rato.

—Oh, Cinna —consigo susurrar por fin—. Gracias.

—Da una vuelta completa —me dice, y extiendo los brazos y lo hago.

El equipo de preparación grita, entusiasmado.

Cinna le dice al equipo que se vaya y hace que me mueva por la habitación con el vestido y los zapatos, que son muchísimo más manejables que los de Effie. El vestido cae de tal forma que no tengo que levantarme la falda para caminar, lo que me quita otra preocupación de encima.

—Bueno, ¿todo listo para la entrevista? —me pregunta Cinna.

A juzgar por su expresión, sé que ha estado hablando con Haymitch, que sabe lo desastrosa que soy.

—Soy penosa. Haymitch dijo que parecía una babosa muerta. Lo intentamos todo, pero no era capaz de hacerlo, no puedo ser una de esas personas que él quiere.

—¿Y por qué no eres tú misma? —me pregunta él, después de pensárselo un momento.

—¿Yo misma? Tampoco vale. Haymitch dice que soy malhumorada y hostil.

—Bueno, eso es verdad... cuando estás con Haymitch —responde Cinna, sonriendo—. A mí no me lo pareces, y el equipo de preparación te adora; incluso te ganaste a los Vigilantes. En cuanto a los ciudadanos del Capitolio, bueno, no dejan de hablar de ti. Nadie puede evitar admirar tu espíritu.

Mi espíritu; eso es nuevo. No sé bien qué significa, aunque sugiere que soy una luchadora, que soy valiente o algo así. Tampoco es que no sepa ser agradable. Vale, quizá no vaya por ahí repartiendo amor entre la gente, quizá sea difícil hacerme sonreír, pero hay personas que me importan.

—¿Y si, cuando estés respondiendo a las preguntas, te imaginas que estás hablando con un amigo de casa? —me dice, cogiéndome las manos, que están heladas; las suyas no—. ¿Quién es tu mejor amigo?

—Gale —respondo al instante—, aunque no tiene sentido, Cinna, porque nunca le contaría esas cosas personales a Gale. Ya las sabe.

—¿Y yo? ¿Podrías considerarme un amigo?

—Creo que sí, pero...

De toda la gente que he conocido desde que me fui de casa, Cinna es, de lejos, mi favorito. Me gustó desde el principio y no me ha decepcionado todavía.

—Estaré sentado en la plataforma principal, con los demás estilistas; podrás mirarme directamente. Cuando te pregunten algo, búscame y contesta con toda la sinceridad posible.

—¿Aunque lo que piense decir sea horrible? —pregunto, porque podría ser así, de verdad.

—Sobre todo si crees que es horrible. ¿Lo intentarás?

Asiento. Tenemos un plan... o, al menos, algo a lo que aferrarme.

El momento de salir llega demasiado pronto. Las entrevistas

se realizan en un escenario construido delante del Centro de Entrenamiento. A los pocos minutos de salir de mi cuarto estaré delante de la multitud, de las cámaras, de todo Panem.

Cuando Cinna va a girar el pomo de la puerta, le cojo la mano.

—Cinna... —El miedo escénico me tiene completamente petrificada.

—Recuerda, ya te quieren —me dice con amabilidad—. Limítate a ser tú misma.

Nos reunimos con el resto del equipo del Distrito 12 en el ascensor. Portia y los suyos han trabajado mucho: Peeta está impresionante con su traje negro con adornos de llamas. Aunque tenemos buen aspecto juntos, es un alivio que no vayamos vestidos exactamente igual. Haymitch y Effie también se han arreglado para la ocasión; evito a Haymitch, pero acepto los cumplidos de Effie. A pesar de que esta mujer puede ser fastidiosa y no se entera de nada, al menos no es destructiva, como Haymitch.

Se abren las puertas del ascensor y vemos que los demás tributos se ponen en fila para subir al escenario. Los veinticuatro nos sentamos formando un gran arco durante las entrevistas. Yo seré la última, o la penúltima, porque la chica siempre precede al chico de su distrito. ¡Ojalá pudiera salir la primera y quitármelo ya de encima! Ahora tendré que escuchar lo ingeniosos, divertidos, humildes, feroces o encantadores que son los demás antes de que me toque. Además, el público empezará a aburrirse, igual que los Vigilantes, y no sería buena idea dispararles una flecha para llamar su atención.

Justo antes de que salgamos a desfilar por el escenario, Haymitch se nos acerca por detrás y gruñe:

—Recordad, seguís siendo una pareja feliz, así que actuad como si lo fuérais.

¿Qué? Creía que habíamos dejado eso cuando Peeta pidió entrenamientos separados, pero supongo que se trataba de una cosa privada, no pública. En cualquier caso, no tenemos mucho espacio para interactuar, ya que caminamos de uno en uno hasta nuestros asientos y ocupamos nuestros sitios.

Con tan solo poner el pie en el escenario, ya se me acelera la respiración. Noto los latidos de las venas en las sienes. Es un alivio llegar a la silla, porque, entre los tacones y el temblor de piernas, me da miedo tropezar. Aunque ya cae la noche, el Círculo de la Ciudad está más iluminado que un día de verano. Han construido unas gradas elevadas para los invitados prestigiosos, con los estilistas colocados en primera fila. Las cámaras se volverán hacia ellos cuando la multitud reaccione a su trabajo. También hay un gran balcón reservado para los Vigilantes, y los equipos de televisión se han hecho con casi todos los demás balcones. Sin embargo, el Círculo de la Ciudad y las avenidas que dan a él están completamente abarrotados de gente, todos de pie. En las casas y en los auditorios municipales de todo el país, todos los televisores están encendidos, todos los ciudadanos de Panem nos ven. Esta noche no habrá apagones.

Caesar Flickerman, el hombre que se encarga de las entrevistas desde hace más de cuarenta años, entra en el escenario. Da un poco de miedo, porque su apariencia no ha cambiado nada en todo ese tiempo: la misma cara bajo una capa de maquillaje blanco puro; el mismo peinado, aunque cada año lo tiñe de un color diferente; el mismo traje de ceremonias, azul marino salpicado de miles de diminutas bombillas que centellean como estrellas. En el Capitolio tienen cirujanos que hacen a la gente más joven y delgada, mientras que, en el Distrito 12, parecer viejo es una especie de logro, ya que muchos mueren jóvenes. Si ves a un anciano te dan ganas de felicitarlo por su longevidad, de preguntarle el secreto de la supervivencia. Todos envidian a los gorditos, porque su aspecto significa que no han tenido problemas para comer, como la mayoría de nosotros. Aquí es distinto: las arrugas no son deseables, y una barriga redonda no es símbolo de éxito.

Este año, Caesar lleva el pelo de color celeste, y los párpados y labios pintados del mismo tono. Está raro, aunque no da tanto miedo como el año pasado, que iba de escarlata y daba la impresión de que estaba sangrando. El presentador cuenta algunos chistes para animar a la audiencia y después se pone manos a la obra.

La chica del Distrito 1 sube al centro del escenario con un provocador vestido transparente dorado y se une a Caesar para la entrevista. Está claro que su mentor no ha tenido ningún problema al elegir su enfoque: con ese precioso cabello rubio, los ojos verde esmeralda, un cuerpo alto y esbelto..., es sexy la mires por donde la mires.

Las entrevistas duran tres minutos, pasados los cuales suena un zumbido y sube el siguiente tributo. Hay que reconocer que Caesar hace todo lo posible por que los tributos brillen; es agradable, intenta tranquilizar a los nerviosos, se ríe con las bromas tontas y puede convertir una respuesta floja en algo memorable solo con su reacción.

Permanezco sentada como una dama, siguiendo las instrucciones de Effie, mientras los distritos siguen pasando, 2, 3, 4. Todos tienen un enfoque: el chico monstruoso del Distrito 2 es una máquina de matar implacable; la chica con cara astuta del Distrito 5 es maliciosa y escurridiza, como una comadreja. Veo a Cinna en cuanto se sienta, pero ni siquiera su presencia me relaja. 8, 9, 10. El chico cojo del Distrito 10 es muy callado. Me sudan una barbaridad las manos y el vestido de piedras preciosas no es absorbente, así que me resbalan si intento secármelas en él. 11.

Rue, con un vestido de gasa y alas, revolotea hasta Caesar, y la multitud guarda silencio al ver a la chica, que parece un soplo de aire mágico. El presentador la trata con dulzura y alaba el siete que sacó en los entrenamientos, una puntuación muy alta para alguien tan pequeño. Cuando le pregunta cuál será su punto fuerte en la arena, ella no vacila:

—Cuesta atraparme —dice, con voz trémula—. Y, si no me atrapan, no podrán matarme, así que no me descarte tan deprisa.

—Ni en un millón de años —responde Caesar, animándola.

El chico del Distrito 11, Thresh, tiene la misma piel morena de Rue, pero ahí se acaba el parecido. Es uno de los gigantes, casi dos metros de altura, y tiene la constitución de un buey, aunque sé que ha rechazado las invitaciones de los tributos profesionales para unirse a ellos. Ha preferido quedarse solo, sin hablar con nadie y mostrando poco interés por el entrenamiento. Aun así, ha conseguido un diez, y no cuesta imaginar qué ha impresionado a los Vigilantes. Hace caso omiso de los intentos de Caesar por bromear con él y responde con sí o no, o, simplemente, no dice nada.

Si yo tuviera su tamaño podría causar buena impresión siendo malhumorada y hostil... ¡y no pasaría nada! Estoy segura de que la mitad de los patrocinadores está ya pensando en ayudarlo a él. Si yo tuviese dinero, también lo haría.

Y ahora llaman a Katniss Everdeen, y me siento como en un sueño, levantándome y acercándome al escenario central. Acepto el apretón de manos de Caesar y él tiene la elegancia de no limpiarse el sudor de inmediato en el traje.

—Bueno, Katniss, el Capitolio debe de ser un gran cambio, comparado con el Distrito 12. ¿Qué es lo que más te ha impresionado desde que estás aquí?

¿Qué? ¿Qué ha dicho? Es como si las palabras no tuviesen sentido.

Se me ha quedado la boca seca como una suela de zapato. Busco con desesperación a Cinna entre la multitud y lo miro a los ojos; me imagino que las palabras han salido de sus labios: «¿Qué es lo que más te ha impresionado desde que estás aquí?». Me devano los sesos intentando pensar en algo que me haya hecho feliz desde mi llegada. «Sé sincera —pienso—. Sé sincera».

—El estofado de cordero —consigo decir. Caesar se ríe y me doy cuenta, vagamente, de que parte del público hace lo mismo.

—¿El de ciruelas pasas? —pregunta Caesar, y yo asiento—. Oh, yo lo como sin parar. —Se vuelve hacia la audiencia, horrorizado, con la mano en el estómago—. No se me notará, ¿verdad? —Todos gritan para animarlo y aplauden. A esto me refería: él siempre intenta ayudarte—. Bueno, Katniss —sigue, en tono confidencial—, cuando apareciste en la ceremonia inaugural se me paró el corazón, literalmente. ¿Qué te pareció aquel traje?

Cinna arquea una ceja. Tengo que ser sincera.

—¿Quieres decir después de comprobar que no moría abrasada?

Carcajada del presentador, carcajadas auténticas del público.

—Sí, a partir de ahí.

—Pensé que Cinna era un genio —Cinna, amigo mío, tenía que decírtelo de todas formas—, que era el traje más maravilloso que había visto y que no me podía creer que lo llevase puesto. Tampoco puedo creerme que lleve este. —Levanto la falda para extenderla—. En fin, ¡fíjate!

Mientras el público se deshace en exclamaciones de admiración, veo que Cinna mueve el dedo en círculos; sé qué quiere decirme: «Gira para mí».

Me levanto, doy un giro completo y la reacción es inmediata.

—¡Oh, hazlo otra vez! —me pide Caesar, así que levanto los brazos y doy vueltas y más vueltas, dejando que la falta flote, dejando que el vestido me envuelva en llamas. El público me vitorea. Cuando me detengo, tengo que agarrarme al brazo del presentador—. ¡No te pares! —me dice.

—Tengo que hacerlo. ¡Me he mareado!

También estoy soltando risitas tontas, que es algo que, me parece, no he hecho en la vida. Los nervios y los giros han podido conmigo.

—No te preocupes, te tengo —me dice Caesar, rodeándome con un brazo—. No podemos dejar que sigas los pasos de tu mentor. —Todos empiezan a abuchear y las cámaras enfocan a Haymitch, que ahora es famoso por su caída en la cosecha; él agita una mano para callarlos, de buen humor, y me señala—. No pasa nada —dice el presentador para tranquilizar a la multitud—, conmigo está a salvo. Bueno, hablemos de la puntuación: on-ce. Danos una pista de lo que pasó allí dentro.

—Ummm... —digo, mirando a los Vigilantes, que están en el balcón, y me muerdo un labio—. Solo diré una cosa: creo que nunca habían visto nada igual.

Las cámaras enfocan a los Vigilantes, que están riéndose y asintiendo.

—Nos estás matando —protesta el presentador, como si le doliese de verdad—. Detalles, detalles.

—Se supone que no puedo contar nada, ¿verdad? —pregunto, mirando al balcón.

—¡Así es! —grita el Vigilante que se cayó dentro de la ponchera.

—Gracias —respondo—. Lo siento, mis labios están sellados.

—Entonces volvamos al momento en que dijeron el nombre de tu hermana en la cosecha —sigue el presentador, con un tono más pausado—. Tú te presentaste voluntaria. ¿Nos puedes hablar de ella?

No, no, no, a vosotros no, pero quizá a Cinna sí. Creo que no me estoy imaginando la tristeza que expresa su rostro.

—Se llama Prim, solo tiene doce años y la amo más que a nada en el mundo.

El silencio era tan absoluto que no se oía ni un suspiro.

—¿Qué te dijo después de la cosecha?

Sé sincera, sé sincera. Trago saliva.

—Me pidió que intentase ganar como pudiera.

La audiencia está paralizada, pendiente de cada palabra.

—¿Y qué respondiste? —pregunta Caesar, con amabilidad, pero, en vez de sentirme arropada, noto que un frío glacial me recorre el cuerpo y que pongo los músculos en tensión, como antes de atrapar una presa. Cuando hablo, mi tono de voz parece haber bajado una octava.

—Le juré que lo haría.

—Seguro que sí —dice él, apretándome la mano. Entonces suena el zumbido—. Lo siento, nos hemos quedado sin tiempo. Te deseo la mejor de las suertes, Katniss Everdeen, tributo del Distrito 12.

Los aplausos continúan mucho después de sentarme. Miro a Cinna para que me tranquilice, y él levanta el pulgar para indicarme que todo ha ido bien.

Me paso aturdida la primera parte de la entrevista de Peeta, aunque veo que tiene al público en sus manos desde el principio; los oigo reír y gritar. Está utilizando lo de ser el hijo del panadero para comparar a los tributos con los panes de sus distritos. Después cuenta una anécdota divertida sobre los peligros de las duchas del Capitolio.

—Dime, ¿todavía huelo a rosas? —le pregunta a Caesar, y después se pasan un rato olisqueándose por turnos, lo que hace que todos se partan de risa. Empiezo a recuperar la concentración cuando Caesar le pregunta si tiene una novia en casa.

Peeta vacila y después sacude la cabeza, aunque no muy convencido.

—¿Un chico guapo como tú? Tiene que haber una chica especial. Venga, ¿cómo se llama?

—Bueno, hay una chica —responde él, suspirando—. Llevo enamorado de ella desde que tengo uso de razón, pero estoy bastante seguro de que ella no sabía nada de mí hasta la cosecha.

La multitud expresa su simpatía: comprenden lo que es un amor no correspondido.

—¿Tiene a otro?

—No lo sé, aunque les gusta a muchos chicos.

—Entonces te diré lo que tienes que hacer: gana y vuelve a casa. Así no podrá rechazarte, ¿eh? —lo anima Caesar.

—Creo que no funcionaría. Ganar... no ayudará, en mi caso.

—¿Por qué no? —pregunta Caesar, perplejo.

—Porque... —empieza a balbucear Peeta, ruborizándose—. Porque... ella está aquí conmigo.

Segunda parte

LOS JUEGOS

10

Durante un momento, las cámaras se quedan clavadas en la mirada cabizbaja de Peeta, mientras todos asimilan lo que acaba de decir. Después veo mi cara, boquiabierta, con una mezcla de sorpresa y protesta, ampliada en todas las pantallas: ¡soy yo! ¡Dios mío, se refiere a mí! Aprieto los labios y miro al suelo, esperando esconder así las emociones que empiezan a hervirme dentro.

—Vaya, eso sí que es mala suerte —dice Caesar, y parece sentirlo de verdad.

La multitud le da la razón en sus murmullos y unos cuantos han soltado grititos de angustia.

—No es bueno, no —coincide Peeta.

—En fin, nadie puede culparte por ello, es difícil no enamorarse de esa jovencita. ¿Ella no lo sabía?

—Hasta ahora, no —responde Peeta, sacudiendo la cabeza.

Me atrevo a mirar un segundo a la pantalla, lo bastante para comprobar que mi rubor es perfectamente visible.

—¿No les gustaría sacarla de nuevo al escenario para obtener una respuesta? —pregunta Caesar a la audiencia, que responde con gritos afirmativos—. Por desgracia, las reglas son las reglas, y el tiempo de Katniss Everdeen ha terminado. Bueno, te deseo la mejor de las suertes, Peeta Mellark, y creo que hablo por todo Panem cuando digo que te llevamos en el corazón.

El rugido de la multitud es ensordecedor; Peeta nos ha borrado a todos del mapa al declarar su amor por mí. Cuando el público por fin se calla, mi compañero murmura un «gracias» y regresa a su asiento. Nos levantamos para el himno; yo tengo que alzar la cabeza, porque es una muestra de respeto obligatoria, y no puedo evitar ver que en todas las pantallas aparece una imagen de nosotros dos, separados por unos cuantos metros que, en las mentes de los espectadores, deben de parecer insalvables. Pobre pareja trágica.

Sin embargo, yo sé la verdad.

Después del himno, los tributos nos ponemos en fila para volver al vestíbulo del Centro de Entrenamiento y sus ascensores. Me aseguro de no meterme en el mismo que Peeta. La muchedumbre frena a nuestro séquito de estilistas, mentores y acompañantes, así que nos quedamos solos; no hablamos. Mi ascensor deja a cuatro tributos antes de quedarme sola y llegar a la planta doce. Peeta acaba de salir del ascensor cuando me acerco a él y le pego un empujón en el pecho; él pierde el equilibrio y se estrella contra una fea urna llena de flores artificiales. La urna se cae y se hace añicos en el suelo, Peeta aterriza encima de los pedazos y las manos empiezan a sangrarle de inmediato.

—¿A qué viene esto? —me pregunta, horrorizado.

—¡No tenías derecho! ¡No tenías derecho a decir esas cosas sobre mí!

Los ascensores se abren y aparece todo el grupo: Effie, Haymitch, Cinna y Portia.

—¿Qué está pasando? —pregunta Effie, con un deje de histeria en la voz—. ¿Te has caído?

—Después de que ella me empujara —responde Peeta, mientras Effie y Cinna lo ayudan a levantarse.

—¿Lo has empujado? —me pregunta Haymitch.

—Ha sido idea tuya, ¿verdad? ¿Lo de convertirme en una idiota delante de todo el país?

—Fue idea mía —interviene Peeta, mientras se quita trozos de cerámica de las manos—. Haymitch solo me ayudó a desarrollarla.

—Sí, Haymitch es una gran ayuda... ¡para ti!

—Eres una idiota, sin duda —dice Haymitch, asqueado—. ¿Crees que te ha perjudicado? Este chico acaba de darte algo que nunca podrías lograr tú sola.

—¡Me ha hecho parecer débil!

—¡Te ha hecho parecer deseable! Y, reconozcámoslo, necesitas toda la ayuda posible en ese tema. Eras tan romántica como un trozo de roca hasta que él dijo que te quería. Ahora todos te quieren y solo hablan de ti. ¡Los trágicos amantes del Distrito 12!

—¡Pero no somos amantes! —exclamo.

—¿A quién le importa? —insiste Haymitch, cogiéndome por los hombros y aplastándome contra la pared—. No es más que un espectáculo, todo depende de cómo te perciban. Después de tu entrevista lo único que podría haber dicho de ti era que resultabas bastante agradable, aunque debo admitir que eso ya de por sí es un milagro. Ahora puedo decir que eres una rompecorazones. Oooh, los chicos de tu distrito caían abrumados a tus pies. ¿Con cuál de las dos imágenes crees que conseguirás más patrocinadores?

El olor a vino de su aliento me pone mala; lo empujo para quitármelo de encima y retrocedo, intentando aclararme las ideas.

—Tiene razón, Katniss —me dice Cinna, acercándose y rodeándome con un brazo.

—Tendría que haberlo sabido —respondo, sin saber qué pensar—. Así no habría parecido tan estúpida.

—No, tu reacción ha sido perfecta. De haberlo sabido, no habría parecido tan real —intervino Portia.

—Lo que le preocupa es su novio —dice Peeta, malhumorado, mientras se arranca un trozo ensangrentado de urna.

—No tengo novio —afirmo, aunque se me encienden otra vez las mejillas al pensar en Gale.

—Lo que tú digas, pero seguro que es lo bastante listo para reconocer un farol. Además, tú no has dicho que me quieras, así que ¿qué más da?

Las palabras empiezan a surtir efecto. Me calmo. Ahora no sé si debo pensar que me han usado o que me han dado una ventaja. Haymitch tiene razón, he sobrevivido a la entrevista, pero ¿qué les he ofrecido? A una chica imbécil dando vueltas con un vestido brillante y soltando risitas tontas. El único momento con sustancia fue cuando hablé de Prim. Comparada con Thresh y su fuerza silenciosa y mortífera, no soy digna de recordar. Tonta, brillante y fácil de olvidar; bueno, no del todo, porque tengo mi once en entrenamiento.

Sin embargo, ahora Peeta me ha convertido en objeto de amor, y no solo del suyo. Según él, ahora tengo muchos admiradores, y si el público cree de verdad que estamos enamorados... Recuerdo la energía con la que han respondido a su confesión; un amor trágico. Haymitch tiene razón, en el Capitolio adoran estas cosas. De repente me preocupa no haber reaccionado bien.

—Después de que dijese que me quería, ¿a vosotros os pareció que podría estar enamorada de él? —les pregunto.

—A mí sí —responde Portia—. Por la forma en que evitabas mirar a las cámaras y el rubor en las mejillas.

Los otros asienten.

—Eres una mina, preciosa, vas a tener a los patrocinadores haciendo cola —afirma Haymitch.

—Siento haberte empujado —le digo a Peeta, obligándome a mirarlo, avergonzada por mi reacción.

—Da igual —responde él, encogiéndose de hombros—. Aunque, técnicamente, es ilegal.

—¿Tienes bien las manos?

—Se pondrán bien.

En el silencio que sigue a su respuesta nos llegan los deliciosos olores de la cena, que ya está en el comedor.

—Vamos a comer —dice Haymitch, y todos lo seguimos hasta la mesa y nos colocamos en nuestros puestos.

Como Peeta está sangrando demasiado, Portia se lo lleva para que lo atiendan. Empezamos la sopa de nata y pétalos de rosa sin ellos, y, cuando terminamos, vuelven. Las manos de Peeta están envueltas en vendas y yo no puedo evitar sentirme culpable, porque mañana estaremos en el campo de batalla, él me ha hecho un favor y yo le he respondido con una herida. ¿Es que siempre voy a estar en deuda con él?

Después de la cena vemos la repetición de las entrevistas en el salón. Yo parezco presumida y superficial, dando vueltas y soltando risitas, aunque los demás me aseguran que les parezco encantadora. El que sí está encantador es Peeta, y después resulta irresistible en su actuación de chico enamorado. Y ahí salgo yo, ruborizada y perpleja, bella gracias a las manos de Cinna, deseable gracias a la confesión de Peeta, trágica por las circunstancias y, lo mires por donde lo mires, imposible de olvidar.

Cuando termina el himno y la pantalla se oscurece, la habitación guarda silencio. Mañana al alba nos levantarán y nos prepararán para la arena. Los juegos en sí no empiezan hasta las diez, porque muchos de los habitantes del Capitolio se levantan tarde, pero Peeta y yo tenemos que empezar temprano. No se sabe lo lejos que estará el campo de batalla elegido para este año.

Sé que Haymitch y Effie no irán con nosotros. En cuanto salgamos de aquí, ellos se desplazarán a la sede central de los juegos, donde, esperemos, reclutarán patrocinadores sin parar y trabajarán en una estrategia para decidir cómo y cuándo entregarnos los regalos. Cinna y Portia viajarán con nosotros hasta el mismísimo punto desde el que nos lanzarán a la batalla. A pesar de todo, es el momento de despedirse.

Effie nos coge a los dos de la mano, con lágrimas de verdad en los ojos, y nos desea buena suerte. Nos da las gracias por ser los mejores tributos que ha tenido el privilegio de patrocinar; después, como es Effie y parece estar obligada por ley a decir siempre algo horrible, añade:

—¡No me sorprendería nada que el año que viene me promocionasen por fin a un distrito decente!

Después nos besa en la mejilla y se aleja rápidamente, no sé si abrumada por la sentimental despedida o por la posible mejora de su fortuna.

Haymitch cruza los brazos y nos examina.

—¿Un último consejo? —pregunta Peeta.

—Cuando suene el gong, salid echando leches. Ninguno de los dos sois lo bastante buenos para meteros en el baño de sangre de la Cornucopia. Salid corriendo, poned toda la distancia posible de por medio y encontrad una fuente de agua. ¿Entendido?

—¿Y después? —pregunto.

—Seguid vivos —responde Haymitch.

Es el mismo consejo que nos dio en el tren, pero ahora no está borracho y riéndose. Asentimos. ¿Qué otra cosa podemos hacer?

Cuando me voy hacia mi cuarto, Peeta se queda atrás para hablar con Portia, cosa que me alegra. No sé cuáles serán nuestras incómodas palabras de despedida, pero pueden esperar a mañana. Veo que alguien ha abierto mi cama, aunque no hay ni rastro de la chica pelirroja. Ojalá supiera su nombre; debería habérselo preguntado y puede que ella me lo hubiese escrito o explicado con mímica, aunque es probable que solo sirviera para que la castigasen.

Me doy una ducha y me quito la pintura dorada, el maquillaje y el aroma de la belleza. Todo lo que queda del trabajo del equipo de diseño son las llamas de las uñas, que decido conservar para recordarle a la audiencia quién soy: Katniss, la chica en llamas. Quizá me dé algo a lo que agarrarme en los días que me esperan.

Me pongo un camisón grueso, como de lana, y me acuesto. En unos cinco segundos me doy cuenta de que no me quedaré dormida, y lo necesito desesperadamente, porque cada momento de fatiga en la arena es una invitación a la muerte.

No sirve de nada; pasa una hora, luego dos, luego tres, y mis párpados se niegan a cerrarse. No puedo dejar de imaginarme en qué terreno nos soltarán. ¿Desierto? ¿Pantano? ¿Un páramo helado? Sobre todo espero que haya árboles que me puedan ofrecer escondite, alimento y cobijo. Suele haber árboles, porque los paisajes pelados son aburridos y, sin vegetación, los juegos se acaban pronto. Pero ¿cómo será el clima? ¿Qué trampas habrán escondido los Vigilantes para animar los momentos aburridos? Y luego están los otros tributos.

Cuanto más ansiosa estoy por dormirme, menos lo consigo. Al final estoy tan inquieta que tengo que salir de la cama; recorro la habitación notando que el corazón me late demasiado deprisa, que tengo la respiración acelerada. Es como estar en una celda, si no consigo respirar aire fresco pronto voy a empezar a romperlo todo otra vez. Corro por el vestíbulo hacia la puerta que da al tejado, que no solo no está cerrada, sino que la han dejado entreabierta. Quizás alguien se olvidó de cerrarla, aunque da lo mismo, porque el campo de energía que rodea el tejado impide cualquier intento desesperado de fuga, y yo no quiero escapar, solo llenarme los pulmones de aire; quiero ver el cielo y la luna antes de que intenten darme caza.

El tejado no está iluminado por la noche, pero en cuanto piso descalza el suelo de baldosas, veo su silueta recortada contra las luces que no dejan de brillar en el Capitolio. En las calles hay bastante barullo, música, gente cantando y cláxones, cosas que no oía a través de los gruesos paneles de cristal de mi cuarto. Podría largarme ahora mismo sin que él se diese cuenta; no me oiría con tanto follón. Sin embargo, el aire nocturno es tan agradable que no soportaría regresar a mi agobiante jaula. ¿Y qué más da? ¿Qué más da si hablamos o no?

Avanzo sin hacer ruido por las baldosas; cuando estoy a un metro de él, le digo:

—Deberías estar durmiendo.

Él se sobresalta, pero no se vuelve, y veo que sacude un poco la cabeza.

—No quería perderme la fiesta. Al fin y al cabo, es por nosotros.

Me acerco a él y me asomo al borde: las amplias calles están llenas de gente bailando. Me esfuerzo por distinguir los detalles de sus figuras diminutas.

—¿Están disfrazados?

—¿Quién sabe? Teniendo en cuenta la locura de ropa que llevan aquí... ¿Tú tampoco podías dormir?

—No podía dejar de pensar —respondo.

—¿Piensas en tu familia?

—No —reconozco, sintiéndome un poco culpable—. No dejo de preguntarme qué pasará mañana, aunque no sirve de nada, claro. —Con la luz que llega de abajo puedo verle la cara, la extraña forma de cogerse las manos vendadas—. Siento mucho lo de las manos, de verdad.

—No importa, Katniss. De todos modos, no tenía ninguna oportunidad en los juegos.

—No debes pensar así.

—¿Por qué no? Es la verdad. Mi única esperanza es no avergonzar a nadie y... —vacila.

—¿Y qué?

—No sé cómo expresarlo bien. Es que... quiero morir siendo yo mismo. ¿Tiene sentido? —pregunta, y yo sacudo la cabeza. ¿Cómo va a morir siendo otra persona?—. No quiero que me cambien ahí fuera, que me conviertan en una especie de monstruo, porque yo no soy así. —Me muerdo el labio, sintiéndome inferior. Mientras yo cavilaba sobre la existencia de árboles, Peeta le daba vueltas a cómo mantener su identidad, su esencia.

—¿Quieres decir que no matarás a nadie? —le pregunto.

—No. Cuando llegue el momento estoy seguro de que mataré como todos los demás. No puedo rendirme sin luchar. Pero desearía poder encontrar una forma de... de demostrarle al Capitolio que no le pertenezco, que soy algo más que una pieza de sus juegos.

—Es que no eres más que eso, ninguno lo somos. Así funcionan los juegos.

—Vale, pero, dentro de ese esquema, tú sigues siendo tú y yo sigo siendo yo —insiste—. ¿No lo ves?

—Un poco. Aunque..., sin ánimo de ofender, ¿a quién le importa, Peeta?

—A mí. Quiero decir, ¿qué otra cosa me podría preocupar en estos momentos? —me pregunta, enfadado. Me mira a los ojos con sus penetrantes ojos azules, exigiendo una respuesta.

—Preocúpate por lo que dijo Haymitch —respondo, dando un paso atrás—. Por seguir vivo.

—Vale —responde él, esbozando una sonrisa triste y burlona—. Gracias por el consejo, preciosa. —Usa el tono condescendiente de Haymitch, es como si me hubiese dado un bofetón.

—Mira, si quieres pasarte las últimas horas de tu vida planeando una muerte noble en la arena, es cosa tuya. Yo prefiero pasar las mías en el Distrito 12.

—No me sorprendería que lo hicieras. Dale recuerdos a mi madre cuando vuelvas, ¿vale?

—Puedes contar con ello. —Me vuelvo y bajo del tejado.

Me paso el resto de la noche dando cabezadas, imaginándome los comentarios cortantes que le haré a Peeta Mellark por la mañana. Peeta Mellark. Ya veremos lo noble y elevado que se vuelve cuando tenga que decidir entre la vida y la muerte. Seguramente se convertirá en uno de esos tributos bestiales, de los que intentan comerse el corazón de alguien después de matarlo. Hubo un tipo así hace unos cuantos años, Titus, del Distrito 6. Se volvió completamente salvaje y los Vigilantes tuvieron que derribarlo con pistolas eléctricas para recoger los cadáveres de los jugadores que había matado y evitar que se los comiera. En la arena no hay reglas, pero el canibalismo no es del gusto del público del Capitolio, así que intentaron eliminarlo. Se especuló que la avalancha que acabó finalmente con Titus fue preparada para asegurarse de que el ganador no fuese un lunático.

No veo a Peeta por la mañana. Cinna viene a por mí antes del alba, me da una túnica sencilla y me acompaña al tejado. Los últimos preparativos se harán en las catacumbas, debajo de la arena en sí. Un aerodeslizador surge de la nada, igual que el del bosque el día que vi cómo capturaban a la chica pelirroja, y deja caer una escalera de mano. Pongo pies y manos en el primer escalón y, al instante, me quedo paralizada. Una especie de corriente me pega a la escalera hasta que me suben al interior.

Aunque me imaginaba que la escalera me soltaría al llegar, sigo pegada a ella y una mujer vestida con una bata blanca se me acerca con una jeringuilla.

—Es tu dispositivo de seguimiento, Katniss. Cuanto más quieta estés, mejor podré colocártelo —me explica.

¿Quieta? Soy una estatua. Sin embargo, eso no evita que note un dolor agudo cuando la aguja me introduce el dispositivo metálico debajo de la piel del antebrazo. Ahora los Vigilantes podrán localizarme en todo momento. No les gustaría perder a un tributo.

En cuanto el dispositivo está colocado, la escalera me suelta. La mujer desaparece y recogen a Cinna del tejado. Un chico avox se acerca y nos acompaña a una habitación donde han servido el desayuno. A pesar de la tensión que noto en el estómago, como todo lo que puedo, aunque los deliciosos manjares no me impresionan. Estoy tan nerviosa que podría estar comiendo polvo de carbón. Lo único que me distrae es la vista desde las ventanas: sobrevolamos la ciudad y después la zona deshabitada que hay más allá. Esto es lo que ven los pájaros, solo que ellos son libres y están a salvo. Justo lo contrario que yo.

El viaje dura una media hora. Después se oscurecen las ventanas, lo que nos indica que llegamos a la arena. El aerodeslizador aterriza, y Cinna y yo volvemos a la escalera, aunque esta vez para bajar hasta un tubo subterráneo que da a las catacumbas. Seguimos las instrucciones para llegar a mi destino, una cámara donde realizar los preparativos. En el Capitolio la llaman la sala de lanzamiento. En los distritos la conocemos como el corral, donde guardan a los animales antes de llevarlos al matadero.

Todo está nuevo; yo seré la primera y única ocupante de esta sala de lanzamiento. Los campos de batalla son emplazamientos históricos y los conservan después de los juegos, destinos turísticos populares para los residentes del Capitolio: puedes pasar aquí un mes, volver a ver los juegos, hacer un recorrido por las catacumbas y visitar los lugares donde tuvieron lugar las muertes. Incluso puedes participar en reconstrucciones de los hechos.

Dicen que la comida es excelente.

Lucho por no vomitar el desayuno mientras me ducho y me lavo los dientes. Cinna me peina con mi sencilla trenza de siempre; después llega la ropa, la misma para cada tributo. Cinna no tiene nada que ver con mi traje, ni siquiera sabe qué hay en el paquete, pero me ayuda a vestirme con la ropa interior, los pantalones rojizos, la blusa verde claro, el robusto cinturón marrón y la fina chaqueta negra con capucha que me llega hasta los muslos.

—El material de la chaqueta está diseñado para aprovechar el calor corporal, así que te esperan noches frescas —me dice.

Las botas, que me coloco sobre unos calcetines muy ajustados, son mejores de lo que cabría esperar: cuero suave, parecidas a las que tengo en casa. Sin embargo, estas tienen una suela de goma flexible con dibujos, perfectas para correr.

Cuando creo que ya he terminado, Cinna se saca del bolsillo la insignia del sinsajo dorado. Se me había olvidado por completo.

—¿De dónde lo has sacado? —le pregunto.

—Del traje verde que llevabas puesto en el tren —responde. Recuerdo que me lo quité del vestido de mi madre y me lo prendí a la camisa—. Es el símbolo de tu distrito, ¿no? —Asiento, y él me lo coloca en la camisa—. Casi no logra pasar por la junta de revisión. Algunos pensaban que podía usarse como arma y darte una ventaja injusta, pero, al final, lo aprobaron. Sí eliminaron un anillo de la chica del Distrito 1; si girabas la gema salía una punta envenenada. La chica decía que no tenía ni idea de que el anillo se transformase y no había pruebas que demostrasen lo contrario. De todos modos, ha perdido su símbolo. Bueno, ya está. Muévete, asegúrate de estar cómoda.

Camino, corro en círculo y agito los brazos.

—Sí, está bien. Me queda perfectamente.

—Entonces solo queda esperar la llamada —me dice Cinna—. A no ser que puedas comer algo más.

Rechazo la comida, aunque acepto un vaso de agua que me bebo a traguitos mientras esperamos en el sofá. No quiero morderme las uñas ni los labios, así que acabo mordisqueándome el interior de la mejilla. Todavía noto las heridas que me hice hace unos días; no tardo en sangrar.

Los nervios se convierten en terror cuando empiezo a pensar en lo que me espera. Podría estar muerta, muerta del todo, en una hora o menos. Me toco de manera obsesiva el bultito duro del antebrazo, donde la mujer me inyectó el dispositivo de seguimiento. A pesar del dolor, lo aprieto tan fuerte que me hago un moratón.

—¿Quieres hablar, Katniss?

Sacudo la cabeza, pero, al cabo de un momento, le doy la mano y Cinna me la aprieta entre las suyas. Nos quedamos así sentados hasta que una agradable voz femenina nos anuncia que ha llegado el momento de prepararnos para el lanzamiento.

Todavía agarrada a las manos de Cinna, me acerco a la placa de metal redonda.

—Recuerda lo que dijo Haymitch: corre, busca agua. Lo demás saldrá solo —dice, y yo asiento—. Y recuerda una cosa: aunque no se me permite apostar, si pudiera, apostaría por ti.

—¿De verdad? —susurro.

—De verdad —afirma Cinna; después se inclina y me da un beso en la frente—. Buena suerte, chica en llamas.

Entonces me rodea un cilindro de cristal que nos obliga a soltarnos, que me obliga a separarme de él. Cinna se da unos golpecitos en la barbilla; quiere decir que mantenga la cabeza alta.

Levanto la barbilla y me quedo todo lo quieta que me es posible. El cilindro empieza a elevarse y, durante unos quince segundos, me encuentro a oscuras. Después noto que la placa metálica sale del cilindro y me lleva hasta la brillante luz del sol, que me deslumbra; solo soy consciente de un viento fuerte que me trae un esperanzador aroma a pino.

En ese momento oigo la voz del legendario presentador Claudius Templesmith por todas partes:

—Damas y caballeros, ¡que empiecen los Septuagésimo Cuartos Juegos del Hambre!

11

Sesenta segundos. Es el tiempo que tenemos que estar de pie en nuestros círculos metálicos antes de que el sonido de un gong nos libere. Si das un paso al frente antes de que acabe el minuto, las minas te vuelan las piernas. Sesenta segundos para observar el anillo de tributos, todos a la misma distancia de la Cornucopia, que es un gigantesco cuerno dorado con forma de cono, con el pico curvo y una abertura de al menos seis metros de alto, lleno a rebosar de las cosas que nos sustentarán aquí, en la arena: comida, contenedores con agua, armas, medicinas, ropa, material para hacer fuego. Alrededor de la Cornucopia hay otros suministros, aunque su valor decrece cuanto más lejos están del cuerno. Por ejemplo, a pocos pasos de mí hay un cuadrado de plástico de un metro de largo. Sin duda sería útil en un chaparrón. Sin embargo, cerca de la abertura veo una tienda de campaña que me protegería de cualquier condición atmosférica; si tuviera el valor suficiente para entrar y luchar por ella contra los otros veintitrés tributos, claro, cosa que me han aconsejado no hacer.

Estamos en un terreno despejado y llano, una llanura de tierra aplanada. Detrás de los tributos que tengo frente a mí no veo nada, lo que indica que hay una pendiente descendente o puede que un acantilado. A mi derecha hay un lago. A la izquierda y detrás, unos ralos bosques de pinos. Esa es la dirección que Haymitch querría que tomase, y de inmediato.

Oigo sus instrucciones dentro de mi cabeza: «Salid corriendo, poned toda la distancia posible de por medio y encontrad una fuente de agua».

Sin embargo, es tentador, muy tentador ver el regalo delante de mí, esperándome, y saber que, si no lo cojo yo, lo hará otro; que los tributos profesionales que sobrevivan al baño de sangre se repartirán casi todo el botín, esencial para sobrevivir aquí. Algo me llama la atención: sobre un montículo de mantas enrolladas hay un carcaj de plata con flechas y un arco, ya tensado, esperando a que lo disparen.

«Eso es mío —pienso—. Lo han dejado para mí».

Soy rápida, puedo correr más deprisa que las demás chicas de nuestro colegio, aunque un par de ellas me ganan en las distancias largas. Pero son menos de cuarenta metros, perfecto para mí. Sé que puedo conseguirlo, sé que puedo llegar primero, aunque la pregunta es: ¿podré salir de ahí lo bastante deprisa? Cuando termine de abrirme paso entre las mantas y coja las armas, los demás ya habrán llegado al cuerno, y quizá pueda derribar a un par de ellos, pero supongamos que hay doce; tan cerca, podrían matarme con las lanzas y las porras. O con sus enormes puños.

Por otro lado, no seré el único objetivo. Seguro que muchos de los tributos no prestarían atención a una chica de menor tamaño que ellos, aunque hubiese conseguido un once en el entrenamiento, y preferirían dedicarse a los adversarios más feroces.

Haymitch no me ha visto correr. De haberlo hecho, a lo mejor me habría dicho que lo intentara, que cogiera el arma, teniendo en cuenta que es precisamente el arma que podría salvarme. Además, solo veo un arco en toda la pila. Sé que el minuto debe de estar a punto de acabar y tengo que decidir cuál será mi estrategia; al final me coloco instintivamente en posición de correr, no hacia el bosque que nos rodea, sino hacia la pila, hacia el arco. Entonces, de repente, veo a Peeta, que está cinco tributos a mi derecha; a pesar de la distancia, sé que me está mirando y creo que sacude la cabeza, pero el sol me da en los ojos y, mientras le doy vueltas al tema, suena el gong.

¡Y me lo he perdido! ¡He perdido la oportunidad! Porque esos dos segundos de más sin prepararme han bastado para hacerme cambiar de idea. Muevo los pies de un lado a otro, sin saber la dirección que me indica el cerebro, y me lanzo hacia delante, recojo el cuadrado de plástico y una hogaza de pan. He cogido tan poco y estoy tan enfadada con Peeta por distraerme que avanzo unos quince metros hacia la Cornucopia y recojo una mochila de color naranja intenso que podría contener cualquier cosa, solo porque no puedo soportar la idea de irme prácticamente sin nada.

Un chico, creo que del Distrito 9, intenta coger la mochila a la vez que yo y, durante un breve instante, los dos tiramos de ella. Entonces él tose y me llena la cara de sangre. Doy un tambaleante paso atrás, asqueada por las cálidas gotitas pegajosas; el chico cae al suelo y veo el cuchillo que le sobresale de la espalda.

Los demás tributos han llegado a la Cornucopia y están dispersándose para atacar. Sí, la chica del Distrito 2 corre hacia mí, está a unos diez metros y lleva media docena de cuchillos en la mano. La he visto lanzarlos en el entrenamiento, y nunca falla. Yo soy su siguiente objetivo.

Todo el miedo general que he sentido hasta ahora se condensa en un miedo concreto a esta chica, a esta depredadora que podría matarme dentro de pocos segundos. Con el subidón de adrenalina, me echo la mochila al hombro y corro a toda velocidad hacia el bosque. Oigo la hoja del cuchillo que se dirige a mí y, por acto reflejo, levanto la mochila para protegerme la cabeza; la hoja se clava en ella. Con la mochila colgada a la espalda, sigo corriendo hacia los árboles. De algún modo, sé que la chica no me seguirá, que volverá a la Cornucopia antes de que se lleven todo lo bueno. Sonrío y pienso: «Gracias por el cuchillo».

Al borde del bosque me vuelvo un instante para examinar el campo de batalla; hay unos doce tributos luchando en el cuerno y algunos muertos tirados por el suelo. Los que han huido desaparecen en los árboles o en el vacío que veo al otro lado. Sigo corriendo hasta que el bosque me esconde de los demás tributos y después freno un poco para mantener un ritmo que me permita seguir un rato más. Durante las horas siguientes voy alternando las carreras con los paseos para alejarme todo lo posible de mis competidores. Perdí mi pan en el forcejeo con el chico del Distrito 9, pero conseguí meterme el plástico en la manga, así que, mientras camino, lo doblo bien y me lo guardo en un bolsillo. También saco el cuchillo (es bueno, tiene una larga hoja afilada y con dientes cerca del mango, lo que me vendrá bien para serrar cosas) y lo meto en el cinturón. Sigo moviéndome, solo me detengo para ver si me siguen.

Tengo mucha resistencia, lo sé por mis días en los bosques. Sin embargo, voy a necesitar agua. Era la segunda instrucción de Haymitch y, como fastidié la primera, procuro prestar atención a cualquier rastro de humedad, aunque sin suerte.

El bosque empieza a evolucionar y los pinos se mezclan con una variedad de árboles, algunos reconocibles y otros completamente desconocidos para mí. En cierto momento oigo un ruido y saco el cuchillo, pensando en defenderme, pero resulta ser un conejo asustado.

—Me alegro de verte —susurro. Donde hay un conejo, podría haber cientos esperando a que los cace.

El suelo baja en pendiente, cosa que no me gusta mucho, porque los valles me hacen sentir atrapada. Quiero estar en alto, como en las colinas que rodean el Distrito 12, desde donde puede verse venir a los enemigos. En cualquier caso, no tengo elección, así que sigo.

Lo curioso es que no me siento demasiado mal; me han venido bien los atracones de comida de los últimos días. Puedo mantenerme aunque esté falta de sueño, y estar en el bosque me resulta revitalizante. Agradezco la soledad, aunque no sea más que una ilusión, ya que es muy probable que ahora mismo esté en pantalla, no de continuo, pero sí de vez en cuando. Hay tantas muertes que mostrar el primer día que un tributo caminando por el bosque no resulta demasiado interesante. Sin embargo, me sacarán lo bastante para que la gente sepa que sigo viva, ilesa y en movimiento. Uno de los días más fuertes de las apuestas es el de apertura, cuando llegan las primeras bajas, aunque no puede compararse con lo que sucede conforme la batalla se reduce a un puñado de jugadores.

A última hora de la tarde empiezo a oír los cañones. Cada disparo representa a un tributo muerto. Por fin debe de haber acabado la lucha en la Cornucopia, ya que nunca recogen los cadáveres del baño de sangre hasta que se dispersan los asesinos. El día de apertura ni siquiera disparan los cañones hasta que acaba la primera batalla, porque les resulta demasiado difícil llevar la cuenta de los fallecidos. Me permito una pausa, entre jadeos, para contar los disparos. Uno..., dos..., tres..., y así hasta llegar a once. Once muertos en total; quedan trece para jugar. Me rasco la sangre seca que el chico del Distrito 9 me tosió en la cara. Sin duda, murió. ¿Qué habrá sido de Peeta? Lo sabré en pocas horas, cuando proyecten en el cielo las imágenes de los muertos para que las veamos los demás.

De repente, me sobrecoge la idea de que Peeta haya muerto, de que hayan recogido su cadáver pálido y esté de regreso al Capitolio, donde lo limpiarán, lo vestirán y lo enviarán al Distrito 12 en una sencilla caja de madera; de que ya no esté aquí, sino camino a casa. Intento recordar si lo vi después de que comenzara la acción, pero la última imagen que recuerdo es la de Peeta sacudiendo la cabeza al sonar el gong.

Quizá sea mejor que esté muerto. Él no creía poder ganar y yo no tendré que enfrentarme a la desagradable tarea de matarlo. Quizá sea mejor que esté fuera del juego para siempre.

Me dejo caer junto a mi mochila, agotada. De todos modos, necesito revisarla antes de que caiga la noche y ver qué tengo para trabajar. Cuando desabrocho las correas, noto que es robusta, aunque tiene un color muy desafortunado. Este naranja casi brilla en la oscuridad; tomo nota de que tengo que camuflarla en cuanto se haga de día.

Abro la solapa; en este momento, lo que más deseo es agua. El consejo de Haymitch de encontrarla de inmediato no era arbitrario: no duraré mucho sin ella. Quizá pueda funcionar durante unos cuantos días con los feos síntomas de la deshidratación, pero después me deterioraré hasta quedar indefensa y moriré en una semana, como mucho. Saco con cuidado las provisiones: un fino saco de dormir negro que guarda el calor corporal; un paquete de galletas saladas; un paquete de tiras de cecina de vaca; una botella de yodo; una caja de cerillas de madera; un pequeño rollo de alambre; unas gafas de sol; y una botella de plástico de dos litros con tapón para llenarla de agua, aunque está vacía.

Nada de agua. ¿Tanto les habría costado llenar la botella? Me doy cuenta de lo secas que tengo la garganta y la boca, de las grietas de los labios. Llevo moviéndome todo el día, hacía calor y he sudado mucho. Esto lo hago en casa, pero siempre he tenido arroyos para beber o nieve que derretir, si la cosa llegaba a ese extremo.

Mientras vuelvo a meter las cosas en la mochila, se me ocurre una idea horrible: el lago, el que vi mientras esperaba a que sonase el gong, ¿será la única fuente de agua de la arena? Así garantizarían que todos tuviésemos que luchar. El lago está a un día entero de camino desde aquí, una excursión muy dura si no tengo nada para beber. En cualquier caso, aunque llegara, seguro que lo custodian algunos de los tributos profesionales. Empieza a entrarme el pánico, hasta que recuerdo el conejo que salió corriendo al principio de la jornada; él también tiene que beber, solo hay que descubrir dónde.

Empieza a anochecer y no me encuentro cómoda. Los árboles son demasiado ralos para esconderme, y la capa de agujas de pino que amortigua mis pisadas también hace que resulte difícil seguir el rastro de los animales para encontrar agua. Además, sigo bajando cada vez más hacia un valle que parece no acabar nunca.

También tengo hambre, pero no me atrevo a gastar mi preciado tesoro de galletas y cecina, así que saco el cuchillo y me pongo a cortar un pino, quitándole la corteza exterior y sacando un buen puñado de la interior, más blanda. Me dedico a masticarla lentamente mientras camino. Después de una semana disfrutando de la mejor comida del mundo, es algo difícil de soportar, pero he comido mucho pino en mi vida, me adaptaré rápidamente.

Al cabo de una hora está claro que tengo que encontrar un sitio para dormir. Las criaturas de la noche salen de sus guaridas; oigo algún que otro aullido y a los búhos, lo que me hace pensar que tendré competencia en la caza de los conejos. En cuanto a si me verán como fuente de alimentación, es pronto para decirlo. A saber cuántos animales me están acechando en estos momentos.

Sin embargo, ahora mismo creo que mi prioridad son los otros tributos, ya que estoy segura de que seguirán cazando de noche. Los que lucharon en la Cornucopia tendrán comida, agua abundante del lago, antorchas o linternas y armas que estarán deseando usar. Solo espero haberme alejado lo suficiente para estar fuera de su alcance.

Antes de acampar, saco mi alambre y coloco dos trampas de lazo en los arbustos. Sé que es arriesgado, pero no tardaré en quedarme sin comida y puedo preparar trampas sobre la marcha. En cualquier caso, camino otros cinco minutos antes de detenerme.

Escojo mi árbol con cuidado, un sauce no muy alto, aunque colocado en un bosquecillo con otros sauces, de modo que pueda ocultarme entre las largas ramas colgantes. Lo trepo utilizando las ramas más fuertes, cerca del tronco, y encuentro una bifurcación que me servirá de cama. Tardo un ratito, pero consigo colocar el saco de dormir en una posición relativamente cómoda y me meto dentro. Como precaución, me quito el cinturón, lo paso por la rama y el saco, y me lo ato a la cintura. Así, si ruedo mientras duermo, no caeré al suelo. Aunque soy lo bastante pequeña para taparme la cabeza con el saco, me subo también la capucha. Conforme cae la noche, la temperatura baja en picado. A pesar del riesgo que corrí al coger la mochila, sé que hice lo correcto, porque este saco de dormir en el que se refleja el calor de mi cuerpo para devolvérmelo no tiene precio. Seguro que, en estos momentos, la principal preocupación de varios tributos es cómo entrar en calor, mientras que quizá yo pueda dormir algunas horas. Si no tuviera tanta sed...

Justo al caer la noche oigo el himno que precede al recuento de bajas. A través de las ramas veo el sello del Capitolio, que parece flotar en el cielo. En realidad estoy viendo una pantalla

tarán rastreando el bosque en busca de víctimas... Es como agitar una bandera y gritar: «¡Venid a por mí!».

Y aquí estoy, a tiro de piedra del tributo más idiota de los juegos, atada a un árbol y sin atreverme a huir, porque acabaría dándole mi ubicación exacta a cualquier asesino que la buscase. Es decir, sé que hace frío y que no todos tienen un saco de dormir, ¡pero hay que apretar los dientes y aguantarse hasta el alba!

Me quedo dentro del saco hecha una furia durante un par de horas, pensando en que, si pudiera salir del árbol, no me importaría cargarme a mi nuevo vecino. Mi instinto me dice que huya, no que luche, aunque, obviamente, esta persona es un riesgo. La gente estúpida resulta peligrosa, y este seguro que no tiene armas, mientras que yo cuento con un excelente cuchillo.

El cielo sigue oscuro, pero noto que se acerca el amanecer. Empiezo a pensar que quizás hayamos (es decir, la persona cuya muerte planeo y yo misma) pasado desapercibidos. Entonces lo oigo: varios pares de pies que echan a correr. El de la hoguera debe de haberse quedado dormido. Caen sobre ella antes de que pueda escapar; ahora sé que es una chica, porque oigo sus súplicas y el grito de dolor que las acalla. Después hay risas y felicitaciones de varias voces. Alguien grita: «¡Doce menos, quedan once!». Los demás lo vitorean.

Así que luchan en manada; no me sorprende. A menudo se forman alianzas en las primeras etapas de los juegos; los fuertes se agrupan para cazar a los débiles y, cuando la tensión empieza a crecer demasiado, se vuelven unos contra otros. Está bastante claro quiénes forman la alianza: serán los tributos profesionales que quedan de los distritos 1, 2 y 4, dos chicos y tres chicas, los que comían juntos.

Durante un momento los oigo registrar a la chica en busca de provisiones. Por sus comentarios sé que no han encontrado nada bueno. Me pregunto si la víctima será Rue, aunque descarto la idea rápidamente, porque ella es demasiado lista para hacer una hoguera.

—Será mejor que nos vayamos para que puedan llevarse el cadáver antes de que empiece a apestar.

Estoy casi segura de que es el bruto del Distrito 2. Oigo murmullos de aprobación y, horrorizada, veo que se dirigen a mí. No saben dónde estoy. ¿Cómo iban a saberlo? Y estoy bien escondida entre los árboles, al menos mientras el sol siga bajo. Después, mi saco de dormir negro pasará de servirme de camuflaje a ser un problema. Si siguen avanzando pasarán por debajo de mí y desaparecerán en un minuto.

Entonces, los profesionales se detienen en el claro que se encuentra a unos diez metros de mi árbol. Tienen linternas y antorchas, veo un brazo por aquí y una bota por allá a través de los huecos de las ramas. ¿Me habrán visto? No, todavía no. Por sus palabras sé que tienen la cabeza en otra parte.

—¿No tendríamos que haber oído ya el cañonazo?

—Diría que sí, no hay nada que les impida bajar de inmediato.

—A no ser que no esté muerta.

—Está muerta, la he atravesado yo mismo.

—Entonces, ¿qué pasa con el cañonazo?

—Alguien debería volver y asegurarse de que está hecho.

—Sí. No quiero tener que perseguirla dos veces.

—¡He dicho que está muerta!

Empieza una discusión, hasta que uno de los tributos silencia a los demás.

—¡Estamos perdiendo el tiempo! ¡Iré a rematarla y seguiremos moviéndonos!

Casi me caigo del árbol: el que hablaba era Peeta.

12

Menos mal que tomé la precaución de agarrarme con el cinturón, porque he rodado de lado sobre las ramas y ahora estoy mirando al suelo, sujeta por el cinturón y una mano, y con los pies a horcajadas sobre la mochila, dentro del saco de dormir, abrazada al tronco. Tengo que haber hecho algún ruido al deslizarme, pero los profesionales estaban demasiado absortos con su discusión como para oírme.

—Venga, chico amoroso —le dice el del Distrito 2—, compruébalo tú mismo.

Veo de reojo a Peeta, iluminado por una antorcha, dirigiéndose a la chica de la hoguera. Tiene la cara amoratada, una venda ensangrentada en el brazo y, por el sonido de sus pasos, cojea un poco. Recuerdo cómo sacudió la cabeza para decirme que no fuese a por las provisiones, mientras que él planeaba meterse en la refriega desde el principio. Justo lo contrario de lo que le había dicho Haymitch.

Vale, puedo soportarlo, ver tantas cosas juntas resultaba tentador. Sin embargo, esto..., esto es distinto. Haberse aliado con esta manada de lobos profesionales para cazarnos a los demás... ¡A nadie del Distrito 12 se le habría ocurrido algo semejante! Lo mires por donde lo mires, los tributos profesionales son malvados, arrogantes y están mejor alimentados, pero solo porque son los perritos falderos del Capitolio. Todo el mundo los odia profundamente, salvo la gente de su propio distrito. Ni me imagino lo que estarán diciendo de Peeta en casa, ¿y él tiene el valor de hablarme de vergüenza?

Está claro que lo del chico noble del tejado era otro de sus jueguecitos, y va a ser el último. Esta noche desearé que su muerte aparezca en el cielo, si no lo mato yo antes.

Los tributos profesionales guardan silencio hasta que sale de su alcance, para después hablar en voz baja.

—¿Por qué no lo matamos ya y acabamos con esto?

—Deja que se quede. ¿Qué más da? Sabe utilizar el cuchillo.

¿Ah, sí? Eso es nuevo; cuántas cosas interesantes estoy aprendiendo de mi amigo Peeta.

—Además, es nuestra mejor baza para encontrarla.

Tardo un momento en darme cuenta de que hablan de mí.

—¿Por qué? ¿Crees que la chica se ha tragado la cursilería romántica?

—Puede. Parecía bastante simplona. Cada vez que la recuerdo dando vueltas con el vestido me dan ganas de potar.

—Ojalá supiéramos cómo consiguió el once.

—Seguro que el chico amoroso lo sabe.

Se callan al oír que vuelve Peeta.

—¿Estaba muerta? —le pregunta el chico del Distrito 2.

—No, pero ahora sí —responde Peeta. En ese momento suena el cañonazo—. ¿Nos vamos?

La manada profesional sale corriendo justo cuando despunta

el alba y los cantos de los pájaros llenan el aire. Me quedo en mi incómoda postura, con los músculos temblando durante un rato más, y después me coloco de nuevo sobre la rama. Necesito bajar, seguir adelante, pero, por un momento, me quedo tumbada donde estoy, digiriendo lo que he oído. La chica tontorrona a la que hay que tomarse en serio porque ha conseguido un once; porque sabe usar un arco. Eso Peeta lo sabe mejor que nadie.

Sin embargo, todavía no se lo ha dicho. ¿Está guardándose la información porque sabe que es lo que lo mantiene con vida? ¿Sigue fingiendo que me ama de cara a la audiencia? ¿Qué se le estará pasando por la cabeza?

De repente, los pájaros se callan y uno lanza una aguda llamada de advertencia. Una sola nota, como la que Gale y yo oímos cuando capturaron a la chica pelirroja. Un aerodeslizador se materializa sobre la hoguera moribunda y de él bajan unos enormes dientes metálicos. Poco a poco, con cuidado, meten a la chica muerta en el aparato. Después desaparece y los pájaros reanudan su canción.

—Muévete —susurro para mis adentros.

Salgo como puedo del saco de dormir, lo enrollo y lo meto en la mochila. Respiro profundamente. Mientras me ocultaban la noche, el saco y las ramas de sauce, las cámaras no habrán podido obtener una buena imagen de mí, pero sé que deben de estar siguiéndome. En cuanto toque el suelo, tengo garantizado un primer plano.

La audiencia habrá estado como loca, sabiendo que estaba en el árbol, que he oído la conversación de los profesionales y que he descubierto que Peeta está con ellos. Hasta que averigüe cómo quiero utilizar la información, será mejor que actúe como si estuviese por encima de todo. Nada de perplejidad y, obviamente, nada de confusión o miedo.

No, tiene que parecer que voy un paso por delante de ellos.

Así que salgo del follaje y llego a la zona iluminada por el alba, me detengo un segundo para que las cámaras puedan captarme, inclino la cabeza ligeramente a un lado y sonrío con suficiencia. ¡Ya está! ¡A ver si descubren lo que significa!

Estoy a punto de marcharme cuando pienso en las trampas. Quizá sea imprudente comprobarlas estando los otros tan cerca, pero tengo que hacerlo. Supongo que llevo demasiados años cazando, aparte de la atracción de la comida. La recompensa es un buen conejo. En un segundo limpio y destripo el animal, dejando la cabeza, las patas, el rabo, el pellejo y las entrañas debajo de una pila de hojas. Me encantaría encender un fuego (comer conejo crudo puede darte tularemia, una lección que aprendí de la peor manera); entonces me acuerdo de la chica muerta. Corro de vuelta a su campamento y, efectivamente, las brasas de su hoguera todavía están calientes. Corto el conejo, fabrico un espetón con ramas y lo pongo sobre las brasas.

Ahora me alegro de tener cámaras a mi alrededor, porque quiero que los patrocinadores vean que puedo cazar, que soy una buena apuesta porque no caeré en las trampas del hambre con tanta facilidad como los demás. Mientras se asa el conejo, machaco parte de una rama quemada y me pongo a camuflar la mochila naranja. El negro la disimula un poco, aunque me parece que una capa de lodo ayudaría bastante. Por supuesto, para conseguir lodo necesito agua...

Me pongo mis cosas, cojo el espetón, echo tierra encima de las brasas y salgo en dirección opuesta a los tributos profesionales. Me como la mitad del conejo por el camino y envuelvo el resto en mi plástico para después. El estómago deja de hacerme ruido, pero la carne no ha servido para quitarme la sed. El agua es mi principal prioridad.

Mientras sigo adelante, estoy segura de que todavía salgo en las pantallas del Capitolio, así que sigo ocultando con cuidado mis emociones; sin embargo, Claudius Templesmith debe de estar pasándoselo en grande con sus comentaristas invitados, diseccionando el comportamiento de Peeta y mi reacción. ¿Qué querrá decir todo esto? ¿Ha revelado Peeta sus verdaderas intenciones? ¿Cómo afecta eso a las apuestas? ¿Perderemos patrocinadores? ¿Acaso tenemos alguno? Sí, yo creo que sí los tenemos o, al menos, los teníamos.

Está claro que Peeta ha lanzado una llave inglesa al engranaje de nuestra dinámica de amantes trágicos. ¿O no? Quizá, como no ha dicho mucho sobre mí, todavía podamos sacarle partido; quizá la gente piense que lo hemos planeado juntos, si da la impresión de que el asunto me divierte.

El sol sube en el cielo e, incluso a través de los árboles, parece demasiado brillante. Me unto los labios con la grasa del conejo e intento no jadear, aunque no sirve de nada, porque ya ha pasado un día y me deshidrato rápidamente. Intento pensar en todo lo que sé sobre la búsqueda de agua: fluye colina abajo, así que, de hecho, seguir por el valle no es mala idea. Si pudiera localizar el rastro de algún animal o alguna zona de vegetación especialmente verde, eso podría ayudarme, pero todo parece igual. Solo están la pendiente, los pájaros y los mismos árboles.

Conforme avanza el día, sé que voy a tener problemas. La poca orina que expulso es marrón oscuro, me duele la cabeza y noto una sequedad en la lengua que se niega a humedecerse. El sol me hace daño en los ojos, así que me pongo las gafas de sol, aunque, al hacerlo, las noto raras y las vuelvo a guardar en la mochila.

De repente, avanzada la tarde, creo que he encontrado ayuda: veo un arbusto con bayas y corro a coger los frutos para chuparles el jugo. Sin embargo, justo cuando me los estoy llevando a la boca, les echo un buen vistazo: creía que eran arándanos negros, pero tienen una forma distinta y, por dentro, son rojos. No reconozco las bayas; aunque quizá sean comestibles, me parece que es un malvado truco de los Vigilantes. Incluso el instructor de plantas del Centro de Entrenamiento nos dijo que evitásemos las bayas a no ser que estuviésemos seguros al cien por cien de que no eran tóxicas. Era algo que yo ya sabía, pero tengo tanta sed que necesito recordármelo para reunir fuerzas y tirarlas.

La fatiga empieza a pesarme; no la fatiga normal después de una larga caminata, sino que tengo que detenerme y descansar frecuentemente. Sé que no encontraré cura para mi mal si no sigo buscando. Intento una táctica nueva, buscar rastros de agua, pero, por lo que veo en todas direcciones, solo hay bosque y más bosque.

Decidida a seguir hasta la noche, camino hasta que me tropiezo yo sola.

Agotada, me subo a un árbol y me ato a él. Aunque no tengo

hambre, me obligo a chupar un hueso de conejo para tener la boca entretenida. Cae la noche, tocan el himno y veo en el cielo la imagen de la chica, que, al parecer, venía del Distrito 8. La chica a la que Peeta remató.

El miedo que me inspira la manada de profesionales no es nada comparado con la sed. Además, se fueron en dirección opuesta y, en estos momentos, ellos también tendrán que descansar. Con la escasez de agua, puede que hayan vuelto al lago para repostar.

Quizás esa sea también mi única alternativa.

La mañana solo me trae preocupaciones. Me palpita la cabeza con cada latido del corazón. Los movimientos más simples hacen que me duelan las articulaciones como si me clavaran cuchillos. Más que bajar del árbol, me caigo de él. Tardo varios minutos en recoger las cosas y, muy dentro de mí, sé que está mal, que debería actuar con más precaución y moverme con más urgencia. Sin embargo, tengo la cabeza embotada y me cuesta seguir un plan. Me apoyo en el tronco del árbol y me acaricio con cuidado la superficie áspera de la lengua mientras evalúo mis opciones. ¿Cómo puedo conseguir agua?

Volver al lago: no, nunca lo conseguiría.

Esperar a que llueva: no hay ni una nube en el cielo.

Seguir buscando: sí, es mi única opción. Entonces tengo otra idea, y la rabia que siento a continuación me devuelve a la realidad.

¡Haymitch! ¡Él podría enviarme agua! Podría pulsar un botón y enviármela en un paracaídas plateado en pocos minutos. Sé que tengo patrocinadores, al menos uno o dos que podrían permitirse darme medio litro de agua. Sí, cuesta dinero, pero esta gente está forrada de billetes y, además, están apostando por mí. Quizá Haymitch no se dé cuenta de cuánto la necesito.

—Agua —digo, todo lo alto que me atrevo a hablar, y espero, deseando que un paracaídas descienda del cielo. No aparece nada.

Algo va mal. ¿Me engaño al pensar que tengo patrocinadores? ¿O los he perdido por el comportamiento de Peeta? No, no lo creo. Ahí fuera hay alguien que quiere comprarme agua, pero Haymitch no se lo permite. Como mentor, él controla el flujo de regalos de los patrocinadores, y sé que me odia, me lo ha dejado claro. ¿Me odiará lo suficiente para dejarme morir? ¿Así? No puede hacerlo, ¿no? Si un mentor no trata bien a sus tributos, será responsable frente a los telespectadores, frente a la gente del Distrito 12. Ni siquiera Haymitch se arriesgaría a eso, ¿no? Que digan lo que quieran de mis socios comerciantes del Quemador, pero no creo que le permitiesen volver a entrar allí si me deja morir de este modo. ¿De dónde iba a sacar entonces su alcohol? Por tanto, ¿de qué va esto? ¿Intenta hacerme sufrir por haberlo desafiado? ¿Está dirigiendo los regalos a Peeta? ¿Está demasiado borracho para darse cuenta de lo que está pasando? Por algún motivo, no lo creo, y tampoco creo que esté intentando matarme. De hecho, a su manera, ha intentado de verdad prepararme para esto. Entonces, ¿qué?

Me tapo la cara con las manos. No corro el peligro de llorar, no podría producir ni una lágrima aunque me fuese la vida en ello. ¿Qué está haciendo Haymitch? A pesar de la rabia, el odio y la suspicacia, una vocecita dentro de mi cabeza me susurra una respuesta: «Quizá te esté enviando un mensaje». ¿Un mensaje para decirme qué? Entonces lo entiendo; Haymitch solo tendría una buena razón para no darme agua: saber que estoy a punto de encontrarla.

Aprieto los dientes y me levanto. La mochila parece pesar el triple de lo normal. Cojo una rama rota que me sirva de bastón y me pongo en marcha. El sol cae a plomo, es aún más abrasador que en los dos primeros días, y me siento como un trozo de cuero secándose y agrietándose con el calor. Cada paso me supone un gran esfuerzo, pero me niego a parar, me niego a sentarme. Si me siento, es muy probable que no vuelva a levantarme, que ni siquiera recuerde cuál es mi objetivo.

¡Soy una presa muy fácil! Cualquier tributo, incluso la pequeña Rue, podría acabar conmigo ahora mismo; solo tendría que empujarme y matarme con mi propio cuchillo, y a mí no me quedarían fuerzas para resistirme. Sin embargo, si hay alguien más en esta parte del bosque, no me hace caso. Lo cierto es que me siento a millones de kilómetros del resto de la humanidad.

En cualquier caso, no estoy sola, no, seguro que me sigue una cámara. Pienso en los años que pasé viendo cómo los tributos se morían de hambre, congelados, desangrados o deshidratados. A no ser que haya una buena pelea en alguna parte, debo de ser la protagonista.

Me acuerdo de Prim; es probable que no me esté viendo en directo, pero echarán las últimas noticias en el colegio durante el descanso para comer, así que intento no parecer tan desesperada, por ella.

Sin embargo, cuando cae la tarde, sé que se acerca el final. Me tiemblan las piernas y el corazón me va demasiado deprisa. Se me olvida continuamente qué estoy haciendo. Me tropiezo una y otra vez, y, aunque consigo levantarme, cuando por fin se me cae el bastón, me derrumbo por última vez y no me levanto más. Dejo que se me cierren los ojos.

He juzgado mal a Haymitch: no tenía ninguna intención de ayudarme.

«No pasa nada —pienso—. Aquí no se está tan mal».

El aire es menos caluroso, lo que significa que se acerca la noche. Hay un suave aroma a dulce que me recuerda a los nenúfares. Acaricio la suave tierra y deslizo las manos fácilmente sobre ella.

«Es un buen lugar para morir».

Dibujo remolinos en la tierra fresca y resbaladiza. «Me encanta el barro», pienso. ¿Cuántas veces he podido seguirle la pista a una presa gracias a esta superficie suave y fácil de leer? También es bueno para las picaduras de abeja. Barro. Barro. ¡Barro! Abro los ojos de golpe y hundo los dedos en la tierra. ¡Es barro! Levanto la nariz y huelo: ¡son nenúfares! ¡Plantas acuáticas!

Empiezo a arrastrarme sobre el lodo, avanzando hacia el aroma. A unos cinco metros de donde había caído atravieso una maraña de plantas que dan a un estanque. En la superficie flotan unas flores amarillas, mis preciosos nenúfares.

Resisto la tentación de meter la cara en el agua y tragar toda la que pueda, porque me queda la suficiente sensatez para no hacerlo. Con manos temblorosas saco la botella, la lleno de agua y añado el número correcto de gotas de yodo para purificarla. La media hora de espera es una agonía, pero la aguanto. Al menos, creo que ha pasado media hora, aunque, sin duda, es lo máximo que puedo soportar.

«Ahora, poco a poco», me digo. Doy un trago y me obligo a esperar. Después otro. A lo largo de las dos horas siguientes me bebo los dos litros enteros. Después otra botella. Me preparo otra antes de retirarme a un árbol, donde sigo sorbiendo, comiendo conejo e incluso me permito gastar una de mis preciadas galletas saladas. Cuando suena el himno, me siento mucho mejor. Esta noche no sale ninguna cara en el cielo, hoy no han muerto tributos. Mañana me quedaré aquí, descansando, camuflaré mi mochila con lodo, pescaré algunos de los pececillos que he visto mientras bebía y desenterraré las raíces de los nenúfares para prepararme una buena comida. Me acurruco en el saco de dormir y me agarro a la botella de agua como si me fuera la vida en ello, ya que, de hecho, así es.

Unas cuantas horas después me despierta una estampida. Miro a mi alrededor, desconcertada. Todavía no ha amanecido, pero mis maltrechos ojos lo ven; sería difícil pasar por alto la pared de fuego que desciende sobre mí.

13

Mi primer impulso es bajar corriendo del árbol, pero estoy atada con el cinturón. Consigo soltar la hebilla de algún modo y caigo al suelo, todavía envuelta en mi saco de dormir. No hay tiempo para empaquetar nada. Por suerte, ya tengo la mochila y la botella dentro del saco, así que meto el cinturón, me cuelgo el saco al hombro y huyo.

El mundo se ha transformado en un infierno de llamas y humo. Las ramas ardiendo caen de los árboles convertidas en lluvias de chispas a mis pies. No puedo hacer más que seguir a los otros, a los conejos y ciervos, e incluso a una jauría de perros salvajes que corren por el bosque. Confío en su dirección porque sus instintos están más desarrollados que los míos. Sin embargo, ellos son mucho más rápidos, vuelan por el bosque con gran agilidad, mientras que mis botas no dejan de tropezar con raíces y ramas caídas, y no puedo seguir su ritmo de ninguna manera.

El calor es horrible, pero lo peor es el humo que amenaza con ahogarme en cualquier momento. Me subo la camisa para taparme la nariz y me alegro de que esté mojada de sudor, ya que eso me ofrece una pequeña protección. Y sigo corriendo, ahogándome, con el saco dándome botes en la espalda y la cara llena de cortes por las ramas que se materializan delante de mí sin avisar, surgidas de la niebla gris, porque se supone que tengo que correr.

Esto no ha sido una hoguera que se le haya descontrolado a un tributo, ni tampoco un suceso accidental; las llamas que me acechan tienen una altura antinatural, una uniformidad que las delata como artificiales, creadas por humanos, creadas por los Vigilantes. Hoy ha estado todo demasiado tranquilo; no ha habido muertes y quizá ni siquiera peleas, así que la audiencia del Capitolio empezaba a aletargarse y a comentar que estos juegos resultaban casi aburridos. Y los Juegos del Hambre no pueden ser aburridos.

Es fácil entender la motivación de los Vigilantes. Hay una manada de profesionales y después estamos los demás, seguramente repartidos a lo largo y ancho de la arena. Este incendio está diseñado para juntarnos, para que nos encontremos. Aunque puede que no sea el dispositivo más original que haya visto, es muy, muy eficaz.

Salto por encima de un tronco ardiendo, pero no salto lo suficiente; la parte de atrás de la chaqueta se quema, y tengo que detenerme para quitármela y apagar las llamas. Sin embargo, no me atrevo a abandonar la chaqueta, aunque esté achicharrada y caliente; me arriesgo a meterla en el saco de dormir, esperando que la falta de aire termine de extinguir el fuego. Lo que llevo en la mochila es lo único que tengo, y ya es bastante poco para sobrevivir.

En cuestión de minutos noto la garganta y la nariz ardiendo. Las toses empiezan poco después, y me da la impresión de que se me fríen los pulmones. La incomodidad se convierte en angustia, hasta que cada vez que respiro noto una puñalada de dolor que me atraviesa el pecho. Consigo refugiarme debajo de un saliente rocoso justo cuando empiezan los vómitos, y pierdo mi escasa cena y todo lo demás que me quedase en el estómago. Me pongo a cuatro patas y sigo con las arcadas hasta que no hay nada más que echar.

Sé que tengo que seguir moviéndome, pero estoy temblando y mareada, jadeando por la falta de aire. Me permito tomar una gota de agua para enjuagarme la boca y escupir, y después le doy un par de tragos más a la botella.

«Tienes un minuto —me digo—. Un minuto para descansar».

Me tomo ese tiempo para reordenar mis provisiones, enrollar el saco y meter todo a lo bruto en la mochila. Se me acaba el minuto. Sé que ha llegado el momento de moverse, pero el humo me ha dejado atontada. Los veloces animales que me guiaban me han dejado atrás y sé que no he estado antes en esta parte del bosque, que no había visto rocas grandes como esta en mis anteriores excursiones. ¿Adónde me llevan los Vigilantes? ¿De vuelta al lago? ¿A un nuevo terreno lleno de nuevos peligros? El ataque comenzó justo cuando por fin lograba tener unas cuantas horas de paz. ¿Habrá alguna forma de avanzar en paralelo al estanque y regresar después, al menos a por agua? La pared de fuego debe terminar en alguna parte y no puede arder para siempre. No porque los Vigilantes no puedan hacerlo, sino porque, de nuevo, la audiencia se quejaría. Si pudiera meterme detrás de la línea de fuego, evitaría encontrarme con los profesionales. Cuando por fin decido intentar dar la vuelta dando un rodeo, aunque eso conllevase varios kilómetros de viaje para alejarme de este infierno y otros cuantos para volver, la primera bola de fuego se estrella contra la roca, a medio metro de mi cabeza. Salgo corriendo del saliente. El miedo me da energía renovada.

El juego ha dado un giro inesperado: el incendio es una excusa para hacer que nos movamos, para que la audiencia vea diversión de verdad. Cuando oigo el siguiente siseo, me tiro al suelo boca abajo sin entretenerme en mirar atrás, y la bola de fuego da en un árbol a mi izquierda y lo envuelve en llamas. Quedarse quieta significa morir; apenas me he puesto en pie cuando la tercera bola golpea el lugar en el que estaba tumbada y levanta una columna de fuego a mis espaldas. El tiempo pierde significado mientras intento esquivar los ataques. No puedo ver desde dónde los lanzan, aunque no es un aerodeslizador, pues los ángulos no son lo bastante extremos. Seguramente han armado toda esta zona del bosque con lanzadores de precisión escondidos en árboles o rocas. En algún lugar, en una habitación fresca e inmaculada, hay un Vigilante sentado delante de unos mandos, disparando los gatillos que podrían acabar con mi vida en cuestión de segundos; solo hace falta un blanco directo.

Corro en zigzag, me agacho, me levanto de un salto y, entre unas cosas y otras, me quito de la cabeza el vago plan de regresar al estanque. Las bolas de fuego son del tamaño de manzanas, pero liberan una potencia enorme al hacer contacto. Tengo que utilizar todos mis sentidos al máximo para sobrevivir, no hay tiempo para juzgar si un movimiento es correcto o no: si oigo un siseo, o actúo o muero.

Sin embargo, algo me hace seguir adelante; después de toda

una vida viendo los Juegos del Hambre en la tele, sé que hay algunas zonas de la arena que están preparadas para ciertos ataques y que, si consigo salir de esta zona, quizá pueda alejarme del alcance de los lanzacohetes. También es posible que acabe dentro de un nido de víboras, pero ahora no puedo preocuparme por eso.

Aunque no sé cuánto tiempo he pasado esquivando bolas de fuego, finalmente, los ataques empiezan a decaer, lo que me parece estupendo, porque vuelvo a sentir arcadas. Esta vez se trata de una sustancia ácida que me quema la garganta y se me mete en la nariz. Me veo obligada a parar, entre convulsiones, intentando desesperadamente librarme de los venenos que he absorbido durante el ataque. Espero al siguiente siseo, a la siguiente señal para salir corriendo, pero no llega. La violencia de las arcadas ha hecho que se me salten las lágrimas, y me pican los ojos. Tengo la ropa empapada en sudor y, de algún modo, a pesar del humo y el vómito, me llega el olor a pelo quemado. Me llevo la mano a la trenza y descubro que una bola de fuego me ha achicharrado al menos quince centímetros; los mechones de pelo ennegrecido se me deshacen entre los dedos y me quedo mirándolos, fascinada por la transformación, hasta que, de repente, vuelven los siseos.

Mis músculos reaccionan, aunque esta vez no son lo bastante rápidos y la bola de fuego cae al suelo junto a mí, no sin antes deslizarse por mi pantorrilla derecha. Ver la pernera del pantalón en llamas me hace perder los nervios: me retuerzo y retrocedo a gatas, chillando, intentando apartarme del horror. Cuando por fin recupero el sentido común, hago rodar la pierna por el suelo, lo que sirve para apagarlo casi todo. Sin embargo, en ese momento, sin pensar, me arranco la tela que queda con las manos desnudas.

Me siento en el suelo, a pocos metros del incendio que ha causado la bola. La pantorrilla me arde y tengo las manos llenas de ampollas rojas; tiemblo demasiado para moverme. Si los Vigilantes quieren acabar conmigo, este es el momento.

Oigo la voz de Cinna, que me trae imágenes de telas lujosas y gemas resplandecientes: «Katniss, la chica en llamas». Los Vigilantes deben de estar muertos de risa con esto. Aún peor, puede que los bellos trajes de Cinna sean la razón de esta tortura concreta. Sé que él no podía preverlo y que debe de estar pasándolo mal porque, de hecho, creo que le importo. A pesar de todo, en perspectiva, quizá me habría ido mejor si hubiese salido desnuda en el carro.

El ataque ha terminado. Está claro que los Vigilantes no me quieren muerta, al menos todavía. Todos saben que podrían destruirnos en cuanto suena el gong, pero el verdadero entretenimiento de los juegos es ver cómo los tributos se matan entre ellos. De vez en cuando matan a uno para que los demás jugadores sepan que pueden hacerlo, aunque, en general, lo que intentan es manipularnos para que tengamos que enfrentarnos cara a cara. Eso significa que, si ya no me disparan, hay al menos un tributo cerca.

Me arrastraría hasta un árbol para refugiarme si pudiera, pero el humo todavía es lo bastante espeso para matarme. Me obligo a levantarme y me alejo cojeando del muro de llamas que ilumina el cielo. Parece que ya no me persigue, salvo con sus apestosas nubes negras.

Otra luz, la luz del día, empieza a surgir poco a poco, y los rayos de sol caen sobre los remolinos de humo. Tengo mala visibilidad, puedo ver a una distancia de unos trece metros a mi alrededor; cualquier tributo podría esconderse de mí fácilmente. Debería sacar el cuchillo como protección, pero dudo de mi capacidad para sostenerlo durante mucho rato. El dolor de las manos no puede compararse con el de la pantorrilla. Odio las quemaduras, siempre las he odiado, incluso las pequeñas de sacar una sartén de pan del horno; para mí es la peor clase de dolor, aunque nunca había experimentado nada como esto.

Estoy tan cansada que ni siquiera noto que me encuentro en el estanque hasta que el agua me llega a los tobillos. El agua viene del arroyo que sale de una grieta en las rocas y está fresca, así que meto las manos dentro y siento un alivio instantáneo. ¿No es lo que siempre dice mi madre? ¿Que el primer tratamiento para una quemadura es el agua fría? ¿Que así se absorbe el calor? Pero ella se refería a quemaduras leves, como las de mis manos. ¿Qué pasa con la pantorrilla? Aunque todavía no he reunido el valor suficiente para examinarla, creo que se trata de una herida completamente distinta.

Me tumbo boca abajo al borde del estanque durante un rato, con las manos en el agua, y examino las llamitas de las uñas, que ya empiezan a descascarillarse. Bien, he tenido fuego de sobra para toda una vida.

Me limpio la sangre y la ceniza de la cara e intento recordar todo lo que sé sobre quemaduras. Son heridas comunes en la Veta, donde cocinamos y calentamos las casas con carbón; además, están los accidentes de las minas... Una vez, una familia nos trajo a un joven inconsciente y le suplicó a mi madre que lo ayudase. El médico del distrito, responsable de tratar a los mineros, lo había dado por perdido y le había dicho a la familia que se lo llevase a casa a morir, pero ellos no lo aceptaban. Estaba tumbado en la mesa de la cocina, inconsciente. Vi de reojo la herida de su muslo, la carne abierta y achicharrada que dejaba el hueso al aire; después, salí corriendo de la casa, me metí en el bosque y cacé todo el día, perseguida por la imagen de aquella pierna espantosa y los recuerdos de la muerte de mi padre. Lo más divertido era que Prim, la que teme a su propia sombra, se quedó para ayudar. Mi madre dice que un sanador nace, no se hace. Lo ayudaron en lo que pudieron, aunque el hombre murió, tal y como había dicho el médico.

Mi pierna necesita atenciones, pero no me atrevo a mirarla. ¿Y si está tan mal como la de aquel hombre y puedo verme el hueso? Entonces recuerdo a mi madre decir que, si una herida es grave, la víctima a veces no siente el dolor, porque los nervios quedan destrozados. Animada por la idea, me siento y me pongo la pierna delante.

Casi me desmayo al ver la pantorrilla: la carne está de un rojo brillante, cubierta de ampollas. Me obligo a respirar lenta y profundamente, segura de que las cámaras están emitiendo un primer plano de mi cara; no puedo parecer débil si quiero patrocinadores. Lo que te consigue ayuda no es la lástima, sino la admiración cuando te niegas a rendirte. Corto los restos de la pernera del pantalón a la altura de la rodilla y examino la herida más de cerca. El área quemada es del tamaño aproximado de mi mano y la piel no está ennegrecida. Me da la impresión de que puedo mojarla, así que la estiro con cuidado y la meto en el estanque, apoyando el talón de la bota en una roca, de modo que el cuero no se empape demasiado; después suspiro, porque el agua me alivia un poco. Sé que existen hierbas que acelerarían la curación, si las encontrase, aunque no logro recordarlas. Es probable que el agua y el tiempo sean mis mejores alternativas.

¿Debería seguir moviéndome? El humo empieza a clarear, pero sigue siendo demasiado espeso. Si continúo alejándome del fuego, ¿no iré directa a las armas de los profesionales? Además, cada vez que levanto la pierna del agua, el dolor vuelve con energía renovada y tengo que meterla de nuevo. Las manos están un poco mejor, pueden salir del estanque de vez en cuando, así que vuelvo a ordenar mis cosas. Primero, lleno la botella de agua del estanque, la trato y, cuando pasa el tiempo necesario, empiezo a hidratarme. Al cabo de un rato, me obligo a mordisquear una galleta salada, lo que me ayuda a asentar el estómago. Desenrollo el saco de dormir y, excepto algunas marcas negras, está bastante bien. La chaqueta es otra historia: apesta y está achicharrada, y hay al menos treinta centímetros en la espalda que no tienen solución. Corto la zona dañada y me quedo con una prenda que me llega justo debajo de las costillas. Sin embargo, la capucha está intacta, y eso es mucho mejor que nada.

A pesar del dolor, empiezo a adormecerme. Si me subiera a un árbol para intentar descansar sería un objetivo demasiado fácil. Además, me resulta imposible abandonar el estanque. Ordeno mis provisiones, incluso llego a ponerme la mochila a la espalda, pero no consigo alejarme. Veo algunas plantas acuáticas con raíces comestibles y me preparo una comida ligera con lo que me queda de conejo. Bebo un poco de agua y observo cómo el sol traza su lento arco por el cielo. ¿Acaso puedo ir a algún sitio más seguro que este? Me dejo caer sobre la mochila, vencida por el sueño. «Si los profesionales me quieren, que me encuentren —pienso antes de quedarme dormida—. Que me encuentren».

Y vaya que si me encuentran. Por suerte, cuando oigo los pasos ya estoy lista para moverme, porque tengo menos de un minuto de ventaja. Ha empezado a caer la noche. En cuanto me despierto, me levanto y corro por el estanque, para después meterme entre los arbustos. La pierna me frena, pero me da la impresión de que mis perseguidores tampoco son tan veloces como antes del fuego. Los oigo toser y llamarse entre ellos con voces roncas.

En cualquier caso, están acercándose como una jauría de perros salvajes, así que hago lo que he hecho siempre en tales circunstancias: escojo un árbol alto y empiezo a trepar. Si correr duele, trepar es atroz, porque no solo requiere esfuerzo, sino contacto directo de las manos en la corteza. Sin embargo, soy rápida, y cuando llegan a la base del tronco yo ya estoy a seis metros de altura. Durante un momento nos detenemos todos y nos observamos; espero que no oigan cómo me late el corazón.

«Este podría ser el final», pienso. ¿Qué posibilidades tengo frente a ellos? Han venido los seis, es decir, los cinco tributos profesionales y Peeta, y mi único consuelo es que ellos también están bastante machacados. Sonríen y gruñen, seguros de que soy una presa fácil; aunque mi situación parece desesperada, de repente me doy cuenta de otra cosa: ellos son más fuertes y grandes que yo, sin duda, pero también pesan más. Hay una razón por la que soy yo y no Gale la que sube a coger las frutas más altas o a robar los nidos más remotos: peso unos veinte o treinta kilos menos que el tributo más pequeño.

Ahora soy yo la que sonríe.

—¿Cómo va eso? —les grito, en tono alegre.

Eso los sorprende, aunque sé que al público le habrá encantado.

—Bastante bien —responde el chico del Distrito 2—. ¿Y a ti?

—Un clima demasiado cálido para mi gusto —respondo; casi puedo oír las risas en el Capitolio—. Aquí arriba se respira mejor. ¿Por qué no subís?

—Creo que lo haré —contesta el mismo chico.

—Toma esto, Cato —le dice la chica del Distrito 1, ofreciéndole el arco plateado y el carcaj con las flechas.

¡Mi arco! ¡Mis flechas!

Verlos me pone tan furiosa que deseo gritar, gritarme a mí y al traidor de Peeta por distraerme y evitar que los cogiese. Intento mirarlo a los ojos, pero él parece evitarlo a propósito y se dedica a sacarle brillo a su cuchillo con el borde de la camisa.

—No —dice Cato, apartando el arco—. Me irá mejor con la espada.

Veo el arma, una hoja corta y pesada que lleva colgada al cinturón.

Le doy tiempo para que se suba al tronco antes de seguir trepando. Gale siempre dice que le recuerdo a una ardilla por la forma en que corro sobre las ramas, incluso sobre las más finas. Parte de la razón es mi peso, y la otra parte se debe a la práctica;

hay que saber dónde colocar manos y pies. Cuando llevo otros nueve metros oigo una rama que se rompe y veo que Cato agita los brazos al caer, con rama incluida. Se da un buen golpe en el suelo y, mientras cruzo los dedos para que se haya roto el cuello, se pone en pie soltando palabrotas como un loco.

La chica de las flechas, a la que llaman Glimmer (aj, hay que ver los nombres que les ponen a los niños en el Distrito 1; «luz trémula», nada menos), trepa por el árbol hasta que las ramas empiezan a crujirle bajo los pies y es lo bastante sensata para pararse. Ya estoy a veinticuatro metros, como mínimo. Intenta dispararme flechas, pero resulta evidente que no sabe utilizar el arco. Sin embargo, una de las flechas se clava en el árbol, a mi lado, y logro cogerla. La agito en el aire, para burlarme de ella, como si ese fuera mi único propósito al cogerla, cuando en realidad pretendo usarla si alguna vez se me presenta la oportunidad. Podría matarlos, matarlos a todos, si esas armas de plata cayesen en mis manos.

Los profesionales se reagrupan y los oigo gruñir conspiraciones entre ellos, furiosos porque los he hecho parecer idiotas, pero ya ha llegado el crepúsculo y su ventana de oportunidad para atacarme se cierra. Por fin oigo a Peeta decir, en tono duro:

—Venga, vamos a dejarla ahí arriba. Tampoco puede ir a ninguna parte; nos encargaremos de ella mañana.

Bueno, tiene razón en una cosa: no puedo ir a ninguna parte. El alivio que me proporcionó el agua del estanque ha desaparecido y siento toda la gravedad de mis quemaduras. Bajo un poco hasta una rama en horquilla y me preparo la cama como puedo. Me pongo la chaqueta, extiendo el saco, me ato con el cinturón e intento no gemir. El calor del saco es demasiado para mi pierna, así que hago un corte en la tela y saco la pantorrilla al aire. Me echo agua en la herida y en las manos.

Se me ha acabado la bravuconería; el dolor y el hambre me han debilitado, pero no consigo comer. Aunque aguante toda la noche, ¿qué pasará por la mañana? Me quedo mirando las hojas intentando obligarme a descansar, aunque sin éxito; las quemaduras no me lo permiten. Los pájaros se acuestan y cantan nanas a sus polluelos; salen las criaturas de la noche; oigo ulular a un búho y el débil olor de una mofeta atraviesa el humo; los ojos de algún animal me observan desde el árbol vecino (quizá sea una zarigüeya), reflejando la luz de las antorchas de los profesionales. De repente, me enderezo, apoyada en un codo: no son ojos de zarigüeya, sé muy bien cómo brillan. De hecho, no son los ojos de ningún animal. La distingo gracias a los últimos rayos de luz apagada, me observa en silencio desde un hueco entre las ramas. Es Rue.

¿Cuánto tiempo lleva ahí? Probablemente desde el principio, inmóvil e invisible mientras se desarrollaba la acción a sus pies. Quizá subiera a su árbol justo antes que yo, al oír que se acercaba la manada.

Nos miramos durante un rato y después, sin mover ni una hoja, las manitas de la chica salen al descubierto y apuntan a algo por encima de mi cabeza.

14

Sigo la dirección de sus dedos; al principio, no tengo ni idea de qué me señala, pero entonces veo una vaga forma unos cinco metros más arriba. ¿Qué es? ¿Alguna clase de animal? Parece del tamaño de un mapache, aunque cuelga del fondo de una rama y se balancea ligeramente. Hay algo más; entre los familiares sonidos nocturnos, noto un suave zumbido. Entonces lo entiendo: es un nido de avispas.

Estoy muerta de miedo, pero tengo el sentido común suficiente para quedarme quieta. Al fin y al cabo, no sé de qué tipo de avispas se trata; podrían ser las normales, las de «déjanos tranquilas y te dejaremos tranquila». Sin embargo, estoy en los Juegos del Hambre y lo normal no es encontrarse con algo normal. Lo más probable es que se trate de una de esas mutaciones del Capitolio, las rastrevíspulas. Como los charlajos, estas avispas asesinas se crearon en laboratorio y se colocaron estratégicamente en los distritos, como minas, durante la guerra. Son más grandes que las avispas normales, tienen un inconfundible cuerpo dorado y un aguijón que provoca un bulto del tamaño de una ciruela con solo tocarlo. Casi nadie tolera más de unas cuantas picaduras y algunos mueren al instante. Si vives, las alucinaciones producidas por el veneno han llevado a algunos a la locura; además, estas avispas persiguen a cualquiera que las haya molestado e intentan asesinarlo. De ahí viene el «rastreadoras» que forma parte de su nombre.

Después de la guerra, el Capitolio destruyó todos los nidos que rodeaban la ciudad, pero los que estaban cerca de los distritos se quedaron, supongo que como un recordatorio más de nuestra debilidad, igual que los Juegos del Hambre. Son otra razón para quedarse dentro de los límites de la alambrada del Distrito 12. Cuando Gale y yo nos topamos con un nido de rastrevíspulas, cambiamos de dirección inmediatamente.

Entonces, ¿es eso lo que tengo encima? Miro a Rue, en busca de ayuda, pero se ha fundido con el árbol.

Teniendo en cuenta mis circunstancias, supongo que da igual qué clase de avispas sean, ya que estoy herida y atrapada. La oscuridad me ha dado un ligero respiro, pero, cuando salga el sol, los profesionales ya tendrán un plan para matarme. No pueden hacer otra cosa después de que los dejara en ridículo. Puede que este nido sea mi única opción; si puedo dejarlo caer sobre ellos, quizá logre escapar, aunque me jugaría la vida en el proceso.

Por supuesto, no puedo acercarme al nido lo suficiente como para cortarlo; tendré que serrar la rama del tronco y dejar que caiga todo. La sierra de mi cuchillo debería bastarme, aunque ¿me dejarán mis manos? ¿Y despertaré al enjambre con la vibración? ¿Y si los profesionales descubren lo que estoy haciendo y trasladan su campamento? Eso lo fastidiaría todo.

Me doy cuenta de que mi mejor opción para cortar la rama

sin que nadie se entere es durante el himno, que podría empezar en cualquier momento. Salgo a rastras del saco, me aseguro de tener el cuchillo en el cinturón y empiezo a subir por el árbol. Esto es ya de por sí peligroso, porque las ramas son finas hasta para mí, pero sigo adelante. Cuando llego a la rama que soporta el nido, el zumbido se hace más claro, aunque sigue siendo algo suave para tratarse de rastrevíspulas. «Es el humo —pienso—, las ha sedado». Era la única defensa que encontraron los rebeldes para luchar contra ellas.

El sello del Capitolio brilla sobre mí y empieza a atronar el himno. «Ahora o nunca», pienso, y comienzo a serrar. Conforme arrastro el cuchillo adelante y atrás se me revientan las ampollas de la mano derecha. Una vez hecha la ranura, el trabajo es menos pesado, aunque sigue siendo casi más de lo que puedo soportar. Aprieto los dientes y sigo cortando, mirando al cielo de vez en cuando para comprobar que no ha habido muertes. No pasa nada, la audiencia estará satisfecha con mi herida, el árbol y la manada que tengo debajo. Sin embargo, el himno se acaba y todavía me queda un cuarto de rama cuando se acaba la música, se oscurece el cielo y me veo obligada a parar.

¿Y ahora qué? Podría terminar el trabajo a ciegas, pero quizá no sea lo más inteligente. Si las avispas están demasiado atontadas, si el nido se queda enganchado en la caída, si intento escapar, todo esto podría ser una mortífera pérdida de tiempo. Creo que lo mejor es volver aquí arriba al alba y lanzarles el nido a mis enemigos.

A la escasa luz de las antorchas de los profesionales, voy bajando hasta mi rama y me encuentro con la mejor sorpresa posible: sobre mi saco de dormir hay un botecito de plástico unido a un paracaídas plateado. ¡Mi primer regalo de un patrocinador! Haymitch debe de haberlo enviado durante el himno. El botecito me cabe en la palma de la mano. ¿Qué puede ser? Comida no, seguro. Abro la tapa y sé, por el olor, que es medicina. Toco con precaución la superficie del ungüento y desaparece el dolor de la punta del dedo.

—Oh, Haymitch —susurro—. Gracias.

No me ha abandonado, no me ha dejado para que me las apañe sola. La medicina debe de haberle supuesto un gasto astronómico, seguro que han hecho falta unos cuantos patrocinadores para comprar este botecito diminuto. Para mí, no tiene precio.

Meto dos dedos en el tarro y me embadurno con cuidado la pantorrilla. El efecto es casi mágico, borra el dolor con solo tocarla y deja una agradable sensación de frescor. No se trata de uno de los remedios de hierbas de mi madre, de esos que consigue machacando las plantas del bosque, sino una medicina de alta tecnología creada en los laboratorios del Capitolio. Cuando termino con la pantorrilla, me echo un poquito en las manos. Después envuelvo el bote en el paracaídas y me lo guardo en la mochila. Como ya no me duele tanto, consigo colocarme en posición y quedarme dormida.

Un pájaro que se ha colocado a pocos metros de mí me avisa de que está amaneciendo. Bajo la luz gris de la mañana, me examino las manos: la medicina ha transformado los parches rojo intenso en una suave piel rosa de bebé. La pierna sigue inflamada, porque esa quemadura era mucho más profunda. Le pongo otra capa de pomada y guardo mis cosas en silencio. Pase lo que pase, tengo que moverme deprisa. También me como una galleta y un trozo de cecina, y bebo unas cuantas tazas de agua. Ayer lo vomité casi todo y ya empiezo a notar los efectos del hambre.

Los profesionales y Peeta siguen dormidos en el suelo. Por su posición, apoyada en el tronco del árbol, creo que Glimmer era la encargada de montar guardia, pero el cansancio ha podido con ella.

Aunque entrecierro los ojos para intentar examinar el árbol que tengo al lado, no veo a Rue. Como fue ella la que me dio el aviso, lo justo parece avisarla; además, si muero hoy, quiero que gane ella. Por mucho que signifique algo de comida extra para mi familia, la idea de que Peeta sea declarado vencedor me resulta insoportable.

Susurro el nombre de Rue y los ojos aparecen de inmediato, abiertos y alerta. Me señala de nuevo el nido, yo levanto el cuchillo y hago el movimiento de serrar, y ella asiente y desaparece. Se oye un susurro en un árbol cercano y después en otro más allá; me doy cuenta de que está saltando de un árbol a otro. Apenas logro contener la risa. ¿Es esto lo que les enseñó a los Vigilantes? Me la imagino volando sobre el equipo de entrenamiento sin llegar a tocar el suelo; se merecía por lo menos un diez.

Por el este empiezan a llegar unos rayos de sol rosados, no puedo permitirme esperar más. Comparado con el dolor atroz de la subida al árbol de anoche, esto está chupado; cuando llego a la rama que sostiene el nido, coloco el cuchillo en la ranura. Estoy a punto de serrarla cuando veo que se mueve algo dentro del nido: es el reluciente brillo dorado de una rastrevíspula que sale con aire perezoso a la apergaminada superficie gris. No cabe duda de que está algo atontada, pero la avispa está despierta, lo que significa que las demás saldrán pronto. Me sudan las palmas de las manos a través de la pomada y hago lo que puedo por secármelas en la camisa. Si no termino de cortar la rama en cuestión de segundos, todo el enjambre podría echárseme encima.

No tiene sentido retrasarlo, así que respiro hondo, cojo el cuchillo por el mango y corto con todas mis fuerzas. «¡Adelante, atrás, adelante, atrás!» Las rastrevíspulas empiezan a zumbar y las oigo salir. «¡Adelante, atrás, adelante, atrás!» Noto una puñalada de dolor en la rodilla, y sé que una de ellas me ha encontrado y que las otras se le unirán. «Adelante, atrás, adelante, atrás». Y, justo cuando el cuchillo llega al final, empujo el extremo de la rama lo más lejos de mí que puedo. Se estrella contra las ramas inferiores, enganchándose un instante en algunas de ellas, pero cayendo después hasta dar en el suelo con un buen golpe. El nido se abre como un huevo y un furioso enjambre de rastrevíspulas alzan el vuelo.

Siento una segunda picadura en la mejilla, una tercera en el cuello, y su veneno me deja mareada casi al instante. Me agarro al árbol con un brazo mientras me arranco los aguijones dentados con la otra. Por suerte, solo esas tres avispas me identifican antes de la caída del nido, así que el resto de los insectos se dirigen a los enemigos del suelo.

Es el caos. Los profesionales se han despertado con un ataque a gran escala de rastrevíspulas. Peeta y unos cuantos más tienen la sensatez suficiente para soltarlo todo y salir pitando. Oigo gritos de «¡Al lago, al lago!», e imagino que esperan perder a las avispas metiéndose en el agua. Debe de estar cerca si creen que pueden llegar allí antes que los furiosos insectos. Glimmer y otra chica, la del Distrito 4, no tienen tanta suerte; reciben muchas picaduras antes de perderse de vista. Parece que Glimmer se ha vuelto completamente loca, chilla e intenta apartar las avispas dándoles con el arco, lo que no sirve de nada. La chica del Distrito 4 se aleja tambaleándose, aunque diría que no tiene muchas posibilidades de llegar al lago. Veo caer a Glimmer, que se retuerce en el suelo como una histérica durante unos minutos y después se queda inmóvil.

El nido ya no es más que una carcasa vacía. Los insectos han salido en persecución de los otros y no creo que vuelvan, aunque no quiero arriesgarme. Bajo a toda prisa del árbol y salgo corriendo en dirección opuesta al lago. El veneno de los aguijones me marea, pero logro regresar a mi pequeño estanque y sumergirme en el agua, solo por si las avispas todavía me siguen la pista. Al cabo de cinco minutos me arrastro hasta las rocas. La gente no exageraba sobre el efecto de estas picaduras; de hecho, el bulto de mi rodilla tiene el tamaño de una naranja, más que de una ciruela, y los agujeros dejados por los aguijones rezuman un líquido verde apestoso.

Hinchazón, dolor, líquido verde; Glimmer retorciéndose en el suelo hasta morir; son muchas cosas por asimilar y ni siquiera ha amanecido del todo. No quiero ni pensar en el aspecto que tendrá la chica ahora: el cuerpo desfigurado, los dedos hinchados endureciéndose sobre el arco...

¡El arco! En algún lugar de mi mente embotada dos ideas logran conectarse y hacen que me ponga en pie para volver con paso tambaleante a través de los árboles. El arco, las flechas, tengo que cogerlos. Todavía no he oído los cañones, así que quizá Glimmer esté en una especie de coma, con el corazón luchando contra el veneno de las avispas. Sin embargo, en cuanto se pare y el cañonazo certifique su muerte, un aerodeslizador bajará para llevarse su cadáver, y con él el único arco y las únicas flechas que he visto hasta ahora en los juegos. ¡Me niego a dejarlos escapar de nuevo!

Llego hasta Glimmer justo cuando suena el cañonazo. No hay rastrevíspulas a la vista y esta chica, la que una vez estuvo tan bella con su vestido dorado en la noche de las entrevistas, ha quedado irreconocible. Han borrado sus facciones, tiene las extremidades el triple de grandes de lo normal y los bultos de los aguijones han empezado a estallar, supurando líquido verde pútrido sobre ella. Tengo que romperle varios dedos (lo que antes eran sus dedos) con una piedra para soltar el arco. El carcaj de flechas está atrapado debajo de ella, así que intento darle la vuelta al cuerpo tirando de un brazo, pero la carne se desintegra al tocarla y me caigo de culo.

¿Es esto real? ¿O han empezado las alucinaciones? Aprieto los ojos con fuerza, intento respirar por la boca y me ordeno no vomitar. El desayuno debe quedarse dentro, quizá no sea capaz de cazar hasta dentro de varios días. Suena un segundo cañonazo, supongo que la chica del Distrito 4 acaba de morir. Me doy cuenta de que los pájaros se callan y después dejan escapar una sola nota, lo que significa que el aerodeslizador está a punto de aparecer. Desconcertada, creo que viene a por Glimmer, aunque no tiene sentido del todo, porque yo sigo aquí, todavía luchando por las flechas. Me pongo de rodillas y los árboles empiezan a girar sobre mí. Veo el aerodeslizador en el cielo, así que me lanzo sobre el cadáver de Glimmer como si deseara protegerlo, pero veo que se llevan por los aires a la chica del Distrito 4.

—¡Hazlo ya! —me grito.

Aprieto la mandíbula, meto las manos debajo de Glimmer, agarro lo que deberían ser sus costillas y consigo ponerla boca abajo. Estoy hiperventilando, no puedo evitarlo, es todo una pesadilla y estoy perdiendo el sentido de la realidad. Tiro del carcaj plateado, pero está enganchado en algo, enganchado en su omóplato, en algo; por fin se suelta. Justo cuando tengo el carcaj en mis manos oigo pasos, varios pies que se acercan a través de la maleza, y me doy cuenta de que han vuelto los profesionales. Vuelven para matarme, para recuperar sus armas o para ambas cosas.

Sin embargo, es demasiado tarde para correr. Cojo una de las finas flechas del carcaj e intento colocarla en la cuerda del arco, pero, en vez de una cuerda, veo tres, y el hedor de las picaduras es tan asqueroso que no consigo hacerlo. No puedo hacerlo.

Me siento impotente cuando llega el primer cazador, con la lanza en alto, listo para atacar. La sorpresa de Peeta no me dice nada; me quedo esperando el golpe, pero él baja el brazo.

—¿Por qué sigues aquí? —me sisea. Lo miro sin entender nada mientras observo la gota de agua que cae de la picadura que tiene bajo la oreja. Todo su cuerpo empieza a brillar, como si se hubiese empapado de rocío—. ¿Te has vuelto loca? —Me empuja con la empuñadura de la lanza—. ¡Levanta, levanta! —Me levanto, y él sigue empujándome. ¿Qué? ¿Qué está pasando? Me pega un buen empujón para alejarme—. ¡Corre! —grita—. ¡Corre!

Detrás de él, Cato se abre camino a través de los arbustos. Él también está húmedo y tiene una picadura muy fea bajo un ojo. Veo un rayo de sol reflejándose en su espada y hago lo que me dice Peeta; agarro con fuerza arco y flechas, y salgo disparada entre tropezones hacia los árboles que han surgido de la nada. Dejo atrás mi estanque y me adentro en bosques desconocidos. El mundo empieza a doblarse de forma alarmante. Una mariposa se hincha hasta alcanzar el tamaño de una casa y después estalla en un millón de estrellas; los árboles se transforman en sangre y me salpican las botas; me salen hormigas de las ampollas de las manos y no puedo quitármelas de encima; me suben por los brazos y por el cuello. Alguien grita, un grito agudo que no se interrumpe para respirar; tengo la vaga sensación de que soy yo. Tropiezo y me caigo en un pequeño pozo recubierto de burbujitas naranja que zumban como el nido de rastrevíspulas. Me hago un ovillo, con las rodillas bajo la barbilla, y espero la muerte.

Enferma y desorientada, solo se me ocurre una cosa: «Peeta Mellark me acaba de salvar la vida».

Entonces las hormigas se me meten en los ojos y me desmayo.

15

Me meto en una pesadilla de la que despierto solo para encontrarme con algo aún peor. Las cosas que más miedo me dan, las cosas que más temo que le sucedan a los demás, se manifiestan con unos detalles tan vívidos que me parecen reales. Cada vez que me despierto pienso que por fin se ha acabado todo, pero no, tan solo es el comienzo de un nuevo capítulo de torturas. ¿De cuántas formas he visto morir a Prim? ¿Cuántas veces he revivido los últimos momentos de mi padre? ¿Cuántas veces he sentido que me desgarraban el cuerpo? Así funciona el veneno de las avispas, especialmente creado para atacar el punto del cerebro encargado del miedo.

Cuando por fin vuelvo en mí, me quedo tumbada, esperando a la siguiente ola de imágenes. Sin embargo, al cabo de un rato acepto que mi cuerpo ha expulsado el veneno, dejándome destrozada y débil. Sigo tumbada de lado, en posición fetal. Me llevo una mano a los ojos y compruebo que están enteros, sin rastro de las hormigas que nunca existieron. El mero hecho de estirar las extremidades me supone un esfuerzo enorme; me duelen tantas cosas que no merece la pena hacer inventario. Consigo sentarme muy, muy despacio. Estoy en un agujero poco profundo que no está lleno de las ruidosas burbujas naranja de mis alucinaciones, sino de viejas hojas muertas. Tengo la ropa húmeda, pero no sé si es de agua, rocío, lluvia o sudor. Me paso un buen rato sin poder hacer nada más que darle traguitos a la botella y observar un escarabajo que se arrastra por el lateral de un arbusto de madreselva.

¿Cuánto tiempo llevo inconsciente? Era por la mañana cuando perdí la razón y ahora es por la tarde, aunque tengo las articulaciones tan rígidas que me parece que ha pasado más de un día, quizá dos. Si es así, no tengo forma de saber qué tributos han sobrevivido al ataque de las rastrevíspulas. Está claro que Glimmer y la chica del Distrito 4 no siguen vivas, pero estaban el chico del Distrito 1, los dos del Distrito 2 y Peeta. ¿Han muerto por las picaduras? Si están vivos, deben de haberlo pasado tan mal estos días como yo. ¿Y qué pasa con Rue? Es tan pequeña que no haría falta mucho veneno para acabar con ella. Sin embargo..., las avispas tendrían que cogerla primero, y la niña les llevaba cierta ventaja.

Noto un sabor asqueroso a podrido en la boca, y el agua poco puede hacer por eliminarlo. Me arrastro hasta el arbusto de madreselva y arranco una flor; le quito con cuidado el estambre y me dejo caer la gota de néctar en la lengua. El dulzor se extiende por la boca, me pasa por la garganta y me calienta las venas con recuerdos del verano, los bosques de mi hogar y la presencia de Gale a mi lado. Por algún motivo, recuerdo la discusión que tuvimos la última mañana.

«—¿Sabes qué? Podríamos hacerlo.

»—¿El qué?

»—Dejar el distrito, huir, vivir en el bosque. Tú y yo podríamos hacerlo».

Y, de repente, dejo de pensar en Gale y me acuerdo de Peeta... ¡Peeta! ¡Me ha salvado la vida!, o eso creo. Porque, cuando nos encontramos, ya no distinguía bien qué era real y qué me había hecho imaginar el veneno de las avispas. Sin embargo, si lo hizo, y mi instinto me dice que así es, ¿por qué? ¿Se limita a explotar la idea del chico enamorado que puso en marcha en la entrevista? ¿O de verdad intentaba protegerme? Y, si lo hacía, ¿por qué se había unido a los profesionales? No tenía ningún sentido.

Durante un instante me pregunto cómo verá Gale el incidente, pero después me lo quito de la cabeza, porque, por algún motivo, Gale y Peeta no coexisten bien en mis pensamientos.

Así que me centro en la única cosa buena que me ha pasado desde que llegué a la arena: ¡tengo arco y flechas! Una docena completa de flechas, si contamos la que saqué del árbol. No tienen ni rastro de la nociva baba verde que salió del cadáver de Glimmer (lo que me lleva a pensar que quizá no fuera del todo real), aunque sí bastante sangre seca. Las puedo limpiar después, pero decido entretenerme un minuto disparando a un árbol. Se parecen más a las armas del Centro de Entrenamiento que a las que tengo en casa; en cualquier caso, ¿qué más da? Puedo soportarlo.

Las armas me dan una perspectiva completamente nueva de los juegos. Aunque sé que tengo que enfrentarme a unos oponentes duros, ya no soy la presa que corre y se esconde o que adopta medidas desesperadas. Si Cato surgiera ahora de entre los árboles, no huiría, dispararía. Me doy cuenta de que espero con impaciencia ese momento.

Sin embargo, primero debo ponerme fuerte, porque vuelvo a estar muy deshidratada y mi reserva de agua está en niveles peligrosos. He perdido los kilos de más que conseguí engordar atiborrándome en el Capitolio, además de otros cuantos kilos propios. No recuerdo haber tenido tan marcados los huesos de las caderas y las costillas desde aquellos horribles meses que siguieron a la muerte de mi padre. Además, están las heridas: quemaduras, cortes y moratones por caerme entre los árboles, y tres picaduras de avispa, que están tan irritadas e hinchadas como al principio. Me echo la pomada en las quemaduras e intento hacer lo mismo en los bultos, pero no surte efecto. Mi madre conocía un tratamiento para esto, un tipo de hoja que podía extraer el veneno; como apenas solía usarlo, no recuerdo ni su nombre, ni su apariencia.

«Primero, el agua —pienso—. Ahora puedes cazar mientras avanzas».

Me resulta fácil seguir la dirección por la que vine, gracias a la senda de destrucción que abrió mi cuerpo enloquecido a través del follaje. De modo que me alejo en dirección contraria, esperando que mis enemigos sigan encerrados en el mundo surrealista del veneno de las rastrevíspulas.

No puedo andar demasiado deprisa, pues mis articulaciones se niegan a hacer movimientos abruptos, pero mantengo el paso lento del cazador, el que uso cuando rastreo animales. En pocos minutos diviso un conejo y mato mi primera presa con el arco. Aunque no es uno de mis tiros limpios de siempre, lo acepto. Al cabo de una hora encuentro un arroyo poco profundo y ancho, más que suficiente para lo que necesito. El sol cae con fuerza, así que, mientras espero a que se purifique el agua, me quedo en ropa interior y me meto en la corriente. Estoy mugrienta de pies a cabeza. Intento echarme agua encima, pero al final acabo tumbándome en el agua unos minutos, dejando que lave el hollín, la sangre y la piel que ha empezado a desprenderse de las heridas. Después de enjuagar la ropa y colgarla en unos arbustos para que se seque, me siento en la orilla durante un rato y me desenredo el pelo con los dedos. Recupero el apetito, y me como una galleta y una tira de cecina. Después le limpio la sangre a mis armas plateadas con un poco de musgo.

Más fresca, me vuelvo a tratar las quemaduras, me trenzo el pelo y me pongo la ropa mojada; sé que el sol la secará rápidamente. Seguir el curso del arroyo contracorriente parece lo más apropiado. Ahora estoy avanzando cuesta arriba, cosa que prefiero, con una fuente de agua no solo para mí, sino también para posibles presas. Derribo fácilmente un extraño pájaro que debe de ser una especie de pavo silvestre; en cualquier caso, me parece bastante comestible. A última hora de la tarde decido encender un pequeño fuego para cocinar la carne, suponiendo que el crepúsculo ayudará a ocultar el humo y que tendré la hoguera apagada cuando caiga la noche. Limpio las piezas, prestando especial atención al pájaro, pero no veo que tenga nada alarmante. Una vez arrancadas las plumas, no es más grande que un pollo, y está gordito y firme. Cuando pongo el primer montón sobre los carbones, oigo una rama que se rompe.

Me vuelvo hacia el sonido, y saco arco y flecha con un solo movimiento. No hay nadie; al menos, que yo vea. Entonces distingo la punta de una bota de niña asomando por detrás del tronco de un árbol; me relajo y sonrío. Esta cría puede moverse por los bosques como una sombra, hay que reconocerlo. Si no, ¿cómo podría haberme seguido? Las palabras surgen antes de poder detenerlas.

—¿Sabes que ellos no son los únicos que pueden aliarse? —digo.

No obtengo respuesta durante un momento, pero entonces uno de los ojos de Rue sale del cobijo del árbol.

—¿Quieres que seamos aliadas?

—¿Por qué no? Me has salvado de esas rastrevíspulas, eres lo bastante lista para seguir viva y, de todos modos, no me libro de ti. —Ella parpadea, intentando decidirse—. ¿Tienes hambre? —Veo que traga saliva de forma visible y observa la carne—. Pues ven, hoy he matado dos presas.

—Puedo curarte las picaduras —dice la niña, dando un paso vacilante hacia mí.

—¿De verdad? ¿Cómo? —Ella mete la mano en su mochila y saca un puñado de hojas. Estoy casi segura de que son las que usa mi madre—. ¿Dónde las has encontrado?

—Por ahí. Todos las llevamos cuando trabajamos en los huertos; allí dejaron muchos nidos. Aquí también hay muchos.

—Es verdad, eres del Distrito 11. Agricultura. Huertos, ¿eh? Por eso eres capaz de volar por los árboles como si tuvieses alas. —Rue sonríe. He dado con una de las pocas cosas que admite con orgullo—. Bueno, venga, cúrame.

Me dejo caer junto al fuego y me remango la pernera para descubrir la picadura de la rodilla. Rue me sorprende metiéndose un puñado de hojas en la boca y masticándolas. Mi madre usaría otros métodos, pero tampoco me quedan muchas opciones. Al cabo de un minuto, Rue comprime un buen montón de hojas masticadas y me lo escupe en la rodilla.

—Ohhh —digo, sin poder evitarlo. Es como si las hojas filtrasen el dolor de la picadura y lo expulsasen.

—Menos mal que tuviste la sensatez de sacarte los aguijones —comenta Rue, después de soltar unas risillas—. Si no, estarías mucho peor.

—¡El cuello! ¡La mejilla! —exclamo, casi suplicante.

Rue se mete otro puñado de hojas en la boca y, al cabo de un momento, me río a carcajadas, porque el alivio es maravilloso. Veo que la niña tiene una larga quemadura en el brazo.

—Tengo algo para eso. —Dejo a un lado las armas y le extiendo la pomada en el brazo.

—Tienes buenos patrocinadores —dice ella, anhelante.

—¿Te han enviado algo? —pregunto, y ella sacude la cabeza—. Pues lo harán, ya verás. Cuanto más cerca estemos del final, más gente se dará cuenta de lo lista que eres.

Le doy la vuelta a la carne.

—No estabas bromeando, ¿verdad? Sobre lo de aliarnos.

—No, lo decía en serio.

Casi oigo los gruñidos de Haymitch al ver que me junto con esta niña menuda, pero la quiero a mi lado porque es una superviviente, porque confío en ella y, por qué no admitirlo, porque me recuerda a Prim.

—Vale —responde, y me ofrece la mano. Le doy la mía—. Trato hecho.

Por supuesto, este tipo de trato solo puede ser temporal, pero ninguna de las dos lo menciona.

Rue aporta a la comida un buen puñado de una especie de raíces con aspecto de tener almidón. Al asarlas al fuego saben agridulces, como la chirivía. Además, la niña reconoce el pájaro, un ave silvestre a la que llaman «granso» en su distrito. Dice que a veces una bandada llega al huerto y ese día todos comen bien. La conversación se detiene un momento mientras nos llenamos la tripa. El granso tiene una carne deliciosa, tan jugosa que te caen gotitas de grasa por la cara cuando la muerdes.

—Oh —dice Rue, suspirando—. Nunca había tenido un muslo para mí sola.

Ya me lo imagino; seguro que apenas consigue comer carne.

—Coge otro.

—¿En serio?

—Coge todo lo que quieras. Ahora que tengo arco y flechas, puedo cazar más. Además, tengo trampas y puedo enseñarte a ponerlas. —Rue sigue mirando el muslo con incertidumbre—. Venga, cógelo —insisto, poniéndole la pata en las manos—. De todos modos, se pondrá malo en unos días, y tenemos todo el pájaro y el conejo. —Una vez le pone la mano encima al muslo, su apetito gana la batalla y le pega un buen mordisco—. Creía que en el Distrito 11 tendríais un poco más para comer que nosotros. Ya sabes, como cultiváis la comida...

—Oh, no, no se nos permite alimentarnos de los cultivos —responde Rue, con los ojos muy abiertos.

—¿Te detienen o algo?

—Te azotan delante de todo el mundo. El alcalde es muy estricto con eso.

Por su expresión deduzco que no es algo poco común. En el Distrito 12 no suele haber flagelaciones públicas, aunque suceden de vez en cuando. En teoría, a Gale y a mí podrían azotarnos todos los días por ser cazadores furtivos (bueno, en teoría podrían hacernos algo mucho peor), pero todos los funcionarios compran nuestra carne. Además, al alcalde, el padre de Madge, no parecen gustarle mucho ese tipo de acontecimientos. Tal vez ser el distrito más desprestigiado, pobre y ridiculizado del país tiene sus ventajas, como, por ejemplo, que el Capitolio no nos haga apenas caso, siempre que produzcamos nuestro cupo de carbón.

—¿Vosotros tenéis todo el carbón que queréis? —me pregunta Rue.

—No, solo lo que compramos y lo que se nos enganche en las botas.

—A nosotros nos dan un poco más de comida en tiempo de cosecha, para que aguantemos más.

—¿No tienes que ir al colegio?

—Durante la cosecha, no, todos trabajamos —me explica.

Es interesante oír cosas sobre su vida. Tenemos muy poca comunicación con los que viven fuera de nuestro distrito. De hecho, me pregunto si los Vigilantes estarán bloqueando nuestra conversación, porque, aunque la información parece inofensiva, no quieren que la gente de un distrito sepa lo que pasa en los otros.

Siguiendo la sugerencia de Rue, sacamos toda la comida que tenemos, para organizarnos. Ella ya ha visto casi toda la mía, pero añado el último par de galletas saladas y las tiras de cecina a la pila. Ella ha recogido una buena colección de raíces, nueces, vegetales y hasta algunas bayas.

Cojo una baya que no me resulta familiar.

—¿Estás segura de que es inofensiva?

—Oh, sí, en casa tenemos. Llevo varios días comiéndolas —responde, metiéndose un puñado en la boca.

Le doy un mordisco de prueba a una y sabe tan bien como nuestras moras. Cada vez estoy más segura de que aliarme con Rue ha sido buena idea. Dividimos la comida; así, si nos separamos, estaremos abastecidas durante unos días. Aparte de la comida, ella tiene un pequeña bota con agua, una honda casera y un par de calcetines de recambio. También lleva un trozo de roca afilada que utiliza como cuchillo.

—Sé que no es gran cosa —dice, como si se avergonzara—, pero tenía que salir de la Cornucopia a toda prisa.

—Hiciste bien —respondo.

Cuando saco todo mi equipo, ella ahoga un grito al ver las gafas de sol.

—¿Cómo las has conseguido?

—Estaban en la mochila. Hasta ahora no me han servido de nada, no bloquean el sol y hacen que resulte difícil ver con ellas —respondo, encogiéndome de hombros.

—No son para el sol, son para la oscuridad —exclama Rue—. A veces, cuando cosechamos de noche, nos dan unos cuantos pares a los que estamos en la parte más alta de los árboles, donde no llega la luz de las antorchas. Una vez, un chico, Martin, intentó quedarse las suyas; se las escondió en los pantalones. Lo mataron en el acto.

—¿Mataron a un chico por llevarse una cosa de estas?

—Sí, y todos sabían que Martin no era peligroso. No estaba bien de la cabeza, es decir, seguía comportándose como un crío de tres años. Solo quería las gafas para jugar.

Oír esto hace que el Distrito 12 me parezca una especie de refugio. Está claro que la gente muere de hambre sin parar, pero no me imagino a los agentes de la paz asesinando a un niño simplón. Hay una niñita, una de las nietas de Sae la Grasienta, que siempre está dando vueltas por el Quemador. No está del todo bien de la cabeza, pero la tratan como una mascota; la gente le da las sobras y cosas así.

—¿Y para qué sirven? —le pregunto a Rue, cogiendo las gafas.

—Te permiten ver a oscuras. Pruébalas esta noche, cuando se vaya el sol.

Le doy a Rue algunas cerillas y ella se asegura de que tenga hojas de sobra, por si se me hinchan otra vez las picaduras. Apagamos la hoguera y nos dirigimos arroyo arriba hasta que está a punto de anochecer.

—¿Dónde duermes? —le pregunto—. ¿En los árboles? —Ella asiente—. ¿Abrigada con la chaqueta, nada más?

—Tengo esto para las manos —responde, enseñándome los calcetines de repuesto.

—Puedes compartir el saco de dormir conmigo, si quieres —le ofrezco; me acuerdo bien de lo frías que han sido las noches—. Las dos cabemos de sobra. —Se le ilumina la cara y sé que es más de lo que se atrevía a desear.

Elegimos una rama de la parte alta de un árbol y nos acomodamos para pasar la noche justo cuando empieza a sonar el himno. Hoy no ha muerto nadie.

—Rue, acabo de despertarme hoy. ¿Cuántas noches me he perdido?

El himno debería ahogar nuestras palabras, pero, aun así, susurro. Incluso tomo la precaución de taparme los labios con la mano, porque no quiero que la audiencia sepa lo que estoy pensando contarle sobre Peeta. Ella se da cuenta y hace lo mismo.

—Dos. Las chicas de los distritos 1 y 4 están muertas. Quedamos diez.

—Pasó una cosa muy rara. Al menos, eso creo, aunque puede que el veneno de las rastrevíspulas me hiciese imaginar cosas. ¿Sabes quién es el chico de mi distrito? ¿Peeta? Creo que me ha salvado la vida, pero estaba con los profesionales.

—Ya no está con ellos. Los he espiado en su campamento, junto al lago. Regresaron antes de derrumbarse por el veneno, pero él no iba con ellos. Quizá te salvara de verdad y tuviera que huir.

No respondo. Si, de hecho, Peeta me salvó, vuelvo a estar en deuda con él, y esta deuda no puedo pagársela.

—Si lo hizo, seguramente sería parte de su actuación. Ya sabes, para que la gente se crea que me quiere.

—Oh —dice Rue, pensativa—. A mí no me pareció una actuación.

—Claro que sí, lo preparó con nuestro mentor. —El himno

acaba y el cielo se oscurece—. Vamos a probar esas gafas. —Las saco y me las pongo; Rue no bromeaba, lo veo todo, desde las hojas de los árboles hasta una mofeta que se pasea entre los arbustos a unos quince metros de nosotras. Podría matarla desde aquí si me lo propusiera, podría matar a cualquiera—. Me pregunto quién más tendrá unas de estas.

—Los profesionales tienen dos, pero lo guardan todo en el lago. Y son muy fuertes.

—Nosotras también, aunque de una forma distinta.

—Tú eres fuerte. Eres capaz de disparar. ¿Qué puedo hacer yo?

—Puedes alimentarte. ¿Y ellos?

—No les hace falta, tienen un montón de suministros.

—Supón que no los tuvieran. Supón que los suministros desapareciesen. ¿Cuánto durarían? Es decir, estamos en los Juegos del Hambre, ¿no?

—Pero, Katniss, ellos no tienen hambre.

—No, es verdad, ese es el problema —reconozco, y, por primera vez desde que llegamos, se me ocurre un plan, un plan que no está motivado por la necesidad de huir; un plan de ataque—. Creo que vamos a tener que solucionar eso, Rue.

16

Rue ha decidido confiar en mí sin reservas. Lo sé porque, en cuanto se termina el himno, se acurruca a mi lado y se queda dormida. Yo tampoco recelo, ya que no tomo ninguna precaución especial. Si quisiera verme muerta, le habría bastado con desaparecer de aquel árbol sin avisarme de la presencia del nido de rastrevíspulas. Sin embargo, muy en el fondo de mi conciencia, noto la presión de lo obvio: no podemos ganar estos juegos las dos. En cualquier caso, como lo más probable es que no sobrevivamos ninguna, consigo no hacer caso de ese pensamiento.

Además, me distrae mi última idea sobre los profesionales y sus provisiones. Rue y yo debemos encontrar la forma de destruir su comida. Estoy bastante segura de que a ellos les costaría una barbaridad alimentarse solos. La estrategia tradicional de los tributos profesionales consiste en reunir toda la comida posible y avanzar a partir de ahí. Cuando no la protegen bien, pierden los juegos (un año la destruyó una manada de reptiles asquerosos y otro una inundación creada por los Vigilantes). El hecho de que los profesionales hayan crecido con una alimentación mejor juega en su contra, ya que no están acostumbrados a pasar hambre; todo lo contrario que Rue y yo.

Sin embargo, estoy demasiado cansada para empezar a tramar un plan detallado esta noche. Mis heridas están sanando, sigo un poco embotada por culpa del veneno, y el calor de Rue a mi lado, su cabeza apoyada en mi hombro, hacen que me sienta segura. Por primera vez, me doy cuenta de lo sola que me he sentido desde que llegué al campo de batalla, de lo reconfortante que puede ser la presencia de otro ser humano. Me dejo vencer por el sueño y decido que mañana se volverán las tornas. Mañana serán los profesionales los que tengan que guardarse las espaldas.

Me despierta un cañonazo; unos rayos de luz atraviesan el cielo y los pájaros ya están trinando. Rue está encaramada a una rama frente a mí, con algo en la mano. Esperamos por si se producen más disparos, pero no oímos ninguno.

—¿Quién crees que ha sido?

No puedo evitar pensar en Peeta.

—No lo sé, podría haber sido cualquiera de los otros —responde Rue—. Supongo que nos enteraremos esta noche.

—¿Me puedes repetir quién queda?

—El chico del Distrito 1, los dos del Distrito 2, el chico del Distrito 3, Thresh y yo, y Peeta y tú. Eso hacen ocho. Espera, y el chico del Distrito 10, el de la pierna mala. Él es el noveno.
—Hay alguien más, pero ninguna de las dos conseguimos recordarlo—. Me pregunto cómo habrá muerto el último.

—No hay forma de saberlo, pero nos viene bien. Una muerte servirá para entretener un poco a las masas. Quizá nos dé tiempo a preparar algo antes de que los Vigilantes decidan que la cosa va demasiado lenta. ¿Qué tienes en las manos?

—El desayuno —responde Rue; las abre y me enseña dos grandes huevos.

—¿De qué son?

—No estoy segura; hay una zona pantanosa por allí, una especie de ave acuática.

Estaría bien cocinarlos, pero no queremos arriesgarnos a encender un fuego. Supongo que el tributo muerto habrá sido una víctima de los profesionales, lo que significa que se han recuperado lo bastante para volver a los juegos. Nos dedicamos a sorber el contenido de los huevos, y a comernos un muslo de conejo y algunas bayas. Es un buen desayuno se mire por donde se mire.

—¿Lista para hacerlo? —pregunto, colgándome la mochila.

—¿Hacer el qué? —pregunta Rue a su vez; por la forma en que se ha apresurado a responder, está dispuesta a hacer cualquier cosa que le proponga.

—Hoy vamos a quitarle la comida a los profesionales.

—¿Sí? ¿Cómo?

Veo que los ojos le brillan de emoción. En ese sentido, es justo lo contrario que Prim: para mi hermana, las aventuras son un calvario.

—Ni idea. Venga, se nos ocurrirá algo mientras cazamos.

No cazamos mucho porque estoy demasiado ocupada sacándole a Rue toda la información posible sobre la base de los profesionales. Solo se ha acercado a espiar un poco, pero es muy observadora. Han montado el campamento junto al lago, y su alijo de suministros está a unos veinticinco metros. Durante el día dejan montando guardia a otro tributo, el chico del Distrito 3.

—¿El chico del Distrito 3? —pregunto—. ¿Está trabajando con ellos?

—Sí, se queda todo el tiempo en el campamento. A él también le picaron las rastrevíspulas cuando los siguieron hasta el lago —responde Rue—. Supongo que acordaron dejarlo vivir a cambio de que les hiciese de guardia, pero no es un chico muy grande.

—¿Qué armas tiene?

—No muchas, por lo que vi. Una lanza. Puede que consiga espantarnos a unos cuantos con ella, pero Thresh podría matarlo con facilidad.

—¿Y la comida está ahí, sin más? —pregunto, y ella asiente—. Hay algo que no encaja en ese esquema.

—Lo sé, pero no pude averiguar el qué. Katniss, aunque lograses llegar hasta la comida, ¿cómo te librarías de ella?

—La quemaría, la tiraría al lago, la empaparía de combustible... —Le doy con el dedo en la tripa, como hacía con Prim—. ¡Me la comería! —Ella suelta una risita—. No te preocupes, pensaré en algo. Destruir cosas es mucho más fácil que construirlas.

Nos pasamos un rato desenterrando raíces, recogiendo bayas y vegetales, y elaborando una estrategia entre susurros. Así acabo conociendo a Rue, la mayor de seis críos, tan protectora de sus hermanos que les da sus raciones a los más pequeños, tan valiente que rebusca en las praderas de un distrito cuyos agentes de la paz son mucho menos complacientes que los nuestros. Rue, la niña que, cuando le preguntas por lo que más ama en el mundo, contesta que la música, nada más y nada menos.

—¿La música? —repito. En nuestro mundo, la música está al mismo nivel que los lazos para el pelo y los arco iris, en cuanto a utilidad se refiere. Al menos los arco iris te dan una pista sobre el clima—. ¿Tienes mucho tiempo para eso?

—Cantamos en casa y también en el trabajo. Por eso me encanta tu insignia —añade, señalando el sinsajo; yo me había vuelto a olvidar de su existencia.

—¿Tenéis sinsajos?

—Oh, sí, algunos son muy amigos míos. Nos dedicamos a cantar juntos durante horas y llevan los mensajes que les doy.

—¿Qué quieres decir?

—Suelo ser la que está más alto, así que soy la primera que ve la bandera que señala el fin de la jornada. Canto una cancioncilla especial —dice; entonces abre la boca y canta una melodía de cuatro notas con una voz clara y dulce—, y los sinsajos la repiten por todo el huerto. Así la gente sabe cuándo parar. Sin embargo, pueden ser peligrosos si te acercas demasiado a sus nidos, aunque es lógico.

—Toma, quédatelo tú —le digo, quitándome la insignia—. Significa más para ti que para mí.

—Oh, no —contesta ella, cerrándome los dedos sobre la insignia que tengo en la mano—. Me gusta vértelo puesto, por eso decidí que eras de confianza. Además, tengo esto. —Se saca de debajo de la camisa un collar tejido con una especie de hierba. De él cuelga una estrella de madera tallada toscamente; o quizá sea una flor—. Es un amuleto de la buena suerte.

—Bueno, por ahora funciona —respondo, volviendo a prenderme el sinsajo a la camisa—. Quizá te vaya mejor solo con él.

A la hora de la comida ya tenemos un plan; lo llevaremos a cabo a media tarde. Ayudo a Rue a recoger y colocar la madera para la primera de dos fogatas, aunque la tercera tendrá que prepararla ella sola. Decidimos reunirnos después en el sitio donde hicimos nuestra primera comida juntas, ya que el arroyo debería facilitarme la tarea de encontrarlo. Antes de partir me aseguro de que la niña esté bien provista de comida y cerillas, incluso insisto en que se lleve mi saco de dormir, por si no logramos encontrarnos antes de que caiga la noche.

—¿Y tú qué? ¿No pasarás frío? —me pregunta.

—No si cojo otro saco en el lago —respondo—. Ya sabes, aquí robar no es ilegal —añado, sonriendo.

En el último minuto, Rue decide enseñarme su señal de sinsajo, la que canta para anunciar que ha terminado la jornada.

—Quizá no funcione, pero, si oyes a los sinsajos cantarla, sabrás que estoy bien, aunque no pueda regresar en ese momento.

—¿Hay muchos sinsajos por aquí?

—¿No los has visto? Tienen nidos por todas partes —responde. Reconozco que no me he dado cuenta.

—Pues vale. Si todo va según lo previsto, te veré para la cena —le digo.

De repente, Rue me rodea el cuello con los brazos; vacilo un instante, pero acabo devolviéndole el abrazo.

—Ten cuidado —me pide.

—Y tú —respondo; después me vuelvo y me dirijo al arroyo, algo preocupada. Preocupada por que Rue acabe muerta, por que Rue no acabe muerta y nos quedemos las dos hasta el final, por dejar a Rue sola, por haber dejado a Prim sola en casa. No,

Prim tiene a mi madre, a Gale y a un panadero que me ha prometido que no la dejará pasar hambre. Rue solo me tiene a mí.

Una vez en el arroyo, no hay más que seguir su curso colina abajo hasta el lugar en que empecé a recorrerlo, después del ataque de las avispas. Tengo que moverme con precaución por el agua, porque no dejo de hacerme preguntas sin respuesta, la mayoría sobre Peeta. Esta mañana ha sonado un cañonazo. ¿Era para anunciar su muerte? Si es así, ¿cómo ha muerto? ¿A manos de un profesional? ¿Y habrá sido para vengarse de que me dejase escapar? Intento recordar de nuevo aquel momento junto al cadáver de Glimmer, cuando apareció entre los árboles. Sin embargo, el hecho de que estuviese brillando me hace dudar de todo lo que sucedió.

Tardo pocas horas en llegar a la zona poco profunda donde me bañé, lo que significa que ayer tuve que moverme muy despacio. Hago un alto para llenar la botella de agua y añado otra capa de barro a la mochila, que parece decidida a seguir siendo naranja, independientemente de la cantidad de camuflaje que le ponga.

Mi proximidad al campamento de los profesionales hace que se me agucen los sentidos y, cuanto más me acerco a ellos, más alerta estoy; me detengo con frecuencia para prestar atención a ruidos extraños, con una flecha preparada en la cuerda del arco. No veo a otros tributos, pero sí que descubro algunas de las cosas que ha mencionado Rue: arbustos de bayas dulces; otro con las hojas que me curaron las picaduras; grupos de nidos de rastrevíspulas cerca del árbol en el que me quedé atrapada; y, de cuando en cuando, el parpadeo blanco y negro del ala de un sinsajo en las ramas que tengo encima.

Llego al árbol que tiene el nido abandonado en el suelo y me detengo un momento para reunir valor. Rue me ha dado instrucciones específicas para llegar desde este punto al mejor escondite desde el que espiar el lago. «Recuerda —me digo—, tú eres la cazadora, no ellos».

Cojo el arco con decisión y sigo adelante. Llego hasta el bosquecillo del que me ha hablado Rue y, de nuevo, admiro su astucia: está justo al borde del bosque, pero el frondoso follaje es tan espeso por abajo que puedo observar fácilmente el campamento de los profesionales sin que ellos me vean. Entre nosotros está el amplio claro en el que comenzaron los juegos.

Hay cuatro tributos: el chico del Distrito 1, Cato y la chica del Distrito 2, y un chico escuálido y pálido que debe de ser del Distrito 3. No me causó ninguna impresión durante el tiempo que pasamos en el Capitolio; no recuerdo casi nada de él, ni su traje, ni su puntuación en el entrenamiento, ni su entrevista. Incluso ahora que lo tengo sentado delante, jugueteando con una especie de caja de plástico, resulta fácil no hacerle caso al lado de sus compañeros, más grandes y dominantes. Sin embargo, algún valor tendrá para ellos, porque, si no, no se habrían molestado en dejarlo vivir. En cualquier caso, verlo solo sirve para hacerme sentir más incómoda sobre los motivos de los profesionales para ponerlo de guardia, para no matarlo.

Los cuatro tributos parecen seguir recuperándose del ataque de las avispas. Aunque estoy un poco lejos, distingo los bultos hinchados de las picaduras. Seguramente no habrán tenido la sensatez necesaria para quitarse los aguijones o, si lo han hecho, no saben nada de las hojas curativas. Al parecer, las medicinas que encontraron en la Cornucopia no les han servido de nada.

La Cornucopia sigue donde estaba, aunque sin nada en el interior. La mayoría de las provisiones, metidas en cajas, sacos de arpillera y contenedores de plástico, están apiladas en una ordenada pirámide a una distancia bastante cuestionable del campamento. Otras cosas se han quedado diseminadas por el perímetro de la pirámide, como si imitaran la disposición de suministros alrededor de la Cornucopia al principio de los juegos. Una red cubre la pirámide en sí, aunque no le veo otra utilidad que alejar a los pájaros.

La configuración en su conjunto me resulta desconcertante. La distancia, la red y la presencia del chico del Distrito 3. Lo que está claro es que destruir estos suministros no va a ser tan sencillo como parece; tiene que haber otro factor en juego, y será mejor que me quede quieta hasta descubrir cuál es. Mi teoría es que la pirámide tiene algún tipo de trampa; se me ocurren pozos escondidos, redes que caen sobre los incautos o un cable que, al romperse, lanza un dardo venenoso directo al corazón. Las posibilidades son infinitas, claro.

Mientras le doy vueltas a mis opciones, oigo a Cato gritar algo. Está señalando al bosque, lejos de mí, y, sin necesidad de mirar, sé que Rue habrá encendido ya la primera hoguera. Nos aseguramos de recoger la suficiente madera verde para que el humo se viese bien. Los profesionales empiezan a armarse de inmediato.

Se inicia una pelea; gritan tan fuerte que oigo que discuten si el chico del Distrito 3 debe quedarse o acompañarlos.

—Se viene. Lo necesitamos en el bosque y aquí ya ha terminado su trabajo. Nadie puede tocar los suministros —dice Cato.

—¿Y el chico amoroso? —pregunta el chico del Distrito 1.

—Ya te he dicho que te olvides de él. Sé dónde le di el corte. Es un milagro que todavía no se haya desangrado. De todos modos, ya no está en condiciones de robarnos.

Así que Peeta está en el bosque, malherido. Sin embargo, sigo sin saber qué lo llevó a traicionar a los profesionales.

—Venga —insiste Cato, y le pasa una lanza al chico del Distrito 3; después se alejan en dirección a la fogata. Lo último que oigo cuando entran en el bosque es—: Cuando la encontremos, la mato a mi manera, y que nadie se meta.

Por algún motivo, dudo que se refiera a Rue; no fue ella la que les tiró el nido encima.

Me quedo donde estoy una media hora, intentando decidir qué hacer con las provisiones. Mi ventaja con el arco y las flechas es la distancia, podría disparar sin problemas una flecha ardiendo a la pirámide (con mi puntería puedo meterla por uno de los agujeros de la red), pero eso no me garantiza que prenda. Lo más probable es que se apague sola y, entonces, ¿qué? No lograría nada y les habría dado demasiada información sobre mí; que estoy aquí, que tengo un cómplice y que sé usar el arco con precisión.

No tengo alternativa: habrá que acercarse más y ver si descubro qué está protegiendo los suministros. De hecho, estoy a punto de salir al descubierto cuando un movimiento me llama la atención. A varios metros a mi derecha, veo a alguien salir del bosque. Durante un momento creo que es Rue, hasta que reconozco a la chica con cara de comadreja (es la que no lograba recordar esta mañana), que se acerca a rastras al alijo. Cuando por fin decide que no hay peligro, corre hacia la pirámide dando pasitos rápidos. Justo antes de llegar al círculo de suministros que hay esparcidos alrededor, se detiene, mira por el suelo y coloca los pies con cuidado en un punto. Después se acerca a la pirámide dando unos extraños saltitos, a veces a la pata coja, otras balanceándose un poco y otras arriesgándose a dar unos cuantos pasos. En cierto momento se lanza por el aire por encima de un barrilito y aterriza de puntillas. Sin embargo, se ha dado demasiado impulso y cae hacia delante, dando un chillido al tocar el suelo con las manos. Como ve que no pasa nada, se pone rápidamente de pie y sigue adelante hasta llegar a las cosas.

Por lo visto, tengo razón con respecto a las trampas, aunque parece algo más complicado de lo que me imaginaba. También tenía razón acerca de la chica: debe de ser muy astuta para haber descubierto el camino seguro hasta la comida y ser capaz de reproducirlo con tanta precisión. Se llena la mochila sacando algunos artículos de varios contenedores: galletas saladas de una caja, un puñado de manzanas de un saco de arpillera colgado en el lateral de un cubo. Procura no coger demasiado, para que nadie note que falta comida, para que nadie sospeche. Después repite su extraño baile hasta abandonar el círculo y sale corriendo de nuevo por el bosque, sana y salva.

Me doy cuenta de que tengo los dientes apretados por la frustración; la Comadreja me ha confirmado lo que ya suponía, pero ¿qué clase de trampa requerirá tanta destreza y tendrá tantos puntos de disparo? ¿Por qué chilló la chica cuando tocó el suelo con las manos? Cualquiera habría pensado..., entonces empiezo a entenderlo..., cualquiera habría pensado que iba a estallar.

—Está minado —susurro.

Eso lo explica todo: lo poco que les importaba a los profesionales dejar los suministros sin vigilancia, la reacción de la Comadreja, la participación del chico del Distrito 3, el distrito de las fábricas, donde producían televisores, automóviles y explosivos. ¿Y de dónde los habrá sacado? ¿De las provisiones? No es el tipo de arma que suelen proporcionar los Vigilantes, ya que prefieren ver a los tributos destrozarse cara a cara. Salgo de los arbustos y me acerco a las placas metálicas redondas que suben a los tributos a la arena. Se nota que han escarbado el suelo a su alrededor para después volver a aplanarlo. Las minas se desactivan después de los sesenta segundos que tenemos que pasar encima de las plataformas, pero el chico del Distrito 3 debe de haber conseguido reactivarlas. Nunca había visto algo así en los juegos, seguro que hasta los Vigilantes están sorprendidos.

Bueno, pues un hurra por el chico del Distrito 3, que ha sido capaz de superarlos, pero ¿qué hago yo? Está claro que no puedo meterme en ese laberinto sin acabar volando por los aires. En cuanto a lanzar una flecha ardiendo, sería una tontería. Las minas se activan con la presión, y no tiene que ser una presión muy grande. Un año a una chica se le cayó su símbolo, una pelotita de madera, cuando todavía estaba en la plataforma, y tuvieron que raspar sus restos del suelo, literalmente.

Tengo los brazos fuertes, podría lanzar algunas piedras y luego... ¿qué? ¿Activar una mina, quizá? Eso iniciaría una reacción en cadena. ¿O no? ¿Habrá puesto el chico del Distrito 3 las minas de forma que el estallido de una sola no afecte a las otras? Así se aseguraría de la muerte del invasor sin poner el peligro los suministros. Aunque solo hiciese estallar una mina, seguro que los profesionales volverían corriendo a por mí. De todos modos, ¿en qué estoy pensando? Está la red, precisamente colocada para evitar un ataque por el estilo. Además, lo que de verdad necesito es lanzar unas treinta rocas a la vez, disparar una reacción en cadena y destruirlo todo.

Vuelvo la vista atrás, hacia el bosque: el humo de la segunda fogata de Rue sube por el cielo. Los profesionales deben de haber empezado a sospechar que se trata de una trampa. Se me agota el tiempo.

Sé que todo esto tiene solución, y que solo tengo que concentrarme a fondo. Me quedo mirando la pirámide, los cubos y las cajas, todo ello demasiado pesado como para derribarlo de un flechazo. Quizá alguno contenga aceite para cocinar; a punto de revivir la idea de la flecha ardiendo, me doy cuenta de que podría acabar perdiendo las doce flechas sin darle a un contenedor de aceite, ya que estaría tirando a ciegas. Estoy pensando en intentar recrear el camino de la Comadreja hacia la pirámide, con la esperanza de encontrar nuevas formas de destrucción, cuando me fijo en el saco de manzanas. Podría cortar la cuerda de un flechazo, como en el Centro de Entrenamiento. Es una bolsa grande, aunque puede que solo disparase una explosión. Si pudiera soltar todas las manzanas...

Ya sé qué hacer. Me pongo a tiro y me doy un límite de tres flechas para conseguirlo. Coloco los pies con cuidado, me aíslo del resto del mundo y afino la puntería. La primera flecha rasga el lateral del saco, cerca de la parte de arriba, y deja una raja en la arpillera. La segunda la convierte en un agujero. Veo que una de las manzanas empieza a tambalearse justo cuando disparo la tercera flecha, acierto en el trozo rasgado de arpillera y lo arranco de la bolsa.

Todo parece paralizarse durante un segundo. Después, las manzanas se esparcen por el suelo y yo salgo volando por los aires.

17

El impacto con la dura tierra de la llanura me deja sin aliento, y la mochila no hace mucho por suavizar el golpe. Por suerte, el carcaj se me ha quedado colgado del codo, por lo que se libran tanto él como mi hombro; además, no he soltado el arco. El suelo sigue temblando por los estallidos, pero no los oigo, en estos momentos no oigo nada. Sin embargo, las manzanas deben de haber activado las minas suficientes y los escombros están disparando las demás. Consigo protegerme la cara con los brazos de una lluvia de trocitos de materia, algunos ardiendo. Un humo acre lo llena todo, lo que no resulta muy adecuado para alguien que intenta recuperar la respiración.

Al cabo de un minuto, el suelo deja de vibrar, ruedo por el suelo y me permito un momento de satisfacción ante las ruinas ardientes de lo que antes fuera la pirámide. Los profesionales no van a conseguir salvar nada.

«Será mejor que salga de aquí, seguro que vienen pitando», pienso.

Sin embargo, al ponerme de pie, me doy cuenta de que escapar no va a ser tan fácil. Estoy mareada, no solo algo tambaleante, sino con un mareo de esos que hacen que los árboles te den vueltas alrededor y la tierra se mueva bajo los pies. Doy unos pasos y, de algún modo, acabo a cuatro patas. Espero unos minutos a que se me pase, pero no se me pasa.

Empieza a entrarme el pánico. No debo quedarme aquí, la huida resulta indispensable, pero no puedo ni andar, ni oír. Me llevo una mano a la oreja izquierda, la que estaba vuelta hacia la explosión, y veo que se mancha de sangre. ¿Me he quedado sorda? La idea me asusta porque, como cazadora, confío en mis oídos tanto como en mis ojos, quizá más algunas veces. En cualquier caso, no dejaré que se me note el miedo; estoy completa y absolutamente segura de que me están sacando en directo en todas las pantallas de televisión de Panem.

«Nada de rastros de sangre», me digo, y consigo echarme la capucha y atarme el cordón bajo la barbilla con unos dedos que no se puede decir que ayuden mucho. Eso servirá para absorber un poco de sangre. No puedo caminar, pero ¿puedo arrastrarme? Intento avanzar; sí, si voy muy despacio, puedo arrastrarme. Casi todas las zonas del bosque resultarían insuficientes para ocultarme. Mi única esperanza es llegar al bosquecillo de Rue y ocultarme entre la vegetación. Si me quedo aquí, a cuatro patas, en campo abierto, no solo me matarán, sino que Cato se asegurará de que sea una muerte lenta y dolorosa. La mera idea de que Prim lo vea todo hace que me dirija obstinadamente, centímetro a centímetro, a mi escondite.

Otro estallido me hace caer de morros; una mina alejada que se habrá disparado al caerle encima una caja. Pasa otras dos veces más, lo que me recuerda a los últimos granos que saltan cuando Prim y yo hacemos palomitas en la chimenea.

Decir que lo consigo en el último momento es decir poco: justo cuando llego a rastras hasta el enredo de arbustos al pie de los árboles, aparece Cato en el llano, seguido de sus compañeros. Su rabia es tan exagerada que podría resultar cómica (así que es cierto que la gente se tira de los pelos y golpea el suelo con los puños...), si no supiera que iba dirigida a mí, a lo que le he hecho. Si a ello le añadimos que estoy cerca y que no soy capaz de salir corriendo, ni de defenderme, lo cierto es que estoy aterrada. Me alegro de que mi escondite no permita a las cámaras verme de cerca, porque estoy mordiéndome las uñas como loca, arrancándome los últimos trocitos de esmalte para que no me castañeteen los dientes.

El chico del Distrito 3 ha estado tirando piedras al destrozo y debe de haber concluido que se han activado todas las minas, porque los profesionales se acercan.

Cato ha terminado con la primera fase de su rabieta y descarga su ira en los restos quemados, dándoles patadas a los contenedores. Los otros tributos examinan el desastre en busca de algo que pueda salvarse, pero no hay nada. El chico del Distrito 3 ha hecho su trabajo demasiado bien; a Cato debe de habérsele ocurrido la misma idea, porque se vuelve hacia el chico y parece gritarle. El pobre solo tiene tiempo de volverse y empezar a correr antes de que Cato lo coja por el cuello desde atrás. Veo cómo se le hinchan los músculos de los brazos mientras sacude la cabeza del chico de un lado a otro.

Así de rápida es la muerte del chico del Distrito 3.

Los otros dos profesionales parecen intentar calmar a Cato. Me doy cuenta de que él quiere volver al bosque, pero ellos no dejan de señalar al cielo, lo que me desconcierta, hasta que me doy cuenta.

«Claro, creen que el que ha provocado las explosiones está muerto».

No saben lo de las flechas y las manzanas. Han dado por supuesto que la trampa estaba mal y que el tributo que la activó ha volado en pedazos. El cañonazo podría haberse perdido fácilmente entre los estallidos. Los restos destrozados del ladrón se los habría llevado un aerodeslizador. Los tributos se retiran al otro lado del lago para dejar que los Vigilantes se lleven el cadáver del chico del Distrito 3. Y esperan.

Supongo que se oye un cañonazo, porque aparece un aerodeslizador y se lleva al chico muerto. El sol se pone en el horizonte. Cae la noche. En el cielo veo el sello y sé que debe de haber empezado el himno. Un momento de oscuridad y después ponen la imagen del chico del Distrito 3; también la del chico del Distrito 10, que debe de haber muerto esta mañana. Después reaparece el sello. Bueno, ya lo saben, el saboteador ha sobrevivido. A la luz del sello veo que Cato y la chica del Distrito 2 se ponen las gafas de visión nocturna. El chico del Distrito 1 prende una rama de árbol a modo de antorcha, lo que ilumina sus rostros lúgubres y decididos. Los profesionales vuelven a los bosques para cazar.

El mareo ha remitido y, aunque el oído izquierdo sigue sordo, puedo oír un zumbido en el derecho; buena señal. Sin embargo, no tiene sentido salir de aquí, en la escena del crimen estoy todo lo segura que puedo estar. Seguro que piensan que el saboteador les lleva dos o tres horas de ventaja. De todos modos, pasa un buen rato hasta que me arriesgo a moverme.

Lo primero que hago es sacar mis gafas y ponérmelas, lo que me relaja un poco, porque así, al menos, cuento con uno de mis sentidos de cazadora. Bebo un poco de agua y me lavo la sangre de la oreja. Como me da miedo que el olor a carne atraiga a depredadores no deseados (ya es bastante malo que huelan la sangre fresca), me alimento con los vegetales, raíces y bayas que Rue y yo recogimos esta mañana.

¿Dónde está mi pequeña aliada? ¿Habrá conseguido llegar al punto de encuentro? ¿Estará preocupada por mí? Al menos, el cielo ha dejado claro que las dos seguimos vivas.

Cuento con los dedos los tributos que quedan: el chico del 1, los dos del 2, la Comadreja, los dos del 11 y el 12. Solo ocho; las apuestas deben de estar poniéndose interesantes en el Capitolio, seguro que estarán emitiendo reportajes especiales sobre todos nosotros, y probablemente entrevisten a nuestros amigos y familiares. Hace ya mucho tiempo que no había un tributo del Distrito 12 entre los ocho finalistas, y ahora estamos dos, aunque, por lo que ha dicho Cato, Peeta no durará. Tampoco es que importe mucho lo que diga Cato. ¿Acaso no acaba de perder toda su reserva de provisiones?

«Que empiecen los Septuagésimo Cuartos Juegos del Hambre, Cato —pienso—. Que empiecen de verdad».

Se ha levantado una brisa fría, así que me dispongo a coger el saco de dormir..., hasta que me doy cuenta de que se lo dejé a Rue. Se suponía que yo iba a coger otro, pero, con todo el lío de las minas, se me olvidó. Empiezo a temblar; como, de todos modos, pasar la noche subida a un árbol no sería sensato, escarbo un agujero bajo los arbustos, y me cubro con hojas y agujas de pino.

Sigo estando helada; me echo el trozo de plástico en la parte de arriba y coloco la mochila de forma que bloquee el viento. La cosa mejora un poco y empiezo a comprender a la chica del Distrito 8, la que encendió la fogata la primera noche. Sin embargo, ahora soy yo la que tiene que apretar los dientes y aguantar hasta que se haga de día. Más hojas, más agujas de pino. Meto los brazos dentro de la chaqueta, me hago un ovillo y, de algún modo, consigo dormirme.

Cuando abro los ojos, el mundo sigue pareciéndome algo fracturado, y tardo un minuto en darme cuenta de que el sol debe de estar muy alto y las gafas hacen eso con mi vista. Me siento para quitármelas y, justo entonces, oigo unas risas en algún lugar cerca del lago; me quedo quieta. Las risas están distorsionadas, pero el hecho de que las oiga quiere decir que estoy recuperando la audición. Sí, mi oído derecho vuelve a funcionar, aunque sigue zumbándome. En cuanto al izquierdo, bueno, al menos ya no sangra.

Me asomo entre los arbustos, temiendo que hayan regresado los profesionales y esté atrapada durante un tiempo indefinido. No, es la Comadreja, de pie entre los escombros y muerta de risa. Es más lista que los profesionales, porque logra encontrar unos cuantos artículos útiles entre las cenizas: una olla metálica y un cuchillo. Me desconcierta su alegría hasta que caigo en que la eliminación de los profesionales le da una posibilidad de supervivencia, igual que al resto de nosotros. Se me pasa por la cabeza salir de mi escondite y reclutarla como segunda aliada, pero lo descarto. Su sonrisa maliciosa tiene algo que me deja claro que si me hiciera amiga de la Comadreja acabaría con un puñal clavado en la espalda. Si tuviera eso en cuenta, este sería el momento perfecto para dispararle una flecha; sin embargo, la chica oye algo que no soy yo, porque vuelve la cabeza en dirección contraria, hacia el lugar donde nos soltaron, y vuelve corriendo al bosque. Espero. Nada, no aparece nadie. Sea como fuere, si a ella le ha parecido peligroso, quizás haya llegado el momento de que me marche yo también. Además, estoy deseando contarle a Rue lo de la pirámide.

Como no tengo ni idea de dónde están los profesionales, la ruta de regreso por el arroyo parece tan buena como cualquier otra. Me apresuro, con el arco preparado en una mano y un trozo de granso frío en la otra; ahora estoy muerta de hambre, y no me vale con hojas y bayas, sino que me faltan la grasa y las proteínas de la carne. La excursión hasta el arroyo transcurre sin incidentes. Una vez allí, recojo agua y me lavo, prestando especial atención a la oreja herida. Después avanzo colina arriba utilizando el arroyo como guía. En cierto momento descubro huellas de botas en el barro de la orilla; los profesionales han estado aquí, aunque no ha sido hace poco. Las huellas son profundas porque se hicieron en barro húmedo, pero ahora están casi secas por el calor del sol. Yo no he tenido mucho cuidado con mis propias huellas, creía que unas pisadas ligeras y la ayuda de las agujas de pino ayudarían a esconderlas. Ahora me quito las botas y los calcetines, y camino descalza por la orilla.

El agua fresca tiene un efecto revitalizante, tanto en mi cuerpo como en mi ánimo. Cazo dos peces fácilmente en las lentas aguas del arroyo y me como uno crudo, aunque acabo de tomarme el granso. El segundo lo guardaré para Rue.

Poco a poco, sutilmente, el zumbido del oído derecho disminuye hasta desaparecer por completo. De vez en cuando me toco la oreja izquierda intentando limpiar cualquier cosa que me esté impidiendo detectar sonidos, pero, si hay mejoría, no la detecto. No me adapto a la sordera de un oído, hace que me sienta desequilibrada e indefensa por la izquierda, incluso ciega. No dejo de volver la cabeza hacia ese lado, mientras mi oído derecho intenta compensar el muro de vacío por el que ayer entraba un flujo constante de información. Cuanto más tiempo pasa, menos esperanzas me quedan de que la herida pueda curarse.

Cuando llego al lugar de nuestro primer encuentro, estoy segura de que no ha venido nadie. No hay ni rastro de Rue, ni en el suelo, ni en los árboles. Qué raro, ya debería haber regresado: es mediodía. Está claro que ha pasado la noche en un árbol de alguna otra parte. ¿Qué otra cosa podía hacer sin luz y con los profesionales recorriendo los bosques con sus gafas de visión nocturna? Además, la tercera fogata que tenía que encender era la que estaba más lejos de nuestro campamento, aunque se me olvidó comprobar si la encendía. Seguramente intenta hacer el camino de vuelta con sigilo; ojalá se diera prisa, porque no quiero quedarme demasiado tiempo por aquí, quiero pasar la tarde avanzando hacia un terreno más alto y cazar por el camino. En cualquier caso, no me queda más remedio que esperar.

Me lavo la sangre de la chaqueta y el pelo, y limpio mi creciente lista de heridas. Las quemaduras están mucho mejor, pero, aun así, me echo un poco de pomada. Lo prioritario ahora es evitar una infección. Me como el segundo pez, porque no va a durar mucho con este calor y no me resultará difícil cazar algunos más para Rue..., si aparece de una vez.

Como me siento muy vulnerable en el suelo, con un oído menos, me subo a un árbol a esperar. Si aparecen los profesionales, será un buen punto desde el que dispararles. El sol se mueve lentamente y hago lo que puedo por pasar el tiempo: mastico hojas y me las aplico a las picaduras, que ya se han desinflado, pero siguen doliendo un poco; me peino el pelo mojado con los dedos y lo trenzo; me ato los cordones de las botas; compruebo el arco y las flechas que me quedan; hago pruebas con el oído izquierdo, agitando una hoja al lado de la oreja para ver si da señales de vida, pero sin buenos resultados.

A pesar del granso y los peces, me empieza a rugir el estómago y sé que voy a tener lo que en el Distrito 12 llamamos un día hueco. Son esos días en los que da igual lo mucho que te llenes la tripa, porque nunca es suficiente. Como estar en el árbol sin hacer nada empeora las cosas, decido rendirme. Al fin y al cabo, he perdido mucho peso en la arena, necesito más calorías y tener el arco me da confianza en mis posibilidades.

Abro lentamente un puñado de nueces y me las como; mi última galleta; el cuello del granso, que me viene bien, porque tardo un rato en dejarlo limpio; después me trago una ala y el pájaro es historia. Sin embargo, como es un día hueco, a pesar de todo, sueño despierta con más comida, sobre todo con las recetas decadentes que sirven en el Capitolio: el pollo en salsa de naranja, las tartas y el pudin, el pan con mantequilla, los fideos en salsa verde, el estofado de cordero y ciruelas pasas. Chupo unas cuantas hojas de menta y me digo que tengo que superarlo; la menta es buena, porque a menudo bebemos té con menta después de la cena, así que sirve para engañar a mi estómago y hacerle pensar que ya ha terminado la hora de comer; más o menos.

Colgada del árbol, con el calor del sol, la boca llena de menta, el arco y las flechas a mano..., es el momento más relajado que he tenido desde que llegué a la arena. Si apareciese Rue y pudiéramos marcharnos... Conforme crecen las sombras, también lo hace mi inquietud. A última hora de la tarde ya he decidido salir en su busca; al menos, puedo pasarme por el lugar en que encendió el tercer fuego y ver si encuentro pistas sobre su ubicación.

Antes de irme esparzo algunas hojas de menta alrededor de nuestra antigua fogata. Como las recogimos a cierta distancia de aquí, Rue entenderá que he estado aquí, mientras que para los profesionales no significaría nada.

En menos de una hora me encuentro en el lugar donde acordamos hacer la tercera fogata y noto que algo va mal. La madera está bien colocada, mezclada de forma experta con yesca, pero no se ha encendido. Aunque Rue preparó el fuego, no volvió para prenderlo. En algún momento posterior a la segunda columna de humo que vi antes de la explosión, ella se metió en problemas.

Tengo que recordarme que sigue viva, ¿o no? A lo mejor el cañonazo que señalaba su muerte sonó de madrugada, cuando mi oído bueno estaba demasiado dolorido para captarlo. ¿Aparecerá esta noche en el cielo? No, me niego a creerlo, podría haber un centenar de explicaciones diferentes: se ha perdido, o se ha encontrado con una jauría de depredadores o con otro tributo, como Thresh, y ha tenido que esconderse. Pasara lo que pasara, estoy casi segura de que está por alguna parte, en algún lugar entre el segundo fuego y el que tengo al lado; algo la mantiene encaramada a un árbol.

Creo que iré a por ese algo.

Es un alivio estar en movimiento después de pasar toda la tarde sentada. Me arrastro en silencio por las sombras, dejando que me oculten, pero no veo nada sospechoso; no hay signos de lucha, ni agujas rotas en el suelo. Me paro un momento y lo oigo, aunque tengo que inclinar la cabeza para asegurarme: ahí está otra vez, es la melodía de cuatro notas de Rue, cantada por un sinsajo. La melodía que me dice que sigue viva.

Sonrío y avanzo hacia el pájaro. Otro repite un puñado de notas un poco más allá, lo que significa que Rue ha estado cantándoles hace poco; si no, ya habrían pasado a otra canción. Levanto la mirada en busca de la niña, trago saliva y canto la melodía en voz baja, esperando que ella sepa que es seguro reunirse conmigo. Un sinsajo la repite y, entonces, oigo el grito.

Es un grito infantil, un grito de niña, y en la arena no puede pertenecer a nadie más que a Rue. Empiezo a correr sabiendo que puede ser una trampa, sabiendo que los tres profesionales pueden estar preparados para atacarme, pero no puedo evitarlo. Oigo otro grito agudo, aunque esta vez es mi nombre:

—¡Katniss, Katniss!

—¡Rue! —respondo, para que sepa que estoy cerca, para que ellos sepan que estoy cerca y, con suerte, la idea de que está cerca la chica que los ha atacado con rastrevíspulas y que ha conseguido un once que todavía no se explican baste para que dejen en paz a la niña—. ¡Rue! ¡Ya voy!

Cuando llego al claro, ella está en el suelo, atrapada por una red. Tiene el tiempo justo de sacar la mano a través de la malla y gritar mi nombre antes de que la atraviese la lanza.

18

El chico del Distrito 1 muere antes de poder sacar la lanza. Mi flecha se le clava en el centro del cuello, y él cae de rodillas y reduce el poco tiempo que le queda de vida al sacarse la flecha y ahogarse en su propia sangre. Yo ya he recargado y muevo el arco de un lado a otro, mientras le grito a Rue:

—¿Hay más? ¿Hay más?

Tiene que repetirme varias veces que no antes de que la oiga.

Rue ha rodado por el suelo con el cuerpo acurrucado sobre la lanza. Aparto de un empujón el cadáver del chico y saco el cuchillo para liberarla de la red. Con solo echarle un vistazo a la herida sé que está más allá de mis conocimientos de sanadora, y seguramente esté más allá de los conocimientos de cualquiera. La punta de la lanza se ha clavado hasta el fondo en su estómago. Me agacho a su lado y miro el arma con impotencia; no tiene sentido consolarla con palabras, decirle que se pondrá bien, porque no es idiota. Alarga una mano y me aferro a ella como si fuese un salvavidas, como si fuese yo la que se muere, y no Rue.

—¿Volaste la comida en pedazos? —susurra.

—Hasta el último trocito.

—Vas a ganar.

—Lo haré. Ahora voy a ganar por las dos —le prometo. Oigo un cañonazo y levanto la vista; debe de ser por el chico del Distrito 1.

—No te vayas —me pide, apretándome la mano.

—Claro que no, me quedo donde estoy.

Me acerco más a ella y le apoyo la cabeza en mi regazo. Después le aparto unos tupidos mechones de pelo oscuro de la cara y se los recojo tras la oreja.

—Canta —dice, aunque apenas la oigo.

«¿Cantar? —pienso—. ¿Cantar el qué?»

Me sé unas cuantas canciones porque, aunque resulte difícil de creer, en mi hogar hubo música una vez, música que yo ayudé a crear. Mi padre siempre me animaba con esa voz tan maravillosa que tenía, pero no he cantado desde su muerte, salvo cuando Prim se pone muy enferma. Entonces canto las mismas canciones que le gustaban cuando era un bebé.

Cantar. Las lágrimas me han hecho un nudo en la garganta, y estoy ronca por el humo y la fatiga, pero si es la última voluntad de Prim, digo, de Rue, tengo que intentarlo, por lo menos. La canción que me viene a la cabeza es una nana muy sencilla, una que cantamos a los bebés nerviosos y hambrientos para que se duerman. Creo que es muy, muy antigua, alguien se la inventó hace muchos años, en nuestras colinas; es lo que mi profesor de música llama un aire de montaña. Sin embargo, las palabras son fáciles y tranquilizadoras, prometen un mañana más feliz que este horrible trozo de tiempo en el que nos encontramos.

Toso un poco, trago saliva y empiezo:

En lo más profundo del prado, allí, bajo el sauce,
hay un lecho de hierba, una almohada verde suave;
recuéstate en ella, cierra los ojos sin miedo
y, cuando los abras, el sol estará en el cielo.

Este sol te protege y te da calor,
las margaritas te cuidan y te dan amor,
tus sueños son dulces y se harán realidad
y mi amor por ti aquí perdurará.

Rue ha cerrado los ojos. Todavía se le mueve el pecho, pero cada vez con menos fuerza. Dejo que se me deshaga el nudo de la garganta y fluyan mis lágrimas, pero tengo que terminar la canción para ella.

En lo más profundo del prado, bien oculta,
hay una capa de hojas, un rayo de luna.
Olvida tus penas y calma tu alma,
pues por la mañana todo estará en calma.

Este sol te protege y te da calor,
las margaritas te cuidan y te dan amor.

Los últimos versos son apenas audibles.

Tus sueños son dulces y se harán realidad
y mi amor por ti aquí perdurará.

Todo queda en silencio; entonces, de una manera que resulta casi inquietante, los sinsajos repiten mi canción.

Me quedo sentada un momento, viendo cómo mis lágrimas caen sobre su cara. Suena el cañonazo de Rue, y yo me inclino sobre ella y le doy un beso en la sien. Despacio, como si no quisiera despertarla, dejo su cabeza en el suelo y le suelto la mano.

Seguro que quieren que me vaya para poder recoger los cadáveres, y ya no hay ninguna razón para que me quede. Pongo boca abajo el cadáver del chico del Distrito 1, le quito la mochila y le arranco la flecha que le ha quitado la vida. Después corto las correas de la mochila de Rue, porque sé que ella habría querido que me la llevase, pero no le saco la lanza del estómago. Las armas que estén dentro de los cadáveres se transportan con ellos al aerodeslizador; no necesito una lanza, así que, cuanto antes desaparezca de la arena, mejor.

No puedo dejar de mirar a Rue. Parece más pequeña que nunca, un cachorrito acurrucado en un nido de redes. Me resulta imposible abandonarla así; aunque ya no vaya a sufrir más daño, da la impresión de estar completamente indefensa. El chico del Distrito 1 también parece vulnerable, ahora que está muerto, así que me niego a odiarlo; a quien odio es al Capitolio por hacernos todo esto.

Oigo la voz de Gale; sus desvaríos sobre el Capitolio ya no me parecen inútiles, ya no puedo hacerles caso omiso. La muerte de Rue me ha obligado a enfrentarme a mi furia contra la crueldad, contra la injusticia a la que nos someten. Sin embargo, aquí me siento todavía más impotente que en casa, pues no hay forma de vengarme del Capitolio, ¿verdad?

Entonces recuerdo las palabras de Peeta en el tejado: «Pero

desearía poder encontrar una forma de... de demostrarle al Capitolio que no le pertenezco, que soy algo más que una pieza de sus juegos».

Por primera vez, entiendo lo que significa.

Quiero hacer algo ahora mismo, aquí mismo, algo que los avergüence, que los haga responsables, que les demuestre que da igual lo que hagan o lo que nos obliguen a hacer, porque siempre habrá una parte de cada uno de nosotros que no será suya. Tienen que saber que Rue era algo más que una pieza de sus juegos, igual que yo misma.

A pocos pasos de donde estamos hay un lecho de flores silvestres. En realidad, quizá sean malas hierbas, pero tienen flores con unos preciosos tonos de violeta, amarillo y blanco. Recojo un puñado y regreso con Rue; poco a poco, tallo a tallo, decoro su cuerpo con las flores: cubro la fea herida, le rodeo la cara, le trenzo el pelo de vivos colores.

Tendrán que emitirlo o, si deciden sacar otra cosa en este preciso momento, tendrán que volver aquí cuando recojan los cadáveres, y así todos la verán y sabrán que lo hice yo. Doy un paso atrás y miro a la niña por última vez; lo cierto es que podría estar dormida de verdad en ese prado.

—Adiós, Rue —susurro.

Me llevo los tres dedos centrales de la mano izquierda a los labios y después la apunto con ellos. Me alejo sin mirar atrás.

Los pájaros guardan silencio. En algún lugar, un sinsajo silba la advertencia que precede a un aerodeslizador; no sé cómo lo sabe, debe de oír cosas que los humanos no podemos. Me detengo y clavo la vista en lo que tengo delante, no en lo que sucede detrás de mí. No tardan mucho; después continúa el canto de siempre de los pájaros y sé que ella se ha ido.

Otro sinsajo, con aspecto de ser joven, aterriza en una rama delante de mí y entona la melodía de Rue. Mi canción y el deslizador eran demasiado extraños para que este novicio los repitiese, pero ha dominado el puñado de notas de la niña, las que significan que está a salvo.

—Sana y salva —digo al pasar bajo su rama—. Ya no tenemos que preocuparnos por ella.

Sana y salva.

No tengo ni idea de qué dirección tomar. Ya se ha desvanecido aquella vaga sensación de estar en casa de la que disfruté la noche que pasé con Rue. Mis pies me llevan por donde quieren hasta que se pone el sol, y yo no tengo miedo, ni siquiera estoy alerta, lo que me convierte en una presa fácil, salvo por el detalle de que mataría a cualquiera que se me pusiera delante. Sin emoción y sin que me temblasen las manos. El odio que siento por el Capitolio no ha templado en absoluto el odio que siento por mis competidores, sobre todo por los profesionales. Al menos a ellos puedo hacérselas pagar por la muerte de mi amiga.

Sin embargo, nadie aparece. Ya no quedamos muchos en la arena y, dentro de nada, se inventarán otro truco para juntarnos. No obstante, ya habrán tenido suficiente sangre por hoy, y quizá nos permitan dormir.

Cuando estoy a punto de subir mis mochilas a un árbol para acampar, un paracaídas plateado aterriza a mis pies. Un regalo de un patrocinador. ¿Por qué ahora? Me va bastante bien con mis suministros; quizá Haymitch haya notado mi abatimiento e intente animarme un poco. ¿O será algo para mi oído?

Abro el paracaídas y encuentro una pequeña barra de pan, no del elegante pan blanco del Capitolio, sino hecho con las raciones de cereal oscuro, con forma de media luna y cubierto de semillas. Recuerdo la lección de Peeta en el Centro de Entrenamiento sobre los distintos panes de los distritos: este pan es del Distrito 11. Lo sostengo con cuidado: todavía está caliente. ¿Cuánto debe de haberle costado a la gente del Distrito 11, que ni siquiera tiene con qué alimentarse? ¿Cuántas personas tendrán que pasar hambre por haber dado una moneda para la colecta en la que se ha comprado este pan? Seguro que pensaban dárselo a Rue, pero, en vez de retirar el regalo con su muerte, le han dado autorización a Haymitch para dármelo a mí. ¿A modo de agradecimiento? ¿O porque, como a mí, no les gusta dejar deudas sin saldar? Sea por lo que sea, es la primera vez que ocurre: nunca antes un distrito le ha dado un regalo a un tributo que no le pertenece.

Alzo la cabeza y procuro colocarme en un punto iluminado por los últimos rayos de sol.

—Mi agradecimiento a la gente del Distrito 11 —digo.

Quiero que sepan que soy consciente de quién me ha hecho el regalo, que he entendido todo lo que significa.

Me subo a un árbol y trepo a una altura peligrosa, aunque no por seguridad, sino para alejarme todo lo posible de este día. Mi saco de dormir está bien doblado dentro de la mochila de Rue. Mañana ordenaré las provisiones; mañana decidiré un nuevo plan. Sin embargo, esta noche solo soy capaz de amarrarme con el cinturón y darle mordisquitos al pan. Está bueno. Sabe a casa.

El sello no tarda en aparecer, seguido del himno, que solo oigo con el oído derecho. Veo al chico del Distrito 1 y a Rue; nada más por hoy.

«Quedamos seis —pienso—. Solo seis».

Con el pan todavía entre las manos, me quedo dormida de inmediato.

A veces, cuando las cosas van especialmente mal, mi cerebro me regala un sueño feliz: una visita a mi padre en el bosque o una hora de sol y tarta con Prim. Esta noche me envía a Rue, todavía cubierta de flores, subida a un alto mar de árboles, intentando enseñarme a hablar con los sinsajos. No veo ni rastro de sus heridas, ni sangre; solo una niña brillante y sonriente. Canta canciones que no he oído nunca con una voz clara y melódica, una y otra vez, durante toda la noche. Paso por un periodo intermedio de duermevela en el que oigo las últimas notas de su música, aunque ella ya se ha perdido entre las hojas. Cuando me despierto del todo, me siento reconfortada durante un momento; intento aferrarme a la sensación de tranquilidad del sueño, pero se va rápidamente, y me deja más triste y sola que nunca.

Me pesa todo el cuerpo, como si me corriese plomo líquido por las venas. He perdido la voluntad necesaria hasta para las tareas más sencillas. Me limito a quedarme donde estoy, contemplando sin parpadear el dosel de hojas. Me paso varias horas sin moverme y, como siempre, es la imagen de la cara de preocupación de Prim viéndome en pantalla lo que me saca de mi letargo.

Empiezo por una serie de órdenes fáciles, como: «Ahora tienes que sentarte, Katniss. Ahora tienes que beber agua, Katniss». Sigo las órdenes con lentos movimientos robóticos. «Ahora tienes que ordenar las provisiones, Katniss».

En la mochila de Rue está mi saco de dormir, su bota de agua casi vacía, un puñado de nueces y raíces, un poco de conejo, sus calcetines de recambio y su honda. El chico del Distrito 1 tiene varios cuchillos, dos cabezas de lanza de repuesto, una linterna, un saquito de cuero, un botiquín de primeros auxilios, una botella llena de agua y una bolsa de fruta desecada. ¡Una bolsa de fruta desecada! De todas las cosas que podría haber cogido, se le ocurre llevarse esto. Para mí es una señal de extrema arrogancia: ¿por qué molestarse en llevar comida cuando tienes todo un botín en el campamento, cuando matas con tanta rapidez a tus enemigos que puedes estar de vuelta antes de que te entre hambre? Solo espero que los demás profesionales viajasen igual de ligeros en lo tocante a la comida y ahora no tengan nada.

Hablando de lo cual, mis suministros también empiezan a menguar. Me acabo el pan del Distrito 11 y lo que queda del conejo. Hay que ver lo deprisa que desaparece la comida; solo me quedan las raíces y nueces de Rue, la fruta desecada del chico y una tira de cecina.

«Ahora tienes que cazar, Katniss», me digo.

Obedezco y meto las provisiones que me interesan en mi mochila. Después, bajo del árbol, y escondo los cuchillos y las puntas de lanza del chico bajo una pila de rocas para que nadie más pueda usarlas. Me he desorientado con todas las vueltas que di ayer por la noche, pero intento volver en la dirección aproximada del arroyo. Sé que voy por buen camino cuando me encuentro con la tercera fogata de Rue, la que no llegó a encender. Poco después descubro una bandada de gransos en un árbol y derribo a tres antes de que puedan reaccionar. Vuelvo a la fogata de Rue y la enciendo, sin preocuparme por el exceso de humo.

«¿Dónde estás, Cato? —pienso, mientras aso los pájaros y las raíces de Rue—. Te estoy esperando».

¿Quién sabe dónde estarán los profesionales? Demasiado lejos para alcanzarme, demasiado seguros de que les he preparado una trampa o... ¿Será posible que les dé miedo? Saben que tengo el arco y las flechas, claro, porque Cato me vio quitárselas a Glimmer, pero ¿habrán sabido unir los puntos? ¿Sabrán que yo hice volar las provisiones y maté a su compañero? Seguramente creen que esto último lo hizo Thresh. ¿No sería más probable que él vengase la muerte de Rue, y no yo, ya que son del mismo distrito? Aunque tampoco parecía muy interesado en ella...

¿Y la Comadreja? ¿Se quedó para ver cómo estallaba el alijo? No, cuando la encontré riendo entre las cenizas, a la mañana siguiente, era como si alguien le hubiese dado una bonita sorpresa.

Dudo que crean que Peeta encendió las hogueras, porque para Cato es como si estuviera muerto. De repente, se me ocurre que me gustaría poder contarle a Peeta lo de las flores que coloqué sobre Rue, que ya entiendo lo que intentaba decirme en el tejado. Quizá si gana los juegos podrá verlo la noche de la victoria, cuando repongan los mejores momentos de la competición en una pantalla sobre el escenario en el que hicimos las entrevistas. El ganador se sienta en el lugar de honor de la plataforma, rodeado por su equipo de apoyo.

Pero le dije a Rue que yo ganaría por las dos y, por algún motivo, me parece más importante eso que la promesa que le hice a Prim.

Ahora creo de corazón que tengo la oportunidad de lograrlo, de ganar. No es solo por las flechas o por haber sido más lista que los profesionales unas cuantas veces, aunque eso ayuda, sino porque pasó algo cuando sostenía la mano de Rue, cuando veía cómo se le iba la vida. Estoy decidida a vengarla, a impedir que olviden su muerte, y solo puedo conseguirlo si gano e impido que me olviden a mí.

Aso demasiado los pájaros, con la esperanza de que aparezca alguien a quien disparar, pero nada. Quizá los demás tributos estén demasiado ocupados matándose a palos, lo que no me iría mal. Desde el baño de sangre, he aparecido en pantalla más veces de las que me gustaría.

Al final envuelvo la comida y vuelvo al arroyo para recoger agua y algunas plantas, pero la pesadez de esta mañana me ataca de nuevo y, aunque no es más que última hora de la tarde, me subo a un árbol y me preparo para dormir. Mi cerebro empieza a revivir los acontecimientos de ayer: veo a Rue atravesada por la lanza, y mi flecha en el cuello del chico. No sé por qué debería preocuparme por lo que le hice al chico.

Entonces me doy cuenta de que es mi primer asesinato.

Junto con las otras estadísticas que se hacen públicas para ayudar a la gente con sus apuestas, cada tributo tiene una lista de asesinatos. Supongo que, técnicamente, me habrán apuntado el de Glimmer y el de la chica del Distrito 4, por haberles tirado el nido de avispas. Pero el chico del Distrito 1 ha sido la primera persona a la que he matado conscientemente. Numerosos animales han muerto a mis manos, pero solo una persona. Oigo decir a Gale: «¿De verdad hay tanta diferencia?».

El acto en sí se parece tanto que resulta sorprendente: tensas el arco y disparas una flecha. Sin embargo, el resultado no tiene nada que ver; he matado a un chico que no sé ni cómo se llama. Sus amigos clamarán por mi sangre, quizá tuviese una novia que realmente creyera que volvería a verlo...

Pero cuando pienso en el cuerpo inmóvil de Rue, consigo apartar al chico de mi mente; al menos, por ahora.

Según el cielo, hoy no ha pasado nada importante, no ha habido muertes. Me pregunto cuánto tardarán en provocar la siguiente catástrofe para unirnos. Si va a ser esta noche, quiero dormir un poco primero, así que me tapo la oreja buena para no oír el sonido del himno, aunque después sí oigo las trompetas y me siento de golpe, a la espera.

Normalmente, la única información que reciben los tributos del exterior es el recuento diario de muertes. Sin embargo, de vez en cuando, tocan las trompetas para hacer un anuncio; lo más común es que se trata de una invitación a un banquete. Cuando la comida escasea, los Vigilantes llaman a los jugadores para que participen en una comilona celebrada en un lugar conocido por todos, como la Cornucopia, animándolos así a que se reúnan y luchen. A veces es un banquete de verdad, mientras que otras se trata de una hogaza de pan rancio por la que competir. Yo no iría a por comida, pero podría ser el momento ideal para acabar con unos cuantos rivales.

La voz de Claudius Templesmith retumba en el cielo, felicitándonos a los seis que quedamos, pero no nos invita a un banquete, sino que dice algo muy extraño: han cambiado una regla de los juegos. ¡Han cambiado una regla! Por sí solo, eso ya es alucinante, porque no tenemos ninguna regla propiamente dicha, salvo que no podemos salir del círculo inicial hasta pasados sesenta segundos y la regla implícita de no comernos entre nosotros. Según la nueva regla, los dos tributos del mismo distrito se declararán vencedores si son los últimos supervivientes. Claudius hace una pausa, como si supiera que no lo estamos entendiendo, y repite la regla otra vez.

Asimilo la noticia: este año pueden ganar dos tributos, siempre que sean del mismo distrito. Los dos pueden vivir; los dos podemos vivir.

Antes de poder evitarlo, grito el nombre de Peeta.

Tercera parte

EL VENCEDOR

19

Me tapo la boca, pero ya se me ha escapado el grito. El cielo se oscurece y oigo un coro de ranas que empiezan a cantar.

«¡Estúpida! —me digo—. ¡Qué estupidez has hecho!»

Espero, paralizada, a que los bosques se llenen de atacantes, pero después recuerdo que no queda casi nadie.

Peeta, que está herido, es ahora mi aliado. Todas las dudas que pudiera haber tenido sobre él se desvanecen, porque, si alguno de los dos hubiese matado al otro, seríamos parias a nuestro regreso al Distrito 12. De hecho, sé que, de estar viendo los juegos por la tele, habría odiado a cualquier tributo que no intentase de inmediato aliarse con su compañero de distrito. Además, tiene sentido que nos protejamos el uno al otro y, en mi caso (al ser los amantes trágicos del Distrito 12), es un requisito imprescindible si deseo recibir más ayuda de patrocinadores comprensivos.

Los amantes trágicos... Peeta debe de haber estado jugándosela a esa carta desde el principio. ¿Por qué si no habrían decidido los Vigilantes este cambio sin precedentes en las reglas? Para que dos tributos tengan la oportunidad de ganar, nuestro «romance» debe de ser tan popular entre la audiencia que condenarlo al fracaso pondría en peligro el éxito de los juegos. Y no es gracias a mí, porque lo único que he hecho ha sido conseguir no matar a Peeta. No sé qué habrá hecho él en la arena, aunque me da la impresión de que ha convencido al público de que ha sido para mantenerme con vida. Sacudió la cabeza para evitar que yo me metiese en la Cornucopia; luchó contra Cato para permitirme escapar; incluso su unión con los profesionales tiene que haber sido una táctica para protegerme. Al final va a resultar que Peeta nunca ha sido un peligro para mí.

La idea me hace sonreír. Dejo caer las manos y levanto el rostro hacia la luna, para que las cámaras puedan verlo bien.

Entonces, ¿a quién debo temer? ¿A la Comadreja? El chico de su distrito está muerto y ella trabaja sola, por la noche, y su estrategia ha consistido en evadirse, no en atacar. En realidad, aunque haya escuchado mi voz, no creo que haga nada, salvo esperar a que otro me mate.

También está Thresh. Vale, él es una amenaza real, pero no lo he visto ni una vez desde que empezaron los juegos. Cuando la Comadreja se asustó con un ruido en el lugar de la explosión, no se volvió hacia el bosque, sino hacia lo que hay al otro lado de él, esa zona de la arena que se pierde de vista y llega a no sé dónde. Estoy casi segura de que la persona de la que huía era Thresh y que ese es su dominio. Desde allí no puede haberme escuchado y, aunque lo hiciera, estoy a demasiada altura para alguien de su tamaño.

Eso me deja con Cato y la chica del Distrito 2, que seguramente estarán celebrando la nueva regla. Es la única pareja que queda, salvo Peeta y yo.

¿Debería huir, por si me han oído llamarlo?

«No —pienso—, que vengan». Que vengan con sus gafas de visión nocturna y sus pesados cuerpos ruidosos, que se pongan a tiro de mis flechas. Sin embargo, sé que no lo harán; si no vinieron a la luz del día guiados por mi hoguera, no se arriesgarán a caer en una trampa nocturna. Cuando vengan, será imponiendo sus condiciones, no porque sepan dónde estoy.

«Quédate aquí y duerme un poco, Katniss —me ordeno, a pesar de que desearía empezar a buscar a Peeta de inmediato—. Mañana, mañana lo encontrarás».

Consigo dormirme, pero, por la mañana, me comporto con un cuidado extremo, porque, aunque los profesionales podrían dudar en atacarme en un árbol, son muy capaces de montar una emboscada. Me aseguro de estar completamente preparada para superar el día (me tomo un buen desayuno, cierro bien la mochila, preparo las armas) antes de descender. Todo parece tranquilo y sin cambios cuando llego al suelo.

Hoy debo tomar todas las precauciones posibles. Los profesionales sabrán que estoy intentando localizar a Peeta y puede que quieran esperar a que lo haga antes de actuar. Si está tan malherido como cree Cato, me veré en la obligación de defendernos a los dos sin ayuda. Sin embargo, si está tan incapacitado, ¿cómo ha conseguido seguir con vida? ¿Y cómo demonios voy a encontrarlo?

Intento pensar en algo que haya dicho Peeta y que pueda servirme de pista para saber dónde se esconde, pero no se me ocurre nada, así que vuelvo al último momento en que lo vi brillando bajo la luz del sol, gritándome que corriera. Después apareció

Cato con la espada en alto y, cuando me fui, hirió a Peeta. Pero ¿cómo escapó? Quizá aguantó mejor que Cato el veneno de las rastrevíspulas. Quizá fuera esa la variable que le permitió huir. Sin embargo, a él también le habían picado. ¿Cuánto pudo alejarse, estando herido y lleno de veneno? ¿Y cómo ha permanecido vivo todos estos días? Si la herida y las picaduras no lo han matado, la sed tendría que haberlo hecho.

Entonces se me ocurre la primera pista sobre su ubicación: no podría haber sobrevivido sin agua, lo sé por mis primeros días en el campo de batalla. Tiene que estar escondido en un sitio cerca de una fuente de agua. Está el lago, pero es una opción poco probable, teniendo en cuenta que se encuentra demasiado cerca del campamento base de los profesionales. Hay unos cuantos estanques alimentados por el arroyo, pero ahí sería presa fácil. Y está el arroyo, el que sale del campamento donde estuve con Rue, pasa cerca del lago y sigue adelante. Si se ha mantenido cerca del arroyo, habrá podido moverse y estar siempre cerca del agua; podría caminar por la corriente y borrar sus huellas, e incluso pescar algo.

Bueno, en cualquier caso es un buen lugar por donde empezar.

Para confundir al enemigo, enciendo una fogata con mucha leña verde. Aunque piensen que es una artimaña, espero que supongan que estoy escondida por aquí, mientras que, en realidad, estaré buscando a Peeta.

El sol quema la neblina de la mañana casi de inmediato, y me doy cuenta de que hoy va a hacer más calor de lo normal. El agua me resulta fresca y agradable cuando meto los pies descalzos dentro, arroyo abajo. Siento la tentación de llamar a Peeta conforme avanzo, pero decido que no es buena idea. Tendré que encontrarlo usando los ojos y el oído que me queda, pero él sabrá que lo busco, ¿no? Espero que su opinión sobre mí no sea tan mala como para pensar que no haré caso de la nueva regla y me quedaré sola, ¿verdad? Es una persona difícil de predecir, lo que resultaría interesante en otras circunstancias; en este momento, solo sirve para añadir otro obstáculo.

No tardo mucho en llegar al sitio desde el que partí al campamento de los profesionales. No hay ni rastro de Peeta, aunque no me sorprende, porque he recorrido este lugar tres veces desde el incidente de las avispas. De haber estado cerca, seguro que lo habría sospechado. El arroyo empieza a doblarse hacia la izquierda para introducirse en una parte del bosque que no conozco. Una orilla embarrada y cubierta de plantas acuáticas enredadas lleva a unas grandes rocas que aumentan en tamaño hasta que empiezo a sentirme algo atrapada. Ahora no sería nada fácil escapar del arroyo, ni luchar contra Cato o Thresh mientras subo por este terreno rocoso. De hecho, justo cuando acabo de decidir que voy por el camino equivocado, que un chico herido no podría entrar y salir de esta fuente de agua, veo el reguero de sangre que rodea una roca. Hace tiempo que se ha secado, pero las manchas que van de un lado al otro sugieren que alguien (alguien que, quizá, no estuviese en plena posesión de sus facultades mentales) intentó limpiarse la sangre.

Abrazada a las rocas, me muevo lentamente hacia la sangre, buscándolo. Encuentro más manchas, una con unos trozos de tela pegados, pero ni rastro de él. Me derrumbo y digo su nombre en voz baja:

—¡Peeta, Peeta!

Entonces, un sinsajo aterriza en un árbol raquítico y empieza a imitarme, así que lo dejo, me rindo y vuelvo al arroyo pensando: «Tiene que haberse ido más abajo».

Acabo de meter el pie en el agua cuando oigo una voz.

—¿Has venido a rematarme, preciosa?

Me vuelvo de golpe; viene de mi izquierda, así que no lo oigo muy bien, y la voz es ronca y débil, aunque tiene que ser Peeta. ¿Qué otra persona me llamaría preciosa en este lugar? Recorro la orilla con la mirada, pero nada, solo barro, plantas y la base de las rocas.

—¿Peeta? —susurro—. ¿Dónde estás? —No me responde. ¿Me lo he imaginado? No, estoy segura de que era real y de que estaba cerca—. ¿Peeta? —Me arrastro por la orilla.

—Bueno, no me pises.

Retrocedo de un salto, porque la voz viene del suelo, pero sigo sin verlo. Entonces abre los ojos, de un azul inconfundible entre el lodo marrón y las hojas verdes. Ahogo un grito y me recompensa con la fugaz visión de sus dientes blancos al reírse.

Es lo último en camuflaje; Peeta tendría que haberse olvidado del lanzamiento de pesos y haberse dedicado a convertirse en árbol en plena sesión privada con los Vigilantes. O en canto rodado. O en una orilla embarrada llena de malas hierbas.

—Cierra otra vez los ojos —le ordeno. Lo hace, y también la boca, y desaparece por completo. La mayor parte de lo que creo que es su cuerpo está debajo de una capa de lodo y plantas. La cara y los brazos están tan bien disfrazados que resultan invisibles. Me arrodillo a su lado—. Supongo que todas esas horas decorando pasteles han dado por fin su fruto.

—Sí, el glaseado, la última defensa de los moribundos.

—No te vas a morir.

—¿Y quién lo dice? —Tiene la voz muy ronca.

—Yo. Ahora estamos en el mismo equipo, ya sabes.

—Eso he oído —responde, abriendo los ojos—. Muy amable por tu parte venir a buscar lo que queda de mí.

—¿Te cortó Cato? —le pregunto, sacando la botella para darle un poco de agua.

—Pierna izquierda, arriba.

—Vamos a meterte en el arroyo para que pueda lavarte y ver qué tipo de heridas tienes.

—Primero, acércate un momento, que tengo que decirte una cosa. —Me inclino sobre él y acerco el oído bueno a sus labios, que me hacen cosquillas cuando me susurra—: Recuerda que estamos locamente enamorados, así que puedes besarme cuando quieras.

—Gracias —respondo, apartando la cabeza de golpe, pero sin poder evitar reírme—. Lo tendré en cuenta.

Al menos es capaz de bromear. Sin embargo, cuando empiezo a ayudarlo a llegar al arroyo, toda la ligereza desaparece. Está a poco más de medio metro. ¿Tan difícil va a ser? Pues sí, porque me doy cuenta de que no puede moverse ni un centímetro él solo; está tan débil que su única ayuda consiste en dejarse llevar. Intento arrastrarlo, pero, a pesar de que sé que hace todo lo posible por estarse quieto, se le escapan algunos gritos de dolor. El lodo y las plantas parecen haberlo atrapado y, al final, tengo que dar un enorme tirón para arrancarlo de sus garras. Sigue a medio metro del agua, tumbado, con los dientes apretados y las lágrimas abriéndole surcos en la porquería de la cara.

—Mira, Peeta, voy a hacerte rodar hasta el arroyo. Aquí es poco profundo, ¿vale?

—Fantástico —responde.

Me agacho a su lado. Pase lo que pase, me digo, no pararé hasta que esté en el agua.

—A la de tres —le aviso—. ¡Una, dos y tres! —Solo consigo que ruede una vuelta completa antes de pararme, por culpa de los horribles sonidos que está haciendo. Ahora está al borde del agua, quizá sea mejor así—. Vale, cambio de planes: no voy a meterte dentro del todo —le digo. Además, si lo consigo, quién sabe si después podré sacarlo.

—¿Nada de rodar?

—Nada. Vamos a limpiarte. Vigila el bosque por mí, ¿vale?

No sé por dónde empezar: está tan cubierto de lodo y hojas apelmazadas que ni siquiera le veo la ropa..., si es que la lleva puesta. La idea me hace vacilar un momento, pero después me lanzo. Los cuerpos desnudos no importan mucho en la arena, ¿verdad?

Tengo dos botellas de agua y la bota de Rue; las apoyo en las rocas del arroyo para que, mientras dos se llenan, pueda vaciar la tercera sobre Peeta. Tardo un rato, pero al final quito el barro suficiente para encontrar su ropa. Le bajo la cremallera de la chaqueta con mucho cuidado, le desabrocho la camisa y le quito las dos cosas. La camiseta interior está tan pegada a las heridas que tengo que cortarla con mi cuchillo y volver a mojarlo para soltarla. Está muy magullado, tiene una larga quemadura en el pecho y cuatro picaduras de rastrevíspula, contando con la de la oreja. Sin embargo, me siento un poco mejor, porque esas cosas puedo arreglarlas. Decido ocuparme primero de su torso, aliviar parte del dolor antes de encargarme de lo que le haya hecho Cato a su pierna.

Como tratarle las heridas no tiene mucho sentido si está tumbado en un charco de barro, lo apoyo como puedo en un canto rodado. Se queda ahí sentado, sin quejarse, mientras le lavo la tierra del pelo y la piel. Está muy pálido a la luz del sol y ya no parece fuerte y musculoso. Le saco los aguijones de las picaduras, lo que le arranca una mueca, pero, en cuanto aplico las hojas, suspira de alivio. Mientras se seca al sol, lavo la camisa y la chaqueta, que están asquerosas, y las coloco sobre las piedras. Después le pongo la crema para las quemaduras en el pecho. Entonces me doy cuenta de lo caliente que tiene la piel. La capa de lodo y las botellas de agua habían ocultado el hecho de que está ardiendo de fiebre. Rebusco en el botiquín de primeros auxilios que le quité al chico del Distrito 1 y encuentro píldoras para reducir la temperatura. Mi madre a veces cede y las compra cuando fallan todos sus remedios caseros.

—Trágate esto —le digo, y él se toma la medicina como un chico obediente—. Debes de tener hambre.

—La verdad es que no. Qué raro, llevo días sin tener hambre —responde Peeta.

De hecho, cuando le ofrezco granso, arruga la nariz y vuelve la cara. Entonces me doy cuenta de lo enfermo que está.

—Peeta, tienes que comer algo —insisto.

—Solo servirá para que lo devuelva. —Lo único que consigo es obligarlo a comer unos trocitos de manzana desecada—. Gracias. Estoy mucho mejor, de verdad. ¿Puedo dormir un poco, Katniss?

—Dentro de un momentito —le prometo—. Primero tengo que mirarte la pierna.

Con todo el cuidado del mundo, le quito las botas, los calcetines y después, centímetro a centímetro, los pantalones. Veo el corte que ha hecho la espada de Cato en la tela sobre el muslo, pero eso no me prepara de ninguna manera para lo que hay debajo. El profundo tajo inflamado supura sangre y pus, la pierna está hinchada y, lo peor de todo, huele a carne podrida.

Quiero huir, desaparecer en el bosque como hice el día en que trajeron al hombre quemado a nuestra casa, salir a cazar mientras mi madre y Prim se encargan de algo que yo no tengo ni el valor ni la habilidad de curar. Sin embargo, aquí no hay nadie más que yo; intento imitar el comportamiento tranquilo de mi madre cuando tiene un caso especialmente difícil.

—Bastante feo, ¿eh? —dice Peeta, que me observa con atención.

—Regular —respondo, encogiéndome de hombros como si no fuese gran cosa—. Deberías ver a algunas de las personas que le llevan a mi madre de las minas. —Me contengo para no añadir que suelo huir de la casa siempre que trata algo más grave que un resfriado. Bien pensado, ni siquiera me gusta estar cerca de la gente que tose—. Lo primero es limpiarla bien.

Le he dejado puestos los calzoncillos porque no tienen mala pinta y no quiero pasarlos por encima del muslo herido; bueno, vale, y también porque la idea de que esté desnudo me incomoda. Es otra de las habilidades de mi madre y Prim: la desnudez no tiene ningún efecto en ellas, no hace que se avergüencen. Lo más irónico es que, en este momento de los juegos, mi hermanita le sería más útil a Peeta que yo. Coloco mi trozo de plástico debajo de él para poder lavarlo del todo. Con cada botella que le echo encima, peor aspecto tiene la herida. El resto de su mitad inferior está bastante bien, solo una picadura de rastrevíspula y unas cuantas quemaduras pequeñas que le trato rápidamente. Por otro lado, el corte de la pierna..., ¿cómo demonios voy a curarlo?

—¿Por qué no lo dejamos un momento al aire y...? —dejo la frase sin acabar.

—¿Y después lo curas? —responde Peeta. Es como si sintiese pena por mí, como si supiese lo perdida que estoy.

—Eso. Mientras tanto, cómete esto.

Le pongo unas peras secas partidas por la mitad en la mano y vuelvo al arroyo a lavarle el resto de la ropa.

Una vez la tengo puesta a secar, examino el contenido del botiquín; son cosas bastante básicas: vendas, píldoras para la fiebre, medicinas para el dolor de estómago. Nada del calibre de lo que necesito para curarlo.

—Vamos a tener que experimentar —admito.

Sé que las hojas para las rastrevíspulas acaban con la infección, así que empiezo por ellas. A los pocos minutos de apretar la sustancia verde masticada en la herida, el pus empieza a bajarle por la pierna. Me digo que es buena señal y me muerdo con fuerza el interior de la mejilla, porque estoy a punto de echar fuera el desayuno.

—¿Katniss? —dice Peeta. Lo miro a los ojos y sé que debo de tener la cara verde—. ¿Y ese beso? —me dice moviendo los labios, pero sin emitir sonido alguno. Me echo a reír, porque todo esto es tan asqueroso que no puedo soportarlo—. ¿Va todo bien? —me pregunta, en un tono más inocente de lo normal.

—Es que..., es que no se me dan bien estas cosas. No tengo ni idea de qué estoy haciendo y odio el pus. ¡Puaj! —Me permito exclamar mientras limpio la primera ronda de hojas y aplico la segunda—. ¡Puaaaaj!

—¿Cómo puedes cazar?

—Créeme, matar animales es mucho más sencillo que esto. Aunque, por lo que sé, podría estar matándote.

—¿Puedes darte un poco más de prisa?

—No. Cierra el pico y cómete las peras.

Después de tres aplicaciones y de lo que parece un cubo entero de pus, la herida tiene mejor aspecto. Como la inflamación ha bajado un poco, veo la profundidad del corte de Cato: llega hasta el hueso.

—¿Y ahora qué, doctora Everdeen? —pregunta Peeta.

—Puedo ponerle un poco de pomada para las quemaduras. Creo que ayudaría con la infección. ¿Lo vendo? —Lo hago y todo parece mucho más manejable cuando está cubierto de algodón blanco y limpio, aunque, comparado con la venda estéril, el borde de sus calzoncillos parece sucio y lleno de bacterias. Saco la mochila de Rue—. Toma, cúbrete con esto y te lavo los calzoncillos.

—Oh, no me importa que me veas.

—Eres como el resto de mi familia. A mí sí me importa, ¿vale?

Me vuelvo y miro el arroyo hasta que los calzoncillos caen en la corriente. Debe de sentirse un poco mejor si es capaz de lanzarlos.

—¿Sabes? Para ser una cazadora letal eres un poco aprensiva —dice Peeta mientras le lavo la ropa interior entre dos piedras—. Ojalá te hubiese dejado darle la ducha a Haymitch.

—¿Qué te ha enviado hasta ahora? —le pregunto, arrugando la nariz al recordar la escena.

—Nada de nada. —De repente, se da cuenta de algo y hace una pausa—. ¿Por qué? ¿A ti sí?

—La medicina para las quemaduras —respondo, casi con timidez—. Ah, y pan.

—Siempre supe que eras su favorita.

—Venga ya, si ni siquiera soporta estar en la misma habitación que yo.

—Porque os parecéis —murmura Peeta, aunque no le hago caso, porque no es momento para ponerme a insultar a Haymitch, que es mi primer impulso.

Dejo que Peeta se adormile mientras se le seca la ropa, pero, a última hora de la tarde, me da miedo que siga, así que le sacudo un poco el hombro.

—Peeta, tenemos que irnos ya.

—¿Irnos? —pregunta, como si estuviese aturdido—. ¿Adónde?

—Lejos de aquí. Quizás arroyo abajo, a algún lugar en el que podamos escondernos hasta que te pongas más fuerte. —Lo ayudo a vestirse y le dejo los pies descalzos para caminar por el agua; después lo levanto. Se queda pálido en cuanto apoya peso en la pierna—. Venga, puedes hacerlo.

Pero no puede; al menos, no por mucho tiempo. Recorremos cincuenta metros aguas abajo, él apoyado sobre mi hombro, y me doy cuenta de que va a desmayarse. Lo siento en la orilla, le pongo la cabeza entre las rodillas y le doy unas palmaditas torpes mientras examino la zona. Aunque está claro que me encantaría subirme a un árbol, no puede ser. Por otro lado, la cosa podría estar peor: hay algunas rocas que forman unas pequeñas estructuras similares a cuevas. Elijo una que está unos veinte metros por encima del arroyo. Cuando Peeta logra volver a levantarse, lo llevo medio a rastras hasta la cueva. La verdad es que me gustaría buscar un sitio mejor, pero habrá que conformarse con este, porque mi aliado está rendido: cara blanca como la cal, jadeos y, aunque acaba de empezar a refrescar un poco, él tiembla.

Cubro el suelo de la caverna con una capa de agujas de pino, desenrollo el saco de dormir y lo meto dentro. Le doy un par de píldoras con agua cuando está despistado, pero se niega a comer, ni siquiera admite la fruta. Después se queda tumbado y me mira fijamente, y yo fabrico una especie de cortina con vides para ocultar la entrada. El resultado no es satisfactorio; un animal no lo miraría dos veces, pero un humano notaría en seguida que es artificial. La rompo en pedazos, frustrada.

—Katniss —me llama. Me vuelvo y le aparto el pelo de los ojos—. Gracias por encontrarme.

—Tú lo habrías hecho de ser al contrario —respondo.

Tiene la frente ardiendo, como si la medicina no tuviese efecto. De repente, sin más, me asusta que se muera.

—Sí. Mira, si no regreso... —empieza.

—No digas eso, no he sacado todo ese pus para nada.

—Lo sé, pero, por si acaso... —intenta seguir.

—No, Peeta, ni siquiera quiero hablar del tema —insisto, poniéndole los dedos en los labios para callarlo.

—Pero...

Siguiendo un impulso, me inclino y lo beso para que deje de hablar. De todos modos, es algo que seguramente tendría que haber hecho ya, puesto que, como bien dijo, se supone que estamos locamente enamorados. Es la primera vez que beso a un chico e imagino que tendría que causarme alguna impresión, pero solo noto que sus labios tienen una temperatura poco natural por culpa de la fiebre. Me aparto y lo arropo con el borde del saco.

—No te vas a morir. Te lo prohíbo, ¿vale?

—Vale —susurra él.

Salgo al fresco aire nocturno justo cuando el paracaídas cae del cielo. Deshago rápidamente el nudo con la esperanza de que sea una medicina de verdad para tratar la pierna de Peeta. Sin embargo, me encuentro con una olla de caldo caliente.

Haymitch no podía haberme enviado un mensaje más claro: un beso equivale a una olla de caldo. Casi lo oigo gruñir: «Se supone que estás enamorada, preciosa, y el chico se está muriendo. ¡Dame algo con lo que pueda trabajar!».

Y tiene razón: si quiero mantener vivo a Peeta debo darle a la audiencia algo más por lo que preocuparse. Los amantes trágicos desesperados por volver juntos a casa..., dos corazones latiendo al ritmo de uno..., romance.

Como nunca he estado enamorada, va a ser complicado. Pienso en mis padres, en que mi padre siempre le llevaba regalos a mi madre cuando iba al bosque; a mi madre se le iluminaba la cara al oír sus botas llegando a la puerta, y estuvo a punto de rendirse cuando él murió.

—¡Peeta! —exclamo, intentando poner aquel tono especial que usaba mi madre con mi padre. Se ha dormido otra vez, pero lo despierto con un beso, lo que parece sorprenderlo. Después sonríe, como si se alegrara de estar allí tumbado y poder mirarme por los siglos de los siglos. Se le dan bien estas cosas. Yo sostengo la olla en alto—. Peeta, mira lo que te ha enviado Haymitch.

20

Me paso una hora tratando de convencer a Peeta para que se trague el caldo, suplicándole, amenazándole y, sí, besándolo, hasta que al final, sorbito a sorbito, vacía la olla. Entonces dejo que se quede dormido y me ocupo de mí; me zampo una cena de ganso y raíces mientras veo el informe diario en el cielo. No hay muertes. De todos modos, Peeta y yo le hemos ofrecido un día bastante interesante a la audiencia, así que, con suerte, los Vigilantes nos concederán una noche tranquila.

La costumbre hace que empiece a buscar un buen árbol para acurrucarme, antes de caer en la cuenta de que eso se acabó, al menos por un tiempo. No puedo dejar a Peeta sin protección en el suelo. No toqué nada en el lugar de su último escondite junto al arroyo (¿cómo iba a ocultar nada?), y estamos a cuarenta y cinco metros escasos de allí, aguas abajo. Me pongo las gafas, preparo las armas y me dispongo a montar guardia.

La temperatura baja rápidamente y, en pocos minutos, estoy helada como un polo. Al final me doy por vencida y me meto en el saco de dormir con Peeta. Está calentito y me acurruco con gusto hasta que me doy cuenta de que está algo más que calentito: es un horno, porque el saco está reflejando la fiebre de Peeta.

Le pongo la mano en la frente y compruebo que está ardiendo y seca. No sé qué hacer. ¿Lo dejo en el saco y espero a que el exceso de calor lo haga sudar la fiebre? ¿Lo saco y espero a que el aire nocturno lo refresque? Acabo humedeciendo una venda y colocándosela en la cabeza. Parece poca cosa, pero no me atrevo a tomar ninguna decisión drástica.

Me paso la noche medio sentada, medio tumbada al lado de Peeta, refrescando la venda e intentando no pensar en que soy más vulnerable ahora que me he aliado con él que cuando estaba sola. Anclada en el suelo, en guardia, con un enfermo a mi cargo. Sin embargo, sabía que estaba herido y, a pesar de ello, vine a por él. Tengo que confiar en que el instinto que me hizo ir a buscarlo fuese acertado.

Cuando el cielo adquiere un tinte rosado, veo la capa de sudor sobre el labio de Peeta y descubro que le ha bajado la fiebre, no hasta la temperatura normal, pero sí varios grados. Como la noche anterior, cuando recogía vides, me encontré con uno de los arbustos de bayas que me había enseñado Rue, salgo a recoger la fruta y la aplasto en la olla del caldo, mezclándola con agua fría.

—Me desperté y no estabas —me dice Peeta, intentando levantarse, cuando llego a la cueva—. Estaba preocupado por ti.

—¿Que tú estabas preocupado por mí? —pregunto, sin poder evitar la risa, mientras lo tumbo otra vez—. ¿Te has echado un vistazo últimamente?

—Creía que Cato y Clove te habían encontrado. Les gusta cazar de noche —sigue diciendo él, todavía muy serio.

—¿Clove? ¿Quién es?

—La chica del Distrito 2. Sigue viva, ¿no?

—Sí. Estamos ellos, nosotros, Thresh y la Comadreja. Es el apodo de la chica del 5. ¿Cómo te sientes?

—Mejor que ayer. Esto es mucho mejor que el lodo: ropa limpia, medicinas, un saco de dormir... y tú.

Ah, vale, volvemos al tema del romance. Le toco la mejilla, y él me coge la mano y se la lleva a los labios. Recuerdo que eso mismo hacía mi padre con mi madre y me pregunto dónde lo habrá visto Peeta, porque seguro que no ha sido entre su padre y esa bruja con la que se casó.

—Se acabaron los besos hasta que comas —le digo.

Lo ayudo a apoyar la espalda en la pared y él se traga obedientemente las cucharadas de papilla de bayas que le doy, aunque otra vez se niega a probar el granso.

—No has dormido —me dice.

—Estoy bien —respondo, a pesar de que me encuentro agotada.

—Duerme un poco. Yo vigilaré. Te despierto si pasa algo. Katniss —sigue diciendo, al verme vacilar—, no puedes estar despierta para siempre.

En eso tiene razón, en algún momento tendré que dormir, y mejor hacerlo ahora que Peeta está relativamente alerta y tenemos la luz del sol a nuestro favor.

—Vale, pero solo unas cuantas horas; después me despiertas.

Ahora hace demasiado calor para el saco de dormir, así que lo coloco sobre el suelo de la cueva y me tumbo encima, con el arco cargado en una mano, por si tengo que disparar en cuestión de segundos. Peeta se sienta a mi lado, apoyado en la pared, con la pierna mala estirada delante de él y los ojos clavados en el mundo exterior.

—Duérmete —me dice en voz baja, y me aparta los mechones de pelo que me caen sobre la frente. A diferencia de los besos y caricias de mentira que nos hemos dado hasta ahora, este gesto resulta natural y tranquilizador. No quiero que se pare, y él no lo hace; me sigue acariciando el pelo hasta que me quedo dormida.

Demasiado, he dormido demasiado. Lo sé en cuanto abro los ojos y veo que ya no es por la tarde. Peeta está a mi lado, en la misma posición. Me incorporo, sintiéndome algo a la defensiva, aunque llevo días sin encontrarme tan bien.

—Peeta, se suponía que ibas a despertarme en un par de horas.

—¿Para qué? Aquí no ha pasado nada. Además, me gusta verte dormir; no frunces el ceño, lo que mejora mucho tu aspecto.

Obviamente, eso me hace fruncir el ceño, y él sonríe. Entonces me doy cuenta de lo secos que tiene los labios. Le toco la mejilla y está tan caliente como una estufa de carbón. Me asegura que ha estado bebiendo, pero a mí me parece que los contenedores están llenos. Le doy más píldoras para la fiebre y me quedo a su lado mientras se bebe primero un litro de agua y después otro. Le curo las heridas leves, las quemaduras y las picaduras, que tienen mejor aspecto. A continuación me preparo mentalmente y le quito la venda a la pierna.

Se me cae el alma a los pies, porque está peor, mucho peor. Ya no hay pus al aire, pero se ha hinchado más, y la piel, tirante y reluciente, está inflamada. Entonces veo las líneas rojas que le empiezan a subir por la pierna: septicemia. Si no recibe atención médica, morirá; las hojas masticadas y la pomada no cambiarán nada en absoluto, necesitamos medicinas fuertes para la infección, medicinas del Capitolio. No tengo ni idea de cuánto podría costar algo tan potente; si Haymitch recoge las donaciones de todos los patrocinadores, ¿será suficiente? Lo dudo. Los regalos suben de precio cuanto más duran los juegos; lo que sirve para comprar una comida completa en el primer día, solo da para una galleta salada en el decimosegundo. Y la clase de medicamento que necesita Peeta es cara desde el principio.

—Bueno, está más hinchado, pero no hay pus —digo, con voz temblorosa.

—Sé lo que es la septicemia, Katniss, aunque mi madre no sea sanadora.

—Simplemente significa que vas a tener que sobrevivir a los otros, Peeta. Te curarán en el Capitolio, cuando ganemos.

—Sí, buen plan —responde, pero me da la impresión de que lo hace por mí.

—Tienes que comer y mantenerte fuerte. Voy a hacerte una sopa.

—No enciendas un fuego, no merece la pena.

—Ya veremos.

Cuando meto la olla en el arroyo, me asombra el calor brutal que hace. Juraría que los Vigilantes están subiendo la temperatura poco a poco por el día y bajándola al máximo por la noche. Sin embargo, el calor de las piedras cocidas al sol junto al arroyo me da una idea; quizá no haga falta encender una hoguera.

Me coloco sobre una gran roca plana, a medio camino entre

el arroyo y la cueva. Después de purificar media olla de agua, la coloco al sol y añado varias piedras calientes del tamaño de huevos. Soy la primera en reconocer que no valgo mucho como cocinera, pero, como la sopa consiste, básicamente, en echarlo todo dentro de una olla y esperar, es una de mis especialidades. Pico el granso hasta que es poco más que papilla y aplasto algunas de las raíces de Rue. Por suerte, las dos cosas se habían asado antes, así que solo hay que calentar. Gracias al sol y las rocas, el agua está ya caliente. Echo dentro la carne y las raíces, cambio las rocas frías por otras calientes y voy en busca de alguna verdura que le dé un poco de sabor. No tardo en descubrir unos cebollinos que crecen en la base de unas rocas. Perfecto. Los pico y los meto en la olla, vuelvo a cambiar las rocas, le pongo la tapa y dejo que todo se cueza.

No he visto muchas presas por aquí, pero no me siento cómoda dejando a Peeta solo mientras cazo, así que coloco una docena de trampas de lazo y espero tener suerte. Me pregunto cómo les irá a los demás tributos sin su principal fuente de alimentación. Al menos tres de ellos, Cato, Clove y la Comadreja, dependían de ella, aunque seguramente Thresh no. Tengo la sensación de que comparte algunos de los conocimientos de Rue sobre cómo alimentarse de la tierra. ¿Estarán luchando entre ellos? ¿Buscándonos? Quizá uno nos haya localizado y esté esperando el momento oportuno para atacar. La idea hace que vuelva a la cueva.

Peeta está tumbado sobre el saco de dormir, a la sombra de las rocas. Aunque se anima un poco cuando entro, está claro que se siente fatal. Le pongo una tela fresca en la cabeza, pero se calienta en cuanto le toca la piel.

—¿Quieres algo? —le pregunto.

—No, gracias. Espera, sí: cuéntame un cuento.

—¿Un cuento? ¿Sobre qué?

No soy una gran cuentacuentos, se parece mucho a cantar. Sin embargo, de vez en cuando, Prim me saca alguno.

—Uno que sea alegre. Cuéntame el día más feliz que puedas recordar.

Dejo escapar un sonido, mezcla de suspiro y exasperación. ¿Que le cuente algo alegre? Me va a costar más trabajo que hacer la sopa. Me devano los sesos en busca de buenos recuerdos, pero la mayoría son sobre Gale y yo cazando en el bosque, y, por algún motivo, me parece que no les gustarían ni a Peeta ni a la audiencia. Eso me deja a Prim.

—¿Te he contado alguna vez cómo conseguí la cabra de Prim? —pregunto, y él sacude la cabeza y espera, ilusionado, así que empiezo, aunque con precaución, porque mis palabras se van a oír por todo Panem.

Está claro que la gente ha sumado dos más dos y sabe de mi caza furtiva, pero no quiero buscarles problemas a Gale, Sae la Grasienta, la carnicera y los agentes de la paz de casa que me compran la carne, y eso es justo lo que haría si anunciase públicamente que ellos también infringen la ley.

Esta es la verdadera historia de cómo conseguí el dinero para la cabra de Prim, *Lady*. Un viernes de mayo por la noche, el día antes del décimo cumpleaños de Prim, Gale y yo nos fuimos al bosque en cuanto acabó el colegio, porque yo quería recoger lo suficiente para comprarle un regalo a mi hermana. Pensaba en una tela nueva para un vestido o en un cepillo para el pelo.

Nuestras trampas habían funcionado bien y el bosque estaba repleto de verduras, pero no más que cualquier otra noche de viernes. Decepcionada, regresamos a casa, aunque Gale decía que nos iría mejor al día siguiente. Estábamos descansando un momento junto a un arroyo cuando lo vimos: un joven ciervo, probablemente de un año, por su aspecto; empezaban a salirle los cuernos, pequeños y cubiertos de terciopelo. Estaba preparado para huir, pero dudaba de nosotros, porque no estaba acostumbrado a los humanos. Era precioso.

Quizá dejó de ser tan precioso cuando recibió los dos flechazos, uno en el cuello y el otro en el pecho: Gale y yo habíamos disparado a la vez. El ciervo intentó correr, pero tropezó y el cuchillo de Gale le cortó el cuello antes de que el animal supiese lo que pasaba. Por un momento sentí una punzada de dolor ante la muerte de algo tan joven y tierno, aunque después me gruñó el estómago al pensar en toda aquella carne joven y tierna.

¡Un ciervo! Gale y yo solo habíamos cazado tres en total. El primero era una hembra que tenía una pata herida, así que casi no contaba. Sin embargo, de aquella experiencia habíamos aprendido a no llevar la presa a rastras hasta el Quemador, porque había sido el caos: compradores pujando por las piezas e intentando arrancarlas ellos mismos. Sae la Grasienta había intervenido y nos había enviado con la cierva a la carnicera, pero el animal estaba destrozado, le habían quitado trozos de carne y tenía la piel llena de agujeros. Aunque todos pagaron lo justo, la presa perdió valor.

Por eso, cuando cazamos el ciervo, esperamos a que oscureciese para meternos por el agujero de la alambrada que estaba más cerca de la carnicera. A pesar de que todos supieran que cazábamos, no era buena cosa que nos vieran arrastrar un ciervo de sesenta y ocho kilos por las calles del Distrito 12 a plena luz del día, como si se lo restregásemos en las narices a los funcionarios.

La carnicera, una mujer bajita y regordeta llamada Rooba, abrió la puerta trasera cuando llamamos. Con Rooba no se regatea: ella te da un precio y tú lo tomas o lo dejas; pero es un precio justo. Aceptamos su oferta por el ciervo y ella añadió un par de filetes de venado que podríamos recoger después de que lo despiezase. Incluso dividiendo el dinero entre los dos, ni Gale ni yo habíamos tenido tanto junto en nuestra vida. Decidimos guardarlo en secreto y sorprender a nuestras familias con la carne y el dinero a la noche siguiente.

En realidad, así es como conseguí el dinero para la cabra, pero a Peeta le dije que vendí un antiguo medallón de plata de mi madre. Eso no le hace mal a nadie. Después sigo con la historia a partir de la tarde del cumpleaños de Prim.

Gale y yo fuimos al mercado de la plaza a comprar telas para el vestido de Prim. Mientras acariciaba un trozo de grueso algodón azul, algo me llamó la atención. Al otro lado de la Veta vivía un anciano con un pequeño rebaño de cabras; no sé su verdadero nombre, pero todos lo llaman el hombre de las cabras. Tiene las articulaciones hinchadas y retorcidas en extraños ángulos, además de una tos seca que demuestra que trabajó muchos años en las minas. Pero es un tipo con suerte: en algún momento consiguió ahorrar lo suficiente para comprar las cabras, y ahora tiene algo que hacer en su vejez, en vez de morirse de hambre poco a poco. Aunque es sucio e impaciente, sus cabras están limpias y su leche es buena, si tienes dinero para pagarla.

Una de las cabras, una blanca con manchas negras, estaba tumbada en un carro y no resultaba difícil averiguar por qué: algo, probablemente un perro, le había mordido la paletilla, y se le había infectado. Estaba mal, el hombre de las cabras tenía que levantarla para ordeñar, pero se me ocurrió que conocía a la persona perfecta para curarla.

—Gale —susurré—, quiero esa cabra para Prim.

Tener una cabra podía cambiarte la vida en el Distrito 12; esos animales se alimentan de casi cualquier cosa, la Pradera es un lugar perfecto para darles de comer, y pueden proporcionar casi cuatro litros de leche al día: para beber, para hacer queso y para vender. Ni siquiera va contra la ley.

—Está malherida —dijo Gale—. Será mejor que le echemos un vistazo más de cerca.

Nos acercamos y compré una taza de leche para compartir; después nos pusimos delante de la cabra, como si sintiésemos curiosidad y no tuviésemos nada mejor que hacer.

—Dejadla en paz —dijo el hombre.

—Solo estamos mirando —respondió Gale.

—Bueno, pues mirad deprisa. Va directa a la carnicería. Casi nadie compra su leche y, si la compran, pagan la mitad.

—¿Qué te da la carnicera por ella? —le pregunté.

—Espera a ver —contestó el hombre, encogiéndose de hombros. Me volví y vi que Rooba se acercaba a nosotros—. Qué bien que aparezcas —le dijo el hombre de las cabras cuando llegó—. Esta chica de aquí le ha echado el ojo a tu cabra.

—No, si ya está apalabrada —repuse, intentando sonar despreocupada.

—No lo está —dijo Rooba, mirándome de arriba abajo; después miró hacia la cabra con el ceño fruncido—. Mira esa paletilla, seguro que la mitad del bicho estará tan podrido que no me valdrá ni para salchichas.

—¿Qué? Teníamos un trato.

—Teníamos un trato por un animal con unas cuantas marcas de dientes, no por esto. Véndesela a la chica, si es lo bastante tonta para comprarla.

Antes de alejarse, vi que Rooba me guiñaba un ojo.

El hombre de las cabras estaba enfadado, pero seguía queriendo quitarse la cabra de encima. Tardamos media hora en acordar un precio, y ya teníamos a nuestro alrededor a una multitud de espectadores deseosos de dar su opinión. Era un trato excelente si la cabra vivía, pero un robo si se moría. Todos querían llevar razón, mientras yo me limitaba a llevarme la cabra.

Gale se ofreció a cargar con ella; creo que quería ver la cara de Prim tanto como yo. En un momento de absoluta felicidad, compré un lazo rosa y se lo até al cuello, y después corrimos a mi casa.

La reacción de Prim cuando entramos con la cabra fue para verla; hay que recordar que es la misma chica que lloró hasta que logró salvar a aquel horroroso gato viejo, *Buttercup*. Estaba tan emocionada que empezó a llorar y a reír a la vez; mi madre no estaba tan segura, al ver la herida, pero las dos se pusieron a trabajar con ella, aplicándole hierbas y engatusando al animal para que se tragase sus brebajes.

—Suenan como tú —dice Peeta. Casi se me había olvidado que estaba conmigo.

—Oh, no, Peeta, ellas saben hacer magia. Esa cosa no podría haberse muerto ni queriendo —respondo, aunque me muerdo la lengua, porque me doy cuenta de lo que le parecerá mi afirmación a él, que se muere en mis incompetentes manos.

—No te preocupes, que no quiero —bromea—. Termina la historia.

—Bueno, eso es todo. Solo que recuerdo que aquella noche Prim insistió en dormir con *Lady* en una manta junto al fuego y que, justo antes de dormirse las dos, la cabra le lamió la mejilla, como si le diese un beso de buenas noches o algo así. Ya estaba loca por ella.

—¿Todavía llevaba puesto el lazo rosa?

—Creo que sí. ¿Por qué?

—Intento imaginármelo —responde, pensativo—. Ahora entiendo por qué fue un día feliz.

—Bueno, sabía que esa cabra era una mina de oro.

—Sí, claro que me refería a eso, no a la inmensa alegría que le diste a tu hermana, a la que quieres tanto que ocupaste su lugar en la cosecha —dice Peeta, en tono irónico.

—La cabra se ha amortizado con creces —insisto, con aire de superioridad.

—Bueno, no se atrevería a lo contrario, teniendo en cuenta que le salvaste la vida. Pretendo hacer lo mismo.

—¿De verdad? ¿Y cuánto decías que me has costado?

—Muchos problemas. No te preocupes, te lo pagaré con intereses.

—No dices más que tonterías —respondo, y le toco la frente. La fiebre no hace más que subir—. Aunque estás un poco más fresco.

El sonido de las trompetas me sorprende; me pongo en pie de un salto y me asomo corriendo a la entrada de la cueva; no quiero perderme ni una sílaba. Es mi nuevo mejor amigo, Claudius Templesmith, y, como esperaba, nos invita a un banquete. Bueno, no tenemos tanta hambre y, literalmente, descarto su propuesta moviendo la mano con indiferencia, hasta que dice:

—Una cosa más: puede que algunos estéis ya rechazando mi invitación, pero no se trata de un banquete normal. Cada uno de vosotros necesita una cosa desesperadamente. —Sí que necesito algo desesperadamente, algo para curar la pierna de Peeta—. En la Cornucopia, al alba, encontraréis lo que necesitáis en una mochila marcada con el número de vuestro distrito. Pensadlo bien antes de descartarlo. Para algunos, será vuestra última oportunidad.

Se acabó, solo quedan sus palabras, flotando en el aire. Peeta me coge de los hombros por detrás y me asusta.

—No —me dice—. No vas a arriesgar la vida por mí.

—¿Y quién ha dicho que piense hacerlo?

—Entonces, ¿no vas?

—Claro que no voy, ¿por quién me tomas? ¿Crees que voy a meterme en una barra libre con Cato, Clove y Thresh? No seas estúpido —respondo, ayudándolo a volver a la cama—. Dejaré que luchen entre ellos y veremos quién sale en el cielo mañana por la noche; después pensaremos en un plan.

—Qué mal mientes, Katniss, no sé cómo has sobrevivido

tanto tiempo. —Empieza a imitarme—. «Sabía que esa cabra era una mina de oro. Estás un poco más fresco. Claro que no voy». —Sacude la cabeza—. Será mejor que no te dediques a las cartas, porque perderías hasta la camisa.

—Vale, sí que voy, ¡y no puedes detenerme! —exclamo, con la cara roja de rabia.

—Puedo seguirte, al menos un trecho. Quizá no llegue a la Cornucopia, pero, si voy detrás de ti gritando tu nombre, seguro que alguien me encuentra. Así moriré, y punto.

—No podrías recorrer ni cien metros con esa pierna.

—Entonces, me arrastraré. Si tú vas, yo voy.

Es lo bastante cabezón y, quizá, lo bastante fuerte para hacerlo, para salir aullando por el bosque detrás de mí. Aunque no lo encuentre un tributo, podría hacerlo otra cosa, y él no puede defenderse. Si quiero ir sola, voy a tener que emparedarlo aquí dentro. Además, ¿quién sabe el daño que podría hacerle el esfuerzo?

—¿Y qué se supone que debo hacer? ¿Sentarme a verte morir? —digo, porque tiene que saber que no es una opción, que la audiencia me odiaría y, sinceramente, yo también me odiaría si ni siquiera lo intentara.

—No me moriré, te lo prometo, si tú me prometes que no irás.

Estamos en tablas. Sé que no puedo convencerlo de esto, así que no lo intento y finjo aceptarlo a regañadientes.

—Entonces tendrás que hacer lo que te diga, beberte el agua, despertarme cuando te lo pida y comerte toda la sopa, ¡aunque esté asquerosa!

—De acuerdo. ¿Está ya?

—Espera aquí.

El aire se ha vuelto frío, aunque el sol no se ha puesto. Yo tenía razón, los Vigilantes están jugando con la temperatura. Me pregunto si uno de los tributos necesitará desesperadamente una buena manta. La sopa sigue calentita en su olla de hierro y, de hecho, tampoco está tan asquerosa.

Peeta se la come sin quejarse, e incluso rebaña la olla para demostrar su entusiasmo. Divaga sobre lo deliciosa que está, lo que debería animarme, de no ser porque sé lo que le hace la fiebre a la gente. Es como escuchar a Haymitch antes de que el alcohol lo deje del todo incoherente. Le doy otra dosis de la medicina para la fiebre antes de que se le vaya por completo la cabeza.

Cuando me acerco al arroyo para lavarme, solo puedo pensar en que morirá si no acudo al banquete. Lo mantendré con vida un par de días y después la infección le llegará al corazón, al cerebro o a los pulmones y acabará con él. Y yo me quedaré aquí sola, otra vez, esperando a los demás.

Estoy tan perdida en mis pensamientos que casi me pierdo el paracaídas, aunque flota delante de mis narices. Salto a cogerlo, lo saco del agua y arranco la tela plateada para conseguir el frasco. ¡Haymitch lo ha conseguido! Ha conseguido la medicina, no sé cómo, habrá convencido a un grupo de románticos idiotas para que vendieran sus joyas. ¡Puedo salvar a Peeta! Sin embargo, es un frasco muy pequeño, debe de ser muy fuerte para curar a alguien tan enfermo. Empieza a corroerme la duda, así que destapo el frasco y lo huelo; se me cae el corazón a los pies cuando me llega el aroma dulzón. Para asegurarme, me echo una gota en la punta de la lengua: no cabe duda, es jarabe somnífero. Es una medicina común en el Distrito 12, barata para ser medicina, aunque muy adictiva. Casi todos han tomado una dosis en algún momento. Nosotras tenemos un poco en casa, y mi madre se la da a los pacientes histéricos, de modo que se duerman y ella pueda coser una herida fea, tranquilizarlos o solo mitigar su dolor durante la noche. Solo hace falta un poquito, un frasco de este tamaño podría tumbar a Peeta durante un día entero, pero ¿de qué me sirve eso? Me pongo tan furiosa que estoy a punto de tirar al arroyo el último regalo de Haymitch, hasta que caigo en la cuenta: ¿un día entero? Es más de lo que necesito.

Aplasto un puñado de bayas para que no se note tanto el sabor y añado algunas hojas de menta, por si acaso. Después, regreso a la cueva.

—Te he traído un regalo. He encontrado otro arbusto de bayas un poco más abajo.

Peeta abre la boca sin vacilar para tragarse el primer bocado, pero, acto seguido, frunce un poco el ceño.

—Están muy dulces.

—Sí, son almezas; mi madre las utiliza para hacer mermelada. ¿Es que no las habías probado antes? —pregunto, metiéndole la siguiente cucharada en la boca.

—No —responde él, casi perplejo—, pero me suena el sabor. ¿Almezas?

—Bueno, no es fácil encontrarlas en el mercado, son silvestres —respondo; otra cucharada dentro, solo me queda una.

—Son tan dulces como el jarabe —dice él, tomándose la última—. Jarabe.

Peeta abre mucho los ojos al darse cuenta de la verdad, pero yo le tapo con fuerza la boca y la nariz, obligándolo a tragar en vez de a escupir. Él intenta vomitar la papilla, pero es demasiado tarde: ya empieza a perder la conciencia. Mientras se va, leo en sus ojos que no me lo perdonará nunca.

Me echo atrás, en cuclillas, y lo miro con una mezcla de tristeza y satisfacción. Se ha manchado la barbilla con una de las bayas, así que se la limpio.

—¿Quién era la que no podía mentir, Peeta? —digo, aunque sé que no puede oírme.

Da igual: el resto de Panem sí puede.

21

En las horas que quedan para que anochezca me dedico a recoger rocas y hacer todo lo posible por camuflar la abertura de la cueva. Es un proceso lento y arduo, pero, después de mucho sudar y mover cosas de sitio, me siento satisfecha: ahora la cueva parece formar parte de una pila de rocas de mayor tamaño, como muchas de las que tenemos cerca. Todavía puedo llegar hasta Peeta a través de un pequeño agujero, pero no se ve desde el exterior. Eso es bueno, porque esta noche tendremos que compartir saco de nuevo. Además, si no regreso del banquete, Peeta estará escondido, aunque no del todo atrapado. En cualquier caso, dudo que pueda aguantar mucho más sin medicinas. Si muero en el banquete, es muy probable que el Distrito 12 no tenga vencedor este año.

Me como unos cuantos pececillos de esta parte del arroyo, que tienen un montón de espinas, lleno todos los contenedores de agua y la purifico, y limpio mis armas. Me quedan nueve flechas en total. Medito si debo dejarle a Peeta el cuchillo para que tenga alguna protección mientras no esté con él, pero no tiene sentido. El chico estaba en lo cierto: su última defensa es el camuflaje. Sin embargo, a mí sí podría servirme el cuchillo. ¿Quién sabe con qué me encontraré?

Estoy bastante segura de algunas cosas; por ejemplo, de que Cato, Clove y Thresh, como mínimo, estarán cerca cuando empiece el banquete. No estoy segura de qué hará la Comadreja, ya que la confrontación directa no es ni su estilo, ni su punto fuerte. Es más pequeña que yo y va desarmada, a no ser que haya conseguido alguna arma después. Probablemente se quedará en algún lugar cercano y esperará a ver qué puede rapiñar. Sin embargo, los otros tres... Voy a tener las manos llenas. La habilidad para matar desde lejos es mi mayor ventaja, pero sé que tendré que entrar en el meollo para conseguir esa mochila, la que tiene el número 12, según dijo Claudius Templesmith.

Observo el cielo con la esperanza de contar con un adversario menos al alba, pero no aparece nadie. Mañana habrá rostros ahí arriba, porque los banquetes siempre tienen víctimas.

Me arrastro hasta el interior de la cueva, me coloco las gafas y me acurruco al lado de Peeta. Por suerte, esta noche he podido dormir bien; tengo que quedarme despierta. Aunque en realidad no creo que nos ataquen esta noche, tengo que estar despierta al alba.

Esta noche hace frío, muchísimo frío, como si los Vigilantes hubiesen introducido una corriente de aire helado en la arena, suposición que puede ser correcta. Me tumbo junto a Peeta dentro del saco e intento absorber todo el calor que le provoca la fiebre. Resulta extraño estar tan cerca de forma física de alguien que está mentalmente tan lejos. El chico ahora mismo podría estar en el Capitolio o en el Distrito 12, incluso en la luna, por lo que a mí respecta. No me había sentido tan sola desde que entré en los juegos.

«Tienes que aceptar que será una mala noche, ya está», me digo.

Aunque intento no hacerlo, no puedo evitar pensar en mi madre y Prim, preguntarme si lograrán dormir un poco esta noche. A estas alturas de los juegos, con un acontecimiento tan importante como el banquete, seguramente habrán cancelado las clases. Mi familia puede verlo en ese cacharro lleno de estática que tenemos en casa o unirse a la multitud en la plaza, para verlo en las nítidas pantallas gigantescas. En casa tendrá intimidad, pero en la plaza recibirán apoyo, los vecinos les dedicarán palabras amables y les darán algo de comida, si pueden. Me pregunto si el panadero las habrá buscado, sobre todo ahora que Peeta y yo formamos equipo, y habrá cumplido su promesa de procurar que mi hermana tenga el estómago lleno.

En el Distrito 12 deben de estar bastante contentos, porque casi nunca nos quedan participantes cuando el juego está tan avanzado. Seguro que todos están emocionados con Peeta y conmigo, sobre todo desde nuestro reencuentro. Si cierro los ojos, me imagino cómo le gritan a las pantallas, animándonos; veo sus caras vitoreándonos, la de Sae la Grasienta, la de Madge e incluso las de los agentes de la paz que me compran la carne.

Y Gale. Lo conozco, él no estará gritando y lanzando vítores, sino que observará cada momento y cada detalle, e intentará hacerme volver a casa a fuerza de voluntad. ¿Estará deseando que Peeta también lo consiga? Gale no es mi novio, pero ¿lo sería si le abriese esa puerta? Habló de huir juntos. ¿Era una idea práctica para aumentar nuestras probabilidades de supervivencia fuera del distrito? ¿O era algo más?

Me pregunto qué pensará de tanto besuqueo.

A través de una grieta en las rocas veo la luna avanzar por el cielo. Cuando calculo que faltan unas tres horas para el alba, empiezo a prepararme. Procuro dejarle a Peeta cerca el agua y el botiquín de primeros auxilios; lo demás no le servirá de nada si no regreso, y ni siquiera estas cosas podrán mantenerlo vivo mucho tiempo. Después de pensarlo un poco, le quito la chaqueta y me la pongo encima de la mía. Él no la necesita, ya que está dentro del saco y con la fiebre muy alta; además, durante el día, si no estoy con él para quitársela, se asará vivo con ella. Ya tengo las manos entumecidas por el frío, así que cojo el par de calcetines de reserva de Rue, les hago agujeros para los dedos y me los pongo. Ayuda un poco. Lleno su mochilita de comida, una botella de agua y vendas, me meto el cuchillo en el cinturón, y cojo el arco y las flechas. Cuando estoy a punto de irme, recuerdo la importancia de mantener la rutina de amantes trágicos y me inclino sobre Peeta para darle un largo beso. Me imagino los suspiros llorosos del Capitolio y finjo que me enjugo las lágrimas. Después me meto por la abertura de las rocas y salgo a la noche.

Mi aliento forma nubecillas blancas al entrar en contacto con el aire; hace tanto frío como en una noche de noviembre en casa, una noche en los bosques, linterna en mano, en la que corro a reunirme con Gale en un lugar previamente acordado para acurrucarnos juntos bebiendo una infusión, envueltos en mantas, con la esperanza de que pase por allí alguna presa conforme se acerque la mañana.

«Oh, Gale —pienso—, si estuvieras aquí para guardarme las espaldas...»

Me muevo todo lo deprisa que me atrevo. Las gafas son extraordinarias, aunque sigo echando mucho de menos el uso de mi oído izquierdo. No sé qué hizo la explosión, pero creo que ha estropeado algo de forma irreparable. Da igual, si vuelvo a casa seré tan asquerosamente rica que podré pagar a alguien para que oiga por mí.

El bosque siempre parece distinto por la noche; incluso con las gafas, todo tiene un ángulo desconocido, como si los árboles, flores y piedras del día se hubiesen ido a dormir y hubiesen enviado como sustitutos a unas versiones más siniestras. No intento nada peligroso, como escoger una nueva ruta, sino que vuelvo al arroyo y sigo el mismo recorrido de vuelta al escondite de Rue, cerca del lago. Por el camino no veo ni rastro de los demás tributos, ni una nube de vaho, ni una rama moviéndose. O soy la primera o los otros se buscaron un sitio ayer por la noche. Cuando me meto en la maleza para esperar a que empiece a correr la sangre, todavía queda más de una hora, quizá dos, para que amanezca.

Mastico un par de hojas de menta: mi estómago no da para más. Por suerte, tengo la chaqueta de Peeta además de la mía; si no, habría tenido que moverme para entrar en calor. El cielo adquiere un tono de mañana gris brumosa y sigue sin haber ni rastro de los demás. La verdad es que no me sorprende, ya que todos han destacado por su fuerza, capacidad asesina o astucia. ¿Supondrán que llevo a Peeta conmigo? Dudo que la Comadreja y Thresh sepan que está herido, lo que me viene bien, porque quizá así crean que él me cubre cuando vaya a por la mochila.

Pero ¿dónde la han puesto? La arena ya está lo bastante iluminada para quitarme las gafas. Oigo los cantos de los pájaros diurnos, ¿no es ya la hora? Durante un segundo me entra el pánico de estar en el sitio equivocado. Sin embargo, no, recuerdo bien que Claudius Templesmith habló de la Cornucopia, y aquí está. Y aquí estoy. Entonces, ¿dónde está mi banquete?

Justo cuando el primer rayo de sol se refleja en la Cornucopia de oro, noto movimiento en el llano. El suelo delante de la boca del cuerno se divide en dos y surge una mesa redonda con un mantel blanco como la nieve. En la mesa hay cuatro mochilas, dos negras grandes con los números 2 y 11, una mediana verde con el número 5, y una diminuta naranja (lo cierto es que podría llevarla colgada de la muñeca) que debe de tener un 12.

A los pocos segundos de oír el clic de la mesa al encajar en el suelo, una figura sale corriendo de la Cornucopia, agarra la mochila verde y se aleja a toda prisa. ¡Es la Comadreja! ¡Ella era la única capaz de salir con una idea tan genial y arriesgada! Los demás seguimos colocados alrededor del llano, analizando la situación, y ella ya tiene su mochila. Además, nos ha atrapado, porque nadie quiere perseguirla, no con las otras mochilas sobre la mesa, vulnerables. La Comadreja debe de haber dejado allí las otras a propósito, porque sabía que robar una con otro número haría que alguien la persiguiese. ¡Esa tendría que haber sido mi estrategia! Mientras yo experimento sorpresa, admiración, rabia, celos y, por último, frustración, su mata de pelo rojizo ya ha desaparecido entre los árboles, fuera del alcance de mi arco. Ummm. Siempre temo a los otros, pero quizá sea la Comadreja la verdadera contrincante.

Encima, me ha costado tiempo, porque ahora queda claro que tengo que ser la siguiente. Si alguien llega a la mesa antes que yo, no le costará llevarse mi paquete y largarse. Sin vacilar, salgo corriendo hacia la mesa y noto el peligro antes de verlo. Por suerte, el primer cuchillo se dirige a mi lado derecho, así que lo oigo y soy capaz de desviarlo con el arco. Me vuelvo, tenso la cuerda y lanzo una flecha directa al corazón de Clove. Ella se vuelve lo justo para evitar un blanco mortal, pero la punta le agujerea el antebrazo izquierdo. Aunque es una pena que no sea zurda, me basta para frenarla durante unos segundos, ya que tiene que sacarse la flecha del brazo y examinar la gravedad de la herida. Yo me sigo moviendo y coloco otra flecha de forma automática, como solo sabe hacer alguien que lleva muchos años cazando.

Ya he llegado a la mesa, cojo la mochilita naranja, meto la mano entre las correas y me la pongo en el brazo, porque es demasiado pequeña para encajar en cualquier otra parte de mi anatomía. Me vuelvo para disparar de nuevo cuando el segundo cuchillo me da en la frente. Me hace un corte encima de la ceja derecha, me ciega un ojo y me llena la boca de sangre. Me tambaleo y retrocedo, pero consigo lanzar la flecha que tengo preparada hacia mi atacante, más o menos. En cuanto sale, sé que no acertaré; entonces Clove se me echa encima, me derriba boca arriba y me sujeta los hombros contra el suelo con las rodillas.

«Se acabó», pienso, y, por el bien de Prim, espero que sea rápido.

Sin embargo, ella quiere saborear el momento, incluso cree tener tiempo. Sin duda, Cato está cerca, protegiéndola, esperando a Thresh y, posiblemente, a Peeta.

—¿Dónde está tu novio, Distrito 12? ¿Sigue vivo? —me pregunta.

—Está aquí al lado, cazando a Cato —respondo; bueno, mientras hablemos, seguiré viva. Grito a todo pulmón—: ¡Peeta!

Clove me da un puñetazo a la altura de la tráquea, lo que sirve a la perfección para callarme. Sin embargo, mueve la cabeza de uno a otro lado, por lo que entiendo que, durante un instante, ha pensado que le estaba diciendo la verdad. Como no aparece ningún Peeta para salvarme, se vuelve de nuevo hacia mí.

—Mentirosa —dice, sonriendo—. Está casi muerto, Cato sabe bien dónde cortó. Seguramente lo tienes atado a la rama de un árbol mientras intentas que no se le pare el corazón. ¿Qué hay en esa mochilita tan mona? ¿La medicina para tu chico amoroso? Qué pena que no la vaya a ver. —Clove se abre la chaqueta y veo que está forrada con una impresionante colección de cuchillos. Selecciona con parsimonia uno de aspecto casi delicado, con una cruel hoja curva—. Le prometí a Cato que, si me dejaba acabar contigo, le daría a la audiencia un buen espectáculo. —Me retuerzo para intentar desequilibrarla, pero no lo consigo. Pesa demasiado y me tiene bien cogida—. Olvídalo, Distrito 12, vamos a matarte, igual que a tu lamentable aliada..., ¿cómo se llamaba? ¿La que iba saltando por los árboles? ¿Rue? Bueno, primero Rue, después tú y después creo que dejaremos que la naturaleza se encargue del chico amoroso. ¿Qué te parece? Bien, ¿por dónde empiezo?

Me limpia con la manga de la chaqueta la sangre de la herida, sin mucha delicadeza. Me observa la cara durante un momento, volviéndola a un lado y otro, como si fuese un bloque de madera y estuviese decidiendo qué diseño tallar. Intento morderle la mano, pero ella me coge el pelo de la parte de arriba de la cabeza y me obliga a apoyarla en el suelo.

—Creo... —Parece tan contenta que solo le falta ronronear—. Creo que empezaré con tu boca.

Aprieto los dientes mientras ella traza, burlona, el perfil de mis labios con la punta del cuchillo.

No voy a cerrar los ojos. El comentario sobre Rue me ha puesto furiosa, lo bastante furiosa como para morir con alguna dignidad, creo. Mi último acto de desafío será mirarla a los ojos hasta que no pueda seguir viendo, lo cual no será mucho, pero lo haré. No gritaré, moriré invicta, a mi discreta manera.

—Sí, creo que ya no te hacen mucha falta los labios. ¿Quieres enviarle un último beso al chico amoroso? —me pregunta. Reúno sangre y saliva en la boca, y se lo escupo todo a la cara. Ella se pone roja de rabia—. De acuerdo, vamos a empezar.

Me preparo para el atroz dolor que se avecina, pero, cuando siento que la punta del cuchillo me hace el primer corte en el labio, una fuerza terrible arranca a Clove de mi cuerpo; la oigo gritar. Al principio estoy demasiado aturdida para entender qué ha pasado. ¿Ha venido Peeta a salvarme, de algún modo? ¿Acaso los Vigilantes han enviado un animal salvaje para aumentar la diversión? ¿Es que un aerodeslizador se la ha llevado por los aires?

Entonces me apoyo en los brazos dormidos para levantarme y veo que no es nada de eso: Clove cuelga de los brazos de Thresh, a treinta centímetros del suelo. Dejo escapar un grito ahogado al verlo así, erguido sobre mí, sosteniendo a Clove como si fuese una muñeca de trapo. Recordaba que era grande, pero es enorme, mucho más poderoso de lo que creía. Incluso parece haber ganado peso en la arena. Le da la vuelta a Clove y la tira al suelo.

Cuando grita, doy un salto, porque nunca lo había oído levantar la voz, siempre hablaba en susurros.

—¿Qué le has hecho a la niñita? ¿La has matado?

Clove está retrocediendo a cuatro patas, como un insecto desesperado, demasiado atónita para acordarse de llamar a Cato.

—¡No! ¡No, no fui yo!

—Has dicho su nombre, te he oído. ¿La has matado? —Otra idea hace que se le retuerza la cara de rabia—. ¿La cortaste en trocitos como ibas a cortar a esta chica?

—¡No! No, yo no... —Clove ve la piedra que tiene Thresh en la mano, del tamaño de una pequeña barra de pan, y pierde el control—. ¡Cato! —chilla—. ¡Cato!

—¡Clove! —oigo gritar a Cato, pero calculo que está demasiado lejos para ayudarla.

¿Qué estaba haciendo? ¿Intentaba atrapar a la Comadreja o a Peeta? ¿O esperaba a que apareciese Thresh y se ha equivocado por completo con su ubicación?

Thresh estrella con fuerza la roca en la sien de Clove. No sangra, pero veo la marca en el cráneo y sé que está perdida; sin embargo, le queda algo de vida, porque veo que se le mueve rápidamente el pecho y deja escapar un gemido.

Cuando Thresh se vuelve hacia mí con la piedra levantada, sé que no me serviría de nada correr; además, no tengo ninguna flecha preparada en el arco, puesto que la última salió volando en dirección a Clove. Estoy atrapada en la ira de sus extraños ojos castaño dorado.

—¿Qué quería decir? ¿Qué era eso de que Rue era tu aliada?

—Yo..., yo..., nosotras formamos un equipo. Volamos en pedazos las provisiones. Intenté salvarla, de verdad, pero él llegó primero. Distrito 1 —respondí.

Quizá si sabe que ayudé a Rue decida utilizar un método menos lento y sádico para acabar conmigo.

—¿Y lo mataste?

—Sí, lo maté, y a ella la cubrí de flores. Y canté hasta que se durmió.

Se me llenan los ojos de lágrimas; me abruman Rue, el dolor de cabeza, el miedo a Thresh y los gemidos de la chica moribunda, que está a unos metros.

—¿Hasta que se durmió? —pregunta Thresh, con voz áspera.

—Hasta que se murió, canté hasta que se murió. Vuestro distrito... me envió pan. —Levanto la mano, pero no para coger la flecha que nunca alcanzaría, sino para limpiarme la nariz—. Hazlo deprisa, ¿vale, Thresh?

Veo emociones contradictorias en el rostro de Thresh, que baja la roca y me apunta con el dedo, casi como si me acusara.

—Te dejo ir solo esta vez, por la niñita. Tú y yo estamos en paz. No nos debemos nada, ¿entiendes?

Asiento, porque entiendo lo de las deudas, lo de odiar. Entiendo que, si Thresh gana, tendrá que volver a casa y enfrentarse a un distrito que ya ha roto todas las reglas para darme las gracias, y él ahora rompe las reglas para dármelas también. Y entiendo que, por ahora, Thresh no me va a aplastar el cráneo.

—¡Clove!

La voz de Cato está mucho más cerca; sé, por el dolor que refleja, que ya ha visto a la chica en el suelo.

—Será mejor que corras, chica de fuego —dice Thresh.

No hace falta que me lo diga dos veces: me vuelvo y huyo de Thresh, Clove y el sonido de la voz de Cato. Cuando llego al bosque, miro atrás durante un segundo; Thresh y las dos mochilas grandes desaparecen por el llano hacia la zona que todavía no he visto. Cato se arrodilla al lado de Clove, lanza en mano, suplicándole que se quede con él. Dentro de nada se dará cuenta de que es inútil, de que no puede salvarla. Me meto entre los árboles, limpiándome sin parar la sangre que me tapa el ojo, huyendo como la criatura salvaje y herida que soy. Al cabo de unos minutos, oigo el cañonazo y sé que Clove ha muerto y que Cato estará siguiéndonos la pista a Thresh o a mí. Estoy aterrada, débil por la herida en la cabeza y trémula. Cargo una flecha en el arco, pero Cato puede alcanzar la misma distancia con la lanza que yo con la flecha.

Lo único que me calma es que Thresh tiene la mochila de Cato con la cosa que necesita desesperadamente. Si tuviese que apostar por alguien, diría que Cato va a por Thresh, no a por mí. De todos modos, no freno cuando llego al agua, me meto dentro con las botas puestas y avanzo arroyo abajo. Me quito los calcetines de Rue que estaba usando como guantes y me los pongo en la frente para intentar cortar el flujo de sangre; sin embargo, se empapan en pocos minutos.

No sé cómo, pero consigo llegar a la cueva; me meto entre las rocas y, a la escasa luz, me quito la mochilita naranja del brazo, corto el cierre y tiro el contenido al suelo: una caja delgada con una aguja hipodérmica. Sin vacilar, le meto la aguja a Peeta en el brazo y presiono el émbolo poco a poco.

Me llevo las manos a la cabeza y las dejo caer sobre el regazo, resbaladizas por la sangre.

Lo último que recuerdo es una polilla verde y plateada, de belleza exquisita, que aterriza en la curva de la muñeca.

22

El sonido de la lluvia sobre el tejado de nuestra casa me devuelve el conocimiento. No obstante, lucho por volver a dormirme, envuelta en un cálido capullo de mantas, a salvo en mi hogar. Soy vagamente consciente de que me duele la cabeza, quizá tenga la gripe y por eso me dejan quedarme en la cama, aunque me da la impresión de que llevo mucho tiempo dormida. La mano de mi madre me acaricia la mejilla y yo no la aparto, como hubiese hecho de estar despierta, porque no quiero que sepa lo mucho que necesito ese contacto suyo, lo mucho que la echo de menos, aunque siga sin confiar en ella. Entonces me llega una voz, la voz equivocada, no la de mi madre, y me asusto.

—Katniss —dice—. Katniss, ¿me oyes?

Abro los ojos y se desvanece la sensación de seguridad. No estoy en casa, no estoy con mi madre; estoy en una cueva oscura y fría, con los pies descalzos helados a pesar del saco, y en el aire noto un inconfundible olor a sangre. La cara demacrada y pálida de un chico entra en mi campo de visión y, después de un sobresalto inicial, me siento mejor.

—Peeta.

—Hola. Me alegro de volver a verte los ojos.

—¿Cuánto tiempo llevo inconsciente?

—No estoy seguro. Me desperté anoche y estabas tumbada a mi lado, en medio de un charco de sangre aterrador. Creo que por fin has dejado de sangrar, aunque será mejor que no te sientes ni nada.

Me llevo la mano a la cabeza con precaución: me la ha vendado. Ese gesto tan simple me hace sentir débil y mareada. Peeta me acerca una botella a los labios y bebo con ganas.

—¿Estás mejor? —le pregunto.

—Mucho mejor. Lo que me inyectaste en el brazo hizo efecto. Esta mañana ya no tenía la pierna hinchada.

No parece enfadado conmigo por haberlo engañado, drogado e ido al banquete. Quizá ahora esté demasiado destrozada y espere a después para decírmelo, cuando esté más fuerte. Sin embargo, por el momento es todo amabilidad.

—¿Has comido? —le pregunto.

—Siento decir que me tragué los tres trozos de granso antes de darme cuenta de que podríamos necesitarlo para después. No te preocupes, vuelvo a seguir una dieta estricta.

—No, no pasa nada. Tienes que comer. Iré a cazar pronto.

—No demasiado pronto, ¿vale? Deja que te cuide un poco.

La verdad es que no me queda otra opción. Peeta me da para comer trocitos de granso y pasas, y me hace beber mucha agua. Me restriega los pies para calentarlos y los envuelve en su chaqueta antes de subirme el saco de dormir hasta la barbilla.

—Todavía tienes las botas y los calcetines mojados, y el tiempo no ayuda —dice.

Oigo un trueno y veo los relámpagos iluminar el cielo a través de una abertura en las rocas. La lluvia entra en la cueva por varios agujeros en el techo, aunque Peeta ha construido una especie de toldo sobre mi cabeza y la parte superior de mi cuerpo metiendo el cuadrado de plástico entre las rocas que tengo encima.

—¿Qué habrá provocado la tormenta? Es decir, ¿quién es el objetivo? —pregunta Peeta.

—Cato y Thresh —digo, sin pensar—. La Comadreja estará en su guarida, donde sea, y Clove..., ella me cortó y después... —No puedo terminar la frase.

—Sé que Clove está muerta, la vi en el cielo por la noche. ¿La mataste tú?

—No, Thresh le aplastó el cráneo con una roca.

—Qué suerte que no te cogiese a ti también.

—Lo hizo, pero me dejó marchar —respondo.

Al recordar lo sucedido durante el banquete se me revuelven las tripas. Por supuesto, no me queda más remedio que contárselo todo, las cosas que me callé porque él estaba demasiado enfermo para preguntarlas y las que no estaba lista para revivir, como la explosión, mi oído, la muerte de Rue, el chico del Distrito 1 y el pan. Todo eso me lleva a lo que pasó con Thresh y en cómo había pagado su deuda, por así llamarla.

—¿Te dejó ir porque no quería deberte nada? —pregunta Peeta, sin poder creérselo.

—Sí. No espero que lo entiendas. Tú siempre has tenido lo necesario, pero, si vivieras en la Veta, no tendría que explicártelo.

—Y no lo intentes. Está claro que soy demasiado tonto para pillarlo.

—Es como lo del pan. Parece que nunca consigo pagarte lo que te debo.

—¿El pan? ¿Qué? ¿De cuando éramos niños? —pregunta—. Creo que podemos olvidarlo. Es decir, acabas de revivirme.

—Pero no me conocías. No habíamos hablado nunca. Además, el primer regalo siempre es el más difícil de pagar. Ni siquiera estaría aquí para salvarte si tú no me hubieses ayudado entonces. De todos modos, ¿por qué lo hiciste?

—¿Por qué? Ya lo sabes —responde Peeta, y yo sacudo un poco la cabeza, aunque me duele—. Haymitch decía que costaría mucho convencerte.

—¿Haymitch? ¿Qué tiene que ver con esto?

—Nada. Entonces, Cato y Thresh, ¿eh? Supongo que sería mucho pedir que se matasen entre ellos.

Sin embargo, esa idea solo sirve para entristecerme.

—Creo que Thresh nos hubiese caído bien, y que en el Distrito 12 podríamos haber sido amigos.

—Entonces, esperemos que Cato lo mate, para no tener que hacerlo nosotros —responde Peeta, en tono lúgubre.

No me gustaría nada que Cato matase a Thresh; de hecho, no quiero que muera nadie más, pero no es el tipo de cosa que los vencedores van diciendo por la arena. A pesar de que hago todo lo posible por evitarlo, noto que se me llenan los ojos de lágrimas.

—¿Qué te pasa? —me pregunta Peeta, mirándome con cara de preocupación—. ¿Te duele mucho?

Le doy otra respuesta que, aun siendo cierta, puede interpretarse como un breve momento de debilidad, en vez de algo más radical.

—Quiero irme a casa, Peeta —le digo en tono lastimero, como una niña pequeña.

—Te irás, te lo prometo —responde él, y se inclina para darme un beso.

—Quiero irme ahora.

—Vamos a hacer una cosa: duérmete y sueña con casa; antes de que te des cuenta, estarás allí de verdad, ¿vale?

—Vale —susurro—. Despiértame si necesitas que monte guardia.

—Yo estoy bien y descansado, gracias a Haymitch y a ti. Además, ¿quién sabe cuánto durará esto?

¿A qué se refiere? ¿A la tormenta? ¿Al breve respiro que nos da? ¿A los juegos en sí? No lo sé, pero estoy demasiado cansada y triste para preguntar.

Cuando Peeta me despierta, ya es de noche. La lluvia se ha convertido en un aguacero que convierte las goteras de antes en auténticos ríos. Peeta ha colocado la olla del caldo para recoger lo peor y ha cambiado de posición el plástico para evitar que me caiga demasiada agua. Me siento un poco mejor, puedo sentarme sin marearme mucho y estoy muerta de hambre, igual que Peeta. Está claro que esperaba a que me despertase para comer, por lo que está deseando ponerse a ello.

No queda mucho: dos trozos de granso, un pequeño revoltijo de raíces y un puñado de fruta seca.

—¿Deberíamos racionarlo? —me pregunta.

—No, mejor nos lo terminamos. De todos modos, el granso se está poniendo malo, y solo nos faltaría acabar enfermos por comer carne en mal estado.

Divido la comida en dos pilas iguales e intentamos comérnosla despacio, pero tenemos tanta hambre que acabamos en un par de minutos y mi estómago no se siente muy satisfecho.

—Mañana será día de caza —digo.

—No podré servirte de mucha ayuda. No he cazado nunca.

—Yo cazaré y tú cocinarás. También puedes recolectar verduras.

—Ojalá hubiese una especie de arbusto del pan por aquí —comenta Peeta.

—El pan que me enviaron del Distrito 11 todavía estaba caliente —respondo, suspirando—. Toma, mastica esto —añado, pasándole un par de hojas de menta y metiéndome unas cuantas en la boca.

Resulta difícil ver la proyección en el cielo con la tormenta, pero es lo bastante clara para saber que hoy no ha muerto nadie, así que Cato y Thresh todavía no se han encontrado.

—¿Adónde fue Thresh? Es decir, ¿qué hay al otro lado del círculo? —le pregunto a Peeta.

—Un campo; hasta donde alcanza la vista no hay más que hierbas que llegan a la altura de los hombros. No lo sé, quizás algunas tengan grano. Hay zonas de distintos colores, pero no se ven caminos.

—Seguro que algunas tienen grano y seguro que Thresh sabe cuáles. ¿Entraste?

—No, nadie tenía muchas ganas de perseguir a Thresh por la hierba. Ese sitio tenía un aire siniestro. Cada vez que miraba al campo no hacía más que pensar en cosas escondidas: serpientes, animales rabiosos y arenas movedizas. Ahí podría haber cualquier cosa.

No se lo digo, pero las palabras de Peeta me recuerdan a cuando nos advertían que no fuésemos más allá de las alambradas del Distrito 12. Durante un instante no puedo evitar la comparación con Gale, que vería el campo como una posible fuente de comida, además de como una amenaza. Thresh también lo veía así, no cabía duda. No es que Peeta sea lo que se dice blando, y ha demostrado que no es un cobarde; sin embargo, supongo que hay cosas que no se ponen en duda cuando tu casa siempre huele a pan recién hecho, mientras que Gale se lo cuestiona todo. ¿Qué pensaría Peeta de las irreverentes bromas que nos gastamos todos los días mientras incumplimos la ley? ¿Se asombraría de las cosas que decimos sobre Panem? ¿De las diatribas de Gale contra el Capitolio?

—Quizás haya un arbusto del pan en ese campo —digo—. Quizá por eso Thresh parece mejor alimentado ahora que cuando empezaron los juegos.

—O eso, o tiene unos patrocinadores muy generosos —responde Peeta—. Me pregunto qué tendríamos que hacer para que Haymitch nos enviase un poco de pan.

Arqueo las cejas antes de recordar que él no sabe nada del mensaje que nos envió Haymitch hace un par de noches: un beso equivale a una olla de caldo. Tampoco es algo que pueda soltar sin más, porque decirlo en voz alta haría al público sospechar que nos inventamos nuestro romance para granjearnos sus simpatías, y eso no nos daría nada de comer. Tengo que volver a poner las cosas en su sitio de un modo que resulte creíble. Algo sencillo, para empezar. Le estrecho una mano.

—Bueno, probablemente gastó muchos recursos para ayudarme a dejarte fuera de combate —comento, en tono travieso.

—Sí, en cuanto a eso —responde él, entrelazando sus dedos con los míos—, no se te ocurra volver a hacerlo.

—¿O qué?

—O..., o... —No se le ocurre nada bueno—. Espera, dame un minuto.

—¿Hay algún problema? —pregunto, sonriendo.

—El problema es que los dos seguimos vivos, lo que, en tu cabeza, refuerza la idea de que hiciste lo correcto.

—Sí que hice lo correcto.

—¡No! ¡No lo hagas, Katniss! —Me aprieta la mano con fuerza, haciéndome daño, y noto por su voz que está enfadado de verdad—. No mueras por mí. No me harías ningún favor, ¿de acuerdo?

—Quizá también lo hice por mí, Peeta —respondo; aunque me sorprende su intensidad, entiendo que es una oportunidad excelente para conseguir comida, así que intento seguirle el rollo—. Quizá lo hice por mí, Peeta, ¿se te había ocurrido pensarlo? Quizá no eres el único que..., que se preocupa por... qué pasaría si...

Estoy mascullando, las palabras no se me dan tan bien como a Peeta, y, mientras hablo, la idea de perderlo de verdad vuelve a golpearme y me doy cuenta de lo mucho que me dolería su muerte. No es solo por los patrocinadores, no es por lo que pasaría al volver a casa y no es que no quiera estar sola; es él, no quiero perder al chico del pan.

—¿Qué pasaría si qué, Katniss? —me pregunta, en voz baja.

Ojalá pudiera cerrar las compuertas, bloquear este momento y ponerlo fuera del alcance de los entrometidos ojos de Panem, aunque significara perder comida. Lo que yo sienta es asunto mío.

—Esa es la clase de tema que Haymitch me dijo que evitara —respondo, a la evasiva, aunque Haymitch nunca me haya dicho nada parecido. De hecho, seguramente me está maldiciendo a voces por soltar la pelota en un momento con tanta carga emotiva. Pero, de algún modo, Peeta recoge la pelota.

—Entonces tendré que rellenar los huecos yo solo —dice, acercándose.

Es el primer beso del que ambos somos plenamente conscientes. Ninguno está debilitado por la enfermedad o el dolor, ni tampoco desmayado; no nos arden los labios de fiebre ni de frío. Es el primer beso que de verdad hace que se me agite algo en el pecho, algo cálido y curioso. Es el primer beso que me hace desear un segundo.

Sin embargo, el segundo beso no llega. Bueno, sí, pero no es más que un besito en la punta de la nariz, porque Peeta se ha distraído con algo.

—Creo que tu herida vuelve a sangrar. Venga, túmbate. De todos modos, es hora de dormir.

Ya tengo los calcetines bastante secos, así que me los pongo y obligo a Peeta a ponerse de nuevo su chaqueta, porque es como si el frío húmedo se me metiese en los huesos y él debe de estar helado. Además, insisto en hacer el primer turno de guardia, aunque ninguno de los dos creemos que alguien aparezca con este tiempo. No obstante, él solo acepta a condición de que yo también me meta en el saco, y tiemblo tanto que no tendría sentido negarme. A diferencia de hace dos noches, cuando notaba que Peeta estaba a varios kilómetros de mí, ahora mismo me abruma su proximidad. Cuando nos tumbamos, él me baja la cabeza para que use su brazo de almohada, mientras me pone encima el otro brazo, como si deseara protegerme, incluso dormido. Hace mucho tiempo que nadie me abraza así; desde que mi padre murió y dejé de confiar en mi madre, ningún brazo me ha hecho sentir tan a salvo.

Con la ayuda de las gafas, me quedo mirando las gotas de agua caer en el suelo de la caverna. Son rítmicas y tranquilizadoras, y doy unas cuantas cabezadas que me hacen despertar de golpe, con sentimiento de culpa y enfadada por mi debilidad. Después de tres o cuatro horas no puedo aguantarlo más y despierto a Peeta, porque se me cierran los ojos. A él no parece importarle.

—Mañana, cuando todo esté más seco, buscaré un lugar muy alto en los árboles para que los dos podamos dormir en paz —le prometo justo antes de dormirme.

Sin embargo, el tiempo no mejora. El diluvio continúa, como si los Vigilantes intentaran ahogarnos a todos. Los truenos son tan fuertes que parecen sacudir el suelo, y Peeta sopesa la idea de salir a buscar comida, de todos modos, pero le digo que, con esta tormenta, no tiene sentido. No podría ver lo que tiene delante de sus narices y acabará chorreando como recompensa. Sabe que tengo razón, aunque empieza a dolernos el estómago.

El día se arrastra hasta convertirse en noche y el tiempo sigue igual. Haymitch es nuestra única esperanza, pero no nos llega nada, ya sea por falta de dinero (todo costará ya una suma exorbitante) o porque no esté satisfecho con nuestra actuación. Probablemente lo segundo. Soy la primera que reconoce que hoy no hemos estado lo que se dice fascinantes: muertos de hambre, débiles por las heridas, intentando no reabrirlas. Estamos acurrucados juntos, envueltos en el saco, sí, pero sobre todo para calentarnos. Lo más emocionante que hemos hecho es dormir.

No sé bien cómo darle un empujoncito al romance. Aunque el beso de anoche estuvo bien, tengo que pensarme con detenimiento qué hacer para conseguir el siguiente. En la Veta, y también entre los comerciantes, hay chicas que saben cómo manejarse en estos temas, pero nunca he tenido mucho tiempo para esto, ni tampoco ganas. En cualquier caso, un solo beso ya no basta; de ser así, anoche habríamos conseguido comida. Mi instinto me dice que Haymitch no busca solo afecto físico, que quiere algo más personal, el tipo de cosas que intentaba que contase sobre mí en las prácticas para la entrevista. Se me da fatal, pero a Peeta no. Quizás el mejor enfoque sea hacer que hable él.

—Peeta —digo, como si nada—, en la entrevista dijiste que estás enamorado de mí desde que tienes uso de razón. ¿Cuándo empezó esa razón?

—Bueno, a ver... Supongo que el primer día de clase. Teníamos cinco años y tú llevabas un vestido de cuadros rojos y el pelo..., el pelo recogido en dos trenzas, en vez de una. Mi padre te señaló cuando esperábamos para ponernos en fila.

—¿Tu padre? ¿Por qué?

—Me dijo: «¿Ves esa niñita? Quería casarme con su madre, pero ella huyó con un minero».

—¿Qué? ¡Te lo estás inventando!

—No, es completamente cierto. Y yo respondí: «¿Un minero? ¿Por qué quería un minero si te tenía a ti?». Y él respondió: «Porque cuando él canta... hasta los pájaros se detienen a escuchar».

—Eso es verdad, lo hacen. Es decir, lo hacían —digo.

Pensar en el panadero diciéndole eso a Peeta me desconcierta y, ante mi sorpresa, me emociona. Me parece que mi renuencia a cantar, la forma en que rechazo la música no se debe en realidad a que lo considere una pérdida de tiempo. Podría ser porque me recuerda demasiado a mi padre.

—Así que, ese día, en la clase de música, la maestra preguntó quién se sabía la canción del valle. Tú levantaste la mano como una bala. Ella te puso de pie sobre un taburete y te hizo cantarla para nosotros. Te juro que todos los pájaros de fuera se callaron.

—Venga ya —repuse, riéndome.

—No, de verdad. Y, justo cuando terminó la canción, lo supe: estaba perdido, igual que tu madre. Después, durante los once años siguientes, intenté reunir el valor suficiente para hablar contigo.

—Sin mucho éxito.

—Sin mucho éxito. Así que, en cierto modo, el que saliese mi nombre en la cosecha fue un golpe de buena suerte.

Durante un instante siento una alegría casi absurda y después no entiendo nada, porque se supone que estamos inventándonos estas cosas, fingiendo estar enamorados, no estándolo de verdad.

Pero lo que cuenta Peeta suena a verdad: la parte sobre mi padre y los pájaros, y es cierto que canté el primer día del colegio, aunque no recuerdo la canción. Y ese vestido de cuadros rojos... existía, lo heredó Prim y acabó tan desgastado que quedó hecho trizas después de la muerte de mi padre.

Eso también explicaría otra cosa: por qué Peeta se arriesgó a una paliza por darme el pan aquel horrible día. Entonces, si todos los detalles son ciertos..., ¿podría serlo lo demás?

—Tienes una... memoria asombrosa —comento, vacilante.

—Lo recuerdo todo sobre ti —responde él, poniéndome un mechón suelto detrás de la oreja—. Eras la única que no se daba cuenta.

—Ahora sí.

—Bueno, aquí no tengo mucha competencia.

Quiero retirarme, cerrar de nuevo las compuertas, pero sé que no puedo, es como si oyese a Haymitch susurrándome al oído: «¡Dilo, dilo!». Así que trago saliva y me arranco las palabras.

—No tienes mucha competencia en ninguna parte.

Esta vez, soy yo la que se inclina para besarlo.

Apenas se han tocado nuestros labios cuando el estruendo del exterior nos sobresalta. Saco el arco, con la flecha lista para disparar, pero no se oye nada más. Peeta se asoma entre las rocas y da un salto; antes de que pueda detenerlo, sale a la lluvia y me pasa algo, un paracaídas plateado atado a una cesta. La abro de inmediato y dentro hay un banquete: panecillos recién hechos, queso de cabra, manzanas y, lo mejor, una sopera llena de aquel increíble estofado de cordero con arroz salvaje, el mismo plato del que le hablé a Caesar Flickerman cuando me preguntó por lo que más me había impresionado del Capitolio.

—Supongo que Haymitch por fin se ha hartado de vernos morir de hambre —comenta Peeta al meterse en la cueva, con el rostro iluminado como el sol.

—Supongo.

Sin embargo, en mi cabeza oigo las palabras engreídas, aunque ligeramente exasperadas, de Haymitch: «Sí, eso es lo que busco, preciosa».

23

—Será mejor que nos tomemos el estofado con calma, ¿recuerdas la primera noche en el tren? La comida pesada me hizo vomitar, y ni siquiera estaba muriéndome de hambre por aquel entonces.

—Tienes razón. ¡Podría tragármelo entero de un bocado! —comento, pesarosa, aunque no lo hago. Nos comportamos con bastante sensatez; cogemos un panecillo cada uno, media manzana, y una ración de estofado y arroz del tamaño de un huevo. Me obligo a comer el estofado en cucharaditas diminutas (nos han enviado hasta cubiertos y platos), saboreando cada bocado. Cuando terminamos, me quedo mirando el plato con anhelo—. Quiero más.

—Yo también. Vamos a hacer una cosa: esperamos una hora y, si no lo echamos, nos servimos más.

—De acuerdo. Va a ser una hora muy larga.

—Quizá no tanto —responde él—. ¿Qué estabas diciendo justo antes de que llegase la comida? Algo sobre no tener... competencia..., que soy lo mejor que te ha pasado...

—No recuerdo haber dicho eso último —digo, esperando que aquí esté demasiado oscuro para que las cámaras recojan mi rubor.

—Ah, es verdad, eso era lo que estaba pensando yo. Ven aquí, me estoy helando.

Le hago sitio dentro del saco y nos sentamos con la espalda apoyada en la pared de la cueva, yo con la cabeza sobre su hombro, él rodeándome con los brazos. Noto como si Haymitch me diese un codazo para que siga con la actuación.

—Entonces, ¿ni siquiera te has fijado en las otras chicas desde que teníamos cinco años?

—Me fijaba en casi todas, pero tú eras la única que me dejaba huella.

—Seguro que a tus padres les encantaba que te gustase una chica de la Veta.

—No mucho, pero no me importaba nada. De todos modos, si volvemos, ya no serás una chica de la Veta, serás una chica de la Aldea de los Vencedores.

Es cierto, si ganamos nos darán una casa a cada uno en la parte de la ciudad reservada para los vencedores de los Juegos del Hambre. Hace tiempo, cuando empezaron los juegos, el Capitolio construyó una docena de casas elegantes en cada distrito. En el nuestro, obviamente, solo una estaba ocupada; en la mayoría no había vivido nadie. En ese momento, se me ocurre una idea inquietante.

—Entonces... ¡nuestro único vecino será Haymitch!

—Ah, será maravilloso —responde Peeta, abrazándome con fuerza—: Haymitch, tú y yo. Y muy acogedor: picnics, cumpleaños, largas noches de invierno junto al fuego recordando viejas historias de los Juegos del Hambre...

—¡Te lo dije, me odia! —exclamo, pero no puedo evitar reírme de ver a Haymitch convertido en mi nuevo amigo.

—Solo a veces. Cuando está sobrio, no lo he oído decir ni una cosa negativa sobre ti.

—¡Si nunca está sobrio!

—Claro, ¿en qué estaría pensando? Ah, sí, es Cinna el que te quiere, más que nada porque no intentaste huir cuando te prendió fuego. Por otro lado, Haymitch... Bueno, si fuera tú, lo evitaría en todo momento. Te odia.

—Creía que habías dicho que yo era su favorita.

—A mí me odia todavía más. No creo que la gente, en general, sea lo suyo.

Sé que al público le gustará que nos divirtamos a costa de Haymitch. Lleva tanto tiempo en los juegos que es casi como un viejo amigo para algunos espectadores y, después de su caída del escenario en la cosecha, todos lo conocen. Seguro que ya lo han sacado de la sala de control para entrevistarlo sobre nosotros. No tengo ni idea de qué mentiras se habrá inventado, aunque está en desventaja, porque casi todos los mentores tienen un compañero, otro vencedor para ayudarlos, mientras que él tiene que estar listo para entrar en acción en cualquier momento. Más o menos como yo cuando estaba sola en la arena. Me pregunto cómo lo llevará con la bebida, la atención y la tensión de intentar mantenernos con vida.

Es curioso: Haymitch y yo no nos llevamos bien en persona, pero quizá Peeta tenga razón en que somos parecidos, porque parece capaz de comunicarse conmigo mediante los regalos. Como cuando supe que estaba cerca del agua porque él no me la enviaba, que el somnífero no era solo para aliviar el dolor de Peeta, y ahora, que tenemos que vivir el romance. En realidad, no se ha esforzado mucho por conectar con Peeta. Quizá crea que un cuenco de caldo no es más que un cuenco de caldo para Peeta, mientras que yo veré lo que conlleva.

Se me ocurre algo, y me asombra que haya tardado tanto en surgir, quizá sea porque hasta ahora Haymitch no me había provocado ninguna curiosidad.

—¿Cómo crees que lo hizo? —pregunto.

—¿Quién? ¿El qué?

—Haymitch. ¿Cómo crees que ganó los juegos?

Peeta se lo piensa un rato antes de responder. Haymitch es fuerte, pero no una maravilla física como Cato o Thresh. Tampoco es especialmente guapo, no tanto como para que le lloviesen los regalos; y es tan hosco que resulta difícil imaginar que alguien formase equipo con él. Solo pudo ganar de una forma, y Peeta lo dice justo cuando yo misma llego a la conclusión.

—Fue más listo que los demás.

Asiento y dejo el tema, pero, en secreto, me pregunto si Haymitch permaneció sobrio lo bastante para ayudarnos a Peeta y a mí porque pensaba que quizá tuviéramos el ingenio suficiente para sobrevivir. Quizá no siempre fuera un borracho; quizá, al principio, intentara ayudar a los tributos, pero al final le resultó insoportable. Debe de ser horrible guiar a dos niños y verlos morir, año tras año. Entonces me doy cuenta de que, si salgo de aquí, ese será mi trabajo, convertirme en mentora de la tributo del Distrito 12. La idea es tan repulsiva que me la quito de la cabeza.

Pasa media hora y decido que tengo que comer otra vez. Peeta tiene tanta hambre que no se resiste. Mientras me sirvo dos racioncitas más de estofado de cordero y arroz, oímos el himno. Peeta se asoma a la grieta de las rocas para mirar el cielo.

—Esta noche no habrá nada —le digo, más interesada en el estofado que en el cielo—. Si hubiera pasado algo, habría sonado un cañonazo.

—Katniss —dice Peeta en voz baja.

—¿Qué? ¿Quieres que compartamos también un panecillo?

—Katniss —repite, pero no quiero hacerle caso.

—Voy a partir uno, y guardaré el queso para mañana —insisto; veo que Peeta me mira—. ¿Qué?

—Thresh ha muerto.

—No puede ser.

—Habrán disparado el cañón durante los truenos y no lo oímos.

—¿Estás seguro? Es decir, está lloviendo a cántaros, no sé cómo ves algo.

Lo aparto de las rocas y me asomo al cielo oscuro y lluvioso. Durante diez segundos veo de refilón una foto de Thresh y después nada. Así de simple.

Me dejo caer hasta quedar sentada junto a las rocas, olvidando por un momento nuestro objetivo. Thresh está muerto. Debería alegrarme, ¿no? Un tributo menos al que enfrentarse, y uno poderoso. Sin embargo, no lo estoy, solo puedo pensar en que Thresh me dejó ir, me dejó huir por Rue, que murió con una lanza clavada en el estómago...

—¿Estás bien? —me pregunta Peeta.

Me encojo de hombros, evasiva, y me sujeto los codos con las manos para pegármelos más al cuerpo. Tengo que enterrar el verdadero dolor, porque ¿quién va a apostar por un tributo que no deja de lloriquear cuando muere uno de sus contrincantes? Lo de Rue fue distinto: éramos aliadas y ella era tan joven..., pero nadie entendería mi pena por el asesinato de Thresh. La palabra me hace parar en seco: ¡asesinato! Por suerte, no lo he dicho en voz alta, eso no me ganaría ningún punto en la arena. En vez de eso, digo:

—Es que..., si no hubiésemos ganado nosotros..., quería que lo hiciese Thresh, porque me dejó ir y por Rue.

—Sí, ya lo sé, pero esto significa que estamos un paso más cerca del Distrito 12. —Me pone un plato de comida en las manos—. Come, todavía está caliente.

Le doy un mordisco al estofado para que todos vean que de verdad no me importa, pero es como comer pegamento y me cuesta mucho tragar.

—También significa que Cato estará buscándonos.

—Y que vuelve a tener provisiones —añade Peeta.

—Seguro que está herido.

—¿Por qué lo dices?

—Porque Thresh no se habría rendido sin luchar. Es muy fuerte...; es decir, era muy fuerte. Y estaban en su territorio.

—Bien. Cuanto más herido esté Cato, mejor. Me pregunto cómo le irá a la Comadreja.

—Bah, seguro que le va bien —digo, malhumorada. Sigo enfadada porque ella pensó en esconderse en la Cornucopia y yo no—. Es probable que nos cueste menos coger a Cato que a ella.

—Quizá se cacen entre ellos y nosotros podamos irnos a casa —dice Peeta—, aunque será mejor que pongamos especial cuidado en las guardias. Me he quedado dormido unas cuantas veces.

—Yo también, pero esta noche no.

Terminamos de comer en silencio y Peeta se ofrece para la primera guardia. Yo me escondo en el saco de dormir a su lado y me cubro la cara con la capucha para que las cámaras no la vean. Solo necesito unos momentos de intimidad para poder sentir lo que quiera sin que nadie lo sepa. Bajo la capucha le digo adiós en silencio a Thresh y le agradezco que me dejara seguir viva; le prometo recordarlo y, si puedo, hacer algo por ayudar a su familia y a la de Rue, en caso de que gane. Después me escapo al mundo de los sueños con la tranquilidad que me dan el estómago lleno y la cálida presencia de Peeta a mi lado.

Cuando me despierta más tarde, lo primero que noto es el olor a queso de cabra. Tiene en la mano medio panecillo untado con el queso cremoso y cubierto de rodajas de manzana.

—No te enfades —me dice—. Es que tenía que comer otra vez. Toma tu mitad.

—Oh, bien —respondo de inmediato, dándole un gran bocado. El fuerte queso grasiento sabe igual que el que hace Prim, y las manzanas están dulces y crujientes—. Ummm.

—En la panadería hacemos tarta de queso de cabra y manzana.

—Seguro que es cara.

—Demasiado para que se la coma mi familia, a no ser que se haya puesto muy rancia. Casi todo lo que comemos está rancio, claro —añade Peeta, arropándose con el saco de dormir. En menos de un minuto está roncando.

Vaya, siempre supuse que los tenderos vivían la buena vida, y es cierto que Peeta nunca ha tenido problemas para comer, pero resulta deprimente vivir de pan rancio, de las barras duras y secas que nadie quiere. Como yo llevo la comida a casa todos los días, nosotras casi siempre comemos cosas frescas, tanto que hay que asegurarse de que no salgan corriendo.

En algún momento de mi turno deja de llover, pero no poco a poco, sino de golpe. El aguacero termina y solo quedan las gotas residuales del agua de las ramas y el torrente del arroyo que tenemos debajo, que estará a rebosar. Sale una luna llena preciosa y veo el exterior sin necesidad de ponerme las gafas. No sé si la luna es real o una proyección de los Vigilantes; recuerdo que hubo luna llena justo antes de irme de casa, porque Gale y yo la vimos salir mientras cazábamos hasta entrada la noche.

¿Cuánto tiempo llevo fuera? Supongo que hemos estado unas dos semanas en la arena, además de la semana de preparación en el Capitolio. Quizá la luna haya completado su ciclo. Por alguna razón, deseo desesperadamente que sea mi luna, la misma que veo desde el bosque del Distrito 12; eso me daría algo a lo que aferrarme en el surrealista mundo del campo de batalla, donde hay que dudar de la autenticidad de todo.

Quedamos cuatro.

Por primera vez me permito pensar en serio en la posibilidad de volver a casa, de volver famosa y rica a mi propia casa de la Aldea de los Vencedores. Mi madre y Prim se irían a vivir conmigo, y ya no habría que temer al hambre. Un nuevo tipo de libertad, pero, después... ¿qué? ¿Cómo será mi vida cotidiana? Antes dedicaba casi todo mi tiempo a conseguir comida; si me quitan eso, no estoy muy segura de quién soy, ni de cuál es mi identidad. La idea me asusta un poco. Pienso en Haymitch y en todo su dinero. ¿En qué se convirtió su vida? Vive solo, sin esposa ni hijos, se pasa la mayor parte del día borracho. No quiero acabar así.

—Pero no estarás sola —susurro para mis adentros.

Tengo a mi madre y a Prim. Bueno, por ahora. Y después... No quiero pensar en después, cuando Prim crezca y mi madre muera. Sé que nunca me casaré, no pienso arriesgarme a traer un hijo al mundo, porque si hay algo que no te garantizan como vencedor es la seguridad de tus hijos. Los nombres de mis niños entrarían en las urnas de la cosecha con los de todo el mundo, y juro que no dejaré que eso suceda.

El sol sale al fin, y su luz entra por las grietas e ilumina la cara de Peeta. ¿En quién se transformará si volvemos a casa? ¿Quién será este asombroso buenazo que miente tan bien que todo Panem cree que está loco de amor por mí? Reconozco que hay momentos en que yo también me lo creo. «Al menos, seremos amigos», pienso. Nada cambiará el hecho de que aquí nos hemos salvado la vida el uno al otro y, además, siempre será el chico del pan. Buenos amigos. Sin embargo, cualquier cosa que vaya más allá de eso... Siento cómo los grises ojos de Gale me observan desde el Distrito 12 mientras observo a Peeta.

Como me siento incómoda, tengo que moverme; me acerco a Peeta y le sacudo el hombro. Él abre los ojos con aire soñoliento y, cuando se fijan en mí, me acerca para darme un largo beso.

—Estamos perdiendo tiempo de caza —digo cuando por fin me suelto.

—Yo no diría que esto sea perder el tiempo —asegura; se levanta y se estira con ganas—. Entonces, ¿cazamos con el estómago vacío para estar más alerta?

—Nosotros no. Nosotros nos atiborramos para tener más energía.

—Cuenta conmigo —responde él, aunque veo que le sorprende que divida el resto del estofado con arroz y le pase un plato lleno—. ¿Todo esto?

—Lo repondremos hoy —le aseguro, y los dos nos lanzamos sobre la comida. Aunque esté fría, sigue siendo una de las mejores recetas que he probado. Dejo el tenedor y apuro las últimas gotas de salsa con el dedo—. Es como si viese a Effie Trinket escandalizándose por mis modales.

—¡Eh, Effie, mira esto! —exclama Peeta. Tira el tenedor por encima del hombro y, literalmente, limpia el plato a lametones dejando escapar ruiditos de satisfacción. Después le sopla un beso y grita—: ¡Te echamos de menos, Effie!

—¡Para! —digo, tapándole la boca, aunque riéndome—. Cato podría estar ahí fuera.

—¿Qué más me da? —asegura, cogiéndome la mano y acercándome a él—. Te tengo a ti para protegerme.

—Venga —insisto, impaciente, librándome de su abrazo, pero no sin antes ganarme otro beso.

Después de guardarlo todo y salir de la cueva, nos ponemos serios. Es como si los últimos días, bajo el cobijo de las rocas, la lluvia y la obsesión de Cato con Thresh, hubiesen sido un respiro, una especie de vacaciones. Ahora, aunque el día está soleado y hace calor, los dos sentimos que hemos vuelto a los juegos. Le paso a Peeta mi cuchillo, ya que perdió las armas que tuviera, y él se lo mete en el cinturón. Mis últimas siete flechas (de las doce que tenía sacrifiqué tres en la explosión y dos en el banquete) están demasiado solas en el carcaj. No puedo permitirme perder más.

—Ya nos estará buscando —dice Peeta—. Cato no es de los que se sientan a esperar a que aparezca la presa.

—Si está herido...

—Da igual. Si puede moverse, estará de camino.

Con la lluvia, el arroyo se ha desbordado varios metros por ambas orillas. Nos detenemos a reponer agua y compruebo las trampas que dejé hace algunos días: vacías. No es de extrañar, teniendo en cuenta el tiempo que ha hecho. Además, no he visto muchos animales ni huellas de ellos por aquí.

—Si queremos comida, será mejor que regresemos a mi anterior territorio de caza.

—Tú decides, solo tienes que decirme qué debo hacer.

—Mantente alerta —le digo—. Quédate en las rocas todo lo posible, no tiene sentido dejar un rastro. Y escucha por los dos.

Llegados a este punto, está claro que la explosión me dejó sorda del oído izquierdo.

Caminaría por el agua para borrar del todo nuestras huellas, pero no sé bien si la pierna de Peeta podría soportar la corriente. Aunque las medicinas han curado la infección, sigue estando bastante débil. A pesar del dolor en la frente por culpa del corte del cuchillo, he dejado de sangrar después de tres días. Llevo una venda en la cabeza, por si acaso el ejercicio físico abre la herida de nuevo.

Al avanzar arroyo arriba, pasamos por el lugar en que Peeta se camufló entre las hierbas y el lodo. Lo bueno es que, entre el aguacero y las orillas inundadas, no queda nada de su escondite. Eso significa que, en caso de necesidad, podemos volver a la cueva; de lo contrario, no me arriesgaría, con Cato buscándonos.

Los cantos rodados se convierten en rocas que, poco a poco, pasan a ser guijarros y después, para mi alivio, volvemos a las agujas de pino y la suave inclinación de la tierra del bosque. Por primera vez me doy cuenta de que tenemos un problema: caminar por terrenos rocosos con una pierna mala... Bueno, tienes que hacer ruido; pero Peeta hace ruido incluso en el blando lecho de agujas de pino. Y cuando digo ruido, quiero decir ruido de verdad, como si fuese dando pisotones o algo así. Me vuelvo para mirarlo.

—¿Qué? —me pregunta.

—Tienes que hacer menos ruido. Olvídate de Cato; estás espantando a todos los conejos en quince kilómetros a la redonda.

—¿De verdad? Lo siento, no lo sabía.

Así que empezamos otra vez y lo hace un poquito mejor, pero, incluso con una sola oreja funcionando, me sobresalta.

—¿Puedes quitarte las botas? —le sugiero.

—¿Aquí? —pregunta, sin poder creérselo, como si le hubiese pedido que caminase descalzo sobre brasas o algo parecido.

Tengo que recordarme que no está acostumbrado al bosque, que es un lugar aterrador y prohibido al otro lado de las alambradas del Distrito 12. Pienso en Gale y sus pies de terciopelo. Es espeluznante lo silencioso que llega a ser, incluso cuando está todo lleno de hojas caídas y resulta complicado moverse sin espantar a los animales. Seguro que se está partiendo de risa en casa.

—Sí —le explico con paciencia—. Yo también me las voy a quitar, así iremos los dos en silencio —aseguro, como si yo también estuviese haciendo ruido.

Así que los dos nos quitamos las botas y los calcetines y, aunque la cosa mejora un poco, juraría que se esfuerza por partir todas las ramas con las que nos encontramos.

Huelga decir que, a pesar de que tardamos varias horas en llegar al viejo campamento de Rue, no he disparado ni una flecha. Si el arroyo se calmara podría pescar, pero la corriente sigue siendo demasiado fuerte. Cuando nos detenemos a descansar y beber agua, intento pensar en una solución. Lo ideal sería dejar a Peeta con una tarea sencilla de recogida de raíces y largarme a cazar, aunque así se quedaría solo y con un cuchillo para defenderse, contra la superioridad física y las lanzas de Cato. Lo que en realidad me gustaría es intentar esconderlo en algún lugar seguro, irme de caza y volver para recogerlo; me da la sensación de que su ego no va a aceptar la sugerencia.

—Katniss, tenemos que separarnos. Sé que estoy espantando a los animales.

—Solo porque tienes la pierna mal —respondo con generosidad, porque, la verdad, eso no es más que parte del problema.

—Lo sé, pero ¿por qué no sigues tú? Enséñame qué plantas tengo que recoger y así los dos resultaremos útiles.

—No, si Cato viene y te mata.

Intenté decirlo en tono amable, pero ha sonado como si pensara que es un debilucho.

—Puedo manejar a Cato —responde, sorprendiéndome con su risa—. Ya he luchado antes contra él, ¿no?

«Sí, y salió estupendamente, acabaste medio muerto en el barro de la orilla».

Es lo que quiero decirle, pero no puedo, porque, al fin y al cabo, él arriesgó la vida por salvarme de Cato. Pruebo otra táctica.

—¿Y si trepas a un árbol y haces de vigía mientras cazo? —pregunto, intentando que parezca un trabajo muy importante.

—¿Y si me enseñas qué puede comerse por aquí y tú te vas a conseguir un poco de carne? —responde, imitándome—. Pero no te alejes mucho, por si necesitas ayuda.

Suspiro y le enseñó qué raíces puede desenterrar. Está claro que necesitamos comida, porque una manzana, dos panecillos y un trozo de queso del tamaño de una ciruela no nos van a durar mucho. Me quedaré cerca y rezaré por que Cato esté muy lejos.

Lo enseño a silbar (no una melodía, como la de Rue, sino un silbido sencillo de dos notas) para que podamos decirnos que seguimos vivos. Por suerte, se le da bien, así que lo dejo con la mochila y me voy.

Me siento como si volviera a tener diez años y estuviese atada no solo a la seguridad de la alambrada, sino también a Peeta; me permito delimitar entre seis y diez metros de zona de caza. Sin embargo, al alejarme de él los bosques se llenan de sonidos de animales. Con la tranquilidad de oírlo silbar de vez en cuando, me alejo un poco más y pronto tengo dos conejos y una ardilla gorda. Decido que con eso basta; puedo poner algunas trampas y quizá pescar algo, lo que, sumado a las raíces de Peeta, nos valdrá por ahora.

Al volver sobre mis pasos me doy cuenta de que llevamos un

rato sin intercambiar señales. Cuando silbo y veo que no recibo respuesta, echo a correr y llego a la mochila y el montón de raíces en un segundo. Ha puesto el cuadrado de plástico en el suelo y, encima, bajo el sol, una capa de bayas. Pero ¿dónde está?

—¡Peeta! —grito, presa del pánico—. ¡Peeta!

Me vuelvo al oír un movimiento de arbustos y estoy a punto de ensartarlo con una flecha. Por suerte, aparto el arco en el último segundo y la flecha se clava en el tronco de un roble, a su izquierda. Él retrocede de un salto y lanza por los aires un puñado de bayas.

—¿Qué estás haciendo? —exclamo, porque mi miedo sale convertido en rabia—. ¡Se supone que tienes que estar aquí, no corriendo por el bosque!

—Encontré unas bayas arroyo abajo —responde; está claro que no entiende mi enfado.

—Silbé. ¿Por qué no respondiste?

—No lo oí, supongo que el agua hace demasiado ruido.

Se acerca y me pone las manos en los hombros. Entonces me doy cuenta de que estoy temblando.

—¡Creía que Cato te había matado! —le digo, casi a gritos.

—No, estoy bien. —Me rodea con sus brazos, pero no respondo—. ¿Katniss?

—Si dos personas acuerdan una señal, tienen que quedarse dentro de su alcance —insisto, apartándolo, intentando ordenar mis sentimientos—. Porque si uno de los dos no responde, es que tiene problemas, ¿vale?

—¡Vale!

—Vale, porque eso es lo que le pasó a Rue... ¡y la vi morir!

—Le doy la espalda, me acerco a la mochila y abro una botella de agua nueva, aunque todavía me queda en la mía. Sin embargo, no estoy preparada para perdonarlo. Veo la comida: no han tocado los panecillos y las manzanas, pero alguien ha estado picoteando el queso—. ¡Y has comido sin mí!

La verdad es que no me importa, solo quiero tener otra cosa por la que enfadarme.

—¿Qué? No, yo no he sido.

—Oh, entonces supongo que las manzanas se han comido el queso.

—No sé qué se ha comido el queso —responde Peeta, pronunciando las palabras despacio y con cuidado, como si intentase no perder los nervios—, pero no fui yo. He estado en el arroyo, recogiendo bayas. ¿Quieres unas pocas?

No me importaría, aunque no quiero rendirme tan pronto. En todo caso, me acerco a mirarlas; no las había visto nunca... Sí, sí las he visto antes, pero no en la arena. No son las bayas de Rue, por mucho que lo parezcan; tampoco coinciden con las que nos enseñaron en el entrenamiento. Me inclino, cojo unas pocas y las muevo entre los dedos.

Recuerdo la voz de mi padre: «Estas no, Katniss, nunca. Son jaulas de noche, estarías muerta antes de que te llegaran al estómago».

Justo en ese instante, suena el cañonazo. Me vuelvo rápidamente, temiendo ver a Peeta en el suelo, pero él se limita a arquear las cejas. El aerodeslizador aparece a unos noventa metros: está llevándose lo que queda del demacrado cuerpo de la Comadreja. Veo un destello de pelo rojo a la luz del sol.

Tendría que haberlo supuesto en cuanto vi que faltaba queso...

Peeta me coge del brazo y me empuja hacia un árbol.

—Trepa, llegará en un segundo. Tendremos más posibilidades luchando desde arriba.

—No, Peeta. La has matado tú, no Cato —lo detengo, sintiéndome muy tranquila de repente.

—¿Qué? Ni siquiera la había vuelto a ver desde el primer día. ¿Cómo iba a matarla?

Le enseño las bayas a modo de respuesta.

24

Tardo un rato en explicarle la situación a Peeta, que la Comadreja estaba robando de la pila de suministros antes de que yo la hiciese estallar, que había intentado llevarse lo suficiente para sobrevivir sin llamar la atención, que no se habría planteado la seguridad de comerse unas bayas que estábamos preparando para nosotros.

—Me pregunto cómo nos encontró —comenta Peeta—. Es culpa mía, supongo, si soy tan ruidoso como dices.

Éramos tan difíciles de seguir como una manada de reses, pero procuro ser amable.

—Y es muy lista, Peeta. Bueno, lo era, hasta que tú la superaste.

—No fue a propósito. No me parece justo. Es decir, si ella no se hubiese comido primero las bayas, nosotros dos estaríamos muertos. —Entonces, se corrige—. No, claro; tú las reconociste, ¿verdad?

—Las llamamos jaulas de noche —respondo, asintiendo.

—Hasta el nombre suena peligroso. Lo siento, Katniss, creía que eran las mismas que recogiste tú.

—No te disculpes. Esto significa que estamos un paso más cerca de casa, ¿no?

—Me desharé del resto —responde Peeta.

Recoge el plástico azul procurando que queden todas dentro y las tira en el bosque.

—¡Espera! —exclamo. Busco el saquito de cuero del chico del Distrito 1 y lo lleno de bayas—. Si engañaron a la Comadreja, quizá engañen a Cato. Si nos está persiguiendo o algo, podemos hacer como si se nos cayera la bolsa y, si se las come...

—Estaríamos en el Distrito 12.

—Eso es —respondo, colgándome el saquito del cinturón.

—Ahora sabrá dónde estamos. Si estaba cerca y vio el aerodeslizador, sabrá que la hemos matado y vendrá a por nosotros.

Peeta tiene razón: podría ser la oportunidad que esperaba Cato. Sin embargo, aunque huyamos ahora, tenemos que cocinar la carne y nuestra hoguera será otro indicio de nuestro paradero.

—Vamos a hacer un fuego ahora mismo —digo, empezando a recoger ramas y arbustos.

—¿Estás lista para enfrentarte a él?

—Estoy lista para comer. Será mejor que cocinemos mientras podamos. Si sabe que estamos aquí, pues lo sabe, pero también sabe que somos dos y seguramente supone que hemos cazado a la Comadreja. Eso significa que estás recuperado, y el fuego le dice que no nos escondemos, que lo invitamos a venir. ¿Tú vendrías?

—Quizá no.

Peeta es un mago de las hogueras y consigue hacer prender la madera húmeda. En un momento tenemos los conejos y la ardilla asándose, y las raíces envueltas en hojas cociéndose en las ascuas. Nos turnamos para recoger vegetales y estar pendientes de la aparición de Cato, aunque, como yo suponía, no aparece. Cuando se termina de hacer la comida, la empaqueto casi toda y nos quedamos con una pata de conejo cada uno, para ir comiéndonosla por el camino.

Quiero meterme más en el bosque, trepar a un buen árbol y acampar, pero Peeta se resiste.

—No soy capaz de trepar como tú, Katniss, sobre todo con mi pierna, y no creo que pudiera quedarme dormido a quince metros del suelo.

—No es seguro quedarse en campo abierto, Peeta.

—¿No podemos volver a la cueva? Está cerca del agua y es fácil defenderla.

Suspiro. Una caminata (o, mejor dicho, un estruendo) de varias horas por el bosque para llegar a una zona que tuvimos que abandonar por la mañana para cazar. Por otro lado, Peeta no pide mucho; ha obedecido mis instrucciones durante todo el día y estoy segura de que, si la situación fuese la inversa, no me haría pasar la noche en un árbol. Caigo en la cuenta de que hoy no he sido muy amable con él: me he quejado porque hace mucho ruido y le he gritado por desaparecer. El romance pícaro de la cueva ha desaparecido al salir al exterior, bajo el sol caliente, con la amenaza de Cato acechándonos. Seguro que Haymitch está harto de mí y, en cuanto a la audiencia...

Me acerco y le doy un beso.

—Claro, vamos a la cueva.

—Bueno, no ha sido tan difícil —responde él, contento y aliviado.

Saco mi flecha del roble procurando no estropearla. Estas flechas significan comida, seguridad y la vida misma.

Echamos un puñado de leña al fuego, de modo que siga echando humo unas cuantas horas, aunque dudo que Cato suponga nada a estas alturas. Cuando llegamos al arroyo, veo que el agua ha bajado mucho y se mueve a su pausado ritmo de siempre, así que sugiero caminar por ella. Peeta accede encantado y, como hace mucho menos ruido dentro del agua que en tierra, acaba siendo una buena idea por partida doble. No obstante, el camino de vuelta a la cueva es largo, a pesar de ir cuesta abajo, a pesar de habernos comido el conejo. Los dos estamos agotados después de la excursión de hoy y todavía nos falta alimento. Mantengo el arco cargado, tanto por Cato como por los peces que pueda ver, aunque, curiosamente, el arroyo parece vacío.

Cuando llegamos a nuestro destino, estamos arrastrando los pies y el sol ha bajado mucho en el horizonte. Llenamos las botellas de agua y subimos la pequeña cuesta a nuestra guarida. No es gran cosa, pero aquí, en la naturaleza, es lo más parecido que tenemos a un hogar. Además, hará más calor que subidos en un árbol, porque nos protege del viento que ha empezado a soplar con fuerza desde el oeste. Preparo una buena cena, pero, a la mitad, Peeta empieza a cabecear. Después de varios días de inactividad, la caza se ha cobrado su precio, así que le ordeno que se meta en el saco de dormir y aparto el resto de su comida para cuando se despierte. Él se duerme en un segundo, y yo lo tapo hasta la barbilla y le doy un beso en la frente, no para el público, sino para mí, porque me siento muy agradecida de que siga aquí y no muerto junto al arroyo, como creía. Me siento muy agradecida por no tener que enfrentarme a Cato yo sola.

El brutal y sanguinario Cato, que puede partir cuellos con un movimiento de su brazo, que cuenta con la fuerza necesaria para acabar con Thresh, que la tiene tomada conmigo desde el principio. Probablemente me odia desde que lo superé en la puntuación del entrenamiento. Un chico como Peeta puede asimilarlo sin problemas, pero me da la impresión de que a Cato lo obsesiona, lo que no es tan difícil. Pienso en su ridícula reacción al descubrir que las provisiones habían volado por los aires. Los demás estaban enfadados, claro, pero él estaba completamente desquiciado. Me pregunto si Cato no estará un poco loco.

El cielo se ilumina con el sello, y veo a la Comadreja brillar y desaparecer del mundo para siempre. Aunque no lo ha dicho, creo que Peeta no se siente bien por haberla matado, por muy esencial que fuese. No puedo fingir que la echaré de menos, pero sí la admiro. Creo que si nos hubiesen puesto algún tipo de examen, ella habría demostrado ser la más lista de todos los tributos. De hecho, si le hubiésemos puesto una trampa, seguro que la habría intuido y no se habría comido las bayas. Ha sido la ignorancia de Peeta lo que ha acabado con ella. Me he pasado tanto tiempo asegurándome de no subestimar a mis contrincantes que se me había olvidado que sobrestimarlos es igual de peligroso.

Eso me recuerda de nuevo a Cato, pero, aunque creo que comprendía a la Comadreja, quién era y cómo funcionaba, ese chico me resulta más escurridizo. Es fuerte y está bien entrenado, pero ¿es listo? No lo sé. No es tan listo como ella y le falta el autocontrol que demostró la Comadreja. Creo que Cato podría perder el juicio en un arranque de ira. En ese punto no me siento superior, porque recuerdo el momento en que atravesé la manzana del cerdo con una flecha por culpa de la rabia que sentía. Quizá entienda a Cato mejor de lo que creo.

A pesar del cansancio, tengo la mente despierta, así que dejo que Peeta duerma un poco más de lo que le corresponde. De hecho, el cielo ha empezado a teñirse de un gris suave cuando le sacudo el hombro. Él se despierta, casi sobresaltado.

—He dormido toda la noche. No es justo, Katniss, deberías haberme despertado.

—Dormiré ahora. Despiértame si pasa algo interesante —respondo, estirándome y metiéndome en el saco.

Al parecer no sucede nada interesante, porque, cuando abro los ojos, la ardiente luz de la tarde entra a través de las rocas.

—¿Alguna señal de nuestro amigo? —pregunto.

—No, no se está dejando ver, y eso resulta inquietante.

—¿Cuánto tiempo crees que nos queda hasta que los Vigilantes nos obliguen a juntarnos?

—Bueno, la Comadreja murió hace casi un día, así que la audiencia ha tenido tiempo de sobra para hacer apuestas y aburrirse. Supongo que podría suceder en cualquier momento.

—Sí, tengo la sensación de que será hoy —respondo; después me siento y contemplo el pacífico paisaje—. Me pregunto cómo lo harán. —Peeta guarda silencio. La verdad es que no hay respuesta posible—. Bueno, hasta que lo hagan, no tiene sentido desperdiciar un día de caza, aunque deberíamos comer todo lo posible, por si nos metemos en problemas.

Peeta empaqueta nuestro equipo mientras yo preparo una gran comida: el resto de los conejos, raíces, verduras, los panecillos con el último trocito de queso. Lo único que dejo en reserva es la ardilla y la manzana.

Cuando terminamos, solo queda una pila de huesos de conejo. Tengo las manos grasientas, lo que no hace más que añadirse a mi sensación general de suciedad. Puede que en la Veta no nos bañemos todos los días, pero solemos estar más limpios de lo que yo lo he estado últimamente. Una capa de mugre me cubre todo el cuerpo, salvo los pies, que han caminado por el arroyo.

Dejar la cueva es como cerrar un capítulo; no sé por qué, pero creo que no pasaremos otra noche en la arena. De una forma u otra, vivos o muertos, me da la impresión de que saldré de aquí hoy mismo. Me despido de las rocas con una palmadita y nos dirigimos al arroyo para lavarnos. La piel me pica, deseando meterse en el agua fresca; puede que me peine el pelo y me lo trence mojado. Me pregunto si podremos darle un fregado rápido a nuestra ropa cuando lleguemos al arroyo... o a lo que antes era el arroyo. Ahora es un lecho completamente seco. Lo toco.

—Ni siquiera un poco húmedo, tienen que haberlo drenado mientras dormíamos —digo.

Empiezo a asustarme al pensar en la lengua agrietada, el cuerpo dolorido y la mente embotada de mi anterior deshidratación. Tenemos bastante llenas las botellas y la bota, aunque, al ser dos personas y hacer tanto calor, no tardaremos en vaciarlas.

—El lago —dice Peeta—. Ahí quieren que vayamos.

—Quizá en los estanques tengan algo de agua.

—Podemos mirar —responde él, pero sé que lo hace para darme esperanzas. Yo también lo hago por eso, porque sé lo que encontraré cuando regresemos al lago en el que me empapé la pierna: un agujero polvoriento y vacío. Sin embargo, vamos hasta allí de todos modos, solo para confirmar lo que ya sabíamos.

—Tienes razón, nos llevan al lago —reconozco. Un sitio donde no te puedes esconder, donde tendrán garantizada una lucha sangrienta a muerte sin nada que les tape la vista—. ¿Quieres ir directamente o esperar a que nos quedemos sin agua?

—Vámonos ahora que estamos descansados y hemos comido. Acabemos con esto de una vez.

Asiento. Tiene gracia, es como si volviese a ser el primer día de los juegos, como si estuviese en la misma posición. A pesar de que ya han muerto veintiún tributos, sigo teniendo que matar a Cato y, a decir verdad, ¿no ha sido él siempre el objetivo? Ahora los otros tributos me parecen solo obstáculos menores, distracciones que nos apartaban de la verdadera batalla de los juegos: Cato y yo.

Sin embargo, también está el chico que espera a mi lado, el que me rodea con sus brazos.

—Dos contra uno. Debería estar chupado —me dice.

—La próxima vez que comamos, será en el Capitolio.

—Seguro que sí.

Nos quedamos quietos un momento, abrazados, sintiendo nuestros cuerpos, el sol y el murmullo de las hojas a nuestros pies. Después, sin decir palabra, nos separamos y nos dirigimos al lago.

Ya no me importa que las pisadas de Peeta hagan correr a los roedores y volar a los pájaros, porque tenemos que luchar contra Cato y me da igual hacerlo aquí o en la llanura. Por otro lado, dudo que tengamos alternativa: si los Vigilantes nos quieren en campo abierto, allí nos tendrán.

Nos detenemos unos momentos bajo el árbol en el que me atrapó Cato. El cascarón vacío del nido de rastrevíspulas, hecho trizas por las lluvias y secado después al ardiente sol, confirma nuestra situación. Lo toco con la punta de la bota y se disuelve en un polvo que la brisa se lleva rápidamente. No puedo evitar levantar la mirada hacia el árbol en el que se ocultaba Rue, esperando para salvarme la vida. Rastrevíspulas; el cuerpo hinchado de Glimmer, las terroríficas alucinaciones...

—Sigamos —digo, deseando huir de la oscuridad que rodea este lugar.

Peeta no pone objeciones.

Como nos ponemos en marcha tarde, llegamos a la llanura a primera hora de la noche. No hay ni rastro de Cato, ni de nada que no sea la Cornucopia dorada brillando bajo los últimos rayos de sol. Por si Cato decide hacernos un truco a lo Comadreja, rodeamos la Cornucopia para asegurarnos de que está vacía. Después, obedientes, como si siguiésemos instrucciones, nos acercamos al lago y llenamos los contenedores de agua.

—No nos viene bien luchar contra él a oscuras —comento, frunciendo el ceño—. Solo tenemos unas gafas.

—Quizá esté esperando por eso —responde Peeta, echando con cuidado las gotas de yodo en el agua—. ¿Qué quieres hacer? ¿Volver a la cueva?

—O eso o subirnos a un árbol, pero vamos a darle otra media hora o así. Después, nos escondemos.

Nos sentamos junto al lago, a plena vista; no tiene sentido ocultarse ahora. En los árboles a la orilla de la llanura veo revolotear a los sinsajos; se lanzan melodías los unos a los otros como si fueran pelotas de colores. Abro la boca y canto la canción de cuatro notas de Rue. Noto que se callan, curiosos al oír mi voz, y esperan a que cante algo más. Repito las notas. Un primer sinsajo imita la melodía, después otro y, finalmente, todo el bosque se llena del mismo sonido.

—Igual que tu padre —dice Peeta.

—Es la canción de Rue —respondo, tocándome la insignia que llevo prendida a la camisa—. Creo que la recuerdan.

La música sube de volumen y reconozco su genialidad; al solaparse las notas, se complementan entre sí formando una armonía celestial y encantadora. Gracias a Rue, aquel era el sonido que enviaba a casa a los trabajadores de los huertos del Distrito 11 cada noche. ¿Repetirá alguien este sonido después de su muerte?

Durante un momento me limito a cerrar los ojos y escuchar, hipnotizada por la belleza de la canción. Entonces, algo interrumpe la música, la melodía se rompe en líneas irregulares e imperfectas, y unas notas discordantes se entremezclan con ella. Las voces de los sinsajos se convierten en un chillido de advertencia.

Nos ponemos en pie de un salto, Peeta con el cuchillo en la mano y yo preparada para disparar, y Cato sale de los árboles y corre hacia donde estamos. No tiene lanza; de hecho, lleva las manos vacías, pero va directo a por nosotros. Mi primera flecha le da en el pecho e, inexplicablemente, rebota en él.

—¡Tiene alguna clase de armadura! —le grito a Peeta.

Y se lo grito justo a tiempo, porque tenemos a Cato encima. Me preparo, pero él se estrella contra nosotros sin intentar frenar antes. Por los jadeos y el sudor que le cae de la cara amoratada, sé que lleva mucho tiempo corriendo, pero no hacia nosotros, sino huyendo de algo. ¿De qué?

Examino el bosque justo a tiempo de ver cómo la primera criatura entra en la llanura de un salto. Mientras me vuelvo, veo que se le unen otras seis. Después salgo corriendo a ciegas detrás de Cato sin pensar en nada que no sea salvar el pellejo.

25

Mutaciones, no cabe duda. Nunca había visto a estos mutos, pero no son animales de la naturaleza. Aunque parecen lobos enormes, ¿qué lobo aterriza de un salto sobre las patas traseras y se queda sobre ellas? ¿Qué lobo llama al resto de la manada agitando la pata delantera, como si tuviese muñeca? Veo todo eso de lejos; estoy segura de que encontraré otras características más amenazadoras cuando estén cerca.

Cato ha salido pitando hacia la Cornucopia, así que lo sigo sin planteármelo. Si él cree que es el lugar más seguro, ¿quién soy yo para decir lo contrario? Además, aunque pudiera llegar a los árboles, Peeta no podría correr más que ellos con la pierna mala... ¡Peeta! Acabo de tocar el metal del extremo puntiagudo de la Cornucopia cuando recuerdo que formo parte de un equipo. Peeta está unos catorce metros por detrás de mí, cojeando lo más deprisa que puede; los mutos lo están alcanzando. Lanzo una flecha hacia la manada y uno cae, pero hay muchos para ocupar su lugar.

—¡Vete, Katniss, vete! —me grita, señalando el cuerno.

Tiene razón, no puedo protegernos desde el suelo. Empiezo a trepar, a escalar la Cornucopia con pies y manos. La superficie de oro puro ha sido diseñada para parecer el cuerno tejido que llenamos durante la cosecha, así que hay pequeñas crestas y costuras a las que agarrarse, pero, después de un día bajo el sol del campo de batalla, el metal está tan caliente que me salen ampollas en las manos.

Cato está tumbado de lado en lo alto del cuerno, unos seis metros por encima del suelo, jadeando para recuperar el aliento mientras se asoma al borde, sintiendo arcadas. Es mi oportunidad para acabar con él; si me detengo a media subida y cargo otra flecha... Sin embargo, justo cuando estoy a punto de disparar, Peeta grita. Me vuelvo y veo que acaba de llegar a la punta del cuerno, aunque los mutos le pisan los talones.

—¡Trepa! —chillo.

Peeta empieza a subir con dificultad, no solo por culpa de la pierna, sino del cuchillo que lleva en la mano. Disparo una flecha que le da en el cuello al primer muto que pone las patas sobre el metal. Al morir, la criatura se estremece y, sin querer, hiere a varios de sus compañeros. Entonces le puedo echar un buen vistazo a las uñas: diez centímetros y afiladas como cuchillas.

Peeta llega a mis pies, así que lo cojo del brazo y lo subo. Entonces recuerdo que Cato está esperando arriba y me vuelvo rápidamente, pero sigue tirado en el suelo, con retortijones y, al parecer, más preocupado por los mutos que por nosotros. Tose algo ininteligible; los ruidos de bufidos y gruñidos de las mutaciones no me ayudan.

—¿Qué? —le grito.

—Ha preguntado si pueden trepar —responde Peeta, haciendo que le preste atención de nuevo a la base del cuerno.

Los mutos empiezan a reagruparse. Al unirse, se levantan y se yerguen fácilmente sobre las patas traseras, lo que les da un aspecto humano. Todos tienen un grueso pelaje, algunos de pelo liso y suave, y otros rizado; los colores varían del negro azabache a algo que solo podría describirse como rubio. Hay algo más en ellos, algo que hace que se me erice el vello de la nuca, aunque no logro identificarlo.

Meten el hocico en el cuerno, olisqueando y lamiendo el metal, arañando la superficie con las patas y lanzándose gañidos agudos. Debe de ser su medio de comunicación, porque la manada retrocede, como si quisiera dejar espacio; entonces, uno de ellos, un muto de buen tamaño con sedosos rizos de vello rubio, toma carrerilla y salta sobre el cuerno. Sus patas traseras tienen una fuerza increíble, porque aterriza a tres metros escasos de nosotros y estira los rosados labios para enseñarnos los dientes. Se queda ahí un momento y, en ese preciso instante, me doy cuenta de qué es lo que me inquieta de los mutos: los ojos verdes que me observan con rabia no son como los de los lobos o los perros, no se parecen a los de ningún canino que conozca; son humanos, sin lugar a dudas. Justo cuando empiezo a asimilarlo, veo el collar con el número 1 grabado con joyas y entiendo toda esta horrible situación: el pelo rubio, los ojos verdes, el número... Es Glimmer.

Dejo escapar un chillido y me cuesta sostener la flecha en su sitio. Estaba esperando para disparar, muy consciente de mi menguante reserva de flechas; esperaba a ver si las criaturas podían trepar. Sin embargo, ahora, aunque el perro ha empezado a resbalarse hacia atrás, incapaz de agarrarse al metal, aunque oigo el lento chirrido de las garras como si fuesen uñas en una pizarra, disparo al cuello. El animal se retuerce y cae al suelo con un golpe sordo.

—¿Katniss? —noto que Peeta me coge del brazo.

—¡Es ella!

—¿Quién?

Muevo la cabeza de un lado a otro para examinar la manada, tomando nota de tamaños y colores. La pequeña del pelo rojo y los ojos color ámbar..., ¡la Comadreja! ¡Y allí está el pelo ceniza y los ojos color avellana del chico del Distrito 9 que murió luchando por la mochila! Y, lo peor de todo, veo al muto más pequeño, el de reluciente pelaje oscuro, enormes ojos castaños y un collar de paja trenzada que dice 11; enseña los dientes, rabioso. Rue...

—¿Qué pasa, Katniss? —insiste Peeta, sacudiéndome por los hombros.

—Son ellos, todos ellos. Los otros. Rue, la Comadreja y... todos los demás tributos —respondo, con voz ahogada.

—¿Qué les han hecho? —pregunta Peeta al reconocerlos, horrorizado—. ¿Crees..., crees que son sus ojos de verdad?

Sus ojos son la menor de mis preocupaciones. ¿Y sus cerebros? ¿Tienen algún recuerdo de los tributos originales? ¿Los han programado para odiar especialmente nuestras caras porque nosotros hemos sobrevivido y ellos han muerto asesinados sin piedad? Y los que matamos de verdad..., ¿creen que están vengando sus propias muertes?

Antes de poder decir nada, los mutos inician un nuevo asalto al cuerno. Se han dividido en dos grupos en los laterales y están usando sus fuertes patas traseras para lanzarse sobre nosotros. Un par de dientes se cierran a pocos centímetros de mi mano y oigo gritar a Peeta; siento el tirón de su cuerpo, el peso de chico y muto arrastrándome hacia el borde. De no ser por mi brazo, él habría acabado en el suelo, pero, tal como está la cosa, necesito toda mi fuerza para mantenernos a los dos en el extremo curvo del cuerno; y vienen más tributos.

—¡Mátalo, Peeta, mátalo! —le grito y, aunque no veo qué pasa exactamente, sé que tiene que haber atravesado a la criatura, porque no tiran tanto de mí.

Logro subirlo de nuevo al cuerno y nos arrastramos a la parte alta, donde nos espera el menos malo de nuestros problemas.

Cato todavía no se ha puesto en pie, aunque respira con más calma y pronto estará lo bastante recuperado para atacarnos y lanzarnos al suelo para que nos maten. Cargo una flecha en el arco, pero acaba derribando a un animal que solo puede ser Thresh. ¿Quién si no iba a saltar tan alto? Siento alivio por un instante, porque parece que por fin estamos fuera del alcance de los mutos. Voy a volverme para enfrentarme a Cato cuando alguien aparta a Peeta de mi lado; estoy convencida de que la manada lo ha cogido, hasta que su sangre me salpica la cara.

Cato está delante de mí, casi al borde del cuerno, y tiene a Peeta agarrado con una llave por el cuello, ahogándolo. Peeta araña el brazo de Cato, pero sin fuerzas, porque no sabe si es más importante respirar o intentar cortar la sangre que le sale del agujero que una de las criaturas le ha abierto en la pantorrilla.

Apunto con una de mis últimas dos flechas a la cabeza de Cato, sabiendo que no tendría ningún efecto ni en el tronco ni en las extremidades; ahora veo que lleva encima una malla ajustada de color carne, algún tipo de armadura de gran calidad del Capitolio. ¿Era eso lo que contenía su mochila en el banquete? ¿Una armadura para defenderse de mis flechas? Bueno, pues se les olvidó incluir una máscara blindada.

—Dispárame y él se cae conmigo —dice Cato, riéndose.

Tiene razón, si lo derribo y cae sobre los mutos, Peeta morirá con él. Estamos en tablas: no puedo disparar a Cato sin matar también a Peeta; él no puede matar a Peeta sin ganarse una flecha en el cerebro. Nos quedamos quietos como estatuas, buscando una salida.

Tengo los músculos tan tensos que podrían saltar en cualquier momento y los dientes tan apretados que podrían romperse. Las criaturas guardan silencio y lo único que oigo es la sangre que me late en la oreja buena.

A Peeta se le ponen los labios azules; si no hago algo pronto, morirá ahogado y lo perderé, y entonces Cato usará su cadáver como arma contra mí. De hecho, estoy segura de que ese es el plan de Cato, porque, aunque ha dejado de reírse, esboza una sonrisa triunfal.

Como si se tratase de un último esfuerzo, Peeta levanta los dedos, que chorrean sangre, hacia el brazo de Cato. En vez de intentar liberarse, desvía el índice y dibuja una equis en el dorso de la mano de Cato. El otro se da cuenta de lo que significa un segundo después que yo, lo sé por la forma en que pierde la sonrisa. Sin embargo, llega tarde por un segundo, porque, para entonces, ya le he atravesado la mano con la flecha. Grita y suelta a Peeta, que se lanza sobre él. Durante un horrible instante me da la impresión de que ambos caerán al suelo; salto y cojo a Peeta justo antes de que Cato se resbale sobre el cuerno lleno de sangre y acabe en el llano.

Oímos el golpe, el aire al salirle del cuerpo con el impacto y el ruido del ataque de las criaturas. Peeta y yo nos abrazamos, esperando a que suene el cañonazo, esperando a que acabe la competición, esperando a que nos liberen, pero no pasa nada, todavía no. Porque este es el punto culminante de los Juegos del Hambre y la audiencia quiere espectáculo.

Aunque no miro, sí oigo los gruñidos, los ladridos, y los aullidos de humanos y animales mientras Cato se enfrenta a la manada. No entiendo cómo puede seguir vivo hasta que recuerdo la armadura que lo protege de los tobillos al cuello y me doy cuenta de que esta noche podría ser muy larga. Cato debe de tener también un cuchillo, una espada o lo que sea, algo más escondido en la ropa, porque, de vez en cuando, se oye el último lamento de un muto o el sonido de metal contra metal que produce la hoja al dar en el cuerno dorado. El combate se mueve alrededor de la Cornucopia y sé que Cato está intentando la única maniobra que podría salvarle la vida: volver al extremo puntiagudo del cuerno y unirse a nosotros de nuevo. Sin embargo, al final, a pesar de lo notables que resultan su fuerza y sus habilidades, son demasiados para él.

No sé cuánto tiempo ha pasado, puede que una hora, cuando Cato cae al suelo y oímos cómo lo arrastran los mutos al interior de la Cornucopia. «Ahora lo rematarán», pienso, pero no se oye ningún cañonazo.

Cae la noche y suena el himno, y la imagen de Cato no sale

en el cielo; nos llegan los débiles gemidos a través del metal que tenemos debajo. El aire helado que sopla por la llanura me recuerda que los juegos no han terminado y que puede que tarden mucho tiempo en acabar; seguimos sin tener garantizada la victoria.

Me vuelvo hacia Peeta y veo que la pierna le sangra más que nunca. Todos nuestros suministros y mochilas siguen junto al lago, donde las dejamos cuando huimos de la manada. No tengo vendas, ni nada con lo que taponar el flujo de sangre de su pantorrilla. Aunque estoy temblando de frío, me arranco la chaqueta, me quito la camisa y me vuelvo a colocar la chaqueta lo antes posible. Han sido unos segundos, pero el frío hace que me castañeteen los dientes sin que pueda controlarlos.

Peeta tiene la cara gris a la pálida luz de la luna. Lo obligo a tumbarse antes de tocarle la herida; no bastará con una venda. He visto a mi madre poner torniquetes unas cuantas veces, así que intento imitarla. Corto una manga de la camisa, se la enrollo dos veces justo por debajo de la rodilla y ato un medio nudo. Como no tengo ningún palo, cojo mi última flecha y la introduzco en el nudo, apretándolo todo lo que me atrevo. Es arriesgado, porque Peeta podría perder la pierna, pero comparado con el peligro de perder la vida, ¿qué otra opción me queda? Vendo la herida con el resto de mi camisa y me tumbo a su lado.

—No te duermas —le digo.

Aunque no sé bien si es el protocolo médico correcto, me aterroriza que se duerma y no vuelva a despertarse.

—¿Tienes frío? —me pregunta.

Se baja la cremallera de la chaqueta y me meto dentro con él. Así se está un poco mejor, compartimos el calor de nuestros cuerpos dentro de mi doble capa de chaquetas, pero la noche es joven y la temperatura seguirá descendiendo. Todavía puedo sentir cómo la Cornucopia se congela, a pesar de que ardía cuando subimos.

—Puede que Cato acabe ganando —le susurro a Peeta.

—No digas eso —responde, subiéndome la capucha, aunque él tiembla aún más que yo.

Las horas siguientes son las peores de mi vida, lo que, si una se para a pensarlo, ya es decir. El frío de por sí ya es bastante tortura, pero la verdadera tortura es oír a Cato gemir, suplicar y, por último, gimotear mientras los mutos se divierten con él. Al cabo de un rato ya no me importa quién es o qué haya hecho, solo quiero que deje de sufrir.

—¿Por qué no lo matan y ya está? —le pregunto a Peeta.

—Ya sabes por qué —responde, acercándome más a él.

Y es cierto: ahora ningún telespectador podrá despegarse de la pantalla. Desde el punto de vista de los Vigilantes, esto es lo último en espectáculos.

La cosa sigue y sigue, y, al final, me llena la cabeza borrando recuerdos y esperanzas de sobrevivir, borrándolo todo salvo el presente, que empieza a parecerme eterno. Nunca existirá otra cosa que no sea este frío, este miedo y los atroces sonidos del chico que se muere dentro del cuerno.

Peeta empieza a adormecerse y, cuando cabecea, me pongo a chillar su nombre cada vez más alto, porque, si se muere y me deja sola, sé que me volveré completamente loca. Está esforzándose, seguramente más por mí que por él, y le resulta difícil, porque desmayarse sería su forma de huir. Sin embargo, el subidón de adrenalina que me corre por el cuerpo me impediría dormirme, así que no puedo dejar que lo haga él. No puedo.

La única señal del paso del tiempo está en el cielo, en el sutil movimiento de la luna. Peeta me la señala e insiste en que observe su avance y, a veces, por un momento, siento una chispa de esperanza antes de que la desesperación de la noche me envuelva de nuevo.

Al final lo oigo susurrar que el sol está saliendo. Abro los ojos y veo que las estrellas se difuminan a la pálida luz del alba. Además, veo lo pálida que está la cara de Peeta, el poco tiempo que le queda, y sé que tengo que llevarlo de vuelta al Capitolio.

En cualquier caso, no se ha oído el cañonazo. Pego la oreja al cuerno y distingo la débil voz de Cato.

—Creo que está más cerca. Katniss, ¿puedes dispararle?

Si está cerca de la entrada, quizá lo consiga; llegados a este punto, sería un acto de piedad.

—Mi última flecha está en tu torniquete.

—Pues aprovéchala bien —responde él, bajándose la cremallera de la chaqueta para que salga.

Así que suelto la flecha, vuelvo a atar el torniquete lo más fuerte que mis helados dedos me permiten y me froto las manos para intentar recuperar la circulación. Cuando me arrastro hasta el borde del cuerno y me asomo, noto que Peeta me sujeta para que no me caiga.

Tardo unos segundos en encontrar a Cato en la penumbra, en la sangre. Después, el desollado pedazo de carne que antes era mi enemigo emite un sonido y veo dónde tiene la boca. Creo que las palabras que intenta decir son «por favor».

La compasión y no la venganza es lo que guía mi flecha a su cabeza. Peeta me sube de nuevo y allí me quedo, arco en mano, con el carcaj vacío.

—¿Le has dado? —me susurra. El cañonazo le responde—. Entonces, hemos ganado, Katniss —añade, sin emoción.

—Bien por nosotros —consigo decir, aunque en mi voz no se nota la alegría por la victoria.

En ese momento se abre un agujero en la llanura y, como si siguieran órdenes, los mutos que quedan vivos saltan en él, desaparecen en el interior y la tierra vuelve a cerrarse.

Esperamos a que llegue el aerodeslizador para llevarse los restos de Cato, a que suenen las trompetas de la victoria, pero nada.

—¡Eh! —grita Peeta al aire—. ¿Qué está pasando? —La única respuesta es el parloteo de los pájaros al despertarse—. Quizá sea por el cadáver, quizá tengamos que apartarnos.

Intento recordar si hay que apartarse del último tributo muerto. Tengo el cerebro demasiado embrollado para estar segura, pero ¿qué otra cosa podría ser?

—Vale, ¿crees que puedes llegar hasta el lago? —le pregunto.

—Creo que será mejor que lo intente.

Bajamos poco a poco por el extremo del cuerno y caemos al suelo. Si yo tengo las extremidades tan rígidas, ¿cómo puede moverse Peeta? Me levanto la primera, y doblo y agito brazos y piernas hasta encontrarme en condiciones de ayudarlo a levantarse. Conseguimos llegar al lago, aunque no sé cómo, y recojo un poco de agua fría para Peeta; yo también bebo.

Un sinsajo emite un largo silbido bajo y se me llenan los ojos de lágrimas cuando aparece el aerodeslizador y se lleva a Cato. Ahora vendrán a por nosotros, y podremos irnos a casa.

Sin embargo, sigue sin haber respuesta.

—¿A qué están esperando? —pregunta Peeta débilmente.

Entre la pérdida del torniquete y el esfuerzo que nos había supuesto llegar al lago, se le había abierto la herida.

—No lo sé.

No sé a qué se deberá el retraso, pero no soporto seguir viéndolo perder sangre. Me levanto para buscar un palo, pero encuentro rápidamente la flecha que rebotó en la armadura de Cato; servirá tan bien como la otra flecha. Cuando voy a cogerla, la voz de Claudius Templesmith retumba en la arena.

—Saludos, finalistas de los Septuagésimo Cuartos Juegos del Hambre. La última modificación de las normas se ha revocado. Después de examinar con más detenimiento el reglamento, se ha llegado a la conclusión de que solo puede permitirse un ganador. Buena suerte y que la suerte esté siempre de vuestra parte.

Un pequeño estallido de estática y se acabó. Me quedo mirando a Peeta con cara de incredulidad hasta que asimilo la verdad: nunca han tenido intención de dejarnos vivir a los dos. Los Vigilantes lo han planeado todo para garantizar el final más dramático de la historia, y nosotros, como idiotas, nos lo hemos tragado.

—Si te paras a pensarlo, no es tan sorprendente —dice Peeta en voz baja.

Lo observo ponerse en pie a duras penas. Se mueve hacia mí, como a cámara lenta, sacándose el cuchillo del cinturón...

Antes de ser consciente de lo que hago, tengo el arco cargado y apuntándole al corazón. Arquea las cejas y veo que su mano ya estaba camino de tirar el cuchillo al lago. Suelto las armas y doy un paso atrás, con la cara ardiendo de vergüenza.

—No —me detiene—, hazlo.

Peeta se acerca cojeando y me pone las armas de nuevo en las manos.

—No puedo. No lo voy a hacer.

—Hazlo, antes de que envíen otra vez a esos animales o a otra cosa. No quiero morir como Cato.

—Pues dispárame —respondo, furiosa, devolviéndole las armas con un empujón—. ¡Dispárame, vete a casa y vive con ello!

Mientras lo digo, sé que la muerte aquí, ahora mismo, sería más fácil que seguir viviendo.

—Sabes que no puedo —dice él, tirando las armas—. Vale, de todos modos yo seré el primero en morir.

Se inclina y se arranca la venda de la pierna, eliminando la última barrera entre su sangre y la tierra.

—¡No, no puedes suicidarte!

Me pongo de rodillas e intento pegarle la venda en la herida, desesperada.

—Katniss, es lo que quiero.

—No vas a dejarme sola —insisto, porque, si muere, en realidad nunca volveré a casa, me pasaré el resto de mi vida en este campo de batalla, intentando encontrar la salida.

—Escucha —me dice, poniéndome en pie—. Los dos sabemos que necesitan a su vencedor. Solo puede ser uno de nosotros. Por favor, acéptalo, hazlo por mí.

Y sigue hablando sobre lo mucho que me quiere, sobre cómo

sería su vida sin mí, pero yo ya no lo escucho, porque sus anteriores palabras han quedado atrapadas dentro de mi cabeza y están ahí, dando vueltas.

«Los dos sabemos que necesitan a su vencedor».

Sí, lo necesitan. Sin vencedor, a los Vigilantes les estallaría todo en la cara: fallarían al Capitolio, puede que incluso los ejecutasen de alguna forma lenta y dolorosa, en directo para todas las pantallas del país.

Si morimos Peeta y yo, o si pensaran que vamos a...

Me llevo las manos al saquito del cinturón y lo desengancho. Peeta lo ve y me coge la muñeca.

—No, no te dejaré.

—Confía en mí —susurro. Él me mira a los ojos durante un buen rato, pero me suelta. Abro el saquito y le echo un puñado de bayas en la mano; después cojo unas cuantas para mí—. ¿A la de tres?

—A la de tres —responde Peeta, inclinándose para darme un beso muy dulce. Nos ponemos de pie, espalda contra espalda, cogidos con fuerza de la otra mano—. Enséñalas, quiero que todos lo vean.

Abro los dedos y las oscuras bayas relucen al sol. Le doy un último apretón de manos a Peeta para indicarle que ha llegado el momento, para despedirme, y empezamos a contar.

—Uno. —Quizá me equivoque—. Dos. —Quizá no les importe que muramos los dos—. ¡Tres!

Es demasiado tarde para cambiar de idea. Me llevo la mano a los labios y le echo un último vistazo al mundo. Justo cuando las bayas entran en la boca, las trompetas empiezan a sonar.

La voz frenética de Claudius Templesmith grita sobre nosotros:

—¡Parad! ¡Parad! Damas y caballeros, me llena de orgullo presentarles a los vencedores de los Septuagésimo Cuartos Juegos del Hambre: ¡Katniss Everdeen y Peeta Mellark! ¡Les presento a... los tributos del Distrito 12!

26

Escupo las bayas y me limpio la lengua con el borde de la camisa para asegurarme de que no quede nada. Peeta tira de mí hacia el lago, donde los dos nos enjuagamos la boca y nos abrazamos, sin fuerzas.

—¿No te has tragado ninguna? —le pregunto.

—¿Y tú? —responde él, sacudiendo la cabeza.

—Supongo que no, porque sigo viva.

Veo que mueve los labios para contestar, pero no lo oigo con el rugido de la multitud del Capitolio, que sale en directo por los altavoces.

El aerodeslizador aparece sobre nosotros y de él caen dos escaleras, solo que no pienso soltar a Peeta, de ninguna manera. Lo rodeo con un brazo para ayudarlo a subir, y los dos ponemos un pie en el primer travesaño. La corriente eléctrica nos paraliza, de lo cual me alegro, porque no estoy segura de que Peeta pudiese quedarse colgado todo el viaje. Al subir estaba mirando hacia abajo, así que veo que, aunque nuestros músculos están inmóviles, nada corta el flujo de sangre de su pierna. Como cabía esperar, se desmaya en cuanto la puerta se cierra detrás de nosotros y la corriente eléctrica se detiene.

Todavía tengo agarrada la parte de atrás de su chaqueta con tanta fuerza que, cuando se lo llevan, se rompe, y me deja con un puñado de tela negra. Unos médicos vestidos con batas, máscaras y guantes blancos esterilizados ya están preparados para trabajar, para entrar en acción. Peeta está tan pálido y quieto sobre la mesa plateada, lleno de tubos y cables por todas partes, que, por un momento, olvido que hemos salido de los juegos y veo a los médicos como una amenaza más, otra manada de mutos diseñados para matarlo. Petrificada, me lanzo a salvarlo, pero me retienen y me empujan al interior de otro cuarto, con una puerta de cristal entre los dos. Nadie me hace caso, salvo un ayudante del Capitolio que aparece detrás de mí y me ofrece una bebida.

Me dejo caer en el suelo, con la cara contra la puerta, mirando el vaso de cristal que tengo en la mano sin entender nada. Está helado, lleno de zumo de naranja, con una pajita de borde decorado. Parece completamente fuera de lugar en mi mano sucia y ensangrentada, al lado de las cicatrices y las uñas llenas de tierra. Se me hace la boca agua con el olor, pero la dejo con cuidado en el suelo, sin confiar en nada tan limpio y bonito.

A través del cristal veo cómo los médicos trabajan sin parar en Peeta; fruncen el ceño, concentrados. Veo el flujo de líquidos que bombean por los tubos, y una pared llena de cuadrantes y luces que no significan nada para mí. No estoy segura, pero creo que se le para el corazón dos veces.

Es como estar en casa cuando traen a una persona destrozada sin remedio en el estallido de una mina, a una mujer en su tercer día de parto o a un niño malnutrido que lucha contra la neumonía; en esas ocasiones, mi madre y Prim suelen tener la misma expresión que los médicos. Ha llegado el momento de huir al bosque y esconderme entre los árboles hasta que el paciente haya desaparecido y, en otra parte de la Veta, los martillos se encarguen del ataúd. Sin embargo, estoy aquí, atrapada no solo por las paredes del aerodeslizador, sino también por la misma fuerza que ata a los seres queridos de los moribundos. A menudo los he visto reunidos en torno a la mesa de nuestra cocina y he pensado: «¿Por qué no se van? ¿Por qué se quedan a mirar?».

Y ahora lo sé: porque no les queda otra alternativa.

Doy un salto cuando noto que alguien me mira a pocos centímetros, y me doy cuenta de que es mi reflejo en el cristal: ojos enloquecidos, mejillas huecas, pelo enredado; rabiosa, salvaje, loca. No es de extrañar que todos se mantengan a una distancia prudencial de mí.

Lo siguiente que sé es que hemos aterrizado en el tejado del Centro de Entrenamiento y que se llevan a Peeta, aunque a mí me dejan donde estoy. Me lanzo contra el cristal, chillando, y creo distinguir un atisbo de pelo rosa (tiene que ser Effie, Effie viene al rescate), cuando alguien me pincha por detrás con una aguja.

Cuando despierto me da miedo moverme. Todo el techo brilla con una suave luz amarilla, lo que me permite ver que estoy en una habitación en la que solo está mi cama; ni puertas, ni ventanas a la vista. El aire huele a algo fuerte y antiséptico. Del brazo derecho me salen varios tubos que se meten en la pared que tengo detrás. Estoy desnuda, pero la ropa de cama me reconforta. Saco con precaución la mano derecha de la colcha: no solo está limpia, sino que han arreglado las uñas en óvalos perfectos y las cicatrices de las quemaduras se notan menos. Me toco la mejilla, los labios, la cicatriz arrugada sobre la ceja y, cuando empiezo a pasarme los dedos por mi pelo de seda, me quedo helada. Me muevo el pelo con aprensión por encima de la oreja izquierda; no, no me lo he imaginado: puedo oír de nuevo.

Intento sentarme, pero algún tipo de correa de sujeción me rodea la cintura y solo me deja levantarme unos centímetros. La restricción física hace que me entre el pánico, y me pongo a tirar y a retorcer las caderas para librarme de la correa; entonces se desliza una parte de la pared, como si fuese una puerta, y por ella entra la chica avox pelirroja con una bandeja. Al verla me calmo y dejo de forcejear. Quiero hacerle un millón de preguntas, aunque me da miedo que un exceso de confianza le cause problemas, porque está claro que me vigilan de cerca. Deja la bandeja sobre mis muslos y aprieta algo que me coloca en posición sentada. Mientras me arregla las almohadas, me atrevo a preguntarle algo; lo digo en voz alta, tan claro como me lo permite mi voz oxidada, para que no parezca que le cuento secretitos.

—¿Ha sobrevivido Peeta?

Ella asiente y, cuando me pone una cuchara en la mano, noto que me la aprieta como una amiga.

Supongo que, al fin y al cabo, no quería verme muerta. Y Peeta lo ha logrado; claro que lo ha logrado, con todo el equipo caro que tienen aquí. Sin embargo, no estaba segura hasta ahora.

Cuando se va la chica, la puerta se cierra sin hacer ruido detrás de ella y yo me vuelvo, hambrienta, hacia la bandeja: un cuenco de caldo claro, una pequeña ración de compota de manzana y un vaso de agua. «¿Ya está?», pienso, enfurruñada. ¿No debería ser mi comida de bienvenida un poco más espectacular? Al final descubro que apenas soy capaz de terminar lo poco que me han puesto. Es como si el estómago se me hubiese reducido al tamaño de una castaña, y me pregunto cuánto tiempo llevo inconsciente, porque la última mañana que pasé en la arena no me costó nada comerme un desayuno considerable. Normalmente pasan unos días entre el final de la competición y la presentación del vencedor, de modo que puedan volver a convertir a un tributo muerto de hambre, herido y destrozado en una persona. Cinna y Portia andarán por aquí, creando nuestro vestuario para las apariciones públicas. Haymitch y Effie estarán disponiendo el banquete para los patrocinadores y revisando las preguntas de las últimas entrevistas. En casa, en el Distrito 12, estarán inmersos en el caos de organizar las celebraciones de bienvenida para Peeta y para mí, sobre todo porque las últimas fueron hace casi treinta años.

¡En casa! ¡Prim y mi madre! ¡Gale! Incluso la imagen del viejo gato zarrapastroso de Prim me hace sonreír. ¡Pronto estaré en casa!

Quiero salir de esta cama, ver a Peeta y Cinna, descubrir qué ha estado pasando. ¿Y por qué no? Me siento bien. Sin embargo, cuando empiezo a salir de la correa, noto que un líquido frío sale de uno de los tubos y se introduce por una de mis venas; pierdo la conciencia de forma casi inmediata.

Lo mismo sucede una y otra vez durante un periodo indefinido: me despierto, me alimentan y, aunque resisto el impulso de intentar escapar de la cama, me vuelven a dejar sin sentido. Es como estar en un extraño crepúsculo continuo. Solo tomo nota de unas cuantas cosas: la chica avox no ha vuelto desde que me dio de comer la primera vez, mis cicatrices desaparecen y... ¿me lo he imaginado o he oído de verdad los gritos de un hombre? No con el acento del Capitolio, sino con la tosca cadencia de mi distrito. No puedo evitar tener la vaga sensación de que alguien cuida de mí, y eso me reconforta.

Entonces, por fin, llega un momento en que me despierto y no tengo nada clavado en el brazo derecho. También me han quitado la correa de la cintura y soy libre para moverme a mi gusto. Empiezo a levantarme, pero me detiene la visión de mis manos: la piel está perfecta, suave y reluciente. No solo han desaparecido sin dejar rastro las cicatrices del campo de batalla, sino también las que había acumulado con los años de cazadora. Me toco la frente y parece de satén; cuando intento buscar la quemadura de la pantorrilla, no encuentro nada.

Saco las piernas de la cama, con los nervios de no saber si soportarán bien mi peso, y compruebo que están fuertes y preparadas. Al pie de la cama encuentro un traje que me hace estremecer, el mismo que llevábamos todos los tributos en la arena. Me quedo mirándolo hasta que recuerdo que, obviamente, es lo que tengo que ponerme para saludar a mi equipo.

Me visto en menos de un minuto y toqueteo la pared, donde sé que está la puerta aunque no la vea, hasta que, de repente, se abre. Salgo a un pasillo amplio y vacío que no parece tener más puertas. No obstante, debe de haberlas, y detrás de una de ellas tiene que estar Peeta. Ahora que estoy consciente y en movimiento, mi preocupación por él aumenta por segundos. Si no estuviera bien, la avox me lo habría dicho, pero necesito verlo por mí misma.

—¡Peeta! —lo llamo, ya que no hay nadie a quien preguntar.

Oigo que alguien responde gritando mi nombre, aunque no es su voz, sino una que me provoca primero irritación y después impaciencia: Effie.

Me vuelvo y los veo a todos esperando en una gran sala al final del pasillo: Effie, Haymitch y Cinna. Salgo corriendo hacia ellos sin vacilar. Es posible que los vencedores deban ser más comedidos, más arrogantes, sobre todo cuando sabes que te están mirando, pero me da igual. Corro hacia ellos y me sorprendo a mí misma abrazando primero a Haymitch. Cuando me susurra al oído «buen trabajo, preciosa», no suena sarcástico. Effie está algo llorosa y no deja de darme palmaditas en el pelo y de hablar sobre cómo le decía a todo el mundo que éramos perlas. Cinna se limita a abrazarme con fuerza y no dice nada. Entonces veo que Portia no está y tengo un mal presentimiento.

—¿Dónde está Portia? ¿Con Peeta? Peeta está bien, ¿no? Quiero decir, que está vivo, ¿verdad?

—Está bien, pero quieren que os encontréis en directo durante la ceremonia —responde Haymitch.

—Ah, vale —respondo, y el horrible momento de temer que Peeta estuviese muerto se pasa de nuevo—. Supongo que es lo que yo querría ver.

—Ve con Cinna. Tiene que ponerte a punto —dice Haymitch.

Es un alivio estar a solas con Cinna, sentir su brazo protector sobre los hombros y alejarnos de las cámaras, recorrer algunos pasillos y llegar a un ascensor que nos conduce al vestíbulo del Centro de Entrenamiento. Eso quiere decir que el hospital está en el sótano, incluso debajo del gimnasio en el que los tributos practicábamos haciendo nudos y tirando lanzas. Las ventanas del vestíbulo están oscurecidas y un puñado de guardias lo vigilan todo. Nadie más nos ve llegar al ascensor de los tributos. Se oye el eco de nuestras pisadas en el vacío. Cuando subimos a la duodécima planta, me pasan por la cabeza las caras de todos los tributos que nunca regresarán y noto un nudo en la garganta.

Entonces se abren las puertas, y Venia, Flavius y Octavia me asaltan hablando tan deprisa y con tanta alegría que no consigo entender lo que dicen, aunque el sentido está claro: están realmente encantados de verme, y lo mismo me pasa a mí con ellos, aunque me emocionó mucho más ver a Cinna. Esto es más como alegrarse de ver a un trío de mascotas cariñosas al final de un día muy difícil.

Me llevan al comedor y me dan una comida de verdad (rosbif con guisantes y panecillos), aunque las raciones siguen estando controladas, porque, cuando pido repetir, me dicen que no.

—No, no y no. No quieren que lo eches todo en el escenario —responde Octavia, pero me da un panecillo más sin que nadie lo vea, por debajo de la mesa, para hacerme saber que está de mi parte.

Volvemos a mi habitación y Cinna desaparece durante un rato mientras el equipo de preparación me arregla.

—Oh, te han hecho un buen trabajo de pulido —dice Flavius con envidia—. No tienes ni un defecto en la piel.

Sin embargo, cuando me miro desnuda en el espejo solo veo lo delgaducha que estoy. Bueno, seguro que estaba peor cuando salí del campo de batalla, pero puedo contarme las costillas sin ningún problema.

Seleccionan los ajustes de la ducha por mí y empiezan a arreglarme el pelo, las uñas y el maquillaje cuando termino. Charlan sin parar, así que apenas tengo que decir nada; eso está bien, porque no me siento muy habladora. Tiene gracia porque, aunque parloteen sobre los juegos, sus comentarios versan acerca de dónde estaban, qué hacían o cómo se sentían cuando sucedió algo en concreto: «¡Todavía estaba en la cama!», «¡Acababa de teñirme las cejas!», «¡Os juro que estuve a punto de desmayarme!». Todo gira en torno a ellos, no tiene nada que ver con los chicos que morían en la arena.

En el Distrito 12 no nos regodeamos así en los juegos, sino que apretamos los dientes, miramos por obligación e intentamos volver a nuestras cosas lo antes posible en cuanto acaban. Para no odiar al equipo de preparación, consigo bloquear la mayor parte de su charla.

Cinna entra con lo que parece ser un vestido amarillo muy simple.

—¿Ya te has aburrido del tema de la «chica en llamas»?

—Dímelo tú —responde, y me lo mete por la cabeza. Al instante noto que ha rellenado la parte del pecho para añadir las curvas que el hambre me ha robado del cuerpo. Me llevo las manos a los senos y frunzo el ceño—. Ya lo sé —dice Cinna antes de que pueda protestar—, pero los Vigilantes querían modificarte quirúrgicamente. Haymitch tuvo una gran pelea con ellos y esta fue la solución de compromiso. —Me detiene antes de que pueda mirarme en el espejo—. Espera, no te olvides de los zapatos.

Venia me ayuda a ponerme un par de sandalias de cuero planas y me vuelvo hacia el espejo.

Sigo siendo la «chica en llamas»: la fina tela del vestido despide un ligero brillo; el más leve movimiento del aire crea ondas. En comparación con este, el traje del carro parece estridente, y el de la entrevista, demasiado artificial; ahora doy la impresión de haberme vestido con la luz de una vela.

—¿Qué te parece?

—Creo que es el mejor que has hecho hasta ahora.

Cuando consigo apartar la mirada de los destellos de la tela, me encuentro con una sorpresa: llevo el cabello suelto y echado atrás con una sencilla cinta; el maquillaje redondea y rellena mis ahora angulosas facciones; me han puesto esmalte transparente en las uñas; el vestido sin mangas está recogido a la altura de las costillas, no de la cintura, de modo que el relleno no afecta demasiado a mi figura; el borde me llega justo a las rodillas; al no llevar tacones, tengo mi estatura real. En resumidas cuentas, parezco una chica, una chica joven, de catorce años como mucho, inocente e inofensiva. Sí, me sorprende que Cinna haya decidido sacar esto, teniendo en cuenta que acabo de ganar los juegos.

Se trata de una imagen muy estudiada, porque Cinna nunca deja nada al azar. Me muerdo el labio, intentando averiguar sus motivos.

—Creía que sería algo más... sofisticado —le digo.

—Supuse que a Peeta le gustaría más esto —responde él, con precaución.

¿Peeta? No, no es por Peeta. Es por el Capitolio, los Vigilantes y la audiencia. Aunque no entiendo todavía el diseño de Cinna, me recuerda que los juegos todavía no han terminado por completo. Además, noto una advertencia debajo de su benévola respuesta. Me advierte sobre algo que no puede mencionar ni siquiera delante de su propio equipo.

Bajamos en el ascensor hasta la planta donde nos entrenamos. La costumbre es que el vencedor y su equipo de preparación salgan al escenario en una plataforma elevada. Primero el equipo de preparación, seguido por el acompañante, el estilista, el mentor y, finalmente, el vencedor. Como este año somos dos vencedores que comparten acompañante y mentor, han tenido que reorganizarlo todo. Me encuentro en una parte mal iluminada bajo el escenario. Han instalado una nueva plataforma de metal para elevarme; todavía se ven pequeños montoncitos de serrín y huele a pintura fresca. Cinna y el equipo de preparación se van para ponerse sus trajes y colocarse en su sitio, así que me quedo sola. En la penumbra veo una pared improvisada a unos nueve metros de mí; supongo que Peeta estará detrás.

El rugido de la multitud es tan ensordecedor que no me doy cuenta de la llegada de Haymitch hasta que me toca el hombro y doy un bote, sobresaltada; supongo que parte de mí sigue en la arena.

—Tranquila, soy yo. Deja que te eche un vistazo —dice. Levanto los brazos y doy una vuelta—. No está mal.

—¿Pero? —pregunto, porque no ha sido un gran cumplido.

—Pero nada. ¿Qué tal un abrazo de buena suerte? —responde él, después de examinar mi mohoso lugar de espera y tomar una decisión.

Vale, es una petición extraña viniendo de él, pero, al fin y al cabo, hemos ganado; quizás un abrazo sea lo más apropiado. Sin embargo, cuando le rodeo el cuello con los brazos, me encuentro atrapada por los suyos y me empieza a hablar muy deprisa y muy bajito al oído, con los labios ocultos por mi pelo.

—Escucha, tienes problemas. Se dice que el Capitolio está furioso por la manera en que los habéis dejado en ridículo en la arena. Si hay algo que no soportan es que se rían de ellos, y ahora son el hazmerreír de Panem —me dice Haymitch.

Siento que el miedo me corre por las venas, pero me río como si me dijese algo encantador, porque no tengo nada que me oculte la boca.

—¿Y qué?

—Tu única defensa sería que estuvieses tan loca de amor que no fueses responsable de tus acciones. —Haymitch se aparta y me arregla la cinta del pelo—. ¿De acuerdo, preciosa?

Podría estar hablando de cualquier cosa.

—De acuerdo. ¿Se lo has dicho a Peeta?

—No hace falta. Él lo tiene claro.

—Pero ¿crees que yo no? —pregunto, aprovechando la oportunidad para enderezar la pajarita de color rojo intenso que Cinna debe de haberle obligado a llevar.

—¿Y desde cuándo importa lo que yo crea? Será mejor que ocupemos nuestros puestos. —Me conduce al círculo de metal—. Es tu noche, preciosa, disfrútala.

Me da un beso en la frente y desaparece en la penumbra.

Me tiro de la falda deseando que fuese más larga para tapar lo mucho que me chocan las rodillas. Entonces me doy cuenta de que no tendría sentido, porque todo el cuerpo me tiembla como una hoja. Con suerte, lo atribuirán a la emoción. Al fin y al cabo, es mi noche.

El olor a humedad y moho que hay debajo del escenario amenaza con ahogarme. Noto un sudor frío y pegajoso en la piel y no puedo evitar la sensación de que las tablas que tengo encima están a punto de derrumbarse, de enterrarme viva debajo de los escombros. Después de salir del campo de batalla, después de las trompetas, se suponía que estaría a salvo para siempre, para el resto de mi vida. Sin embargo, si lo que dice Haymitch es cierto (y no tiene razones para mentir), nunca he corrido tanto peligro como ahora.

Es mucho peor que la caza de la arena, porque allí podía morir y ya está, fin de la historia. Aquí podrían castigar a Prim, a mi madre, a Gale, a la gente del Distrito 12, a todas las personas que me importan, si no consigo hacer creíble el escenario de chica-loca-de-amor que Haymitch ha sugerido.

Bueno, aún tengo una oportunidad. Qué curioso, cuando saqué las bayas en la arena solo pensaba en ser más lista que los Vigilantes, no en lo mal que haría quedar al Capitolio con mis acciones. Pero los Juegos del Hambre son su arma y se supone que no puedes vencerlos, así que ahora el Capitolio actuará como si hubiese controlado la situación desde el principio, como si lo dirigiese todo, suicidio doble incluido. Claro que, para que eso funcione, tengo que seguirles el juego.

Y Peeta... Peeta también sufrirá si la actuación no sale bien. Pero ¿qué ha respondido Haymitch cuando le he preguntado si se lo había explicado a Peeta, que tenía que fingir estar loco de amor por mí?

«No hace falta, él lo tiene claro».

¿Tiene claro lo que está pasando, como siempre, y es muy consciente del peligro que corremos? ¿O... tiene claro que está loco de amor por mí? No lo sé, ni siquiera he empezado a ordenar lo que siento por Peeta, es demasiado complicado. No sé qué hice como parte de los juegos, qué hice por odio al Capitolio, qué hice para que lo vieran en el Distrito 12, qué hice porque era lo correcto y qué hice porque este chico me importa.

Son preguntas que debo resolver en casa, en la tranquilidad y el sosiego del bosque, cuando no me vea nadie, pero no aquí, con todos los ojos del país clavados en mí. Sin embargo, no disfrutaré de ese lujo durante vete a saber cuánto tiempo y, ahora mismo, la parte más peligrosa de los Juegos del Hambre está a punto de empezar.

27

El himno me retumba en los oídos y después oigo a Caesar Flickerman saludar a la audiencia. ¿Sabe lo crucial que es decir la palabra correcta a partir de ahora? Seguro, querrá ayudarnos. La multitud rompe en aplausos cuando presenta al equipo de preparación. Me imagino a Flavius, Venia y Octavia dando saltitos y haciendo reverencias ridículas; creo que puedo decir sin temor a equivocarme que no tienen ni idea de lo que está pasando. Después presenta a Effie. Cuánto tiempo lleva esperando este momento; espero que lo disfrute, porque, por muy despistada que sea, tiene un buen instinto para algunas cosas y, por lo menos, debe de intuir que algo va mal. Portia y Cinna reciben grandes vítores, por supuesto, ya que han estado geniales, después de un debut tan deslumbrante. Ahora entiendo por qué Cinna me eligió este vestido: tengo que parecer todo lo inocente e infantil que pueda. La aparición de Haymitch se saluda con grandes pisotones en el suelo durante cinco minutos, como mínimo. Bueno, ha conseguido lo nunca visto al mantener vivos no solo a un tributo, sino a dos. ¿Y si no me hubiese advertido a tiempo? ¿Habría actuado de otra forma? ¿Le habría restregado al Capitolio por la cara el momento de las bayas? No, no creo, pero sí que podría haber resultado mucho menos convincente de lo necesario en estos momentos..., en estos precisos momentos, porque noto que la plataforma se eleva hacia el escenario.

Luces cegadoras. Un rugido ensordecedor que hace vibrar el metal que tengo bajo los pies. Entonces veo a Peeta a pocos metros de mí. Parece tan limpio, sano y guapo que apenas lo reconozco. Sin embargo, su sonrisa es la misma, ya esté cubierto de barro o en el Capitolio, y, al verla, doy unos tres pasos y me lanzo en sus brazos. Él se tambalea hacia atrás, a punto de perder el equilibrio, y entonces me doy cuenta de que el artilugio metálico y delgado que lleva en la mano es una especie de bastón. Se endereza y nos abrazamos mientras la audiencia se vuelve loca. Él me besa y yo no puedo dejar de pensar: «¿Lo sabes? ¿Sabes el peligro que corremos?».

Después de diez minutos así, Caesar Flickerman le da un golpecito en el hombro para poder seguir con el espectáculo, pero Peeta lo aparta sin mirarlo siquiera. El público pierde la cabeza. Lo sepa o no, Peeta, como siempre, sabe cómo manejar a la audiencia.

Al final, Haymitch nos interrumpe y nos da un empujón cariñoso hacia el sillón de los vencedores. Lo normal es que sea un solo sillón muy recargado desde el que el tributo ganador observa la película de los mejores momentos de los juegos, pero, como somos dos, los Vigilantes nos han puesto un lujoso sofá de terciopelo rojo. Es pequeño; creo que mi madre lo llamaría confidente. Me siento tan cerca de Peeta que estoy prácticamente sobre su regazo, aunque basta echarle un vistazo a Haymitch para saber que no es suficiente, así que me quito las sandalias, subo los pies al sofá y apoyo la cabeza en el hombro de Peeta. Él me rodea con un brazo automáticamente, y yo me siento como si estuviera de nuevo en la cueva, acurrucada a su lado, intentando entrar en calor. Su camisa está hecha con la misma tela amarilla que mi vestido, pero Portia le ha puesto unos pantalones largos negros. Tampoco lleva sandalias, sino un par de robustas botas negras que no levanta del suelo. Ojalá Cinna me hubiese puesto algo parecido, porque me siento muy vulnerable con este vestido tan ligero. Supongo que esa era la idea.

Caesar Flickerman hace algunos chistes y pasa al espectáculo. Durará exactamente tres horas y es de visión obligatoria para todo Panem. Cuando reducen la intensidad de las luces y aparece el sello en la pantalla, me doy cuenta de que no estoy preparada para esto, de que no quiero ver morir a mis veintidós compañeros. Ya vi bastante la primer vez. Empieza a latirme el corazón con fuerza y siento el impulso de huir. ¿Cómo se han podido enfrentar a esto solos los otros vencedores? Durante los mejores momentos suelen mostrar la reacción del ganador en un cuadrito de una esquina de la pantalla. Pienso en los años anteriores... Algunos parecían encantados, alzaban los puños y se golpeaban el pecho. Casi todos parecían aturdidos. Solo sé que lo único que me mantiene en este confidente es Peeta: su brazo sobre mi hombro, su otra mano entre las mías. Por supuesto, los anteriores ganadores no tenían al Capitolio planeando cómo destruirlos.

Resumir varias semanas en tres horas es toda una hazaña, sobre todo teniendo en cuenta la cantidad de cámaras que funcionaban a la vez. El que monta esto debe tener claro qué historia desea contar. Este año, por primera vez, cuenta una historia de amor. Sé que Peeta y yo hemos ganado, pero nos dedican una cantidad de tiempo desproporcionada desde el principio. De todos modos, eso me alegra, porque apoya la excusa de la locura de amor como defensa por el desafío al Capitolio, además de evitarme el regodeo en las muertes.

La primera hora o así se centra en los sucesos anteriores a la arena: la cosecha, el paseo en carro por el Capitolio, las clasificaciones del entrenamiento y las entrevistas. Una banda sonora animada hace que parezca el doble de horrible porque, claro, casi todos los que aparecen en pantalla están muertos.

Una vez en el campo de batalla se ofrece una detallada cobertura del baño de sangre y después, básicamente, los realizadores alternan imágenes de los tributos muriendo e imágenes nuestras. Sobre todo, imágenes de Peeta, en realidad, porque está claro que él lleva el peso del romance sobre los hombros. Ahora veo lo que vio la audiencia, cómo engañó a los tributos profesionales sobre mí, cómo se quedó despierto toda la noche bajo el árbol de las rastrevíspulas, cómo luchó contra Cato para dejarme escapar e, incluso tumbado en la orilla embarrada, cómo susurraba mi nombre en sueños. En comparación, yo parezco un témpano de hielo (esquivo bolas de fuego, dejo caer nidos y hago estallar las provisiones) hasta que voy a por Rue. Enseñan su muerte al completo, la lanza, mi intento de rescate fallido, mi flecha en el cuello del chico del Distrito 1, el último aliento de Rue en mis brazos y la canción. Canto todas y cada una de las notas de la canción. Algo dentro de mí se cierra y me quedo demasiado entumecida para sentir nada. Es como ver a unos completos desconocidos en otros Juegos del Hambre, aunque noto que omiten la parte en la que la cubrí de flores.

Claro, porque hasta eso apesta a rebelión.

Las cosas mejoran para mí cuando anuncian que los dos tributos del mismo distrito pueden sobrevivir, y grito el nombre de Peeta y me tapo la boca. Si hasta el momento me había mostrado indiferente con él, a partir de ahí lo compenso al buscarlo, devolverle la salud con mis atenciones, ir al banquete a por la medicina y dispensar mis besos con mucha generosidad. Veo los mutos y la muerte de Cato desde un punto de vista objetivo; sé que son tan horribles como siempre, pero, de nuevo, es como si le pasase a gente que no conozco.

Entonces llega el momento de las bayas. Oigo que el público pide silencio: no quieren perderse nada. Me siento llena de gratitud hacia los realizadores cuando veo que no acaban con el anuncio de nuestra victoria, sino conmigo aporreando la puerta de cristal del aerodeslizador, gritando el nombre de Peeta mientras intentan reanimarlo.

En términos de supervivencia, es mi mejor momento de toda la noche.

Vuelve a sonar el himno y nos levantamos cuando el presidente Snow en persona sale a escena, seguido de una niñita con el cojín que sostiene la corona. Sin embargo, solo hay una corona, y se nota la perplejidad de la multitud (¿para quién será?), hasta que el presidente Snow la gira y la divide en dos. La primera mitad la coloca sobre la frente de Peeta con una sonrisa. Sigue sonriendo cuando me coloca la segunda, pero en sus ojos, que están a pocos centímetros de los míos, veo que será implacable como una serpiente.

Entonces sé que, aunque los dos nos hubiésemos comido las bayas, soy yo la culpable, porque yo tuve la idea. Soy la instigadora, la que debe recibir el castigo.

Después hay muchas reverencias y vítores. Tengo el brazo a punto de caérseme de tanto saludar cuando Caesar Flickerman por fin se despide de los espectadores y les recuerda que vuelvan mañana para las últimas entrevistas. Como si les quedase alternativa.

A Peeta y a mí nos llevan a la mansión del presidente para el banquete de la victoria, donde tenemos muy poco tiempo para comer mientras los funcionarios del Capitolio y los patrocinadores más generosos se pelean por hacerse una foto con nosotros. Por nuestro lado pasa una cara sonriente tras otra, cada vez más borrachas conforme avanza la noche. De vez en cuando le echo un vistazo a Haymitch, que resulta reconfortante, o al presidente Snow, que resulta aterrador, pero sigo riendo, dando las gracias a todos y sonriendo para que me hagan fotos. Lo único que no hago ni un momento es soltar la mano de Peeta.

El sol empieza a asomar por el horizonte cuando volvemos muy despacio a la duodécima planta del Centro de Entrenamiento. Creía que por fin podría hablar a solas con Peeta, pero Haymitch le dice que vaya a ver a Portia para escoger algo apropiado para la entrevista y me acompaña en persona hasta mi puerta.

—¿Por qué no puedo hablar con él? —le pregunto.

—Tendrás mucho tiempo para hablar cuando volvamos a casa. Vete a la cama. Saldrás en la tele a las dos.

A pesar de las continuas interferencias de Haymitch, estoy decidida a ver a Peeta en privado. Después de dar vueltas en la cama durante unas cuantas horas, salgo al pasillo. Lo primero que pienso es mirar en el tejado, pero está vacío. Incluso las calles de la ciudad están desiertas después de la celebración de anoche. Regreso a la cama un rato y después decido ir directamente a su dormitorio. Sin embargo, cuando intento girar el pomo, descubro que ha cerrado la puerta con pestillo desde dentro. Al principio sospecho de Haymitch, aunque después tengo el insidioso temor de que el Capitolio pueda estar vigilándome y encerrándome. No he podido escapar desde el inicio de los Juegos del Hambre, pero esto parece distinto, mucho más personal, como si me hubiesen encarcelado por un delito y estuviese esperando mi sentencia. Vuelvo corriendo a mi cama y finjo dormir hasta que Effie Trinket viene a avisarme de que ya empieza otro día «¡muy, muy, muy importante!».

Me dan unos cinco minutos para comerme un cuenco de cereales calientes y estofado antes de que baje el equipo de preparación. Lo único que necesito decir para no tener que volver a hablar durante las siguientes dos horas es: «¡El público os adora!». Cuando entra Cinna, los echa y me pone un vestido de gasa blanca y zapatos rosa. Después me maquilla personalmente hasta que parezco irradiar un brillo suave y sonrosado. Charlamos de todo un poco, pero temo preguntarle cosas importantes después del incidente de la puerta, porque no puedo quitarme de encima la sensación de que me vigilan constantemente.

La entrevista se realiza bajando un poco por el pasillo, en el salón. Han vaciado un espacio y han colocado el confidente, rodeado de jarrones de rosas rojas y rosas. Solo hay un puñado de cámaras para grabar el acontecimiento; al menos, no tendré público delante.

Caesar Flickerman me da un cálido abrazo cuando entro.

—Enhorabuena, Katniss, ¿cómo te encuentras?

—Bien. Nerviosa por la entrevista.

—No lo estés, vamos a pasarlo maravillosamente —responde, dándome una palmadita tranquilizadora en la mejilla.

—No se me da bien hablar sobre mí.

—Nada de lo que digas puede estar mal.

Y yo pienso: «Ay, Caesar, ojalá fuese cierto. Sin embargo, el presidente Snow puede estar planeando algún tipo de "accidente" para mí mientras hablamos».

Entonces entra Peeta, muy guapo vestido de rojo y blanco, y me aparta a un lado.

—Apenas he podido verte. Haymitch parece decidido a mantenernos separados.

De hecho, Haymitch está decidido a mantenernos con vida, pero hay demasiadas personas escuchándonos, así que me limito a decir:

—Sí, últimamente está muy responsable.

—Bueno, solo queda esto antes de irnos a casa. Después no podrá vigilarnos todo el rato.

Noto un escalofrío por el cuerpo y no tengo tiempo para analizarlo, porque ya están preparados para atendernos. Nos sentamos de manera algo formal en el confidente, pero Caesar dice:

—Oh, adelante, acurrúcate a su lado si quieres. Queda muy dulce.

Así que pongo los pies en el asiento, a un lado, y Peeta me acerca a él.

Alguien inicia la cuenta atrás y, sin más, salimos en directo para todo el país. Caesar Flickerman está estupendo; hace bromas, lanza pullas y se ahoga de risa cuando se presenta la ocasión. Peeta y él ya tenían su dinámica desde la noche de la primera entrevista, aquellas bromas fáciles, así que yo solo sonrío e intento hablar lo menos posible. Es decir, tengo que hablar un poco, pero, en cuanto puedo, dirijo la conversación a Peeta.

Sin embargo, al final Caesar empieza a plantear preguntas que exigen respuestas más completas.

—Bueno, Peeta, por vuestros días en la cueva ya sabemos que para ti fue amor a primera vista desde los... ¿cinco años? —pregunta.

—Desde el momento en que la vi.

—Pero, Katniss, menuda experiencia para ti. Creo que la verdadera emoción para el público era ver cómo te enamorabas de él. ¿Cuándo te diste cuenta de que lo amabas?

—Oh, es una pregunta difícil...

Dejo escapar una risita débil y entrecortada, y me miro las manos. Ayuda.

—Bueno, yo sé cuándo me di cuenta: la noche que gritaste su nombre desde aquel árbol —dice él.

«¡Gracias, Caesar!», pienso, y sigo con su idea.

—Sí, supongo que sí. Es decir, hasta ese momento intentaba no pensar en mis emociones, la verdad, porque era muy confuso, y sentir algo por él solo servía para empeorar las cosas. Pero, entonces, en el árbol, todo cambió.

—¿Por qué crees que fue?

—Quizá... porque, por primera vez... tenía la oportunidad de conservarlo.

Veo que Haymitch resopla con alivio detrás de un cámara y sé que he dicho lo correcto. Caesar saca un pañuelo y se toma un momento, porque está conmovido. Noto que Peeta apoya la frente en mi sien y me pregunta:

—Entonces, ahora que me tienes, ¿qué vas a hacer conmigo?

—Ponerte en algún sitio en el que no puedan hacerte daño —respondo, volviéndome hacia él. Cuando me besa, la gente del cuarto deja escapar un suspiro, de verdad.

Caesar aprovecha el momento para pasar al daño sufrido en la arena, desde quemaduras hasta picaduras, pasando por heridas. Sin embargo, hasta que no llegamos a los mutos no me olvido de que estamos delante de las cámaras. Es cuando Caesar le pregunta a Peeta cómo le va con su pierna nueva.

—¿Pierna nueva? —pregunto, y no puedo evitar subirle la pernera del pantalón—. Oh, no —susurro al ver el dispositivo de metal y plástico que ha reemplazado a su carne.

—¿No te lo había dicho nadie? —pregunta Caesar con amabilidad, y yo sacudo la cabeza.

—No he tenido ocasión de hacerlo —dice Peeta, encogiéndose de hombros.

—La culpa es mía, por usar aquel torniquete.

—Sí, por tu culpa sigo vivo —responde Peeta.

—Tiene razón —asegura Caesar—. Seguro que se habría desangrado sin el torniquete.

Supongo que es cierto, pero no puedo evitar entristecerme

por ello hasta el punto de tener ganas de llorar; entonces recuerdo que todo el país me mira, así que oculto el rostro en la camisa de Peeta, que tarda un par de minutos en convencerme de que salga, porque se está mejor en su camisa, donde nadie me ve. Cuando levanto la cabeza al fin, Caesar deja de preguntarme hasta que me recupero. De hecho, me deja bastante en paz hasta que surge el tema de las bayas.

—Katniss, sé que has sufrido una conmoción, pero tengo que preguntártelo. Cuando sacaste aquellas bayas, ¿qué pasaba por tu cabeza?

Hago una larga pausa antes de responder, intentando organizar mis pensamientos. Es el momento crucial en el que se decide si reté al Capitolio o me volví tan loca de amor ante la idea de perder a Peeta que no se me puede culpar por mis acciones. Debería dar un discurso largo y dramático, pero solo consigo articular una frase casi inaudible:

—No lo sé, es que... no podía soportar la idea de... vivir sin él.

—Peeta, ¿algo que añadir?

—No, creo que eso vale para los dos.

Caesar se despide y todo se termina. La gente se ríe, llora y se abraza, aunque sigo sin estar segura hasta que llego a Haymitch.

—¿Vale? —pregunto, susurrando.

—Perfecto.

Vuelvo a mi cuarto para recoger algunas cosas y descubro que lo único que quiero llevarme es la insignia de sinsajo que me dio Madge. Alguien lo volvió a poner en mi dormitorio después de los juegos. Nos llevan por las calles en un coche con ventanillas tintadas y el tren nos espera. Apenas podemos despedirnos de

Cinna y Portia, aunque los veremos dentro de unos meses, cuando hagamos la gira por los distritos para una ronda de ceremonias triunfales. Así el Capitolio recuerda al pueblo que los Juegos del Hambre nunca desaparecen del todo. Nos darán un montón de placas inútiles y el pueblo tendrá que fingir que nos adora.

El tren empieza a moverse y nos introducimos en la noche hasta salir del túnel, momento en que respiro libre por primera vez desde la cosecha. Effie nos acompaña, al igual que Haymitch, por supuesto. Nos comemos una enorme cena y guardamos silencio delante del televisor para ver la entrevista en diferido. Conforme nos alejamos del Capitolio empiezo a pensar en casa, en Prim y en mi madre, y en Gale. Me disculpo para ir a quitarme el vestido, y ponerme una camisa y unos pantalones más sencillos. Mientras me limpio con esmero el maquillaje de la cara y me trenzo el pelo, empiezo a transformarme de nuevo en mí, en Katniss Everdeen, una chica que vive en la Veta, que caza en los bosques, que comercia en el Quemador. Me miro en el espejo intentando recordar quién soy y quién no. Cuando me uno a los demás, la presión del brazo de Peeta sobre los hombros me resulta extraña.

El tren hace una breve pausa para repostar, y nos dejan salir a respirar aire fresco. Peeta y yo caminamos por el andén de la mano, y yo no sé qué decir ahora que estamos solos. Se detiene a recoger un ramo de flores silvestres para mí; me lo da y hago todo lo posible por parecer contenta, porque él no sabe que estas flores rosas y blancas son la parte superior de las cebollas silvestres, y que me recuerdan las horas que he pasado recogiéndolas con Gale.

Gale. La idea de que veré a Gale apenas dentro de unas horas hace que note mariposas en el estómago. ¿Por qué? No puedo explicármelo del todo; solo sé que me siento como si hubiese estado engañando a una persona que confiaba en mí. O, para ser más exacta, a dos personas. Me he librado hasta el momento por los juegos, pero no habrá juegos en los que esconderse cuando lleguemos a casa.

—¿Qué pasa? —me pregunta Peeta.

—Nada.

Seguimos caminando hasta dejar atrás la cola del tren, en un punto en el que hasta yo creo que no hay cámaras escondidas detrás de los arbustos del andén. Sin embargo, sigo sin encontrar las palabras.

Haymitch me sorprende poniéndome una mano en la espalda. Incluso ahora, en medio de ninguna parte, baja la voz.

—Gran trabajo, chicos. Seguid así en el distrito hasta que se vayan las cámaras. Todo debería ir bien.

Lo veo volver al tren, evitando mirar a Peeta a los ojos.

—¿De qué habla? —me pregunta Peeta.

—Del Capitolio. No les gustó nuestro truco de las bayas —le suelto.

—¿Qué? ¿Qué quieres decir?

—Parecía demasiado rebelde, así que Haymitch ha estado ayudándome estos días para que no lo empeorase.

—¿Ayudándote? Pero a mí no.

—Él sabía que eras lo bastante listo para hacerlo bien.

—No sabía que hubiese que hacer bien algo. Entonces, ¿me estás diciendo que lo de estos últimos días y, supongo..., lo de la arena..., no era más que una estrategia que habíais diseñado?

—No. Es decir, ni siquiera podía hablar con él en la arena, ¿no? —balbuceo.

—Pero sabías lo que quería que hicieses, ¿verdad? —me pregunta, y me muerdo el labio—. ¿Katniss? —Me suelta la mano y doy un paso, como para recuperar el equilibrio—. Fue todo por los juegos. Una actuación.

—No todo —respondo, agarrando las flores con fuerza.

—Entonces, ¿cuánto? No, olvídalo, supongo que la verdadera pregunta es qué quedará cuando lleguemos a casa.

—No lo sé. Cuanto más nos acercamos al Distrito 12, más desconcertada me siento —respondo.

Él espera a que se lo explique, pero no lo hago.

—Bueno, pues házmelo saber cuando lo sepas.

El dolor que desprende su voz es palpable.

Sé que se me han curado los oídos porque, incluso con el rumor del motor, oigo todos y cada uno de los pasos que da hacia el tren. Cuando subo a bordo, él ya se ha acostado, y tampoco lo veo a la mañana siguiente. De hecho, no aparece hasta que estamos entrando en el Distrito 12. Me saluda con un gesto de cabeza, inexpresivo.

Quiero decirle que no está siendo justo; que éramos desconocidos; que hice lo necesario para seguir viva, para que los dos siguiésemos vivos en la arena; que no puedo explicarle cómo son las cosas con Gale porque no lo sé ni yo misma; que no es bueno amarme porque, de todos modos, no pienso casarme y él acabaría odiándome tarde o temprano; que, aunque sienta algo por él, da igual, porque nunca podré permitirme la clase de amor que da lugar a una familia, a hijos. ¿Y cómo puede permitírselo él? ¿Cómo puede después de lo que acabamos de pasar?

También quiero decirle lo mucho que ya lo echo de menos, pero no sería justo por mi parte.

Así que nos quedamos de pie, en silencio, observando cómo entramos en nuestra mugrienta estacioncita. A través de la ventanilla veo que el andén está hasta arriba de cámaras. Todos están deseando presenciar nuestra vuelta a casa.

Por el rabillo del ojo veo que Peeta me ofrece la mano y lo miro, vacilante.

—¿Una última vez? ¿Para la audiencia? —me dice, no en tono enfadado, sino hueco, lo que es mucho peor.

El chico del pan empieza a alejarse de mí.

Lo cojo de la mano con fuerza, preparándome para las cámaras y temiendo el momento en que no me quede más remedio que dejarlo marchar.

FIN DEL PRIMER LIBRO

TRILOGÍA

LOS JUEGOS DEL HAMBRE

UZANNE COLLINS

TRILCA LOS JUEGOS DEL HAMBRE

LOS JUEGOS DEL HAMBRE

En una oscursión del futuro próximo, doce chicos y doce chicas se ven obligados a pcipar en un *reality show* llamado *Los juegos del hambre.* Solo hay una reglaatar o morir.

Cuando tniss Everdeen, una joven de dieciséis años, se presenta voluntaria para ipar el lugar de su hermana en los juegos, lo entiende como una condena a mrte. Sin embargo, Katniss ya ha visto la muerte de cerca; y la supervivencorma parte de su naturaleza.

EN LLAMAS

Contra todoronóstico, Katniss Everdeen y Peeta Mellark siguen vivos. Aunque Katss debería sentirse aliviada, se rumorea que existe una rebelión contra el Catolio, una rebelión que puede que Katniss y Peeta hayan ayudado a inspir.

La nacić les observa y hay mucho en juego. Un movimiento en falso y las consecuecias serán inimaginables.

SINSAJO

Katniss Evedeen ha sobrevivido dos veces a *Los juegos del hambre*, pero no está a salvo La revolución se extiende y, al parecer, todos han tenido algo que ver en e meticuloso plan, todos excepto Katniss.

Aun así su papel en la batalla final es el más importante de todos: Katniss debe convertirse en el Sinsajo, en el símbolo de la rebelión... a cualquier precio.